Caroline Carver

Ein glücklicher Ort

Caroline Carver

Ein glücklicher Ort

Caroline Carver

Ein glücklicher Ort

Roman

Aus dem Englischen von
Holger Wolandt

Droemer

Originaltitel: *Blood Junction*
Originalverlag: Orion Publishing Group, London

Besuchen Sie uns im Internet:
www.droemer.de

Die Folie des Schutzumschlags sowie die Einschweißfolie
sind PE-Folien und biologisch abbaubar.
Dieses Buch wurde auf chlor- und säurefreiem Papier gedruckt.

Umschlaggestaltung: ZERO Werbeagentur, München
Umschlagabbildung: Tony Stone, München
Satz: Ventura Publisher im Verlag
Druck und Bindung: Franz Spiegel Buch GmbH, Ulm
Printed in Germany
ISBN 3-426-19572-0

2 4 5 3 1

Für meine Mutter

Prolog

1952

Bertie war in der Stadtmitte, als sie ihm auflauerten.
Er hatte gewusst, dass sie das tun würden, aber nicht so bald damit gerechnet. Und auch nicht damit, dass sein Vater, sein jüngerer Bruder Willy, seine beiden Cousins Jake und Jimmy sowie Jakes Sohn Rick in seiner Gesellschaft sein würden. Sie holten sich alle sechs ihren Lohn bei den Bamfords dafür, dass sie einige Weiden abgebrannt und eingezäunt hatten. Eine Knochenarbeit für einen Hungerlohn, dachte er. Alle sind wir dabei um zehn Jahre gealtert. Einmal und nie wieder, ehrlich!
Er merkte, dass etwas nicht in Ordnung war, als Willy langsamer ging und durch die Zähne zischte. Dieses Geräusch hatte er von Willy erst zweimal gehört. Einmal war er in der Nähe von Benbullen fast auf eine tote Schlange getreten, und das andere Mal war ein Buschfeuer durch ihr Camp gefegt und hatte nur ein Meer feiner, grauer Asche und eine Hand voll geschwärzter und geborstener Eukalyptusbäume, Holzkohle ähnlich, zurückgelassen.
Bertie folgte Willys Blick. Vor dem Royal Hotel waren vier Pferde festgebunden, zwei weitere standen geduldig vor Sam Davis' Bäckerei. Auf der Hotelveranda saß eine Gruppe Männer mit Bierkrügen in den Händen, die Hüte in die Stirn gezogen. Hinter ihnen bog ein kleiner Lastwagen an der Kreuzung rechts ab und wirbelte eine rotbraune Staubwolke auf. Häuser aus Wellblech und Verschalungsbrettern säumten die Straße, vor den Geschäften boten weiß gestrichene Vordächer etwas Schutz vor der gnadenlosen Sonne. Die Wellblechdächer warfen das Sonnenlicht zurück, und er kniff die Augen zusammen.

»Was ist los?«, fragte er Willy, der in Richtung Hotel starrte.
»Die Burschen da drüben«, sagte Willy.
Er sah, dass die Männer ihre Biergläser abgestellt hatten und sie beobachteten. Sie kamen ihm vor wie eine Meute Dingos, die eine Schafherde aufs Korn genommen haben.
»Alle stockbesoffen«, sagte sein Vater angewidert und blieb stehen.
»Allerdings«, murmelte er und trat einen Stein beiseite. Er hatte gehofft, an diesem Nachmittag eine Drehbank kaufen zu können, aber so wie dieser betrunkene Mob sie angaffte, sollten sie das besser ein anderes Mal erledigen. Er drehte sich auf dem Absatz um, und ihm wurde ganz anders. Hank Dundas und fünf Männer, die er nicht kannte, gingen zielstrebig auf sie zu und blickten sie durchdringend an. Drei von ihnen trugen Macheten. Die gebogenen Klingen funkelten in der Sonne wie Quecksilber.
»Jesus«, sagte Willy im selben Moment, in dem Bertie »Gott« sagte.
»Ihr sollt nicht fluchen«, fuhr sie ihr Vater an.
»Nichts wie weg hier …«, wollte er rufen, doch Hank Dundas unterbrach ihn, er brüllte so, dass sein rundes Gesicht rot anlief. Seine Stimme donnerte über die Straße wie eine Lastwagenhupe.
»Mullett! Wer von euch ist Bertie Mullett?«
Er spürte mehr, als dass er sah, wie sein Vater bleich wurde. »Du hast doch nichts angestellt, oder?« Seine Stimme zitterte. »Schließlich habe ich dir gesagt, du sollst die Finger davon lassen. Ich wusste, sie kriegen dich dafür dran.«
Bertie starrte die Macheten an. Das Blut schoss ihm aus dem Kopf.
»Sohn?«
Er brachte kein Wort über die Lippen, als er seinem Vater in die Augen sah.
»O mein Gott …« Die schwarz glänzende Haut seines Vaters wurde grau.

Bertie warf den Männern einen verzweifelten Blick zu. Sie kamen schnell näher. Er blickte sich um und sah, dass der Mob von der Veranda ausgeschwärmt war, um das andere Ende der Straße zu blockieren.
»Bertie Mullett!«, schrie Dundas. »Ich will mit dir reden!«
»Nicht hier, Kumpel«, sagte Rick und hob bedauernd die Hände. Seine Stirn war von Schweißtropfen bedeckt. »Er ist im Camp.«
»Unsinn.« Dundas stand mit hochrotem Kopf vor ihnen. »Ich weiß, dass es einer von euch ist. Das haben die Bamfords gesagt.«
»Er ist im Camp«, beharrte Rick.
»Ihr sagt uns jetzt, wer von euch Bertie Mullett ist, oder es erwischt euch alle.«
Bertie sah, wie sein Vater mit hoch erhobenem Kopf nach vorn trat. »Ich bin Bertie«, verkündete er. Seine Stimme war fest.
Dundas sah ihn nicht einmal an. »Bertie ist ein junger Typ. So viel hat Rose mir gestanden.« Eingehend betrachtete er Rick und dann Jake. »Jeden Sonntag ist sie in die Kirche gegangen, und jetzt hat sie so ein verdammter Aborigine geschändet. Perverses Schwein. Dafür wird er zahlen.«
Bertie konnte nur mit Mühe einen Schluchzer unterdrücken, als die schmalen Augen auf ihm haften blieben.
»Bist du Bertie?«
Er schüttelte den Kopf.
»Du?«, wurde Jimmy von Dundas gefragt, und dieser verneinte ebenfalls.
Dundas richtete die Frage anschließend an Jake, Rick und Willy, die den Kopf schüttelten.
Er grinste. »Ihr seid doch Mulletts?«
Keiner von ihnen regte sich.
»Ihr seid eh alle gleich.« Mit einer langsamen Bewegung hob er die Machete über die Schulter. Seine Augen waren ausdruckslos.
»Ihr habt meine Tochter zugrunde gerichtet.«
Es war wie in Zeitlupe.

Er sah, wie Dundas die Machete auf den Nacken seines Vaters niedersausen ließ. Hinter ihm waren Rufe zu hören, Willy schrie. Ein dumpfes Geräusch wie von einer Axt, die auf Holz trifft. Bertie sah seinen Vater vornüberkippen. Verzweifelt suchte er mit den Händen den Blutstrom aufzuhalten, der aus seinem Hals floss. Willy versuchte zwischen zwei Männern durchzubrechen und zu fliehen. Eine weitere Machete traf auf Jakes rechten Arm und trennte ihn beinahe ab. Als Dundas auf ihn zukam, warf sich Bertie herum. Ein Mann im Overall stieß ihm den Ellbogen in die rechte Niere, und er stolperte und fiel. Der Schmerz machte ihn fast blind. Dann lag auf einmal, klebrig und nass, etwas Schweres auf ihm. Bertie stieß es beiseite, gar nicht so recht wissend, dass es Willy war, dass Willy stark blutete und dass sein Stöhnen einer klaffenden Wunde in der Kehle wegen unartikuliert klang.
Bertie rollte nach Luft schnappend zur Seite. Auf der Straße hallten Rufe und Schreie wider. Schwankend kam er auf die Beine. Dundas warf sich auf ihn. Bertie duckte sich zur Seite und sprang über seinen Vater, der reglos am Boden lag. Dundas beugte sich vor, um ihn aufzuhalten. Bertie machte erst einen Schritt nach rechts, dann rasch einen nach links und rannte an ihm vorbei.
Hinter ihm fiel ein Schuss.
Bertie rannte schneller.
Rufen und Schreien.
Er lief immer weiter. Konzentrierte sich nur noch auf das Laufen. Schließlich wurden die Schreie leiser, aber er rannte immer noch.
Vornübergebeugt und keuchend blieb er an der Stadtgrenze stehen. Er streckte beide Hände aus, um sich am Ortsschild abzustützen. Er klammerte sich daran fest, um überhaupt auf den Beinen zu bleiben. Nach einer Weile atmete er ruhiger. Er richtete sich auf und sah zur Stadt zurück. Auf die bräunlichen Häuser aus Verschalungsbrettern an einer Schotterstraße, deren Farbe unter der gnadenlosen australischen Sonne Blasen warf.

Er taumelte weiter auf die niedrigen Hügel in der Ferne zu, wo es nichts gab, das wusste er, außer trockenen Gräsern, Felsen, Echsen und Giftschlangen.

Bertie Mullett merkte nicht, dass er drei blutige Handabdrücke auf dem Ortsschild zurückließ. Sie waren noch sieben Wochen und zwei Tage lang zu sehen, bis ein plötzlicher Wolkenbruch sie abwusch. Erst dann konnten die Bewohner der Stadt das Schild Cooinda wieder anschauen, ohne zusammenzuzucken.

Eins

1999

India Kane blickte die Landstraße entlang. Ein heißer Wind wehte von Norden, heiß wie eine Lötlampe, und peitschte winzige Sandkörner vor sich her und ihr ins Gesicht. Die Luft versengte ihr beim Atmen die Nasenschleimhäute. Es gab keinen Schatten, keinen Schutz vor Sonne und Sand. Sie war durstig, aber zu umsichtig, ihr Wasser jetzt zu trinken. Sie wollte ihre zwei Flaschen aufheben, bis es dunkel wurde, denn dann würde sie am meisten davon haben.

Die gnadenlose Hitze hypnotisierte sie, und sie starrte nach Süden, wo die Straße einen Bogen um eine Lehmmulde machte. Dann sah sie nach Norden auf den breiten, sandigen Pfeil von Straße, der ohne Erbarmen in die Ferne wies.

Keine Autos, keine Lastwagen, keine Rettung in Sicht. Der Horizont schien beim Daraufstarren zu zittern, das Flimmern der Hitze und ihre trockenen, juckenden Augen spielten ihr da einen Streich.

India betrachtete ihren defekten Toyota Corolla und fluchte halblaut. Dann verfluchte sie den Wind, die Hitze und die unzähligen Fliegen, Toyota im Allgemeinen, die Autovermietung und schließlich ihre Arbeit, die sie hierher geführt hatte. Jetzt stand sie bereits drei Stunden auf diesem Backblech in der glühend heißen Wildnis und war gestrandet; die nagende Unruhe, dass vielleicht überhaupt kein Fahrzeug mehr vorbeikommen würde, hatte sich in eine Besorgnis verwandelt, die ihr Übelkeit verursachte.

Das einzige Auto, das sie gesehen hatte, seit sie in Richtung Cooinda abgebogen war, war ein ihr entgegenkommender

Pick-up gewesen – und zwar um halb eins, also vor viereinhalb Stunden.
In stiller Verzweiflung versuchte sie noch einmal, den Wagen anzulassen. Nichts. Kein Strom, gar nichts. Das Wageninnere glich einem Hochofen und stank nach heißem Plastik. Sie stieg wieder aus und starrte mindestens zum zwanzigsten Mal auf den Motor. Was sie über Autos wusste, konnte sie auf einem Stecknadelkopf aufschreiben. Über Survival wusste sie kaum mehr, und sie hatte noch keine Lust, etwas zu riskieren, indem sie ihr Auto im Stich ließ. Sie war sich ziemlich sicher, dass Cooinda nur noch dreißig oder vierzig Kilometer entfernt sein konnte, aber in dieser Hitze würde sie keine zwei Sekunden überleben. Sie wollte warten, bis es dunkel wurde, und dann zur Stadt laufen. Es hatte keinen Sinn, die andere Richtung einzuschlagen. Das letzte Gehöft, das sie gesehen hatte, war etwa genauso weit entfernt wie Cooinda.
India kauerte sich neben dem Wagen zusammen, um sich vor dem schonungslosen, trockenen Wind zu schützen. Obwohl sie sich zum Schutz vor dem Sand beide Hände über die Nase legte, schienen ihre Nase, ihre Lungen und ihr Mund wie zugekleistert. Sie wollte sich eine Zigarette anzünden, aber dazu war es zu windig.
Sie dachte an ihre Freundin Lauren, die im Royal Hotel in Cooinda auf sie wartete. Dann stellte sie sich ein eiskaltes Bier vor, eiskaltes Wasser, Wasser überhaupt. Schließlich riss sie sich zusammen und konzentrierte sich erneut auf praktische Fragen. Der Gedanke, dass Lauren sie am Ende des Tages als vermisst melden würde, war ungemein tröstlich. Vielleicht würde sie ja doch nicht in die Stadt laufen müssen.
Sie lehnte den Kopf an den Wagen und schloss die Augen. Die trockene Luft, die sie atmete, war wie Feuer.
Sie war eingenickt und wurde wach, weil sie in der Ferne ein schwaches Brummen zu hören meinte. Von Süden. Mit Mühe richtete sie sich auf und betete, dass es nicht ein Flugzeug war

oder ein Traktor oder ein Allradfahrzeug, die Abkürzungen abseits der Straße nehmen konnten.
Dann sah sie sie, eine funkelnde, schwarze Limousine, schnell wie eine Rakete. Sie schleuderte in der Kurve um die Lehmmulde, fing sich aber wieder und raste weiter, ohne deutlich langsamer zu werden.
India wollte lieber nicht mitten auf der Straße stehen, sondern stellte sich einfach mit ausgestrecktem Arm neben den Wagen. Sie wusste, dass die aufgeklappte Motorhaube schon den gewünschten Effekt haben würde. Im Outback half man sich in Notsituationen.
Der Wagen schnurrte auf sie zu. Kies und Staub stoben hinter ihm auf wie der Schwanz eines Meteoriten.
India winkte.
Der Wagen schoss an ihr vorbei, ohne stehen zu bleiben, ein BMW mit getönten Scheiben.
India blieb mit geschlossenen Augen in einer Wolke aus Kies und Sand zurück. Als sie sie wieder öffnete, war das gleichmäßige Geräusch des Sechszylinders schon mindestens einen Kilometer entfernt.
»Du Arsch«, sagte sie erstaunt. Wenn sie es nicht mit eigenen Augen gesehen hätte, hätte sie es nicht für möglich gehalten, dass ein Australier einen liegen gebliebenen Autofahrer im Outback im Stich lassen würde.
Vielleicht ist er aus der Stadt, dachte sie, und ist sich nicht im Klaren darüber, dass die Dinge im Busch anders liegen. Dass dir der Wind jede Feuchtigkeit nimmt, bis deine Lippen rissig werden und anfangen zu bluten, bis deine Kehle so trocken wird, dass du nicht mehr schlucken kannst. Wenn man mehrere Tage lang nicht von der Stelle kommt, reichen notfalls zwanzig Liter Wasser pro Person, aber ich habe nur zwei. Wenn einen Durst und Sonne nicht umbringen, dann kann man auch an einem Schlangenbiss sterben. Hier gibt es Braunschlangen. Ihr Gift ist eines der tödlichsten überhaupt. Und im Unterschied zu

den meisten anderen Schlangen, die sich beim Geräusch deiner Schritte aus dem Staub machen, denkt die Braunschlange mit ihren riesigen Zähnen nicht zweimal nach. Sie greift mit einer Brutalität und Bösartigkeit an, die unfassbar ist.
India stand da und sah, wie sich der Staub hinter dem BMW setzte.
Mir ist es egal, wo dieses miese Schwein herkommt, dachte sie plötzlich wütend, wenn ich diesen beschissenen BMW noch einmal sehe, werde ich einen Molotowcocktail durch die Windschutzscheibe schmeißen. Nicht dass ich wüsste, wie man einen herstellt, aber das werde ich dann schon noch lernen.
Schließlich sah sie wieder nach oben in den blendend blauweißen Himmel. *Bitte, Gott, lass nicht zu, dass mir jeder Autofahrer das antut. Ich will hier nicht sterben.*

Z w e i

Es war fast sieben Uhr, als ein ramponierter Holden Commodore hinter Indias Wagen hielt. Der Wind war nur noch eine sanfte Brise, und der Himmel leuchtete nicht mehr gnadenlos grell. Ein milder Abend senkte sich über die Wildnis.

Der Mann, der auf sie zukam, sah aus wie Mitte zwanzig. Er trug ausgewaschene Jeans und ein kariertes Hemd. Er hatte strubbliges, blondes Haar und dunkelbraune Augen und wirkte frisch und sauber, während sie staubbedeckt war und rote, entzündete Augen hatte. Ihr Haar war verfilzt.

»Tach«, sagte er.

»Hallo.«

Er ließ seinen Blick von ihren ausgelatschten Stiefeln über die ein Meter achtzig Jeans und das weite Baumwollhemd bis zu den aus großen Reifen bestehenden Ohrringen wandern, dann lächelte er sie so herzlich und spontan an, als hätte er gerade einen Preis gewonnen.

»Ich heiße Terry«, sagte er und hielt ihr die Hand hin, »aber alle nennen mich Tiger.«

»Ich heiße India Kane.« Ihre Stimme war ganz heiser vom Staub. »Meine Freunde sagen Indi zu mir.«

Sie gaben sich die Hand.

»Klasse Name«, sagte er, »wie Indiana Jones.« Er stand immer noch da und lächelte.

»Kennen Sie sich mit Autos aus?«, fragte India.

Einen Augenblick lang schien er verblüfft zu sein, dann sagte er: »Klar. Na sicher.« Er steckte den Kopf unter die Motorhaube ihres Wagens.

Sie holte die Literflasche Evian, die sie unter das Auto gestellt hatte, und schraubte sie auf. Dann hob sie sie an den Mund, trank einen großen Schluck und schloss die Augen. Sie behielt das fast

heiße Wasser einen Moment im Mund, schluckte und seufzte hochzufrieden.
Glück, dachte sie, ist ein Mund voll heißes Wasser.
In kleinen Schlucken trank sie dann den Rest der Flasche, während sie Tiger dabei zusah, wie er sich an irgendwelchen Schläuchen zu schaffen machte, die sie auch schon in Augenschein genommen hatte, wie er an den Kabeln rüttelte und den Ölstand kontrollierte. »Versuchen Sie jetzt noch einmal, den Motor anzulassen«, bat er.
Nichts.
Tiger kratzte sich am Kopf, sah auf die Uhr und dann auf sie. »Ich nehm Sie nach BJ mit. Dort können wir sehen, was sich machen lässt.«
»Nicht nach Cooinda?«
»BJ, Cooinda, das ist dasselbe.«
Sie sah ihn ratlos an.
»Vor Jahren gab es da ein Massaker«, sagte er, »auf der Kreuzung im Ort. Fünf Aborigines wurden von einer Hand voll Weißer, die mit Macheten bewaffnet waren, niedergemacht. Die meisten von uns sagen jetzt BJ, das ist die Abkürzung von Blood Junction.«
Verdammt, dachte India, als sie ihren Rucksack aus ihrem Kofferraum in seinen Wagen legte. Ich hoffe nur, dass es dort jetzt anders ist.

Während der Fahrt unterhielten sie sich angeregt. Sie erfuhr, dass er seinen freien Tag hatte und nach Tibooburra gefahren war, um seine Eltern zu besuchen. Sie erzählte ihm, dass sie von den Goodmans aus zusammen mit ihrer Freundin eine Pferdetour machen wollte. Er aß am liebsten Spiegeleier und Speck zum Frühstück. Ihr waren Kaffee und Nikotin wichtiger.
»Wie kommt es, dass Sie ausgerechnet hier Urlaub machen wollen?«, fragte er. Er schüttelte den Kopf, und sie verstand seine

Verwunderung. Cooinda war vermutlich auf keiner Touristenkarte eingezeichnet. Es lag im so genannten Corner Country, das so hieß, weil hier die Grenzen von New South Wales, Queensland und South Australia zusammenliefen. Mit Sydney fünfzehnhundert Kilometer weit im Osten und Adelaide noch einmal achthundert Kilometer weit im Süden lag Cooinda am Ende der Welt.

»Eigentlich wollten wir im Kosciusko-Nationalpark wandern«, entgegnete sie, »aber in letzter Minute wurden alle Pläne über den Haufen geworfen.«

Er sah sie mit hochgezogenen Brauen an.

»Meine Freundin hat in Cooinda gearbeitet, und da ich ohnehin in Broken Hill war ...« Sie unterbrach sich, weil sie ihre wahren Gründe nicht preisgeben wollte, überlegte es sich dann aber anders. Wenn Lauren Recht hatte, dann sollte sie sich besser an den Gedanken gewöhnen und anfangen, über die Sache zu reden. Sie nahm die zweite Flasche Evian, die sie zwischen ihre Knie gestellt hatte, und trank einen großen Schluck warmes Wasser, ehe sie sagte: »Meine Freundin ... nun, sie hat gesagt, sie hätte hier einen Verwandten von mir aufgetan.«

Tiger schien mit dieser Information nicht viel anfangen zu können, also fügte sie hinzu: »Sie müssen wissen, dass ich keine Verwandten habe, alle sind tot oder ausgewandert. Die Familie meiner Mutter kam aus Cooinda, und als dann Lauren sagte, dass sie meinen Großvater gefunden hätte ... nun ...«

»Ihren Großvater? Wie heißt er?«

»Tremain. Edward Tremain.«

Vor ihnen auf der Straße lag ein Kängurukadaver, schwarz von Krähen. Als sie näher kamen, flogen die meisten Vögel träge auf, einige sprangen aber auch nur ein Stück beiseite, um sofort zurückzukehren, als sie vorbei waren.

»Ich kenne keinen Tremain, tut mir Leid.«

Das wunderte sie nicht. Sie selbst wusste nicht, ob sie Lauren überhaupt Glauben schenken konnte. Schließlich hatte sie drei-

ßig Jahre in dem Glauben gelebt, ihre Großeltern mütterlicherseits seien tot.
Der Commodore klapperte und quietschte, als sie über eine Brücke fuhren. Unter ihnen nur roter und gelber Sand, kein Wasser, keinerlei Feuchtigkeit. India fragte Tiger, wie oft es regne, und war nicht überrascht, als er fröhlich erklärte, so gut wie nie. Er fuhr fort, sie darüber aufzuklären, dass Cooinda nach seiner Heimatstadt Tibooburra die zweitheißeste Stadt in New South Wales sei.
Sie unterhielten sich gerade darüber, ob eine Klimaanlage Deckenventilatoren vorzuziehen sei, als vor ihnen Cooinda auftauchte: gleißende Wellblechdächer, Fernsehantennen, Satellitenschüsseln und ein weißer Turm mit einer großen schwarzen Uhr. Bald fuhren sie eine Straße entlang, die von billigen Häusern aus Pressspanplatten mit Lattenzäunen gesäumt wurde. Die Häuser wirkten ziemlich neu, aber die Farbe war bereits von Türen und Fensterbrettern abgeblättert. Auf jedem zweiten Grundstück stand ein Pick-up. Sie erreichten die Hauptstraße, die passenderweise Main Street hieß. Sie war eben und sehr breit – man hätte mühelos einen Sattelschlepper wenden können, ohne zurückzusetzen –, aber der Asphalt war schadhaft und voller Schlaglöcher, die mit Kies und Splitt gefüllt waren. Sie kamen an einem Supermarkt vorbei, einer Post, einem Café, einer Milchbar, einem Eisenwarenladen, einem Sportartikelgeschäft, einem Frisör und einem Geschäft für Frauenbekleidung. Im Fenster des Letzteren standen zwei Schaufensterpuppen ohne Kopf, die identische, ärmellose Baumwollkleider mit Blumenmuster trugen, das eine rot und blau, das andere gelb und grün.
Die Bond Street würde vor Neid erblassen, dachte India. Zumindest ist hier meine Kreditkarte sicher. Ich freue mich schon auf den ersten Kontoauszug im neuen Jahr. Dann werde ich Visa zum ersten Mal nichts schuldig sein.
Tiger wurde langsamer, als sie sich der Kreuzung näherten,

dann parkte er vor dem Royal Hotel und stellte den Motor ab. »Schauen Sie mal nach, ob Ihre Freundin noch da ist. Ich rufe Reg Douglas an. Er soll Ihren Wagen noch heute Abend abschleppen.«

Sie versuchte die Tür zu öffnen, aber die klemmte. Tiger sprang aus dem Wagen, um sie ihr aufzumachen. »Tut mir Leid«, sagte er. »Wenn Ihre Freundin nicht mehr da ist, fahre ich Sie zu den Goodmans. Ich komme da sowieso fast vorbei.«

Sie dankte ihm und rannte auf das Hotel zu. Bei dem Gedanken, dass Lauren dort sein würde, geriet sie ganz außer sich. Gott. Es waren jetzt zwölf Monate vergangen, seit sie sich zuletzt gesehen hatten. Zwölf Monate zu viel. Als sie durch die Schwingtüren stürzte, sank der Geräuschpegel sofort. Sie blieb stehen und schaute sich um. Das Royal war eine typische australische Kneipe mit einer hufeisenförmigen Bar, Billardtisch, einem riesigen Fernseher, der mit Bolzen an der Wand befestigt war, und mit den unverschämt neugierigen Blicken, die Fremden vorbehalten waren.

India ignorierte die Männer, die sie anstarrten, und suchte mit den Augen die Bar ab. Das Lächeln verschwand von ihren Lippen. Sie ermahnte sich, vernünftig zu sein. Hätte sie hier einen halben Tag auf Lauren gewartet? Ja, sie hätte das getan. Also sah India auf den Toiletten nach und fragte schließlich an der Bar, ob jemand eine schlanke und etwa einen Meter fünfundsechzig große Rotblonde gesehen hätte.

Die Kellnerin, die gerade die Spülmaschine ausräumte, richtete sich auf und drehte sich um. India blickte auf eine Masse von wogendem Fleisch. Ihre Kleider waren voll riesiger Schweißflecken.

»Sind Sie India Kane?«, fragte sie.

»Ja.«

»Ich heiße Debs.«

Die Frau reichte ihr eine unförmige Hand. Sie war schweißnass, und India musste sich beherrschen, sich die Handfläche nicht an ihrer Jeans abzuwischen.

»Ihre Freundin wollte vor der Stadt irgendeinen Typen treffen. Sagte, sie würde Sie dann auf der Farm sehen.«

India dankte ihr. Sie blieb eine Minute lang stehen und überlegte sich, wer dieser Typ sein könnte. Sie zündete sich eine Zigarette an und erwog, einen Drink zu bestellen, vielleicht Gin Tonic. Sie fragte sich, ob es möglicherweise wie durch ein Wunder Bombay Sapphire geben würde, und betrachtete die umgekehrt aufgehängten Flaschen. Nein, da hing nur der gute alte Gordon's. Aber es gab ein Telefonbuch, das sie sich geben ließ.

India blätterte bis T und fuhr dann mit dem Finger die mittlere Spalte entlang. Tredennick. Tregelles. Treolar. Tremain, R.G., 22 Stonelea Close, Cooinda, 48 23 68.

Plötzlich brach ihr der Schweiß aus. Vielleicht hatte Lauren doch Recht gehabt. Vielleicht hatte sie ja doch einen Großvater. Sie zog Notizblock und Bleistift aus ihrer Gesäßtasche und schrieb sich die Nummer auf.

Sie zuckte zusammen, als sie eine Hand auf der Schulter spürte.

»Ich bin's«, sagte Tiger. Wieder sein breites Lächeln.

Sie schob das Telefonbuch beiseite und lächelte zurück. Er war wirklich sehr süß. Etwa fünf Jahre jünger als sie und verdammt süß.

»Ihre Freundin ist nicht hier, oder?«

Sie schüttelte den Kopf.

Er berührte ihre Schulter. »Lassen Sie uns weiterfahren.«

Im von Staub und Nikotin verschmutzten Spiegel gegenüber konnte sie die Trinker an der Bar sehen, die ihnen hinterherstarrten, als sie gingen.

Sterne tanzten über dem Horizont. Im Südwesten bemerkte sie eine riesige wüstenähnliche Senke, über der sich schwarze Schatten wie vergossene Tinte ausbreiteten. Ein nagelneuer Nissan Pick-up raste an ihnen vorbei. Der Fahrer hupte zweimal. Tiger hupte zurück. Zwei Männer standen hinten auf dem Pick-up und hielten sich an einer Stange über der Fahrerkabine fest, an der

Halogenscheinwerfer befestigt waren. Sie drehten sich um, und als sie India sahen, pfiffen sie. India zog langsam an ihrer Zigarette und versuchte sich unbeeindruckt zu geben. Verärgert drohte ihnen Tiger mit der rechten Hand, um sie zum Schweigen zu bringen. Die Männer lachten. Der eine trug eine Latzhose, der andere eine rote Baseballmütze. Rotmütze legte eine Hand zwischen die Beine und bewegte obszön die Hüften.

»Tut mir Leid«, murmelte Tiger.

India zuckte mit den Achseln und schnippte die Kippe aus dem Seitenfenster. Sie bemerkte, dass in der Fahrerkabine des Nissan drei Gewehre in Lederhalterungen steckten. Kängurujäger, die auf ein bisschen Spaß aus waren. Schnell verschwanden sie am Horizont.

Wenige Minuten später überquerte direkt vor ihnen ein weißer Suzuki-Geländewagen mit blendenden Scheinwerfern die Landstraße.

»Mist«, sagte Tiger halblaut.

»Was ist?«

»Mit denen bin ich verabredet.« Er hob das Handgelenk, damit Licht auf seine Armbanduhr fiel. »Mist.«

India sah ihn an. Sein Lächeln war verschwunden. Er runzelte die Stirn und presste die Lippen zusammen.

»Wollen Sie mich wieder im Ort absetzen?«

Er sah in den Rückspiegel und bog nach links in den Feldweg, auf dem der weiße Subaru verschwunden war. Sie bemerkte ein Schild mit zahllosen Einschusslöchern. *Nindathana Billabong. Picknickplatz.*

»Nee. Die Goodmans wohnen gleich hier.«

Er sagte nichts mehr. India beschloss, ebenfalls zu schweigen. Sie sah ihm an, dass er in Gedanken schon bei dem Treffen war, und fragte sich, wer da wohl auf ihn wartete, eine Frau oder ein Mann. Romanze oder Business. Sie vermutete Letzteres, da er so angespannt wirkte.

Ein ordentliches, gemaltes Schild neben einem rostenden Briefkasten versprach für vierzig Dollar Bed and Breakfast, und Tiger bog in eine sandige, gut unterhaltene Zufahrtsstraße ein, die auf eine altmodische, niedrige Farm mit Wellblechdach und Stangen zum Anbinden von Pferden zuführte. Den Motor ließ er laufen, als er aus dem Wagen sprang, um ihr die Beifahrertür zu öffnen.

»Tut mir Leid«, sagte er. »Sie müssen denken ...«

»Sie sind wunderbar«, entgegnete sie ernsthaft.

Er ließ den Kofferraum aufschnappen und wuchtete ihren Rucksack auf die Vortreppe. Er legte ihr kurz die Hand auf den Oberarm, Kies spritzte auf, er winkte und war fort.

»Ihre Freundin wird bald hier sein«, versicherte ihr Frank Goodman. »Ihr Wagen ist da, weit kann sie also nicht sein.«

Während Frank Bier holen ging, trat India auf die Veranda und lehnte sich an das Geländer. Die Luft war vom Zirpen der Insekten erfüllt. Die Nacht war mondlos, aber der Himmel bis zum Horizont mit Sternen übersät.

»Bitte«, sagte Frank. »Es tut mir Leid, dass Mum und Dad nicht da sind, um Sie angemessen zu empfangen. Sie sind nach Milparinka gefahren. Irgendein Grillfest, das sie sich nicht entgehen lassen wollten. Vermutlich sind sie morgen gegen Mittag wieder hier.«

India nickte und schüttete das kalte Bier die Kehle hinunter. Dann wischte sie sich mit dem Handrücken über den Mund und atmete deutlich hörbar aus. »Schon besser«, sagte sie.

Frank lächelte. Einer seiner Schneidezähne stand schief, zusammen mit den Sommersprossen ließ ihn das zehn Jahre jünger aussehen, als er vermutlich war. Er öffnete den Mund, um etwas zu sagen, doch in diesem Augenblick ertönte ein Gewehrschuss.

»Verdammt! Das war nah«, sagte sie.

»Ja. Zu nah.« Frank runzelte die Stirn. »Ich wette, das ist Billy mit seinen Kumpanen. Sie sind fast jede Nacht unterwegs und wollen ihren Spaß haben.«

»Knallen sie Kängurus ab?«
Frank nickte. Sie lauschten noch etwas, aber abgesehen vom Summen und Zirpen der Insekten war alles still.
»Hören Sie, ich weiß, dass Sie eben erst angekommen sind, aber ist es trotzdem okay, wenn ich in die Stadt fahre? Wir haben was zu feiern. Mein bester Freund will heiraten.«
»Kein Problem«, sagte sie. »Zeigen Sie mir noch, wo die Dusche ist, und ich komme zurecht.«

India schlief in dieser Nacht schlecht. Sie versuchte, ihren Reisewecker neben dem Bett nicht zu beachten. Jedes Mal wenn sie darauf schaute, sagten ihr die grün leuchtenden Ziffern, dass wieder nur fünfzehn Minuten vergangen waren, seit sie zum letzten Mal nachgesehen hatte. Wo zum Teufel war Lauren? Es war jetzt schon zehn nach drei! Lauren konnte nicht in die Stadt gefahren sein, um sie als vermisst zu melden, da ihr Wagen immer noch vor dem Haus stand. Vielleicht hatte sie einen Mann getroffen, hatte eine Affäre. Nein. Unmöglich! Sie und Scotto waren das glücklichste Paar, das sie kannte. Sicher gab es einen trivialen Grund. Sie würde abwarten müssen.
India lag auf dem Rücken und starrte an die Decke. Nicht dass sie die Decke hätte sehen können, denn es war stockdunkel. Dunkel wie auf dem Land. Dunkel wie im Busch. Kein Licht irgendwelcher Nachbarn. Keine Straßenlaternen. Nur ein wenig Sternenlicht durch den Spalt zwischen den Vorhängen.
Schließlich drehte sie sich auf die Seite und schloss fest die Augen. Gelegentlich hörte sie ein Knarren, als sich die Bretter des Hauses in der sich abkühlenden Luft zusammenzogen. Sie roch den heuartigen Duft des Buschs, der durch ihr Fenster kam.
Du hast mich gerade verpasst. Haarscharf, wenn ich das sagen darf.
Hallo, Lauren.
Wie kommt's, dass du so verdammt spät dran warst? Hat dir der Australian *nicht genug gezahlt? Meine Güte, Indi, warum bist*

du nicht zu Hertz gegangen statt zu Rent-A-Wreck? Dann wärst du schon heute Nachmittag hier gewesen.

India zuckte plötzlich zusammen und riss die Augen auf. Sie war nicht sicher, ob sie geträumt hatte. Warmes Licht drang in ihr Zimmer, und sie hörte in der Ferne das Wiehern von Pferden. Sie schlug ihre Decke zurück und trat auf den Treppenabsatz. Schaute in Laurens Zimmer. Das Bett war gemacht, dort hatte niemand geschlafen.

Jetzt machte sie sich wirklich Sorgen.

Sie zog sich an und ging in die Küche. Blinzelnd versuchte dort Frank Goodman wach zu werden. Er war dabei, Sandwiches und Tee zu machen.

»Gut geschlafen?«, fragte er gähnend.

»Ja, danke«, log sie.

Er fragte, ob sie frühstücken wolle. Sie starrte auf die vier riesigen Sandwiches auf dem Brotschneidebrett. »Ist das das Frühstück?«

Er lachte. »Nee, mein Lunch. Gleich fahre ich mit meinen Freunden in die Flinders Ranges, im Busch wandern. Ich kann Ihnen Eier mit Speck machen, wenn Sie wollen.«

»Kaffee reicht mir.«

Er schob die Sandwiches in eine Woolworth-Tüte und nahm eine Thermoskanne. »Mum und Dad sind gegen Mittag wieder hier«, erinnerte er sie. »Machen Sie sich keine Sorgen wegen Ihrer Freundin. Sie sagten doch, dass sie jemanden treffen will. Wahrscheinlich ist sie in die Stadt mitgefahren und hat dort übernachtet.«

India nickte. Doch es überzeugte sie nicht. Sie ging mit ihm nach draußen und sah ihm zu, wie er Rucksäcke, Campingausrüstung, Wasser, gefriergetrocknetes Essen und aufgerollte Moskitonetze in seinen Wagen lud. Er hielt beim Einladen inne und sah sie an. »Ich fahre nachher durch BJ. Wenn ich meinen Freund Craig abgeholt habe. Soll ich Sie mitnehmen? Dann können Sie sich um Ihren Wagen kümmern. Normalerweise ist Reg ab zehn in

seiner Werkstatt. Falls wir zu früh dran sind, können Sie ja bei Albert's einen Kaffee trinken.«
Sie überlegte sich, ob sie hier auf der Farm, umgeben von der Stille des Buschs, auf Lauren warten sollte. Hier lenkte sie nichts von ihrer Unruhe ab. »Das wäre sehr freundlich«, sagte sie.

Albert's Café, in dem sich India an diesem Morgen um halb zwölf wiederfand, lag in der Mitte der Hauptstraße von Cooinda. Frank hatte sich geirrt, was Reg Douglas betraf. Um zehn war nicht geöffnet gewesen. Er hatte einen fürchterlichen Kater und entschuldigte sich tausendmal, dass er ihren Wagen noch nicht geholt hatte, aber er würde das, das hatte er geschworen, am frühen Nachmittag nachholen und ihn im Handumdrehen reparieren, so dass sie nach Benbullen zurückfahren und endlich losreiten konnte. Ganz ehrlich!
Albert schmückte die Wand hinter der Theke mit Lametta, während sie langsam ihren Kaffee trank. Er war sonnengebräunt und fett und hatte einen dichten schwarzen Schnurrbart. Das Lametta war rot und golden, und an ihm klebte noch immer Klebestreifen vom Vorjahr.
Sie saß auf ihrem Barhocker an der Theke und versuchte, sich keine Sorgen wegen Lauren zu machen, als die Tür aufgestoßen wurde und zwei Männer eintraten. Sie drehte sich um und erkannte die Kängurukiller. Rotmütze und Latzhose. Sie hätten Zwillinge sein können: tätowierte Bierbäuche auf Beinen.
»Was geschossen?«, fragte sie, um sich die Zeit zu vertreiben, um freundlich zu sein und, vor allem, um sich abzulenken.
Beide verstummten und starrten sie an.
»Was zum Teufel …«, sagte Rotmütze und trat einen Schritt zurück. Er wurde bleich, als er sie erkannte. Die Augen von Latzhose wurden groß wie Suppenteller. Sie ließen den Mund offen stehen, als seien sie entsetzt.
»Kängurus«, fuhr sie misstrauisch fort. »Sie haben doch Kängurus gejagt, oder?«

Latzhose zischte: »Mist.« Dann drehten sie sich um, und jeder versuchte als Erster durch die Tür zu kommen.
»Was war denn das?«
»Die haben Angst vor Ihnen«, sagte Albert.
»Aber sicher«, erwiderte sie.
»Nein, ehrlich.« Er sah sie ernst an. Beharrlich klebte ein Faden goldenes Lametta an den dunklen Stoppeln auf seiner linken Wange. »Sie sehen zu gut aus für die. Das macht ihnen Angst. Habe ich Recht? Eine Frau, die klüger ist als sie.« Er lächelte ihr kurz zu. »Sie erinnern mich an meine Angetraute. Außen zäh wie Sohlenleder, aber innen wie ein weicher Pfirsich. Und genauso hübsch.«
India lachte, trank dann einen Schluck Kaffee und sah nach draußen. Ein Kenworth Road-Train, einer dieser überlangen Sattelschlepper, rumpelte vorbei und wirbelte eine riesige rotbraune Staubwolke auf.
»Bitte, Albert.« Die Stimme hinter ihr war mehr ein Wimmern und brach fast, als würde jemand gleich richtig in Tränen ausbrechen.
India sah sich um. Ein unglaublich dünnes und dreckiges Aboriginemädchen stand am Ende der Theke und hielt mit einer Hand einen schmutzverkrusteten Fuß hinter sich hoch. Sie sah Albert flehend an.
Aber dieser würdigte sie keines Blickes. »Nein.«
»Bitte.«
»Wenn ich dir jedes Mal, wenn du mich darum bittest, etwas zu essen geben würde, wäre ich schon lange bankrott. Hau ab, Polly.«
Die Lippen des Mädchens verzogen sich. India merkte, dass sie sich alle Mühe gab, nicht zu weinen. »Tut mir Leid.« Ein klägliches Jammern.
India seufzte. »Setzen Sie es auf meine Rechnung«, sagte sie und schob zehn Dollar über die Theke. Sie sah das Mädchen an. »Was willst du essen?«

Die Augen des Mädchens waren riesengroß, ihr Gesicht erschien im Vergleich dazu winzig. »Eier?«, fragte sie skeptisch.
»Wie viele?«
Sie strahlte. »Zwei«, antwortete sie. »Mit gebratenem Brot, Würstchen, Speck und Bohnen.« Dann schenkte sie ihr ein strahlendes Lächeln, zwei Reihen kleiner weißer Zähne und eine Lücke, wo der obere linke Backenzahn hätte sein sollen. Fast gegen ihren Willen lächelte India zurück.
»Du klingst so komisch«, sagte Polly, sah dann aber etwas ängstlich aus, »wobei das nett klingt.«
»Ich komme aus London«, erzählte ihr India und fragte sich, ob sie wusste, wo das war. Polly nickte ernsthaft.
Albert legte das Lametta beiseite. »Ich mach dir deine Eier, Poll. Ob du es glaubst oder nicht, ich bin heute noch nicht einmal dazu gekommen, mich ordentlich zu kratzen, und die Eier liegen auch noch draußen unter den Hennen.«
Während Albert die Eier für Polly holte, drehte sich India auf ihrem Hocker um, um aus dem Fenster zu schauen. Sie hatte damit gerechnet, Lastwagen zu sehen, vielleicht auch ein paar Leute, die eingekauft hatten und ihre Pick-ups mit vollen Tüten beluden, und traute eine Sekunde lang ihren Augen nicht. Vor dem Fenster standen Latzhose und Rotmütze. Sie waren von einem Mob umgeben, der sie ebenfalls anstarrte. Feindseligkeit leuchtete aus ihren Augen.
Sie konnte es nicht glauben, als Rotmütze schrie: »Sie ist noch da drin!« Innerhalb von Sekunden war der Mob im Café.
India sprang vom Barhocker und trat zwei Schritt zurück. Ihr Herz hämmerte wie ein Presslufthammer. »Hört mal, ich weiß nicht, worum es geht, aber ich will keinen Ärger.«
»Den hast du aber, du Schlampe, ob du willst oder nicht.« Rotmütze stand einen halben Schritt vor den anderen. Offenbar war er ihr Anführer. Seine hellbraunen Augen, die die Farbe von alt gewordenem Senf hatten, musterten sie von Kopf bis Fuß, dann wanderten sie wieder nach oben und blieben an ihrem Busen

hängen. Er lächelte, ohne dass dabei seine Zähne zu sehen gewesen wären. »Wir werden dich in Stücke schneiden und dabei jede Minute genießen.«

Latzhose trat vor und packte den Arm von Rotmütze. »Ken, wir wollten doch auf Stan warten.«

Rotmütze schüttelte seine Hand ab. »Ja, na gut, obwohl Stan sich deswegen nicht aufführen würde.« Er stemmte die Fäuste in die Seiten.

Albert kam mit einem Ei in jeder Hand zurück. »Meine Güte«, sagte er und blieb wie angewurzelt stehen. »Was wollt ihr denn hier?«

»Diese Schlampe mitnehmen.«

»Warum?«

»Sie hat Tiger ermordet.«

India wurden die Knie weich, und sie klammerte sich mit einer Hand am Tresen fest.

»Was soll das heißen?«, fragte Albert.

»Wir haben sie gestern Abend gesehen. Sie waren zusammen.« Rotmützes Stimme wurde scharf. »Schlampe. Mörderin.«

»Tiger?«, wiederholte India mit schwacher Stimme. »Tiger ist tot?«

Ken schien sie nicht gehört zu haben. Er spuckte auf den Fußboden und sagte: »Du hast ihn ermordet. Du hast unseren Freund ermordet.«

Der Mob begann zu murren, ein sich zusammenbrauender Sturm, und India spürte die Gefahr.

»Wo ist Stan?«, fragte Albert. Er musterte die Männer, einen nach dem anderen. »Es würde ihm nicht gefallen, wenn ihr das Gesetz selbst in die Hand nehmt.«

Rotmütze sah den Cafébesitzer höhnisch an. »Geh zurück an den Herd, Fettsack, das geht dich nichts an.«

»Von wegen«, erwiderte Albert hochrot. »Das hier ist mein Café, und ich dulde keine Lynchjustiz.« Ohne den Blick von Ken abzuwenden, ließ er die Eier zu Boden fallen. Langsam machte er einen Schritt zurück auf die Theke zu und griff einen der Hocker. Er hielt ihn hoch über den Kopf und ging drei Schritte auf den Mob zu. »Einer von euch geht besser Stan holen, ehe sich jemand ernsthaft verletzt.«

Rotmütze trat den Rückzug an, und der Mob tat es ihm nach. »Das kann nicht dein Ernst sein, Albert. Ich meine, wir wissen alle, dass du ein Scheißgrieche bist und eine Schwäche für Aborigines hast und so … Aber dass du uns bedrohst, wo wir für Recht und Ordnung eintreten … Du schützt eine Mörderin. Das ist ein Verbrechen und wird dich in den Knast bringen.«

India drückte sich an Polly vorbei, die den Mob mit offenem Mund anstarrte, und trat hinter Albert. Ihr Mund war trocken, und ihr war eiskalt, obwohl sie schwitzte. »Die Hintertür ist offen«, zischte Albert.

India drehte sich um und floh.

Drei

Sie rannte durch ein Lager mit Kartons, Kisten, Bergen von Toilettenpapier, Besen und Kanistern mit Frittierfett und anschließend durch einen Gang, der auf die hintere Fliegengittertür zuführte. Sie öffnete diese und knallte sie sofort wieder zu, so laut sie nur konnte. Dann schlich sie durch den Gang und das Lager zurück. Sie stand neben der Tür hinter der Theke und lauschte. Stille. Sie öffnete die Tür einen Spalt weit und sah Albert, der sich müde an die Theke lehnte. Polly hielt ängstlich seine Hand.

»Ist die Luft rein, kann ich vorne raus?«, zischte India durch den Spalt.

Erstaunt drehten sich Polly und Albert um. »Meine Güte«, sagte Albert, und Polly rief begeistert: »India!«

»Albert, könnten Sie nachsehen?«

Er nickte und wandte sich dann, einen Finger auf den Lippen, an Polly: »Sei still!«, flüsterte er. »Wir tun so, als sei sie hinten raus.«

Polly nickte ernsthaft.

Albert gab India ein Zeichen, hinter die Theke zu kommen, und flüsterte: »Verstecken Sie sich hier drunter, bis die Luft rein ist. Ich sehe mal auf der Straße nach.«

Polly ging hinter Albert her, und India kroch unter die Theke. Ihr Adrenalinpegel hatte seinen Höchststand erreicht. Sie hörte Alberts Schritte, dann wurde die Fliegengittertür geöffnet. Sie hörte, wie Albert fröhlich sagte: »Hallo, Stan, wie geht's?«

»Wo ist sie, Albert?« Die Stimme war tief und bedrohlich.

Das Geräusch von Schritten, dann sagte Albert: »Weiß nicht.«

»Verdammt. Warum lügst du mich an, Albert?«

Schweigen. Dann Pollys Stimme in der Defensive: »Sie ist nett. Sie will mein Frühstück bezahlen.«

Ein Schlag, die Geräusche eines Handgemenges, dann ein schriller Schrei. India zuckte zusammen. Ihr Herz pochte so laut, als würde es gleich explodieren.

»Polly«, sagte der Mann warnend, »sag mir, wo sie ist.«

»Stan, komm schon, lass Polly in Frieden …«

»Halt dich da raus, das ist Sache der Polizei.«

Polly fing vor Entsetzen und Angst an zu wimmern. Auf Händen und Knien kroch India zum Ende der Theke und spähte vorsichtig auf die andere Seite. Der Polizist hielt Polly an den Handgelenken gepackt, und diese versuchte sich zu befreien. Der Beamte hatte die Hände gehoben, so dass sie mit den Zehen kaum den Boden berührte. Wie eine Forelle am Haken zappelte sie. Mit ihren angsterfüllten Augen schaute sie India an. *Hilf mir.*

India zog den Kopf zurück. Ihre Hände zitterten. Ihr ganzer Körper zitterte. Gott. Was zum Teufel ging nur vor? War Tiger wirklich ermordet worden? Und wenn ja, warum waren sie dann hinter *ihr* her? Würden Albert und Polly den Mund halten? Der Polizist würde Polly doch nicht wirklich wehtun? Dann würde sie sich aus dem Café schleichen, zusehen, dass sie jemand mitnahm, und eiligst verschwinden. Sie würde in die Sicherheit ihrer kleinen Melbourner Wohnung zurückkehren.

»Sag es mir, Polly, oder du bekommst eine Tracht Prügel. Eine richtige Tracht Prügel mit meinem Gürtel, wie letztes Jahr. Weißt du noch?«

Polly stieß einen durchdringenden Schrei aus, schrill wie die Pfeife einer Dampflokomotive. Das gab den Ausschlag. Obwohl sich ihre Knie wie Gummi anfühlten, sprang India auf und baute sich vor der Theke auf. »Nicht nötig, Officer. Hier bin ich.« Sie war erstaunt, wie ruhig ihre Stimme war. Der Polizist schien ebenfalls erstaunt. Er ließ den Mund offen stehen. India machte eine Bewegung, als wolle sie einen Schritt vortreten. Im Bruchteil einer Sekunde hatte der Polizist Polly beiseite gestoßen und sich geduckt. Er packte mit beiden Händen seine Pistole und zielte auf India. Direkt zwischen die Augen.

»Stopp!«, rief er. »Keine Bewegung!«
India riss die Hände hoch. »Okay, okay, ist ja schon gut.« Ihr Atem kam stoßweise, ihre Stimme zitterte. »Alles okay. Ich bin nicht bewaffnet, ich …«
»Umdrehen!«, schrie er. »Hände auf die Theke!«
Sie drehte sich um und legte ihre Hände auf die Theke. Kalter Stahl wurde in ihren Nacken gepresst.
»Eine Bewegung, und ich puste Ihren Kopf weg, okay?«
»Okay«, brachte sie mit Mühe über die Lippen.
Er begann, sie nach Waffen zu durchsuchen. Schultern, Arme, Achselhöhlen, Seiten. Ein paar Mal atmete er deutlich hörbar ein. Vielleicht versuchte er sich zu sammeln, seine Ruhe wiederzugewinnen. Mit einem Stiefeltritt zwang er ihre Beine auseinander. Weiteres Abtasten. »Mir gefallen ein Paar hübsche Beine, so gespreizt«, murmelte er, als er fertig war. »Jetzt die Hände hinter den Rücken.«
Sie zuckte zusammen, als sie wieder kaltes Metall auf ihrer Haut spürte. Er legte eine Handschelle um ihr rechtes Handgelenk, aber als er dann auch ihr linkes packen wollte, riss sie es ihm weg. Panik überfiel sie. »Zu eng«, sagte sie keuchend.
»Die sind neu.« Er kicherte heiser. »Wenn sie getragen sind, leiern sie aus.«
Er packte ihr linkes Handgelenk, aber sie wehrte sich immer noch. India versuchte tief durchzuatmen, ihrer Panik Herr zu werden. Sie durfte nicht zulassen, sich mit Handschellen fesseln zu lassen, sie durfte es einfach nicht …
Klick.
Sie war wie gelähmt. Die Angst saß in ihrem Magen wie eine große, schwarze Fledermaus.
»Sie erinnern mich an eine meiner Stuten«, bemerkte er. »Die stellt sich auch immer so an, wenn ich sie an die Kandare nehme. Nach ein paar Minuten hat sie sich aber immer beruhigt.«
Er zerrte an ihr. Sie drehte sich um und sah ihn direkt an. Seine Augen hatten die Farbe von schmutzigem Eis und sein Gesicht

die gekochter Rüben. Seine Nase wirkte, als sei sie mehrmals gebrochen worden, und seine Hände waren narbenübersät. Sie starrte auf sein Hemd und auf etwas, das aussah wie Eigelb.
»Name?«, fragte er.
»India.« Ihre Stimme war fast ein Flüstern. »India Kane.« Sie holte Luft und bemühte sich, ihre Stimme nicht zittern zu lassen. »Und Ihrer?«
Er zögerte. Es schien ihm aber nicht darauf anzukommen, und er antwortete: »Senior Sergeant Bacon.«
»Stan«, mischte sich Polly ein. »Er heißt Stan.«
»Für dich bin ich immer noch Sergeant Bacon«, brummte er, drehte sich um und sah Polly finster an. Polly wurde rot und ließ den Kopf hängen.
»Freut mich, Ihre Bekanntschaft zu machen, Stan«, sagte India, was mit einem nervösen Kichern von Polly belohnt wurde.
Sergeant Bacon griff in seine Brusttasche nach einer abgegriffenen weißen Karte. Er las: »Miss Kane, Sie sind hiermit festgenommen. Sie brauchen nichts zu tun oder zu sagen, wenn Sie das nicht wollen. Alles, was Sie tun oder sagen, kann später vor Gericht als Beweismittel gegen Sie verwendet werden.« Er steckte die Karte wieder weg. »Haben Sie das verstanden?«
Sie schluckte trocken. Sie wusste, dass ihr alles Blut aus dem Gesicht gewichen und sie totenbleich geworden war. »Nein«, sagte sie.
Er schaute sie an, als sei sie schwer von Begriff. »Was verstehen Sie nicht?«
»Warum ich festgenommen wurde.«
»Für den Mord an Terence Dunn. Und wir …« Er unterbrach sich und sah ein weiteres Mal auf die verknickte Karte. »Miss Kane, Sie werden jetzt zur Polizeistation von Cooinda gebracht und dort werden die weiteren Nachforschungen angestellt, was diese Angelegenheit angeht. Haben Sie das verstanden?«
India reagierte nicht.
»Haben Sie das verstanden?«

Sie sah ihn so fest an, wie sie nur konnte, und hoffte, er würde nicht bemerken, dass sie die Zähne zusammenbiss. Sie würde warten, bis sie einen Anwalt hatte, ehe sie Stan gegenüber wieder den Mund aufmachte. Was auch immer sie jetzt sagen würde, Stan würde es gegen sie verwenden.

Er schnaubte lautstark und sagte: »Scheiße, nicht schon wieder. Ich versuche mein Bestes, irgendeine Art von Kooperation zustande zu bringen, aber alle haben nur diese beschissene Schweigeshow drauf. Dann können wir es gleich lassen.« Eine seiner Hände lag in ihrem Kreuz und schob sie vorwärts. Mit der anderen hatte er ihren linken Ellbogen gegriffen und packte sie so fest, als könnte sie jeden Augenblick weglaufen.

Albert und Polly standen neben der Eingangstür. Polly weinte leise vor sich hin. Die Tränen bahnten sich einen Weg durch den Schmutz auf ihrem Gesicht und sammelten sich in den Mundwinkeln.

»Kann ich etwas für Sie tun?« Alberts runde Augen waren sehr beunruhigt.

India brachte ihre trockene Zunge in Bewegung. »Sie könnten meine Freundin Lauren Kennedy bei den Goodmans für mich anrufen. Sagen Sie ihr, was passiert ist.«

Albert nickte. »Das mach ich.«

»Danke.«

Der Polizist gab ihr einen Stoß, der sie durch die Tür stolpern ließ.

»Diese Frau«, sagte Stan hochzufrieden, »habe ich für den Mord an Tiger verhaftet.«

Die Menge, die größer geworden war und zu der jetzt auch einige Frauen gestoßen waren, jubelte.

India richtete sich hoch auf und sah einen nach dem anderen durchdringend an. Viele schauten weg, aber andere sahen auch feindselig oder furchtsam zurück. Als sie endlich etwas sagte, war ihre Stimme klar und fest: »Ich habe niemanden ermordet. Ich bin unschuldig.«

Niemand bewegte sich. Niemand sprach.
Sie blickte dem Gesetzeshüter über die Schulter und sah ein paar Frauen, die sie von der Tür des Royal-Hotels aus beobachteten. Alle schienen zu rauchen, und ihre Sonnenbrillen reflektierten das Sonnenlicht.

India war übel und sie zitterte. Das war der Schock. Der Ford Bronco der Polizei roch nach Pommes frites und Desinfektionsmittel. Sie war Stan seltsam dankbar dafür, dass er sie nicht wie einen Hund auf die Pritsche des Pick-ups geworfen, sondern ihr erlaubt hatte, auf der Rückbank zu sitzen.
Sie rasten die Hauptstraße entlang, am Supermarkt, am Glockenturm und an den schäbigen Häusern aus Pressspan vorbei. Links tauchte eine Abzweigung auf, hier ging es nach Biloella, dann kam so eine Art Gerichtsgebäude im Miniaturformat. Drei Türen weiter bremste Stan scharf und parkte vor einem niedrigen, weiß gestrichenen Ziegelhaus.
Ein großes, weißes Schild mit schwarzen Lettern steckte in der Wiese vor der Eingangstür: *Cooinda Police Station*. Jemand hatte rosa und lila Stiefmütterchen davor gepflanzt, die in der Hitze die Blüten hängen ließen.
Stan stieg aus und öffnete India die Tür. »Kommen Sie«, sagte er.
In einer einzigen Bewegung gelang es India, aus dem Wagen zu steigen und aufrecht vor dem Beamten zu stehen.
Stan war beeindruckt. »Das nenne ich gelenkig. Die meisten Leute rudern wie gestrandete Walfische mit den Armen, bevor sie das Gleichgewicht wiedergewonnen haben.«
India antwortete nicht. Sie konzentrierte sich darauf, ihr Schweigen zu bewahren. Sie ging den betonierten Weg entlang. Eine Elster kreischte und Kettenhunde bellten. Die Sonne hämmerte auf ihren Kopf, und es war Wind aufgekommen, der heiß und hart von Norden blies.
Im Gebäude war alles beige und braun. Der Linoleumboden war abgetreten. Die wachhabende Polizistin hinter einem Holz-

tresen wurde von zwei Plastikweihnachtsbäumen flankiert. Eine weiße Plastikuhr an der Wand gab die Zeit mit 12.02 Uhr an. Die Polizistin starrte India hinterher, als sie durch den Gang in einen Raum abgeführt wurde, in die Registratur. Der Raum war mit zwei Aktenschränken, Tisch mit Computer und Telefon und mit einem einzigen Plastikstuhl möbliert.

Stan nahm ihr die Handschellen ab, streckte dann seinen Kopf auf den Gang und rief: »Donna!«. Die Polizistin kam angelaufen, legte ein großes Buch auf den Tisch und schaltete den Computer ein, dann leerte sie Indias Hosentaschen in einen schwarzen Plastiksack. Eine Hand voll Münzen, Quittungen, Pass, ein Notizbuch und einen Bleistift. Stan nahm das Notizbuch und den Pass.

»Mist«, sagte er überrascht. »Sie sind Australierin.«

India schwieg weiter.

»Ich dachte, Sie seien so eine verdammte Engländerin.« Er klang entrüstet. »Und jetzt sind Sie doch Australierin. Der Teufel soll mich holen.«

»Keine Handtasche?«, fragte Donna India. Als diese nicht antwortete, sah sie auf Indias Armbanduhr und dann auf Stan. Dieser nickte.

»Sieht teuer aus«, sagte er.

Sie hätte gerne gesagt: *Sieht aus, als wäre Ihnen ein halbes Ei auf Ihr Hemd gefallen, Stan*, aber sie hielt ihre Zunge im Zaum.

India gab Donna ihre Uhr. Die Polizistin machte ein Foto von ihr. Dann färbte sie Indias Finger mit Stempelfarbe und presste sie auf eine Karte aus weißem Karton, die die Nummer Acht trug. Sie lächelte entschuldigend, als sie India anschließend ein Papiertaschentuch reichte. Donna zog den Stuhl unter dem Tisch hervor und setzte sich. Sie öffnete das große Buch und schrieb etwas auf. Dann setzte sie sich an den Computer, tippte in rasendem Tempo und sah schließlich zu India hoch: »Ich brauche Ihren Namen, Ihre Adresse und Ihr Geburtsdatum.«

»India Rose Kane. 32 Keppel Close, St. Kilda, Melbourne.« Dann nannte sie ihr Geburtsdatum.

»Dann sind Sie also …«
»Neunundzwanzig.«
Die Formalitäten waren schnell erledigt, Donna drückte auf *Speichern* und druckte das Geschriebene aus. Stan packte daraufhin Indias Oberarm und führte sie in ein Zimmer zwei Türen weiter, das Verhörzimmer. Auch hier herrschten Beigetöne vor. Die Möblierung bestand aus einem Tisch und drei Plastikstühlen. Fenster gab es keine bis auf ein kleines in der Tür. In einer Ecke hing eine Videokamera. Auf dem Tisch standen ein Kassettenrekorder und ein billiger Aschenbecher aus Blech mit Spuren von Asche in der Mitte.
Stan sagte ihr, sie solle sich setzen, und ging dann aus dem Zimmer. Beim Geräusch des Schlüssels, der umgedreht wurde, zuckte sie zusammen. Sie starrte an die Wand, ohne etwas zu sehen. Sie vermutete, dass sie sie ein paar Stunden lang allein lassen würden, um sicherzugehen, dass sie ein dringendes Mitteilungsbedürfnis haben würde, wenn schließlich jemand zurückkam. Das hatte sie in ihrer Zeit beim *Courier* in London gelernt, als sie angefangen hatte, über Morde zu schreiben. Diese Beförderung hatte ihr damals gefallen. Sie musste keine Haustierbesitzer, Diät-Freaks oder Ratgeber-Junkies mehr interviewen, sondern fand sich harten Polizisten, Anwälten, Richtern und Schwerverbrechern gegenüber. Ihre erste Mordgeschichte hatte sie mit einer Flasche Krug gefeiert.
Und jetzt saß sie im Outback im Gefängnis und war des Mordes angeklagt. Was für eine Ironie des Schicksals! Sie fragte sich, ob es in Cooinda überhaupt einen vernünftigen Rechtsanwalt gab. Sie konnte sich nicht vorstellen, dass jemand hier am Ende der Welt arbeiten wollte.
Zum ersten Mal, seit sie London verlassen hatte, wünschte sie sich, sie hätte das nie getan. Sie wünschte sich, dass sie beim *Courier* nie gekündigt hätte, dass sie ihres Verlangens, in ihre Heimat zurückzukehren, Herr geworden wäre und nie Laurens Herausforderung angenommen hätte, ihre Wurzeln zu suchen. Am

allerwenigsten konnte sie fassen, dass Cooinda übersetzt ausgerechnet »glücklicher Ort« hieß.
India schloss die Augen und redete sich ein, dass sie nicht wirklich in Schwierigkeiten steckte, dass alles nur ein scheußliches Missverständnis war und sich aufklären würde. Dann würde man sie freilassen. Daran musste sie glauben, sonst sah sie keine Chance. Vor allem, weil die ganze Stadt gegen sie war. Sie schlug die Beine übereinander, stellte sie dann wieder nebeneinander und fühlte sich unzulänglich und seltsam schuldig, obwohl sie gar kein Verbrechen begangen hatte. Seit ihrer Ankunft in Cooinda hatte immer mehr ein Gefühl der Ohnmacht von ihr Besitz ergriffen und ihr Selbstvertrauen zerstört.
Sie wusste, dass Stan sie nervös machen wollte, indem er sie warten ließ. Sie würde nicht so schnell klein beigeben, sie wollte gelassen bleiben, unschuldig wirken – zum Teufel, sie war unschuldig – und an ihrer Geschichte festhalten, was auch immer passierte. Auch wenn sie eine Pistole mit ihren Fingerabdrücken finden würden, würde sie an ihrer Geschichte festhalten.
India zuckte zusammen, als sie den Schlüssel im Schloss hörte und sich die Tür öffnete. Ein großer Schwarzer sah zu ihr herein. Ende zwanzig, vielleicht dreißig. Er trug frisch gebügelte, dunkelgraue Hosen und Jackett. India starrte ihn an. Sie hatte noch nie einen Aborigine in einem Anzug gesehen.
»Guten Abend.« Seine Stimme war tief, und er sprach deutlich und klar, nicht so wie die durchschnittlichen Australier. »Ich bin Detective Jeremy Whitelaw.«
»Hallo.« Sie war überrascht. Er sah eher wie ein Anwalt aus.
»Wie lange warten Sie schon hier?«
Sie tat so, als würde sie auf ihre Armbanduhr schauen, die man ihr abgenommen hatte, und zuckte dann mit den Schultern.
»Müssen Sie auf die Toilette?«
Sie schüttelte den Kopf.
»Wollen Sie einen Kaffee?«
»Gern, mit Milch und zwei Stück Zucker«, erwiderte sie.

Er zog seinen Kopf zurück, und ein paar Sekunden später hörte sie in der Ferne seine tiefe Stimme, verstand aber nicht, was er sagte, dann ließ sich die Stimme eines anderen Mannes lautstark vernehmen und schließlich Donna, protestierend. Eine Tür wurde zugeschlagen. Dann Stille. Schritte kamen eilig den Korridor entlang, und die Tür wurde aufgerissen.

»Wir haben hier in der Stadt zwei Anwälte«, sagte Whitelaw und stellte einen Styroporbecher vor sie auf den Tisch. »Der Trinker ist Coscarelli und der Nüchterne Jerome Trumler. Coscarelli bekommen Sie mit den besten Empfehlungen des Bundesstaats New South Wales, aber Jerome ist in der Regel pünktlich und kommt, wenn er gebraucht wird. Welchen wollen Sie?«

Es freute sie, dass er eher belustigt als verärgert klang. »Ich denke, ich schließe mich Ihnen an.«

»Also Jerome. Kluge Entscheidung.«

Er ging wieder nach draußen, und India trank etwas verwirrt ihren Kaffee. Jetzt, da sie endlich jemand wie ein Mensch behandelte, war sie jedoch etwas besserer Dinge.

Etwa eine halbe Stunde später kam Whitelaw zurück. »Hören Sie, es tut mir Leid, aber Jerome ist im Gericht und kann erst später kommen. Wir müssen also warten. Kann ich Ihnen was zum Essen besorgen?«

»Ein Sandwich, irgendwas, das wäre nett. Vielleicht auch was zu trinken.«

Das Sandwich war mit rosa Roastbeef belegt, das mit scharfem Senf bestrichen war. Dazu eine eiskalte Fanta. Sie hatte keinen Appetit, zwang sich aber, jeden Krümel zu essen. Sie wusste nicht, wann sie wieder etwas zu essen bekommen würde.

Etwas später kam Donna herein und nahm den Abfall mit. Sie erlaubte India, die Toilette zu benutzen, und schloss sie dann wieder ein. Etwas später brachte sie ihr noch eine Fanta, was India vermuten ließ, dass es Kaffeezeit war. Sie legte auch ein paar Zeitschriften auf den Tisch, ehe sie wieder ging. India blätterte in einem alten *Gourmet*, konnte sich aber nicht konzentrieren. Sie spürte, dass der Nachmittag verging. So langsam sehnte sie sich nach einer Zigarette. Sie legte die Zeitschrift zurück auf den Tisch. Bitte, lass Jerome bald kommen, dachte sie. Ich will hier raus.

Schließlich erschien Whitelaw mit Jerome im Schlepptau. Sein Aussehen war nicht gerade Vertrauen erweckend. Er war einen halben Kopf kleiner als sie und wirkte nervös.

Zehn Minuten später war sich India der finanziellen Schwierigkeiten, in denen sie sich auf einmal befand, nur zu bewusst. Der Anwalt verlangte einen Vorschuss von 3000 Dollar und ließ sich im Übrigen seine Dienste mit 175 Dollar in der Stunde vergüten. India hatte das Gefühl, der Fußboden schwanke unter ihr, als sie sich überlegte, wo sie das Geld hernehmen sollte.

»Wie hoch wird meine Kaution ausfallen?«

»Da ist jeder Betrag bis zu 200 000 Dollar möglich.«

Ihre Handflächen waren auf einmal schweißnass.

»Das hängt ganz davon ab, welchem Haftrichter Sie vorgeführt werden«, fuhr Jerome fort. »Wenn wir Richter Deacon bekommen, haben wir ein echtes Problem. Er könnte die Kaution verweigern.«

Der schwarze Detective stand auf dem Korridor, und sie spürte, dass seine Augen auf ihrem Gesicht ruhten.

»Vielleicht sollte ich ja doch Coscarelli nehmen«, sagte sie.

Jerome sah sie durchdringend an. »Natürlich können Sie das. Aber ich würde es Ihnen nicht raten.«

»Es ist auch nicht Ihr Geld«, fuhr sie ihn an.

»Das ist wahr. Aber es geht auch nicht um meine Freiheit.«

Sie bedeckte die Augen, indem sie die Fingerspitzen gegen die Stirn presste, und unterdrückte das Verlangen zu schreien.

»Sollen wir weitermachen?«, fragte Jerome geschäftsmäßig. »Detective Whitelaw hat eine Menge Fragen an Sie.« Als sie nickte, gab er dem Detective ein Zeichen, dass er eintreten könne. Hinter Whitelaw kam Donna und stellt einen Stuhl in eine Ecke, um sich darauf zu setzen.

Whitelaw setzte sich ebenfalls und öffnete einen Block. Er nahm die Kappe von seinem Kugelschreiber und legte diesen auf den Block. Dann sagte er: »Gut. Lassen Sie uns anfangen.« Er legte drei Kassetten in den Kassettenrekorder, drückte auf *Aufnahme* und vergewisserte sich, dass das rote Lämpchen leuchtete und sich sämtliche Spulen drehten, dann lehnte er sich, die Hände im Schoß und entspannt, auf seinem Stuhl zurück.

»Detective Whitelaw, Jerome Trumler, Sergeant Hemmel und India Kane sind an diesem zwölften Dezember 1999 zugegen«, sagte Whitelaw. »Miss Kane, wir wollen das Verhör auf Band aufzeichnen. Sind Sie damit einverstanden?«

Sie sah Jerome an, und dieser nickte.

»Ja.«

»Gut. Von allen Verhören wird es drei Audiokassetten und eine Videokassette geben. Sie werden eine Audiokassette erhalten, eine wird in Ihrem Beisein versiegelt, und eine erhält der Beamte, der das Verhör leitet. Das Videoband bleibt auf der Wache. Wir können diese Aufnahmen bei Gericht verwenden.« Er las ihr ein weiteres Mal ihre Rechte vor. »Haben Sie alles verstanden?«

»Ja.«

»Stimmen Sie mir zu, dass es achtzehn Uhr dreißig ist?«

Jerome hielt ihr seine Armbanduhr hin, damit sie darauf sehen konnte. Whitelaw tat es ihr nach. Sie warf Donna einen Blick zu, aber die Beamtin war damit beschäftigt, ihren Ehering zu drehen.

»Ja.«

»Gut. Lassen Sie uns mit Ihrem Namen, Ihrer Adresse und Ihrem Geburtsdatum anfangen.«

Sie wiederholte, was sie Donna bereits gesagt hatte.

»Sie haben einen britischen Akzent.«

»Ich lebe in London, seit ich zwölf bin.«

Er notierte sich das. »Miss Kane«, er zögerte, »beschreiben Sie mir genau, was passiert ist.«

»Das müssen schon Sie tun. Ich frühstücke gemütlich, und im nächsten Augenblick werde ich zur Mörderin erklärt. Würde es Ihnen etwas ausmachen, mich aufzuklären?«
Stille. Whitelaw sah sie durchdringend an.
»Würde es Ihnen etwas ausmachen, mich aufzuklären?«, bat sie ihn erneut.
Langsam strich er sich übers Kinn, als müsse er sich überlegen, ob er ihr eine Antwort geben sollte oder nicht.
»Hören Sie, ich weiß nicht, was hier eigentlich los ist, aber ich wäre Ihnen wirklich sehr dankbar, wenn Sie etwas entgegenkommender wären.« Sie war froh, dass ihre Stimme so ruhig und gefasst klang. »Klären Sie mich doch bitte auf!«
Die Sekunden verstrichen. Er wollte sie warten lassen, sie als Erste wieder zum Sprechen bringen. Gut, sie hatte nichts dagegen.
»Kann ich rauchen?«, fragte sie. »Vielleicht kann ich mir damit die Zeit vertreiben, während wir dieses Spielchen hier spielen.«
Whitelaw reagierte nicht.
»Ich brauche jetzt wirklich eine Zigarette«, sagte sie. Ihre klägliche Stimme erinnerte sie an Polly. »Bitte.«
Whitelaw zog die Brauen hoch, stieß laut quietschend und ohne sich zu erheben seinen Stuhl zurück, stand dann endlich auf und ging nach draußen. Jerome weigerte sich, sie anzusehen. Er zog die Lippen zusammen, als lutsche er saure Drops, und ließ sie an einen Pavian denken.
Whitelaw kam mit einer Schachtel Benson & Hedges zurück, von der er bereits die Zellophanhülle abgestreift hatte. Auch Streichhölzer hielt er in der Hand. India inhalierte tief. Es wurde ihr schwindlig, und einen wunderbaren Augenblick lang hatte sie den Boden unter den Füßen und jeden Kontakt mit der Wirklichkeit verloren, als träume sie. Doch dann landete sie unsanft wieder in dem beige-braunen Verhörzimmer, Jerome neben und Whitelaw, den sie überhaupt nicht einschätzen konnte, vor sich.

Sie blies den bläulichen Rauch an die Decke und sagte: »Ich sage nichts, wenn Sie mir nicht ebenfalls entgegenkommen.«
Weiteres Schweigen, während India rauchte und Jerome auf seinen seltsamen langen Lippen kaute.
Im Aschenbecher lagen bereits zwei Zigarettenstummel, als Whitelaw endlich etwas sagte.
»In Ordnung«, meinte er mit einem kurzen Nicken. »Um das erst einmal festzuhalten, es handelt sich um einen Doppelmord ...«
»Doppelmord! Sie wollen doch nicht etwa sagen, dass Sie mich zweier Morde verdächtigen?«
Sie meinte, in seinen Augen gesehen zu haben, dass er zu einer Einsicht gekommen war, aber das ging so schnell vorbei, dass sie nicht sicher sein konnte, sich das nicht nur eingebildet zu haben.
»Ja. Ein Polizist außer Dienst wurde gestern Nacht aus nächster Nähe am Nindathana Billabong erschossen.«
Ihr Mund war trocken wie Sand, aber sie sagte trotzdem mit fester Stimme: »Tiger.«
»Er hieß eigentlich Terence Dunn.«
»Okay. Terence Dunn.«
»Die Leiche einer Frau wurde ebenfalls gefunden. Dieselbe Todesart.«
Einen Augenblick lang konnte India keinen klaren Gedanken fassen. Von oben überkam sie eine Eiseskälte, als sie den Kriminalbeamten anstarrte. Lauren hatte am Vorabend einen Mann treffen wollen. Lauren war wegen ihrer Arbeit in dieses entlegene Nest gekommen. Lauren hatte dauernd mit Polizisten und Anwälten zu tun.
Lauren.
Die Kälte dehnte sich nach unten aus, umklammerte ihr Herz.
Bitte, lieber Gott, nicht Lauren.
»Beiden Opfern ist jeweils zweimal in den Kopf geschossen worden. Im Augenblick wird der Zeitpunkt des Todes auf zwischen zwanzig und zweiundzwanzig Uhr geschätzt. Pete Da-

vies, Ken Willis und Billy Bryant haben eine Erklärung unterschrieben, dass sie Sie gemeinsam mit Terence Dunn in seinem Wagen gesehen haben – und zwar um zwanzig Uhr vierzig, und das unweit des Tatorts.«

Sie ist meine ganze Familie. Meine Mutter, meine Schwester, meine einzige echte Freundin. Die Einzige, die mich auf der weiten Welt wirklich kennt. Bitte lass nicht zu, dass sie tot ist. Bitte, bitte, bitte.

»Warum saßen Sie gestern Abend bei Terence Dunn im Auto, Miss Kane?«

Sie holte mit Mühe Luft. Dann noch einmal. Sie versuchte, nicht zu zeigen, wie sehr sie zitterte. Konzentrierte sich darauf, gleichmäßig ein- und auszuatmen. Ein und aus.

»Miss Kane?«

Sie bedeckte ihre Augen mit der rechten Hand und saß einfach nur da. Sie konnte immer noch keinen klaren Gedanken fassen. Sie hörte, dass Whitelaw seine Beine übereinander schlug, dass sein Stuhl quietschte. Dann Stille. Rascheln von Kleidern. Wieder Stille. Schließlich hob sie den Kopf.

»Wer war die Frau?«

Whitelaw sah sie erneut durchdringend an. »Ihr Ausweis lautet auf den Namen Lauren Kennedy, aber wir müssen sie trotzdem von ihren Angehörigen identifizieren lassen. Ihr Gesicht ist nicht mehr zu erkennen.«

India war noch nie ohnmächtig geworden, und auch jetzt wurde sie es nicht, aber sie fiel in sich zusammen, Knochen und Muskeln wurden zu Wasser, und im nächsten Augenblick lag sie auf dem Fußboden.

Whitelaw brüllte Anweisungen, und sie nahm wahr, dass Jerome sehr betreten war. Dann hielt Whitelaw ihre Hände und sprach leise auf sie ein. Nach einer Weile, wahrscheinlich nur einer Minute, aber India schien es wie eine Ewigkeit, kam sie wieder auf die Beine und klammerte sich an der Tischkante fest.

»Sie ist doch eben erst dreißig geworden«, sagte sie.

Whitelaw sah an ihr vorbei, und Donna starrte auf den Fußboden.
Sie dachte an Laurens Lebensfreude, ihren Sinn für Humor, daran, wie sehr sie das Leben geliebt hatte, und schloss die Augen.
Niemand sagte etwas.
»Kann ich sie sehen? Ich muss wissen, ob sie es wirklich ist. Können Sie das verstehen? Ich muss das einfach wissen.«

V i e r

Das Leichenschauhaus lag auf derselben Straßenseite wie das Gericht und die Polizeistation, nur fünf Türen weiter. Hier wuchsen keine Stiefmütterchen, der betonierte Weg zum Eingang wurde von kurz geschorenem Büffelgras flankiert. Im Gebäude roch es nach Orangen, aber unter diesem widerlich süßen Parfüm nahm India den schwachen Geruch von Chemikalien wahr. Ein großer, sehr ernster Mann bat Whitelaw, sich fünf Minuten zu gedulden, damit er alles vorbereiten könne, und ging dann einen von Neonröhren erleuchteten Gang entlang.

India stand neben dem Fenster und betrachtete teilnahmslos eine Elster, die über die stoppelige Wiese hüpfte. Vorsichtig legte jemand eine Hand auf ihre Schulter. Sie gestattete Whitelaw, sie in einen grell beleuchteten, fensterlosen Raum zu führen. Die Fliesen waren weiß und gesprungen, und der ehemals hellblaue Linoleumboden war in der Mitte so abgetreten, dass er grau wirkte. Langsam näherte sich India der verchromten Bahre auf Rollen und blickte auf ihre Freundin hinunter.

Laurens Haut hatte eine seltsame Färbung, nicht mehr karamellfarben, sondern eher von einem stumpfen Grün wie dem von Entengrütze. Die Veränderung der Hautfarbe ihrer Freundin regte India mehr auf als der Umstand, dass ihr Gesicht nicht mehr zu erkennen war. Es war weggeschossen. Lauren war immer so stolz auf ihren Teint gewesen.

Zu Beginn des Sommers fange ich immer mit Lichtschutzfaktor 20 an. Dann senke ich ihn nach und nach und nehme zum Schluss nur noch Kokosöl. Ich genieße es, braun zu sein, dann sehe ich immer so verdammt gesund aus.

Auf der Innenseite von Laurens Handgelenk standen eine hastig mit rotem Stift aufgeschriebene Buchstabenkombination und eine Zahl: CTW/GN1. Unwillkürlich musste India lächeln; Lauren benutzte immer ihren Arm und nie ein Blatt Papier.

Ein Blatt Papier kannst du verlieren, Liebes, deinen Arm aber nicht.

»Ist das Ihre Freundin Lauren Kennedy?«, fragte sie Whitelaw mit leiser Stimme.

India fuhr mit dem Finger über drei halbmondförmige Narben auf Laurens Oberarm. Dort war sie von einem Hund gebissen worden, als sie Kinder gewesen waren.

»Ja.«

»Mein Beileid.«

India dachte daran, wie sie den Hund so fest gegen die Schnauze getreten hatte, dass er heulend mit eingeklemmtem Schwanz verschwunden war. Sie liebte Tiere, aber Lauren kam an erster Stelle, das war immer so gewesen.

»Soll ich Sie einen Moment allein lassen?«

»Danke.«

»Ich warte vor der Tür.«

Sie hörte das schmatzende Geräusch der Türdichtung, als er den Raum verließ.

Ihre beste Freundin Lauren. India sah, dass sie das Haar kurz geschnitten trug. Das passte zu ihrer Persönlichkeit, dieser stachlige Bürstenschnitt wie der eines Jungen.

Danke, Liebes. Es gefällt mir auch. Du solltest das auch mal versuchen. Dann schwitzt man nicht im Nacken, außerdem macht es keine Arbeit.

India berührte Laurens Hand. Sie war kalt und glitschig. Doch sie umfasste sie und hielt sie fest.

Tut mir Leid, dass ich dir nicht aus diesem Schlamassel helfen kann, Indi.

India schloss die Augen.

Ich meine, ich hab doch immer dafür gesorgt, dass dir nichts passiert, oder? Selbst Auge in Auge mit dem Feind. Meine Güte, wenn ich nur an deine Mum und deinen Dad denke. Mit den

Flaschen, die sie geleert haben, hätten wir jede Woche einen Container füllen können.
Daran möchte ich lieber nicht denken, sagte India.
Was, bist du etwa nicht nach Australien gekommen, weil du auf dem Nostalgietrip bist?
Ganz bestimmt nicht.
Komm schon. Es gab auch viele gute Zeiten, denk doch mal an den Strand mit diesen unwiderstehlichen Surfern!
Und an Dad, der gefeuert wurde, weil er bestechlich war.
Meine Güte, er war schließlich bei der Polizei. Was erwartest du?
Zurückhaltung, fuhr India sie an. Besonders der Familie gegenüber.
Und das nur, weil der kleine Toby ...
Dad hatte kein Recht dazu. Es war nicht Mums Schuld, dass Toby gestorben ist.
Sicher, Liebes, das war ein schlimmer Tag. Ein ganz schlimmer Tag, ich bin die Erste, die das zugibt, aber alles hat auch sein Gutes ...
Meinst du damit etwa, dass man mich nach England verfrachtet hat?
Du hast dort zumindest das ein oder andere gelernt. Mehr als ich, so viel ist sicher. Und Tante Sarah war okay, vielleicht etwas unkonventionell. Sie hat mir meine erste Reise nach England bezahlt, erinnerst du dich? Für den alten Drachen hatte ich immer was übrig, und außerdem hatte sie immer genug Zigaretten. Hast du mittlerweile aufgehört?
Nein.
Ich auch nicht.
India beugte sich über Laurens eiskalte Hand.
Lauren?
Ich weiß. Es tut mir Leid ...
Ich hätte nach Sydney kommen sollen ...
Du hast gesagt, dass du nie mehr einen Fuß in diese Stadt setzen willst. Ich hätte nicht darauf bestehen sollen. Ich kann nicht glau-

ben, dass ich mich wie eine Psychologin aufgeführt und gesagt habe, dass dir das gut tun würde. Es tut mir wirklich sehr Leid, dass ich mich so angestellt habe. Ich hätte einfach in dieses verdammte Melbourne kommen sollen.
Das wünschte ich mir auch.

»Wann haben Sie Lauren Kennedy zuletzt gesehen?«, fragte Whitelaw.
Sie saßen jetzt wieder mit laufenden Bändern im Verhörzimmer. Jerome neben ihr, Donna in einer Ecke.
»Miss Kane?«, drängte Whitelaw.
India dachte an Laurens grünliche Haut und daran, dass das Blut auf ihrem Hals und ihren Schultern schwarz verkrustet gewesen war.
Whitelaw hustete und kratzte sich am Kinn. »Ich meine, ehe Sie sie im Leichenschauhaus wieder gesehen haben.«
»Vor zwölf Monaten.«
Er blätterte in einigen Papieren. »Sie haben vorhin gesagt, dass Sie Ihrer Freundin sehr nahe standen und jede Woche, wenn nicht öfter, telefoniert haben. Als Kinder waren Sie Nachbarn. Lauren Kennedy hat Sie so ziemlich jedes Jahr in London besucht. Das klingt nach enger Freundschaft.«
India wollte die Erinnerung an Laurens Leiche abschütteln, aber sie sah sie vor sich, ob sie wollte oder nicht, und zwar jede Einzelheit, das Muttermal am Ellenbogen, den hellen Streifen, wo die Armbanduhr gewesen war, und die frische Schramme am rechten Handgelenk.
»Wie kam es, dass Sie sich so lange nicht gesehen haben? Sie sind jetzt doch schon seit sechs Monaten in Australien.«
»Ich wollte nicht nach Sydney«, flüsterte sie.
»Warum nicht?«
»Ich hasse Sydney.«
Stille. Rascheln von Papier, das Rascheln von Stoff, als Beine übereinander geschlagen wurden.

»Warum?«, fragte Whitelaw.
India langte nach den Zigaretten, zündete sich eine an und sah zu, wie der bläuliche Rauch zur Decke stieg. »Das hat nichts mit dem zu tun, was vorgefallen ist.«
»Ich würde es aber trotzdem gerne wissen.«
Sie legte einen Finger auf die Zunge, entfernte von dort einen Tabakkrümel, den sie sich nur einbildete, und schnippte diesen beiseite. »Okay. Ich hatte dort einige üble Erlebnisse, als ich jung war. Seither ist mein Bild von Sydney getrübt.«
»Was ist damals passiert?«
»Ich bin von Zuhause weggelaufen.«
»Für wie lange?«
»Nur eine Nacht.«
Whitelaw runzelte die Stirn. »Was ist daran so Besonderes?«
»Daran ist nichts Besonderes«, log sie, ohne sich etwas anmerken zu lassen, und klopfte die Asche von ihrer Zigarette. »Aber weil ich mich geweigert hatte, nach Sydney zu kommen, weigerte sich Lauren auch, mich in Melbourne zu besuchen. Deswegen wollten wir sozusagen in der Mitte Urlaub machen.«
Er schrieb etwas auf und fragte weiter. »Wo hat sie gearbeitet?«
»Wir sind beide Journalistinnen, aber sie war in einer ganz anderen Liga. Ihre Recherchen wirbelten richtig Staub auf.«
»Wie kam es, dass Sie beide in Cooinda waren?«
»Keine Ahnung.« Es war einfach zu kompliziert, ihm ihre eigene Familiengeschichte zu erklären oder die Tatsache, dass sie wusste, dass auch Lauren gute Gründe hatte, nach Cooinda zu kommen. Es hatte irgendetwas mit der Geschichte zu tun, an der sie arbeitete – Ethik in der Medizin oder ein ähnliches Weltrettungsprojekt. Lauren hatte sich für den idealistischen Journalismus entschieden – anders als India, die den einfacheren, populäreren Weg eingeschlagen hatte.
»Noch bis vor fünf Tagen wollten wir mit den Pferden eine Tour in den Snowy Mountains machen. Doch dann sagte sie, sie habe hier zu tun, und schlug stattdessen diese Gegend vor.«

»Und Ihnen hat diese plötzliche Programmänderung nichts ausgemacht?«
Sie ließ ihre Zigarettenasche in den Aschenbecher fallen und überlegte sich, ob sie von der Sache mit ihrem angeblichen Großvater Tremain erzählen sollte, entschied sich dann aber dagegen. Sie sagte: »Ich war ohnehin in Broken Hill, und von da ist es nicht weit nach Cooinda.«
»Was haben Sie in Broken Hill gemacht?«
»Ich habe Floyd Harrison gestellt.«
Sie spürte mehr, als dass sie es sehen konnte, wie überrascht Whitelaw war.
»Sie sind die Journalistin, die …« Whitelaw beendete den Satz nicht.
»Ja.«
Sie sah, wie er gegen seine Neugier ankämpfte. »Ich hatte einen Informanten, der einen Mann namens McCarthy kannte«, erklärte sie. »McCarthy hat in den Achtzigerjahren Geld gefälscht. Diese Burschen kennen sich alle untereinander. McCarthy hat mir dann den richtigen Tipp gegeben.«
Die Freude, dass sie den englischen Betrüger dingfest gemacht hatte, kam ihr jetzt vollkommen unwirklich vor. Es hatte sie drei Monate gekostet, Harrison auf die Spur zu kommen, und als sie ihn schließlich vor einer Woche in seinem Versteck in Broken Hill ausfindig gemacht hatte, hatte sie endlich alles erreicht. Sie hatte ihn hinter Gitter gebracht. Sie hatte den Lump überführt, der mehr als ein Dutzend australische Firmen um acht Millionen Dollar betrogen hatte, und sie hatte dafür gesorgt, dass ein Auslieferungsantrag gestellt wurde. Das war ihr erster großer Coup gewesen, seit sie nach Melbourne gekommen war.
Whitelaw schüttelte den Kopf und sah sie eine Weile nachdenklich an.
»Was können Sie mit den Abkürzungen CTW und GN1 anfangen?«

»Nichts, einmal abgesehen davon, dass Lauren sie sich auf das Handgelenk geschrieben hat.«

»Könnten es die Anfangsbuchstaben von irgendwelchen Namen sein?«

»Ich weiß nicht.«

India drückte ihre Zigarette aus.

»Vielleicht ein Code«, meinte er.

»Vielleicht. Aber Sie fragen die Falsche. Warum suchen Sie nicht den Fahrer des weißen Geländewagens, von dem ich Ihnen erzählt habe, und fragen den?«

Sie starrte auf den Aschenbecher, dachte daran, dass sie gelobt hatte, im neuen Jahr mit dem Rauchen aufzuhören, und fragte sich, ob ihr das jetzt immer noch wichtig war.

Whitelaw lehnte sich zurück und stützte sein Kinn auf die Hand.

»Erzählen Sie noch einmal von Frank Goodman.«

Sie seufzte. Sie waren ihr Alibi jetzt sicher bereits hundertmal durchgegangen. Zumindest kam es ihr so vor. »Frank war zu Hause, als mich Tiger dort gegen neun absetzte. Seine Eltern waren über Nacht weggefahren, auf ein Grillfest in Milparinka. Frank und ich tranken ein Bier und hörten dann den Schuss, er fuhr gegen halb zehn in die Stadt, um Freunde zu treffen. Ich bin um elf ins Bett gegangen und um acht aufgestanden. Kurz darauf hat er mich in die Stadt mitgenommen.«

»Frank Goodmans Freunde sagen, Frank sei um neun bei ihnen gewesen und dass er gar nicht gesehen haben kann, wie Tiger sie abgesetzt hat.«

»Sie lügen.«

»Warum sollten sie?«

»Weil Rotmütze und …« Sie konnte sich nicht an ihre richtigen Namen erinnern. »Ein Mann mit Latzhose.«

»Ken Willis und Pete Davies.«

Sie zuckte mit den Achseln. »Wer auch immer.«

»Und wohin ist Frank Goodman gefahren, sagen Sie?«

»Er sagte, er wolle mit ein paar Freunden im Busch wandern gehen, in den Flinders Ranges.« India hielt inne. »Und bis er zurückkommt, stecke ich in der Scheiße, oder?«, fuhr sie dann fort.

Whitelaw begann zu nicken, besann sich dann aber eines Besseren. »Wir tun alles, was in unserer Macht steht, um ihn ausfindig zu machen.«

»Freut mich zu hören.« Die Anspannung war ihr anzumerken. »Wie kommt es, dass ich gestern nur einen Schuss gehört habe, obwohl Tiger und Lauren jeweils von zwei Kugeln getroffen wurden?«

»Der Täter verwendete einen Schalldämpfer. Der eine Schuss, den Sie gehört haben, war der, den Tiger abgefeuert hat.«

Sie nickte. »Danke.«

Er hob eine Schulter und ließ sie wieder fallen. »Okay. Lassen Sie uns wieder da anfangen, als Ihr Wagen …« Er unterbrach sich, als er draußen Lärm hörte. Schritte kamen den Gang entlang, und alle drei starrten zur Tür. Sie sprang auf und knallte gegen die Wand.

Senior Sergeant Bacon trat ein, das Gesicht hochrot vor Wut. Er stellte den Kassettenrekorder ab.

»Verdammt. Das ist ja wohl nicht wahr«, sagte er. »Kaum drehe ich mich einen Moment um, mischst du dich wieder ein. Verschwinde, Detective Whitelaw, und lass mich meine Arbeit machen.«

Whitelaw zuckte zusammen, blieb aber ganz gelassen, als habe er nichts anderes erwartet.

»Sie hatte eine Auszeit, Detective. Eine verlängerte Auszeit, sie sollte hier ungestört sitzen, um über ihre Situation nachzudenken. Und während ich angestrengt nach ihrer Waffe gesucht habe, hast du dich hier mit ihr angefreundet und mit ihr Ausflüge gemacht …« Bacon hatte sich wie ein Kampfhund vor seinem Gegner aufgebaut. »Als Senior Sergeant dieses Polizeidistrikts befehle ich dir, diesen Raum zu verlassen.«

Eine lange Stille. Whitelaw stieß seinen Stuhl zurück und stand auf. Er nickte Jerome kurz zu und verschwand dann nach draußen, ohne sich umzudrehen.
»Sergeant«, sagte Stan zu Donna, »rufen Sie den Richter an und sehen Sie zu, dass die vorläufige Festnahme um acht Stunden verlängert wird.«
Donna sagte: »Sofort, Sir«, und verließ das Zimmer.
»Raus hier«, knurrte Stan Jerome an. Er deutete mit seinem Daumen über die Schulter und auf die Tür.
Jerome zögerte.
Stan warf sich herum wie eine Schlange, die man aufgeschreckt hat. »Das Gespräch mit Ihrer Klientin ist zu Ende, kapiert? Verschwinden Sie endlich!« Und zu Indias Entsetzen kam Jerome dem nach.
Mein Gott, dachte sie. Sie versuchte sich auf ihrem Stuhl kleiner zu machen. Sie hatte ein starkes Verlangen, die Beine übereinander und die Arme um sich zu legen. Sie wollte sich einigeln und dann aus dem Zimmer rollen. Sie zwang sich, ihre Füße auf dem Boden zu lassen, und strich sich mit den Händen, entspannt und voller Selbstvertrauen, über die Oberschenkel.
Stan trat auf sie zu und hielt seinen Mund neben ihr Ohr. Seine Lippen waren ihr so nahe, dass sie spürte, wie sich die feinen Härchen auf ihrer Wange bewegten, als er sprach. »Also, Miss Kane, jetzt reden wir Klartext. Ich bin hier der Boss, und Sie sind eine Mörderschlampe. Sie sind in meine Stadt gekommen und haben einen meiner Beamten ermordet. Und jetzt werden Sie ein vollständiges Geständnis ablegen.«
Sein Atem stank nach Zwiebeln und schalem Bier.
»Als Journalistin wissen Sie natürlich, wie wir über Morde denken. Dass neunundneunzig Prozent von Leuten begangen werden, die das Opfer kannte. Und hier haben wir das perfekte Szenario: attraktiver junger Mann zwischen zwei jungen Frauen und tot. Klingt für mich nach einem klaren Fall von Eifersucht.«

Er trat zurück, um auf sie herunterzustarren und auf ihre Antwort zu warten.
India betrachtete eine Schramme im Linoleum, die wie ein Löwenkopf aussah. Das war geplant, so viel war klar. Stan, der Schläger. Whitelaw, der nette Kerl. Zusammen würden sie alles versuchen, um sie zu zwingen, etwas zu gestehen, was sie nicht getan hatte.
Stan hielt sein hochrotes Gesicht ein weiteres Mal neben ihres. »Sie kommen ins Gefängnis«, sagte er. »Lebenslänglich. Ein Leben in Angst, von dem Sie keine Ahnung haben, dass es überhaupt existiert. Die Wärter werden Sie vermieten und Ihren hübschen sonnengebräunten Arsch allen anbieten, die zahlen können. Und man wird Besenstiele in Ihre Fotze und Ihren Arsch rammen, bis Ihnen die Augen aus dem Kopf fallen.«
Weil sie nicht wusste, was sie sonst tun sollte, starrte India weiter auf den Fußboden.
»Also«, sagte Stan zu India. »Erzählen Sie mir, was vorgefallen ist.«
India starrte nach unten. Sie wollte ihn nicht noch mehr gegen sich aufbringen. Er war bereits außer sich.
»Erzählen Sie mir, was vorgefallen ist«, sagte er erneut.
Sie rührte sich nicht.
Stans Faust schien aus dem Nichts zu kommen. Eben hatte sie noch auf dem Stuhl gesessen, jetzt lag sie auf dem Fußboden, und ihr Kinn tat höllisch weh.
»Schau mich an, wenn ich mit dir rede, du Schlampe«, sagte Stan. Er kam auf sie zu und beugte sich über sie.
India wurde fürchterlich wütend. Sie war davon ausgegangen, dass sie nach Laurens Tod zu keinen Gefühlen mehr fähig sein würde, aber da hatte sie sich geirrt. Sie war höchst lebendig. Und sie war wütend. Das war wenigstens etwas.
»Blöde Kuh«, zischte er.
Sie befühlte ihre Zähne mit der Zunge. Sie saßen noch fest, aber ihre Zunge blutete, und die linke Seite ihres Gesichts fühlte sich

heiß und geschwollen an. *Das musst du einstecken, träum bloß nicht davon, dich wehren zu wollen.* Auf einen Polizisten loszugehen brächte ihr nur weitere Probleme ein. So blieb sie einfach mit Blutgeschmack im Mund liegen. Stan stand über sie gebeugt und ballte immer wieder die Fäuste.

»In ein paar Stunden sind Sie nicht mehr so stur. Denn die nächste Nacht verbringen Sie in der Zelle und in Gesellschaft. Wir haben hier nur sechs Zellen, und stellen Sie sich vor, welch ein Zufall, fünf davon werden gerade renoviert. Sie müssen sich also die Zelle teilen. Der Typ heißt Mike Johnson, auch Mikey Messer genannt. Sie können mal darüber nachdenken, warum er so genannt wird. Er soll sich gerade nach einem kleinen Blutbad hier in der Stadt etwas abregen. Ich an Ihrer Stelle würde also nicht zu viel Lärm machen. Er ist jähzornig.«

Die Hitze breitete sich in ihrem ganzen Gesicht aus. Sie sprang auf und bemühte sich, ihre Stimme nicht zittern zu lassen. »Ich werde mich nicht einschüchtern lassen und etwas gestehen, das ich nicht getan habe.«

Stan grinste. »Mikey wird Sie lieben, Süße.«

Indias Zunge schien an ihrem Gaumen festzukleben. Sie konnte nicht gestehen. Das würde ihr Gefängnis einbringen, lebenslänglich. Aber eine Nacht mit Mikey war womöglich noch schlimmer. Sie starrte Stan unentschlossen an.

Er schüttelte den Kopf, als könne er nichts unternehmen. »Dann gehen wir eben. Aber wenn Sie von dem guten Mikey genug haben – ich habe gehört, dass er einen Schwanz wie ein Hengst hat –, dann rufen Sie einfach, und wir holen Sie da raus.«

Stan führte India den Gang entlang zum Zellenblock, der mit senkrechten Gitterstäben in sechs Zellen unterteilt war. Jeder Quadratzentimeter war einzusehen, und die Zellen waren mit karamellfarbenen Schaumstoffmatten ausgelegt. Ein Stockbett aus Metall war an der Wand festgeschraubt, weiterhin bestand die Einrichtung aus einem Edelstahlwaschbecken und einer Toilette ohne Klosettbrille. Der Gestank nach Urin, Zigarettenrauch und abgestandenem Schweiß war durchdringend. Stan blieb vor der ersten Zelle auf der rechten Seite stehen und schloss die Gittertür auf.

»Ihre Luxussuite, Madame«, sagte er spöttisch.

Mikey Messer lag, alle viere von sich gestreckt, auf der unteren Koje. Sein Mund stand offen, und ein Fuß und eine Hand lagen auf dem Fußboden, als sei er vor Anker gegangen. Ein dicker, brauner Pferdeschwanz mit sonnengebleichten gespaltenen Haarenden wand sich wie eine Schlange in seinem muskulösen Nacken. Der Mann war so riesig, dass seine Pritsche winzig wirkte, und er sah aus wie ein Türsteher, der sich die ganze Nacht geprügelt hat. Sein T-Shirt war an mehreren Stellen eingerissen, und seine schmutzigen Jeans hatten dunkle Blutflecken.

Stan stieß sie in die Zelle und knallte die Gittertür zu.

Mikey stöhnte halblaut.

India wich zurück und prallte mit den Schultern sofort an die eiskalten Gitterstäbe aus Stahl.

In ihrer Magengrube machte sich wieder die große, schwarze Fledermaus bemerkbar.

»Wirklich, Sie haben das nicht nötig«, sagte Stan und schüttelte bedauernd den Kopf.

Du hast auch früher schon Todesangst gehabt, sagte sich India. *Gib jetzt nicht auf.*

»Kommen Sie«, sagte Stan einschmeichelnd. »Sie wollen doch nicht mit Typen wie Mikey zusammen sein, wenn eine Unterschrift Ihnen das ersparen kann.« Mit einem mitfühlenden Gesichtsausdruck hielt er ihr seinen Schlüsselbund hin, als wolle er sie damit in Versuchung führen.

India sah Mikey an. Er schnaufte im Schlaf. Sie schüttelte den Kopf. Sie würde es sich nie verzeihen, wenn sie sich verleiten ließ, etwas zu gestehen, das sie nicht getan hatte, nur weil sie die Nacht nicht mit einem Mann verbringen wollte, dem – so ermahnte sie sich in panischem Optimismus – sie noch nicht einmal vorgestellt worden war.

Stan verschloss das Gitter. »Rufen Sie einfach«, sagte er einschmeichelnd, »und ich hole Sie hier raus – und zwar pronto.« Mit trockenem Mund schob sich India die Gitterstäbe entlang in die Ecke, die am weitesten von Mikey entfernt lag, und ließ sich langsam zu Boden sinken. Stans Schritte verklangen. Die Wände, in die Namen sowie Zeichnungen männlicher und weiblicher Geschlechtsorgane eingeritzt waren, nahm sie kaum war. Sie beobachtete Mikey Messer, der, alle viere von sich gestreckt, auf seiner Pritsche schlummerte wie ein Baby.

F ü n f

India unternahm alle Anstrengungen, wach zu bleiben.

Mikey Messer schlief jetzt bereits zwei Stunden ununterbrochen, und sie hatte ihn dabei beobachtet. Sie wagte gar nicht daran zu denken, was geschehen würde, wenn er wieder zu sich kam. Würde er sie zusammenschlagen? Oder würde er sie vergewaltigen? Sollte sie es darauf ankommen lassen und selbstbewusst auftreten? Oder sollte sie sich in einer Ecke zusammenkauern, sich nicht bewegen und Mikey so lange auf sich herumtrampeln lassen, bis er es leid war?

Aber sie wusste, was gebrochene Rippen sind. Sie wusste, wie es ist, die Faust eines Mannes so fest und schnell im Zwerchfell zu spüren, dass man sich nur noch übergeben kann. Und wenn er mich dann in die Nieren schlägt, oben rechts, dann weiß ich genau, was ich damals gedacht habe: Ich will sterben.

Denk so etwas nicht, Liebes. Damit schadest du dir nur.

Lauren?

Wer sonst? Und auf die Gefahr hin, dass es eine dumme Frage sein mag, aber was zum Teufel machst du hier drin?

Das Ganze ist ein Missverständnis.

Pass bloß auf, Mädchen. Der sieht so bösartig aus, dass sich vermutlich selbst die Skorpione vor ihm verstecken.

Ich werde so tun, als hätte ich Haare auf den Zähnen.

Tu das.

India riss plötzlich die Augen auf. Mikey lag immer noch in der gleichen Stellung auf seiner Pritsche. Mitleidslos leuchteten die Neonröhren.

Ich habe nur in meiner Phantasie mit Lauren gesprochen, dachte sie benommen. Mein Unterbewusstsein wird nicht mit der Tatsache fertig, dass sie tot ist. Dass sie mich nie mehr beschützen wird. Dass ich allein bin.

Aber was ist, wenn ich hier doch einen Großvater habe? Dann bin ich nicht allein. Lauren hat gesagt, er ist wunderbar. Was vermutlich bedeutet, dass er mit einer weißen Mähne, einem lockigen Vollbart und strahlenden blauen Augen aussieht wie der Weihnachtsmann. Wie ich meine Familie kenne, sieht er vermutlich nur so süß aus, verbringt aber seine Freizeit mit Kettensägemassakern.
India schloss die Augen und fiel fast sofort in einen tiefen, traumlosen Schlaf.

Sie hatte keine Vorstellung, wie spät es war, als Stanley Bacon zurückkam. Sie wurde von dem lauten Klappern der Gittertür aufgeschreckt und sprang sofort mit heftig pochendem Herz auf.
»Jetzt sehen Sie fast so aus, als könnten wir ins Geschäft kommen«, sagte Stan mit einem hinterhältigen Grinsen.
Sie sah auf Mikey, der sich keinen Millimeter bewegt zu haben schien, seit sie ihn zum ersten Mal gesehen hatte. Eine Blaskapelle hätte neben ihm aufspielen können, und er wäre trotzdem nicht aufgewacht, vermutete sie.
»Nein, wir werden niemals miteinander ins Geschäft kommen.« Sie wandte sich von ihm ab und setzte sich wieder.
Stan starrte sie finster an. »Sie gestehen jetzt lieber, oder ich wecke Mikey. Dann haben Sie wirklich ein Problem.«
India kam mit Mühe wieder auf die Beine. Es gelang ihr jedoch, ruhig zu bleiben. »Wenn ich je eine leere Drohung gehört habe, dann das.« Sie betrachtete den auf dem Rücken liegenden Mikey. »Der Typ liegt doch halb im Koma.«
»Das wird aber nicht immer so bleiben.«
Sie zuckte mit den Achseln.
»Wie Sie wollen. Ich komme in einer Stunde zurück, und dann sehen wir, ob Sie immer noch so stur sind.«
»Sparen Sie sich die Mühe.« Sie setzte sich wieder. Sie war überrascht, dass sie so leichtsinnig war. »Ich kann bis morgen warten, bis Jerome kommt.«

Sie war so damit beschäftigt, dem Polizisten hinterherzusehen, dass sie die Bewegung auf der Pritsche gar nicht wahrnahm.
»Was zum Teufel ist hier los?« Die Stimme war tief, verwaschen und sehr verwirrt.
India zuckte zusammen. Sie versuchte gleichgültig zu wirken und ihre Atmung unter Kontrolle zu bringen.
Immer cool, Mädchen. Er soll dir deine Angst nicht anmerken.
Sie atmete dreimal tief durch, und zwar durch die Nase, und setzte sich so hin, als müsse sie nachdenken. Sie legte die Hände auf die Knie und rückte ihre Schultern zurecht.
Gespielt gleichgültig ließ sie ihre Augen über den Fußboden zu Mikeys ausgetretenen Lederstiefeln wandern und an seinen schmutzigen, blutbefleckten Kleidern entlang, bis sie schließlich auf seinem Gesicht ruhten, einem starken Gesicht mit einer großen Hakennase und einem kraftvollen Kinn. Eine Narbe teilte die eine Braue.
»Reden Sie mit mir?«, fragte sie unfreundlich.
»Sie wollen doch nicht behaupten, dass noch mehr von Ihrer Sorte hier sitzen?« Er ließ den Kopf kreisen, um die gesamte Zelle mit den Augen absuchen zu können, und wurde bleich. Schweißperlen wurden auf seiner Stirn sichtbar, und er ließ seine blutunterlaufenen Augen auf ihr ruhen. Er wirkte seltsam betroffen.
»Falls Ihnen übel werden sollte«, sagte India, »könnten Sie dann in die Mitte der Kloschüssel zielen? Ich kann den Geruch von Erbrochenem nicht ertragen.«
Schwankend kam Mikey auf die Beine, streckte seinen Kopf gehorsam in die Edelstahltoilette und übergab sich lautstark.
India versuchte gelassen zu wirken, während er wiederholt die Wasserspülung betätigte und dann über das Waschbecken gebeugt stand, Wasser über sein Gesicht, sein Haar und seinen Hals laufen ließ und sich den Mund ausspülte. Schwankend ging er zurück zu seiner Pritsche, setzte sich und trocknete sich das Gesicht an seinem T-Shirt ab. Er sah jetzt ein wenig besser aus,

aber sie bemerkte, dass seine Hände zitterten und seine Haut immer noch grau war.
India starrte auf einen Punkt an der Wand, als würde sie nachdenken.
Nach einer Weile sagte er: »Was zum Teufel machen Sie hier?« Das klang wirklich erstaunt.
Langsam zählte sie bis zehn, ehe sie ihm den Kopf zuwandte und ihn direkt ansah. Er hatte Lachfältchen um die Augen und einen vollen Mund. Seine Schultern waren breit, und er war schlank und durchtrainiert. Sein Bauch war flach. Wäre er nicht so schmutzig gewesen und hätte er nicht nach Alkohol und Erbrochenem gestunken, hätte man ihn fast als gut aussehend bezeichnen können.
»Kommen Sie.« Er warf ihr ein Lächeln zu, das zumindest er für aufmunternd hielt. »Ihr Geheimnis ist bei mir in besten Händen, großes Ehrenwort.«
»Um es einmal so zu sagen, ich bin nicht hier, um Ihnen die Socken zu waschen und die Hemden zu bügeln.«
»Zum Teufel«, sagte er. Er sah sie fasziniert an. »Haben Sie einen schlechten Tag? Oder sind Sie eine dieser Männerhasserinnen? Eine von diesen Frauen, die Männer für minderwertig halten?«
Sie stellte sich ihren Vater vor, dann Rotmütze und seine Bande und schließlich Stan. Als sie wieder etwas sagte, war es die Wahrheit: »Ich hasse Männer.«
Er sah sie eine Weile an und schien noch bleicher zu werden. Schließlich legte er sich zurück und schloss die Augen. Als India schließlich aus den Augenwinkeln heraus zu ihm sah, war er fest eingeschlafen. Sie lehnte sich zurück und atmete erleichtert auf. Zuversichtlicher legte sie den Kopf gegen die Gitterstäbe und schloss die Augen.

»Pst.« Jemand stand im Schatten hinter ihr und stieß sie an.
Dieses Mal sprang India nicht entsetzt auf. Stattdessen stöhnte sie protestierend, dass sie gestört wurde. Sie wurde ein zweites

Mal angestoßen, tauchte zögernd aus dem Tiefschlaf auf, der sich wie eine Decke über sie breitete, und öffnete die Augen. Sie hatte das Gefühl, jemand hätte ihr Sand in die Augen gestreut, und sie hatte einen schlechten Geschmack im Mund. Sie war hungrig, schmutzig und erschöpft.
»Ich hab dir einen Kaffee mitgebracht«, kam eine Stimme aus dem Schatten und schob einen dampfenden Styroporbecher durch die Gitterstäbe.
»Oh, Polly.« Sie war gerührt. »Du rettest mir das Leben, das tust du wirklich.«
»Du freust dich, mich zu sehen?« Das Mädchen wurde so eifrig, dass India zurückwich.
»Ich freue mich über den Kaffee«, sagte India. Sie bemerkte, dass es Polly kränkte, war aber zu müde, als dass ihr das etwas ausgemacht hätte. Sie lag mit angezogenen Beinen auf der Seite und trank mit geschlossenen Augen in kleinen Schlucken. Dünn und wässrig und und wohl der schlechteste Kaffee, den sie je getrunken hatte. Aber nach dem süßen, heißen Getränk hatte sie keinen so schlechten Geschmack mehr im Mund, und nach einer Weile öffnete sie die Augen und murmelte: »Himmlisch.«
Pollys Gesicht leuchtete auf, als hätte jemand einen Scheinwerfer eingeschaltet.
»Und wo ist meiner?«
Sie blickten beide zu Mikey hinüber.
»Wusste nicht, dass du auch hier bist.«
»Kennst du diesen Mann?«, fragte India.
»Alle kennen Mikey.«
»Polly«, sagte Mikey, »wie spät ist es?«
»Gleich sieben.«
»Bitte versuch doch, Whitelaw aufzutreiben. Ich habe diese Zelle wahrlich lange genug mit dieser Frau geteilt.«
India wandte sich ihm halb zu. Mikey saß auf seiner Pritsche, das Gesicht vom Alkohol aufgedunsen, und sein Pferdeschwanz baumelte hinten auf das zerrissene T-Shirt.

»Magst du India nicht?«
Mikey musterte India prüfend. »Bis jetzt nicht, nein.«
Polly sah aus wie ein begossener Pudel.
»Ich bin mir sicher, dass sie im Innersten ganz nett ist, Poll«, sagte er müde. »Komm schon, tu mir den Gefallen und hol Whitelaw. Ich will nach Hause, das ist alles.«

Whitelaw erschien fünf Minuten später frisch rasiert und wie aus dem Ei gepellt. Der frische Duft von Seife fuhr durch den Gestank von Erbrochenem und Schweiß wie ein Regen nach langer Trockenheit. Ein paar Sekunden stand er einfach nur da und sah sich um.
»Haben wir hier über Nacht ein gemischtes Gefängnis bekommen«, fragte er, »oder habe ich Halluzinationen?«
Mikey rollte von seiner Pritsche und stellte sich neben die Zellentür. Er war größer als Whitelaw, ein gutes Stück über ein Meter achtzig. »Lass mich hier raus!«, sagte er.
»Wozu die Eile?«, wollte Whitelaw wissen. »Ist deine Zellengenossin nicht hübsch genug?«
Mikey warf ihr einen Blick zu. »Ihren Typ habe ich noch nie sonderlich attraktiv gefunden. Zu dünn, zu zugeknöpft und viel zu aggressiv.« Er machte eine ungeduldige Handbewegung. »Komm schon, Jed, jetzt mach, bitte!«
Die Zellentür wurde geöffnet, und die Scharniere kreischten. Mikey trat auf den Gang. Vorsichtig folgte ihm India und blieb in einigem Abstand von ihm stehen. Eine Stille trat ein, ehe Whitelaw sagte: »Miss Kane, könnten Sie mich darüber informieren, was hier vorgefallen ist?«
»Fragen Sie Sergeant Bacon.«
Whitelaw sah Mikey mit gerunzelter Stirn an. »Was ist hier los?«
»Das Übliche.« Er sah India in die Augen. »Kaum zu glauben, dass Stan so blöd war. Er hätte wissen müssen, dass er sie nie kleinkriegt. Ihr Typ ist nicht kleinzukriegen.«
Whitelaw seufzte. »Dann wollen wir mal sehen, dass wir das mit

euch beiden geregelt kriegen«, sagte er. »Mike, Donna wird sich jetzt um dich kümmern. Miss Kane, wenn Sie mir folgen wollen, schau ich mal, ob Sie irgendwo duschen können.«
India folgte den beiden Männern durch den beigen Korridor. Whitelaw stieß eine Schwingtür auf. *Zu viel Sonne.* Ihre Augen brannten, pochende Kopfschmerzen meldeten sich. Donna sprach in ein Funkgerät, ihr dunkles, schulterlanges Haar glänzte, ihr Hemd leuchtete weiß. Der Blick, den sie India zuwarf, machte dieser schmerzlich bewusst, wie schmutzig sie in den letzten vierundzwanzig Stunden geworden war. Donna wandte sich dann an Mikey und winkte ihm kokett zu. Dieser beachtete sie nicht weiter und sah über die Theke. Er steckte seine Brieftasche ein, nahm seinen Schlüsselbund und hakte ein Handy an seinen Gürtel. Dann starrte er auf einen Stapel Formulare neben einem Computer und brachte sie mit dem Finger durcheinander.
»Ich habe heute Morgen Ihren Rucksack geholt«, sagte Whitelaw zu India. »Ich dachte, dass Sie sich vielleicht umziehen wollen. Einen Augenblick.« Er ging durch eine Tür hinter der Theke.
Donna schaltete das Funkgerät aus. »Mikey, du weißt, dass du diese Sachen nicht lesen darfst.«
Er schien sie nicht zu hören, griff sich ein weißes Formular und starrte es an. Er schwankte, stützte sich mit einer Hand an der Wand ab und starrte es weiter an.
»Komm schon, Mikey, gib her«, sagte Donna.
Mikey beachtete sie nicht. Er sah zu India, sein Gesicht war bleich und zeigte seine Anspannung. »Sind Sie India Kane?«
»Ja.«
»Sie sind die Frau, die Tiger ermordet hat.«
»Nein! Damit habe ich nichts …«
»Halten Sie den Mund.« Er schrie nicht. Seine Stimme war ruhig, jedoch von Abscheu erfüllt. »Oder ich sorge dafür.«
Er warf das Papier auf die Theke und stand dann mit geballten Fäusten da.

Sie machte zwei Schritte zurück und schluckte trocken. »Ich habe Tiger nicht ermordet. Das ist ein Missverständnis, ich dürfte hier nicht ...«
»Halten Sie den Mund!«
Schritte.
»Was zum ...« Whitelaw sah sich das weiße Formular an und schaute dann in Mikeys Gesicht. »Verdammt.« Er ging durch das Zimmer, stellte sich neben Mikey und nahm seinen Arm. »Mikey, das tut mir Leid«, sagte er. »Ich wollte dir das später sagen.«
Mikeys wütender Gesichtsausdruck änderte sich nicht. Er machte seinen Arm los und starrte weiter auf India. »Ich hoffe, ihr hängt sie auf.«
»Ich finde, du solltest gehen. Um die Strafe kümmern wir uns später.«
»Und hängt sie hoch.« Seine Stimme brach. »Er war doch erst dreiundzwanzig, verdammt noch mal ...«
Hilflos angesichts seiner Wut sah India Mikey schwankend zur Tür gehen.

Sechs

Als sein Handy klingelte, beachtete Mikey das nicht weiter. Es klingelte wieder, dieses Mal länger, und er beachtete es immer noch nicht. Zwei Minuten später klingelte es erneut, und er stöhnte. Er ließ sich auf die Stufen des Lebensmittelgeschäfts fallen und drückte auf die Sprechtaste.

»Ja.« Seine Lippen waren steif, und seine Zunge schien zu groß für seinen Mund. Er stand immer noch unter Schock und war wie in einem Nebel.

»Spreche ich mit Detective Michael Johnson?«

»Nicht mehr.«

»Wie meinen Sie das?«

»Wenn Sie mit der Polizei sprechen wollen«, sagte er müde, »dann schlage ich Ihnen vor, direkt dort anzurufen. Diese Handynummer ist privat.«

»Ich habe hier Ihre Karte. Sie haben Ihre Privat- und Ihre Handynummer auf die Rückseite geschrieben.«

Der Nebel lichtete sich etwas. »Wer sind Sie?«

Die Stimme wurde leiser. »Mein Name tut nichts zur Sache.«

»Okay. Schießen Sie los.«

»Sie ermitteln doch im Fall Patterson.«

»Ja.«

Eine kurze Pause.

»Ich weiß vielleicht, wer ihn ermordet hat. Ihn und den anderen Burschen.«

Mikey lehnte sich vor. »Reden Sie weiter.«

»Ich habe Angst, okay? Ich habe Akten gefunden. Notizen und so. Höchste Geheimhaltung … Wirklich ernste Sachen.«

»Worum geht es darin?«

»Das kann ich nicht sagen. Aber wenn die wüssten, dass ich das gesehen habe … dann wäre ich tot.«

»Wer sind die?«
Stille.
»Können Sie mir das schicken? Oder eine Kopie?«
»Ich weiß nicht, ob ich das tun kann. Die Akten sollten gar nicht erst gefunden werden …« Der andere verstummte.
»Regen Sie sich nicht auf«, sagte Mikey. »Warum sagen Sie mir nicht, wie Sie heißen, und wir fangen von da noch einmal an.«
Zögern.
»Nennen Sie mich Sam.«
»Okay, Sam. Von wo rufen Sie an?«
»Von einer Telefonzelle. In Sydney. Ich befürchte, dass sie das Telefon bei mir zu Hause und in meinem Büro abhören.«
»Wo arbeiten Sie.«
Wieder Stille.
»Sam. Sind Sie noch da?«
»Ich muss auflegen.«
»Können Sie mich später noch einmal anrufen?«
»Ich habe Angst, dass sie mich umbringen.«
»Ich würde Ihnen gerne versprechen, dass man Sie beschützt …«
»Sie können mich nicht beschützen. Niemand kann das.«
Der Mann legte auf. Mikey starrte sein Handy an. Ein Durchbruch. Schließlich hatte doch jemand an der Leine angebissen, die er im November ausgeworfen hatte. Nicht dass er von Sam sonderlich viel erfahren hätte, aber wenn ein Zeuge erst einmal zu reden anfing, dann hörte er normalerweise nicht mehr auf. Er hoffte, dass es dieses Mal nicht anders sein würde. *Tiger wäre begeistert gewesen.*
Er fragte sich, ob sein Freund dieser Kane in die Augen gesehen hatte, als sie ihn erschoss. Er fragte sich, ob Tiger unter Schmerzen gestorben war oder ob er es nicht einmal gemerkt hatte. Er spürte seinen Schmerz körperlich. Auf unsicheren Beinen erhob sich Mikey und schlug die Richtung zum Schnapsladen ein.
Dort drinnen war es dunkel. Mikey wischte sich mit dem Ende seines T-Shirts den Schweiß aus dem Gesicht und sah sich um.

Die Fliegengittertür fiel zu, und da stand Skippy und ließ seinen großen, schwarzen Kopf hängen. Seine Augen und sein Mund waren von unzähligen Fältchen umgeben, seine Haut war so schwarz wie Holzkohle. Seine schwarze Mähne durchzogen graue Strähnen, und auf seiner nackten Brust und seinen Schultern waren Schnittwunden und Schorf zu sehen. In einer Hand hielt er eine geschnitzte Schlange, in der anderen das bemalte Ei eines Emu.

»Welches willst du?«, fragte er Mikey.

»Deinetwegen habe ich vierundzwanzig Stunden im Knast gesessen«, fuhr ihn Mikey an. »Ruf das nächste Mal die Bullen.«

»Sie wollten nicht kommen.«

»Ich wünschte, ich wäre so vernünftig gewesen.«

»Du hast mein Leben gerettet.«

»Und was habe ich davon? Knast. Und dann noch eine Strafe von zweihundert Dollar. Ich fühle mich, als wäre ich unter eine Dampfwalze geraten. Ich habe einen losen Zahn, und dank dir brauche ich ein neues Hemd.«

Skippy trat von einem Fuß auf den anderen und starrte auf den Fußboden. »Ich wollte dich nicht in Schwierigkeiten bringen.«

Schweigend bezahlte Mikey seinen Bourbon.

»Du bist ein guter Mann, Mikey«, begann Skippy versuchsweise und legte die geschnitzte Schlange auf die Ladentheke. »Danke, mein Freund.«

Mikey schaute auf Skippys gebeugte Schultern und betrachtete die zerlumpten Shorts, die um seine Hüften schlotterten. Als er die Schlange nahm, wünschte er sich, dass er manchmal nicht so verdammt gutmütig wäre.

India erwartete, dass Donna sie so behandeln würde, wie Mikey sie behandelt hatte, feindselig und voller Verachtung, aber die junge Polizistin schien freundlich zu sein, als sie sie bat, telefonieren zu dürfen.

»Wenn es ein Ferngespräch ist«, sagte Donna, »dann fassen Sie sich bitte kurz.«
»Natürlich«, antwortete India und wählte Scottos Durchwahl beim *Sydney Morning Herald*. Es wurde sofort abgehoben. »Tut mir Leid«, sagte eine Männerstimme entschuldigend, »aber Scott Kennedy ist in Urlaub. Er ist erst in zehn Tagen wieder zurück. Kann Ihnen sonst jemand helfen?«
India sagte ihren Namen. »Es ist äußerst dringend«, sagte sie. »Es geht mehr oder minder um Leben und Tod. Es geht um seine Frau Lauren. Können Sie ihm eine Nachricht zukommen lassen?«
»Was ist mit Lauren?«
»Das kann ich Ihnen im Moment nicht sagen, aber ich muss sofort mit Scotto sprechen. Es ist ein Notfall. Ich bin auf der Polizeistation von Cooinda. Können Sie sich folgende Nummer notieren? Können Sie dafür sorgen, dass er mich anruft?«
»Ist Lauren okay?«
»Ich kann nicht …« Ihre Stimme zitterte.
»In Ordnung.« Seine Stimme klang geschäftsmäßig. »Ich werde versuchen, ihn so schnell wie möglich zu erreichen. Das wird nicht leicht sein. Als wir zuletzt von ihm gehört haben, war er auf dem Weg in den Dschungel, um Orang-Utans zu beobachten. Irgendwo in Borneo. Er hat sein Handy mitgenommen, aber ich bezweifle, dass es dort funktioniert. Ich werde versuchen, ihn anders aufzutreiben. Ich werde bei seinen Eltern anfangen. Okay?«
»Okay.«
»Ich heiße Tom Worthington. Ich gebe Ihnen meine Privatnummer und meine Handynummer. Haben Sie ein Handy?«
»Nein. Aber warten Sie …« Sie bat Donna um einen Stift und ein Stück Papier und fragte sie, ob es in Ordnung sei, wenn Tom sie auf der Wache anriefe.
»Klar«, sagte Donna. Sie riss eine Seite aus ihrem Notizbuch und gab sie India zusammen mit ihrem Kugelschreiber.

»Tom, Sie können mir hier eine Nachricht hinterlassen. Geben Sie mir Ihre Nummern.« Sie schrieb sie auf. »Oh, und haben Sie die Nummer von Laurens Eltern? Ich will es dort als Nächstes versuchen.«

»Warten Sie.« Klirren eines Hörers, der abgelegt wird. »Hier. Sie sind nach Armidale gezogen. Die Vorwahl ist 2 – wie die von Sydney.«

»Danke.«

»Machen Sie sich keine Sorgen, India. Wir werden ihn schnell finden.«

India wählte erneut. Ihre Finger zitterten. Eine Frau meldete sich: »Hallo?«

»Hallo. Mein Name ist India Kane. Ich bin eine Freundin von …«

»Indi!«, sagte Laurens Mutter. »Was für eine nette Überraschung.«

Ihr wurde ganz anders. *Sie wussten nichts davon.*

»Wie geht es euch? Lauren war so aufgeregt, dass sie schon eine Woche vorher mit dem Packen angefangen hat …«

India konzentrierte sich auf die Uhr an der Wand und versuchte, nicht in Tränen auszubrechen. Laurens Mutter, Sylvia Walker, machte das beste Teegebäck überhaupt. Lauren hatte bei jedem Besuch einen von Sylvias Küchlein mitgebracht.

»Wie geht's Lauren?«, fragte Sylvia. »Ich wette, der Hintern tut ihr weh, sie ist seit Jahren nicht mehr geritten.«

»Hm … ich vermute, dass du in den letzten Tagen nichts von Scotto gehört hast?«

Sylvia lachte. »Fehlt er ihr schon so sehr?«

»Wahrscheinlich.«

»Seit er nach Borneo gefahren ist, habe ich nicht mehr mit ihm gesprochen. Ausgerechnet Borneo! Als ob es in Australien nicht schon heiß genug wäre.«

»Er hat dir keine Telefonnummer hinterlassen, unter der du ihn erreichen kannst?«

»Warum? Nein, hat er nicht.« Schweigen. »Ist bei euch alles in Ordnung, Indi?«

Nein. Überhaupt nicht, aber das kann ich dir nicht sagen, ehe ich mit Scotto gesprochen habe.

»Doch«, antwortete sie. Sie hatte einen Kloß im Hals und musste sich alle Mühe geben, nicht loszuheulen. »Sylvia, ich muss jetzt auflegen. Mach's gut.«

»Du auch, und sieh zu, dass du uns besuchst, und zwar bald. Versprochen?«

India wollte das letzte Wort wiederholen, konnte aber nicht. Sie legte gerade noch rechtzeitig auf, ehe ihr ein Schluchzer über die Lippen kam.

Donna reichte ihr eine Schachtel Kleenex. »Versuchen Sie doch noch jemand anzurufen.«

Mit halb erstickter Stimme bedankte sich India und putzte sich dann die Nase. Anschließend holte sie ein paarmal tief Luft und tätigte dann zwei weitere Anrufe. Leute, die sie in den sechs Monaten kennen gelernt hatte, als sie in Melbourne gewohnt hatte. Der Erste war bis Donnerstag verreist, und India sprach ihm eine Nachricht auf seinen Anrufbeantworter. Der andere war bereits in den Weihnachtsferien in England und würde erst im Januar wieder im Lande sein.

India begann zu zittern. Verlier jetzt bloß nicht die Nerven, ermahnte sie sich. Bloß weil die Kavallerie gerade Urlaub macht, heißt das noch lange nicht, dass sie hier nie eintreffen wird. Du wirst das schon überleben, bis Scotto hier auftaucht. Das wirst du einfach.

»Sie haben wohl nicht viel Glück«, sagte Donna.

India antwortete nicht. Sie ging hinter der Beamtin her zum Duschraum, vor dem ihr Rucksack lag. An diesem hing ein großer, roter Zettel mit einer Acht. Donna öffnete die Tür. »Es gibt kein Schloss, also warte ich draußen.« India war sich nicht sicher, ob die Polizistin etwaige Eindringlinge abwehren oder sie daran hindern wollte, zu türmen.

Ihr Rucksack war vollkommen durcheinander. Offenbar war alles herausgezerrt, begutachtet und wieder hineingestopft worden. India leerte den ganzen Rucksack und legte Kleider, Bücher und Toilettenartikel auf einen Stapel. Dann öffnete sie ihren Kulturbeutel, nahm Shampoo, Pflegespülung, Seife und einen Schwamm heraus und stellte alles in die Duschkabine. Dann legte sie ein dünnes, orangenes Handtuch in Reichweite der Dusche und drehte diese ganz auf.

Sie schleuderte ihre Stoffschuhe von sich und zog Bluse und Jeans aus. Ihre Unterwäsche warf sie auf die Kleider. Wasserdampf wehte auf sie zu. Sie kontrollierte die Wassertemperatur. Es war etwas zu heiß.

Schließlich stellte sie sich unter den Wasserstrahl. Ohne dass sie es eigentlich wollte, schüttelte es sie vor Wohlbehagen. Langsam und genüsslich drehte sie sich um, und Wasser prasselte auf ihren Nacken und auf ihre Schultern und lief über ihren Kopf und ihr Gesicht. Sie schloss die Augen, atmete den vertrauten Duft ihrer Seife ein und tat so, als sei sie wieder in ihrer kleinen Wohnung in Melbourne.

Das ist die einzige Freude, die man dir in nächster Zeit gönnen wird. Genieße sie!

Sie wusch sich die Haare und verwendete anschließend die Pflegespülung, dann stand sie einfach da, den Wasserstrahl auf die Schulterblätter gerichtet und immer noch mit geschlossenen Augen.

Sie dachte daran, wie sie Sylvia und Lauren das letzte Mal zusammen gesehen hatte. An dem Tag, bevor sie sie zum Kingsford Smith Airport gebracht hatten, war sie zwölf Jahre alt geworden. Sylvia hatte Laurens wegen versucht, tapfer zu sein, Lauren hatte dasselbe wegen India versucht, und India war wegen ihnen allen tapfer gewesen. Alle drei waren in Tränen ausgebrochen, als der Flug nach London aufgerufen wurde.

Ein lautes Klopfen an der Badezimmertür. »Sind Sie jetzt bald fertig?«, rief Donna.

India antwortete nicht. Sie hatte die Augen geschlossen und wusste, dass sie sich auf das bevorstehende Verhör vorbereiten sollte, aber sie hatte immer noch Sylvia vor Augen und erinnerte sich an ihre Wärme und Zuneigung.

Die Tür flog auf. »Miss Kane, kommen Sie schon raus, bevor ich reinkomme und Sie ohne Kleider verhöre.«

India drehte den Wasserhahn zu und trocknete sich ab. Sie rubbelte die Haare mit dem Handtuch trocken und wickelte es um den Kopf, ehe sie sich mit Feuchtigkeitslotion einrieb. Dann kämmte sie sich sorgfältig die Haare und zog sich an. Schwarze Jeans, gelbe Bluse und ein breiter brauner Gürtel. Sie wollte sich nicht hetzen lassen und packte sorgfältig ihren Rucksack wieder ein.

Schließlich wischte sie den beschlagenen kleinen Spiegel über dem Waschbecken ab. Ihr Gesicht war fahl und müde, und ihre sonst immer makellose Haut wirkte grau. Auf dem Kinn war eine blaue Verfärbung, nicht sonderlich auffällig, aber schmerzhaft, wenn sie sie berührte. Sie stand einen Moment mit den Fingern auf dem blauen Fleck da und starrte benommen auf ihr Spiegelbild. Gott. Wie war sie nur in diesen Schlamassel geraten? Wie sollte sie da wieder rauskommen? Sie schloss die Augen. Stark bleiben, sagte sie sich, stark wie ein Fels.

Sie stellte sich gerade hin, wandte sich dann vom Spiegel ab, griff sich ihren Rucksack und trat auf den Gang. Donna nahm ihr den Rucksack ab und wollte sie schon zum Verhörzimmer begleiten.

»Darf ich noch mal telefonieren?«, fragte India.

Donna schaute den leeren Korridor entlang. »Können Sie sich kurz fassen? Stan rastet bald aus.« Sie nahm India mit nach vorne.

Sie verwählte sich zweimal, dann endlich hatte sie die richtige Nummer. Sie fragte nach Mr. Tremain.

»Hier ist Ron Tremain«, erwiderte eine Männerstimme kurz angebunden.

»Oh«, sagte India, »entschuldigen Sie, das hier ist vielleicht etwas

überraschend. Ich versuche einen Verwandten von mir ausfindig zu machen. Die Familie meiner Mutter stammte aus Cooinda, müssen Sie wissen. Sie hießen Tremain.«
»Also«, antwortete Ron Tremain, »da kann ich Ihnen gleich sagen, dass Sie die falsche Truppe erwischt haben. Wir sind nicht aus Cooinda, wir kommen aus Neuseeland. Wir sind erst vor fünf Jahren hierher gezogen. Meine Eltern sind in den Dreißigerjahren von Deutschland nach Neuseeland ausgewandert. Meine Großeltern wohnen immer noch in Deutschland. Die waren noch nie in Cooinda.«
»Gibt es noch andere Tremains? Kennen Sie in Cooinda oder hier in der Nähe noch welche?«
»Nee.« Er hielt inne und dachte nach. »Haben Sie schon im Telefonbuch nachgesehen?«
»Ja. Da sind Sie der Einzige.«
»Und im Wählerverzeichnis?«
»Das werde ich mal versuchen.«
»Viel Glück.«
India runzelte die Stirn. Hatte Lauren ihren Großvater wirklich gefunden? Oder hatte sie ebenfalls den Namen Ron Tremain im Telefonbuch entdeckt und das als Vorwand benutzt, sie nach Cooinda zu locken? In diesem Augenblick spielte das keine Rolle, weil Donna sie ins Verhörzimmer führte.

S i e b e n

India trat hinter der Beamtin ins Verhörzimmer.

Jerome saß auf der einen Seite des Tisches, Whitelaw und Stan auf der anderen. Die drei Männer schienen alle auf eine gelbbraune Aktenmappe, vier Tassen Kaffee und einen Teller mit Donuts zu starren.

India begrüßte Jerome und setzte sich. Whitelaw drückte sofort auf die Aufnahmetaste des Kassettenrekorders und beugte sich vor.

»Wir wollen wissen, wo die Waffe ist. Die Waffe, mit der die beiden Opfer getötet wurden. Können Sie uns bei dieser Frage behilflich sein?«

Sie trank einen Schluck von ihrem Kaffee und nahm einen Donut. Sie war nicht sicher, ob sie ihn essen durfte. Ihr war noch nie in ihrem Leben weniger nach Essen zu Mute gewesen, aber sie wusste, dass sie bei Kräften bleiben musste. Sie biss in den Donut und begann zu kauen. Das Geräusch des zwischen den Zähnen knirschenden Zuckers schien im winzigen Verhörzimmer widerzuhallen.

»Zum Teufel …«, begann Stan, aber Whitelaw hob die Hand, und der Senior Sergeant verstummte und sah weg. Er musste sich sehr zurückhalten, die Muskeln in seinem Gesicht verkrampften sich.

India wollte sich ihre Überraschung nicht anmerken lassen. Sie hatte gedacht, Stan würde das Verhör leiten, aber offenbar war etwas vorgefallen, das dazu geführt hatte, dass heute Whitelaw die Verantwortung trug.

»Alles, woran Sie sich vom Abend des Elften erinnern, an dem Sie den Schuss gehört haben, könnte eine Hilfe sein.«

India kaute langsam und konzentrierte sich auf den Hefegeschmack des noch warmen Donuts, der mit zu süßer, billiger

Marmelade gefüllt war. Sie sah auf Jeromes Armbanduhr – 8.35 Uhr – und aß weiter.

»Wenn Sie nicht aufpassen, Miss Kane«, sagte Whitelaw, »dann glauben wir womöglich noch, dass Sie etwas zu verheimlichen haben.«

Die Dusche und der Donut hatten ihr etwas von ihrer Kraft zurückgegeben, und das Koffein hatte ebenfalls eine erstaunliche Wirkung.

»Warum wird Mike Mikey Messer genannt?«, fragte sie Whitelaw.

Er sah sie abwartend an. »Was denken Sie denn?«

»Weil er auf jemanden mit dem Messer losgegangen ist?«

»Richtig.«

»Auf wen?«

Stan räusperte sich wütend, aber Whitelaw ließ ihn nicht zu Wort kommen. »Das fragen Sie ihn am besten selbst.« Er sah Stan von der Seite an, und dieser lehnte sich entrüstet zurück.

India blickte auf die übrigen vier Donuts und die Styroporbecher. Sie war müde. Sie sah ihren Anwalt an. »Jerome, die Polizei kann mich hier doch wohl nicht ohne Haftbefehl oder so was bis in alle Ewigkeit festhalten?«

»So was brauchen wir nicht«, sagte Stan.

Whitelaw sah nachdenklich aus, als er sich erhob und zur Tür ging. »Sergeant Bacon hat Recht«, meinte er. »Wir können Sie hier problemlos zwölf Stunden lang festhalten.«

»Zwölf! Aber ich bin schon seit gestern Mittag hier!«

Jerome erklärte ihr eilig, dass die Zeit, die sie auf ihren Rechtsanwalt gewartet hatte, nicht zählen würde. Die Polizei, fuhr er fort, habe eigentlich nur das Recht, einen Verdächtigen vier Stunden lang festzuhalten, aber dem Cooinda Police Department habe man darüber hinaus acht Stunden Verlängerung gewährt. Die gesamten zwölf Stunden begännen erst, wenn Verhöre eingeleitet werden.

India sah erneut auf Jeromes Armbanduhr. »Das heißt aber immer

noch, dass diese Zeit bereits abgelaufen ist. Die Fragestunde begann gestern um halb sieben. Sie verstoßen gegen die Gesetze. Sie müssen mich laufen lassen.«
Stan stand auf und war so außer sich, dass er seinen Stuhl krachend umwarf. »Wer sagt, dass wir vom Richter nicht eine Sondergenehmigung bekommen haben? Dann können wir Sie in einer Stunde dem Gericht vorführen und anschließend so lange festhalten, wie wir Lust haben!«, fuhr er sie an. Dann lächelte er sie mit kalten Augen an und gesellte sich zu Whitelaw neben der Tür. Sie gingen beide nach draußen und schlugen die Tür hinter sich zu.
»Ist das wahr?«, fragte India Jerome mit schwacher Stimme.
»Unglücklicherweise ja.«
Auf einmal bekam sie es mit der Angst. »Sie müssen dafür sorgen, dass ich gegen Kaution freikomme. Die Stadt hat mich bereits schuldig gesprochen, und wenn ich nicht selbst herausfinde, was eigentlich los ist, werde ich womöglich nie mehr das Tageslicht sehen.«
»Was für eine Kaution können Sie sich leisten? In bar.«
»Zehntausend, maximal.«
»Das hilft uns nicht weiter. Haben Sie keine Sicherheiten, vielleicht ein Haus, die Sie anbieten könnten?«
»Nein.«
»Was ist mit Ihrem Wagen?«
»In Melbourne habe ich nur ein Moped. Das habe ich für fünfhundert Dollar gekauft.«
»Können Ihre Freunde helfen?«
»Noch nicht.« Sie erzählte ihm von Scotto. »Sie werden mir doch Kaution gewähren?«
Jerome kaute auf seiner Unterlippe.
»Was ist das Problem?«
»Wir sollen vor Richter Deacon erscheinen«, erwiderte er seufzend. »Man nennt ihn auch Richter Gnadenlos.«

India sah das bei der Anklageerhebung um halb elf bestätigt: 250 000 Dollar Kaution. Ihr drehte sich plötzlich alles im Kopf, und sie wusste, dass sie kreidebleich war. Jerome bat darum, die Kaution zu verringern, und argumentierte, dass sie schon bald ein solides Alibi haben werde und außerdem eine bekannte Journalistin sei, die noch nie mit dem Gesetz in Konflikt gekommen war. Darüber hinaus sei sie hier in Ferien, käme nicht aus dem Ort und stelle für niemanden eine Gefahr dar. Der Haftrichter sah ihn mit ausdrucksloser Miene an und sagte dann: »Danke, Mr. Trumler, aber darf ich Sie darauf aufmerksam machen, dass Ihre Klientin weit weg von zu Hause ist und keine Familie zu haben scheint, die ihr bei ihren gegenwärtigen Problemen beistehen will. Meines Erachtens ist Fluchtgefahr gegeben. Die Höhe der Kaution bleibt bestehen.«

Alle standen auf, der Richter verließ den Saal, und India ließ sich zwischen Jerome und einem Constable mit einem blonden Flaumbart wieder auf die Anklagebank sinken. Der Constable warf ihr einen mitfühlenden Blick zu. Für den Weg zurück zum Gefängnis legte er ihr Handschellen an.

Ihr standen Tränen in den Augen, dann liefen sie ihre Wangen herunter. Sie wollte nicht losheulen, solange sie zurückdenken konnte, hatte sie nicht mehr geweint. Aber die Anspannung und Anstrengung der beiden letzten Tage hatten sie mit Trauer und Mutlosigkeit erfüllt. Jerome reichte ihr ein beiges Baumwolltaschentuch. Er erhob sich, tätschelte ihr geistesabwesend die Schulter und verließ dann den Gerichtssaal. Am anderen Ende des Saals bemerkte sie einen jungen Mann, der sie beobachtete. Er war der einzige Zuschauer. Sie sah weg. Als sie Jeromes Taschentuch in ihrer schweißnassen Hand zusammenknüllte, kam sie sich vor wie ein kleines Kind. Der Constable stieß sie an und führte sie ab.

Am folgenden Morgen saß India auf ihrer Pritsche und starrte hilflos auf die Zeitungen, die auf ihren Knien ausgebreitet waren.

Whitelaw hatte sie ihr gebracht und schien nun auf ihre Reaktion zu warten. Sie hatte Schlagzeilen gemacht. Ihr Gesicht, undeutlich von einem Passfoto vergrößert, füllte die meisten Titelseiten. Wie die meisten Passfotos war es unvorteilhaft. Ihr spitzes Kinn schien noch spitzer zu sein, ihr dunkles, lockiges Haar ungepflegt und ihre Nase lang. Ihre dunklen Augen wirkten vollkommen gefühllos.

Kaltblütige Mörderin in Cooinda in Haft ... Für einen Doppelmord kehrte die wunderschöne India Kane nach Australien zurück ... Eifersuchtsdrama: Beste Freundin und Liebhaber erschossen ...

»Alle haben mich bereits verurteilt«, sagte sie. Ihre Stimme klang mutlos.

»Nicht alle glauben, was in der Zeitung steht.«

»Und Sie?«

Als er nicht antwortete, sah sie zu ihm hoch. »Mein Gott«, flüsterte sie.

Whitelaw blickte weg und trat einen Schritt zurück. Er verschränkte die Arme vor der Brust.

»Sie glauben doch auch, dass ich unschuldig bin!« Energisch sprang sie auf. Sie nahm kaum wahr, dass die Zeitungen dabei zu Boden fielen. »Lassen Sie mich raus! Das können Sie doch?«

»Nein, das kann ich nicht. Nicht nur Stan weigert sich, Frank Goodman als Alibi anzuerkennen, auch Richter ...«

»Aber Sie sind doch *Detective!* Wenn Sie glauben, dass ich unschuldig bin, dürfte ich nicht hier sein!«

»Schreien Sie nicht so«, zischte er. Entsetzt sah sie, dass Schweißperlen auf seiner Stirn standen.

»Mein Gott, Whitelaw, was ist hier los? Warum sind Sie so nervös? Gibt es hier bei der Polizei ein Komplott oder was?«

Er ging zur Tür der Zelle und rief nach Donna.

»Whitelaw«, sagte sie warnend. »Das ist bereits mein dritter Tag hinter Gittern.«

Er antwortete nicht. Er wartete, bis Donna die Gittertür aufgeschlossen, ihn hinausgelassen und dann wieder abgeschlossen hatte. Er drehte sich noch einmal halb zu India um. »Brauchen Sie noch was?«

»Einen Kuchen, in dem eine Feile versteckt ist.«

Whitelaw ging, ohne sich noch einmal umzudrehen.

Das Gesicht gegen die Gitterstäbe gepresst, sah ihm India nach, wie er mit Donna den Korridor entlangging. Positiv denken, sagte sie sich. Whitelaw glaubt, dass du unschuldig bist. Grübel jetzt nicht darüber nach, warum er dir nicht helfen will oder kann. Du hast hier drinnen zumindest einen Freund. Das ist wenigstens etwas.

Sie dachte an ihren einen Freund, den sie jenseits der Gefängnismauern hatte, Tom Worthington, und fragte sich, ob er Scotto bereits ausfindig gemacht hatte. Ohne Scottos Hilfe würde sie ihre Freiheit wohl nicht wiedererlangen. Sie hatte feststellen müssen, dass Banken kein Geld an Leute verliehen, die unter Mordanklage standen und deren Adresse »Stadtgefängnis Cooinda« lautete.

Mutlos ließ sie sich auf ihre Pritsche fallen. Sie hatte keinen Nerv auf die Zeitungen, also rollte sie sich auf die Seite und versuchte zu schlafen.

Whitelaw kam zwei Stunden später zurück. Er gab ihr einen Packen Bücher und stellte einen Weihnachtsstern neben ihre Pritsche.

»Soll das eine Entschuldigung sein?«

Er drehte den Weihnachtsstern so, dass seine Blüte von der Zelle aus besser zu sehen war.

»Whitelaw?«

»Wir können uns hier nicht unterhalten.« Er sprach leise.

»Soll ich Donna rufen, dass sie mich auf die Toilette begleitet? Dann können Sie ….«

»Das geht nicht. Jedenfalls nicht hier auf der Wache.«

Das und seine Besorgnis musste sie erst einmal verarbeiten.

»Okay, ich verstehe.« Sie atmete mehrere Male tief durch. Dann ließ sie ihre Schultern kreisen, weil ihr Nacken verspannt war. Ein Wirbel knackte hörbar. »Ich brauche eine Massage«, sagte sie. »Oder Shiatsu. Gibt es Massagesalons in Cooinda, Detective?«
Er lächelte sie dankbar an und sagte: »Nicht dass ich wüsste, aber es gibt zumindest Susie.«
»Aha, Susie. Können Sie mir das bitte genauer erklären? Nicht dass ich da ohne weiteres hinkönnte.«
Während sie sich unterhielten, verschwand Whitelaws Befangenheit allmählich. Er zeigte ihr die Bücher, die er mitgebracht hatte, darunter eines mit dem Titel »Die verlorene Generation«.
»Vielleicht hilft Ihnen dieses Buch, Australien besser zu verstehen«, sagte er.
»Wieso haben Sie so eine Pflanze gekauft? Mögen Sie Weihnachtssterne?«
»Ich wollte Sie daran erinnern, dass bald Weihnachten ist.«
»Für Weihnachten habe ich nicht sonderlich viel übrig«, erwiderte India, »aber es ist nett, dass Sie daran gedacht haben.«
Er tat so, als sei er schockiert: »Wollen Sie damit etwa sagen, dass Sie nicht an Christus glauben?«
»Da unterscheide ich mich kaum von allen anderen.« Sie zuckte mit den Achseln.
»Ich kann Weihnachten auch nicht viel abgewinnen«, gab er zu. »Das ist mehr was für Familien, vermute ich mal.«
»Verstehen Sie sich nicht mit Ihrer Familie?«, erkundigte sie sich neugierig.
Er sah sich um, als würde er überlegen, wie man die Zelle weiter verschönern könnte. »Ich habe keine Familie. Daran werde ich zu Weihnachten immer erinnert.« Seine Miene wurde ernst.
»Aber *irgendjemanden* müssen Sie doch haben?«
»Nein. Keinen Einzigen.«
»Sind sie alle tot?«
»Nicht einmal das weiß ich. Ich wurde gestohlen, als ich vier Jahre alt war.«

Schockiert sah ihn India an. »Wer hat Sie um Gottes willen denn gestohlen?«

Er antwortete nicht.

»Ihre jetzigen Eltern?«, fragte sie.

»Nein! Das waren gute Menschen.«

»Wer dann?«

Er starrte an die Decke. »Die australische Regierung.«

Sie schüttelte den Kopf. »Das verstehe ich nicht. Warum hat die Sie gestohlen?«

»Nicht nur mich. Etwa hunderttausend Kinder von Aborigines wurden ihren Eltern weggenommen und entweder in Heime gesteckt oder von weißen Familien adoptiert. Das scheint erst mal ganz okay, wenn man bedenkt, dass eine Menge dieser Kinder missbraucht wurden oder ihre Eltern sich nicht vernünftig um sie kümmern konnten. Aber einige hatten den Plan, sämtliche Aborigines, die gesamte Rasse, auszulöschen und uns ›zu Weißen zu züchten‹.«

Entsetzt sagte India: »Davon habe ich gehört … Das stand auch in England in der Zeitung, aber ich hatte keine Vorstellung vom Ausmaß dieses Verbrechens.«

Er deutete auf das Buch, das er ihr mitgebracht hatte. »Da können Sie alles nachlesen, wenn es Sie interessiert. Nimmt einen ziemlich mit. Eine Menge dieser Kinder wurden im Outback missbraucht … von Missionaren, Geistlichen, Nonnen …« Als er ihren entsetzten Gesichtsausdruck sah, lächelte er sie traurig an. »Ich gehöre zu denen, die Glück hatten. Ich wurde zwar eine ganze Weile hin und her geschoben – ich war ein schwieriger Bursche –, aber ein Anwalt und seine Frau in Sydney adoptierten und behielten mich schließlich. Damals war es schick, ein Mischlingsbaby zu haben, und sie gehörten zu den wenigen, denen ihr adoptiertes Kind wirklich etwas bedeutete.«

»Ich hoffe, ich trete Ihnen nicht zu nahe, aber Sie sind sehr dunkel. Sie sehen nicht aus wie ein Mischling.«

»Aborigines können auch sehr hellhäutig sein.« Whitelaw sah sie amüsiert an. »Mit Ihrer Hautfarbe könnten Sie problemlos als Aborigine durchgehen. Sind Sie sicher, dass Sie nicht auch zu den verlorenen Kindern gehören?«

»Nennt man euch so? Verlorene Kinder?«

»Offiziell bezeichnet man uns als die gestohlene Generation.«

»Traurig, das alles.«

»Völkermord ist immer traurig.«

A c h t

Es war neunzehn Uhr und India war gerade am Ende eines Kapitels, als sie vor ihrer Zelle einen Schatten wahrnahm. Sobald sie die große Gestalt mit der fettigen Papiertüte in der Hand erkannt hatte, ließ sie das Buch auf ihre Pritsche fallen.

»Wie wär's mit einem Steak-Sandwich?«

Ihr lief das Wasser im Mund zusammen, als ihr der Geruch von gebratenen Zwiebeln, frischem Brot und Steak in die Nase stieg. »Albert, Sie sind ein Schatz, dass Sie sich so um mich kümmern.«

»Polly hat auch ein Dessert für Sie.«

Das kleine Mädchen tauchte jetzt ebenfalls auf der Bildfläche auf. Ihr Kleid hing schief, und Arme und Beine waren staubbedeckt. Sie hielt einen abgestoßenen Teller mit Lamingtons in der Hand, kleinen gelben Kuchen, die nur nach Mehl schmeckten und mit einer widerlich dicken Schicht Zuckerguss überzogen waren.

India sah Polly an, die sich hinter Albert versteckte. Wenn man ihr die Möglichkeit gäbe, würde sich Polly vor ihrer Zelle häuslich einrichten. India fand diese Anhänglichkeit unerträglich. Am Vorabend hatte sie fast die Nerven verloren und sie angefahren, sie solle sich zum Klammern jemand anders suchen. Polly hatte gemerkt, wie verärgert sie war, und sich aus dem Staub gemacht.

»Ich liebe Lamingtons«, log sie und schämte sich, als Polly Albert ein stolzes Lächeln zuwarf. »Kommt schon«, meinte India, »spart euch die Reden, gebt die Sachen her!«

Vor Alberts und Pollys Augen verschlang India ihr Steak-Sandwich. Sie war gerade dabei, tapfer einen von Pollys ekelhaften Lamingtons zu verspeisen, als Whitelaw auftauchte. Er starrte India an, als nähme sie gerade gekochte Schafsaugen zu sich. Erst

gestern hatte sie ihm gesagt, sie verhungere lieber, als einen Lamington zu essen.
»Ich dachte, Sie verabscheuen das Zeug«, sagte Whitelaw.
Polly sah bestürzt aus.
»Ich liebe es«, erwidert India ernst. Polly strahlte.
Whitelaw wandte sich Albert und Polly zu und scheuchte sie weg. Als sie außer Hörweite waren, sagte er ohne Umschweife: »Ihre Kaution ist gezahlt.«
India verschluckte sich fast. »Was?«
»Alles, die gesamten 250 000, bar. Vor einer halben Stunde.«
Sprachlos saß sie mit dem Teller auf den Knien da. Sie konnte kaum fassen, was er gerade gesagt hatte.
»Jerome hat mich gebeten, Ihnen zu sagen, dass Ihr Prozess für den fünften Januar anberaumt ist. Bis dahin dürfen Sie die Stadt nicht verlassen.« Er warf ihr ein schiefes Lächeln zu. »Sie dürfen auch das Land nicht verlassen. Wir werden Ihren Pass einbehalten.«
Sie stellte ihren Teller auf die Pritsche und erhob sich langsam.
»Wer hat meine Kaution bezahlt? Etwa Scotto? Ist er hier?«
»Nein, jemand anderes.«
Whitelaw schien etwas aus der Fassung zu sein.
»Waren Sie das?«
Er lachte entsetzt auf. »Was? Mit meinem Gehalt?«
»Wer dann?«
»Ein Mr. Arthur Knight.«
»Wer zum Teufel ist Arthur Knight?«
»Nun, in jedem Fall hat er das Geld ausgespuckt, und Sie können gehen.«
»Das verstehe ich nicht.«
Whitelaw schloss die Zellentür auf. »Warum fragen Sie nicht einfach Jerome? Er hat das eingefädelt. Er muss wissen, wer dieser Bursche ist.«
»Ja. Gute Idee. Ja, das werde ich tun.«
Sie war immer noch vollkommen fassungslos, als sie nach vorne

zum wachhabenden Beamten kam. Vielleicht hatte ja Scotto via Tom eine Nachricht erreicht, und Arthur Knight war der Anwalt von Scotto. So musste es einfach sein. Sie hatte keine anderen Freunde, die in weniger als vierundzwanzig Stunden eine solche Summe auftreiben konnten, selbst wenn sie das noch so sehr gewollt hätten.

Whitelaw blieb am Tisch des wachhabenden Beamten stehen. Constable Crawshaw hatte sich mittlerweile rasiert und gab Whitelaw ein Formular und eine Kassette mit einem weißen Aufkleber: *Kane*. »Sie müssen den Empfang quittieren«, sagte Whitelaw zu India. »Sie müssen sich außerdem bis zu Ihrem Prozess täglich melden.«

India unterschrieb auf der Linie, auf die er deutete, und steckte die Kassette ein.

Befangen lächelte der Constable sie an.

»Rucksack?«, fragte Whitelaw.

Das Lächeln des Constable verschwand aus seinem Gesicht, er beugte sich vor und kam dann um den Tresen, um India ihren Rucksack zu geben.

»Danke«, sagte sie. Sie zog die Riemen über die Schultern und setzte den Rucksack auf. Sie hatte das Verlangen, zur Tür zu rennen, unterdrückte es aber und ging hinter Whitelaw her nach draußen in die erträglichere Hitze des Abends.

Die Temperatur betrug um die fünfundzwanzig Grad, und die Luft war wie Samt auf ihrem Gesicht. Sie hob den Kopf und sah auf eine Hand voll Sterne, die bereits vor der ersten Dämmerung aufblinkten. Sie nahm den Geruch von gegrilltem Fleisch wahr und hörte ganz schwach Musik. Es überkam sie plötzlich eine große Freude. *Freiheit*.

Durch den Mund atmete sie ganz tief ein. Langsam schärften sich ihre Sinne. Das war der Geruch von Würstchen, und Macy Gray sang, dass sie versuchen wolle, ihren Liebhaber zu verlassen.

Jetzt habe ich gerade mal drei Tage gesessen, dachte sie, und schon ist mir danach zu Mute zu tanzen und zu singen. Man

stelle sich vor, was gewesen wäre, wenn ich drei Jahre im Knast verbracht hätte. Sie wandte sich an Whitelaw und lächelte.
Er lächelte ebenfalls.
»Danke«, sagte sie.
»Mir brauchen Sie nicht zu danken. Danken Sie dem, der Ihre Kaution bezahlt hat.«
Trotz der Hitze schauderte es sie.
»Kommen Sie zurecht?« fragte er.
Sie setzte sich ihren Rucksack bequemer auf. »Kein Problem.«
»Sie sollten jetzt nicht allein sein.«
India starrte in die zunehmende Dunkelheit und sah einen Schatten – Polly – auf sich zukommen. »Dazu werde ich kaum Gelegenheit haben«, meinte sie. Als sie sein Stirnrunzeln sah, fuhr sie fröhlich fort: »Irgendwo werde ich schon eine Flasche Champagner auftreiben. Polly wird wissen, wo.«
Polly nahm Indias Hand. Die Hand war klebrig, aber India fand die Berührung der kleinen Finger tröstlich.
»Ich kümmere mich um sie«, sagte Polly schüchtern zu Whitelaw.
»Okay«, erwiderte der Beamte und machte eine vage Handbewegung. »Bis dann.«
Polly zog India die Straße entlang, vorbei an Ziegelhäusern und Pick-ups, die in Auffahrten geparkt waren. In fast jedem Fenster stand ein Weihnachtsbaum aus Plastik mit bunten Lichtern, und die meisten Türen waren mit aus China und Korea importierten Girlanden dekoriert. An einem Haus waren sämtliche Türen und Fenster mit Lichterketten geschmückt, wie um stolz zu demonstrieren, dass hier eine glückliche Familie wohnte. India warf im Vorbeigehen einen Blick hinein, aber die Zimmer waren leer.
Ihre freudige Stimmung verflog, als sie mit Polly die schweigenden Straßen entlangging. Eine humorlose Stimme in ihrem Inneren sagte immer wieder: »Fröhliche Weihnachten.« Andere fürchterliche Weihnachtsfeste tauchten in ihrer Erinnerung auf:

Ihr kleiner Bruder Toby, der in der Woche vor Weihnachten gestorben war, der tödliche Herzinfarkt ihrer Mutter an Heiligabend, ihr Hund, der in der Woche nach Weihnachten eingeschläfert worden war.
Und jetzt war Lauren zwei Wochen vor Weihnachten ermordet worden.

»Ich finde nicht, dass das eine gute Idee ist«, sagte Polly und versuchte sie am Haupteingang des Royal Hotel vorbeizuzerren.
»Die waren doch ganz nett. Außerdem sind dort Zimmer frei. Schau, da steht: ›Frisch renovierte, hübsche Einzel- und Doppelzimmer.‹«
»Nicht das Royal. Bitte.«
»Polly. Ich bin fix und fertig. Ich will einfach in ein Bett kriechen und eine Woche lang schlafen.«
»Komm mit zu mir nach Hause.«
»Du hast mir doch gesagt, dass das zu Fuß mehr als drei Stunden dauert. Dazu habe ich nicht die Kraft.«
»Hier darfst du nicht bleiben.«
Polly zerrte noch einmal, und India entzog ihr mit einer unhöflichen Bewegung die Hand. »Heute Nacht bleibe ich hier.«
Das Hotelfoyer roch schwach nach Möbelpolitur, und durch die offene Tür zur Bar war ein Mann mit einem roten Bürstenschnitt zu sehen, der seinen Scotch pur trank und sich sein Glas sofort wieder nachfüllen ließ. »Gib mir eine Tüte Chips.«
Dann sah er auf und bemerkte India. Sie kannte ihn nicht, aber er wusste offenbar, wer sie war.
»Verflucht«, sagte er. »Wen haben wir denn da?«
Das feiste Gesicht der Bardame tauchte in der Tür auf. Sie betrachtete India lange. »Wenn ich Sie wäre, würde ich hier verschwinden«, riet ihr Debs.
»Ich will nur ein Zimmer. Nur für eine Nacht.«
»He, Freunde«, sagte Bürstenschnitt über die Schulter. »Seht mal, wen wir hier haben.«

Eilig gesellten sich drei Männer zu ihm, deren Gesichter vom Alkohol gerötet waren.
»Die Alte, die Tiger auf dem Gewissen hat«, sagte einer von ihnen ungläubig.
»Die hat Nerven.«
»Hol mal Ken, ich wette, dass er ihr einiges zu sagen hat.«
India nahm ihren Rucksack.
»Tut mir Leid«, sagte Debs, und zwar nicht unfreundlich.
Polly sagte kein Wort, als sich India ihr vor dem Hotel erneut anschloss.
Nachdem sie eine Stunde lang ein Quartier gesucht hatte und überall abgewiesen worden war – ein Mann nahm sogar seine Flinte und fuchtelte hinter seiner Fliegengittertür damit herum –, holten sie sich in Albert's Café ein Brathähnchen und Pommes frites und setzten sich zum Essen auf den Bürgersteig. Es war etwas kälter geworden, und die Sterne waren verschwunden. Eine Brise wirbelte den Staub im Rinnstein auf. India faltete das Papier auseinander und nahm sich eine knusprige Hühnerkeule. Bisher hatte ihr Alberts Essen immer sehr gut geschmeckt, aber an diesem Abend funktionierten ihre Geschmacksnerven nicht einwandfrei, alles schmeckte nach panierter Pappe.
»India …« Unsicher hielt Polly inne.
»Was?«
»Stan hat gesagt, dass er einen Teddy in deinem Rucksack gefunden hat.« Ihre Stimme klang zweifelnd, als könne sie nicht glauben, was sie gehört hatte.
»Das stimmt.«
»Warum hast du einen Teddy?«
»Weil er mich manchmal tröstet.«
»Aber du bist doch erwachsen!«
»Das ist vielleicht so, aber auch Erwachsene brauchen manchmal Trost.«
»Kannst du ihn nicht mir schenken? Ich habe kein einziges Spielzeug.«

Der winzige Teddybär war das Einzige, was sie von Lauren bei sich hatte.
»Nein. Tut mir Leid. Das geht nicht.«
Die Enttäuschung stand Polly ins Gesicht geschrieben, aber India hatte nicht die Kraft, sich zu schämen oder Gewissensbisse zu haben. Sie war zu keiner Gefühlsregung mehr fähig. Als sie mit dem Hühnchen fertig waren, trat ein Mann aus Albert's Café und kam über die Straße auf sie zu.
»Ich habe gehört, dass Sie kein Quartier finden«, sagte er. Er hatte eine Pie und eine Tüte Pommes in der Hand, und sein Gesicht verschwand zur Hälfte unter der Krempe eines Akubra-Huts.
»Stimmt«, sagte India.
»Das muss ganz schön frustrierend sein, wenn einem eine ganze Stadt die Tür vor der Nase zuknallt. Meiner Meinung nach ziemlich unhöflich.«
India zuckte mit den Achseln.
»Warum wohnen Sie nicht einfach bei mir?«
»Ich finde schon was, aber vielen Dank für das Angebot.«
»Ich habe Sie im Royal gesehen. Außerdem habe ich die Zeitung gelesen. Ich weiß, wie Sie sich fühlen, von allen geschnitten und so.«
Misstrauisch sah sie zu ihm hoch.
»Ich habe nichts Besonderes, aber zumindest ein Sofa. Sofern Sie nichts dagegen haben, es mit Elvis zu teilen.«
»Elvis?«
»Mein Kater. Es ist sein Sofa. Er kann Sie da jederzeit belästigen.« Er sah Polly an. »Du hast doch eine Stelle zum Schlafen?«
Polly biss sich auf die Unterlippe, nickte dann aber. India erhob sich. »Das wäre wirklich sehr freundlich von Ihnen«, sagte sie.
»Wohnen Sie weit weg?«
Er lächelte und deutete in Richtung Süden. »Zehn Minuten.«
India ging, Polly auf den Fersen, neben ihm her.
»Wohnen Sie schon lange in Cooinda?«
»Schon immer.«

Am Royal gingen sie nach rechts und dann die Kent Street entlang. Der Mann aß im Gehen seine Pommes frites, und India musterte ihn. Sie war sich nicht sicher, ob sie das Richtige tat.
»Sie werden mit Elvis schon auskommen«, sagte der Mann. »Jedenfalls solange er keine Maus nach Hause bringt. Er spielt stundenlang mit ihnen. Wirklich krank.«
Als er »krank« sagte, sah sie, wie er seine Pie und seine Pommes fallen ließ. Er fasste nach hinten, nach etwas, das er hinten im Gürtel stecken hatte, und ging mit einem Schraubenschlüssel auf sie los. Sie wollte ihm ausweichen, aber er packte ihr Handgelenk, und der Schraubenschlüssel knallte genau über dem rechten Ohr auf ihren Schädel. Lichter explodierten hinter ihren Augen, und plötzlich wurde alles schwarz.

N e u n

India erwachte und dachte, sie müsse ertrinken. Wasser lief ihr übers Gesicht, und ihre Augen und ihr Mund waren mit Stoffstreifen zugebunden. Verzweifelt schnappte sie nach Luft. So etwas wie Zwirn, den man zum Zusammenbinden von Heuballen verwendet, schnitt sich in ihre Handgelenke, und in ihre Fußgelenke drückte sich Kies. Dann packte jemand ihre Ellbogen und riss sie hoch.

Breitbeinig, die Hände auf den Rücken gefesselt, stand sie schwankend und hoffte, dass durch die Augenbinde etwas Licht eindringen würde. Nichts. Der Knebel schmeckte nach Öl und Fett, und in der Luft lag der durchdringende Geruch von Aufregung und Angst. Sie drehte den Kopf, hörte das laute Brummen eines Lastwagenmotors und wusste, dass sie nicht weit von der Hauptstraße entfernt sein konnte. Erst als das Motorengeräusch schwächer wurde, hörte sie leise Schritte und schwache Atemzüge.

»Du bist wirklich ganz schön blöd«, sagte ein Mann. »Vielleicht hat sich bei dir im Oberstübchen auch ein Känguru losgerissen.«

Es wurde gelacht. Ein rohes, höhnisches Gelächter, bei dem es ihr kalt den Rücken herunterlief.

»Du hättest den Wink verstehen und aus der Stadt verschwinden sollen, als du noch Gelegenheit dazu hattest.«

Angestrengt atmete sie durch die Nase. Zitternd. Sie öffnete die Augen, so weit sie konnte, nahm aber immer noch keinen Lichtschein wahr. Vorsichtig schob sie einen Fuß vor. Jemand trat ihn zur Seite, und sie machte einen Satz und hätte beinahe das Gleichgewicht verloren.

»Stillgestanden!«, fauchte ein anderer Mann.

Ein Finger berührte ihre Kehle. India bäumte sich auf, aber jemand packte sie von hinten an den Ellbogen.

Wieder berührte ein Finger ihre Kehle. Wieder bäumte sie sich auf. Dieses Mal trat sie auch um sich und stieß einen gedämpften Schrei aus.
»Halt sie fest!«, sagte dieselbe Stimme verärgert.
Sie glaubte, die Stimme von Ken wiederzuerkennen. Es konnte aber auch irgendein anderer von der Meute sein, die im Royal auf sie zugekommen waren. Jemand zerrte ihr die Bluse aus der Jeans. Auf dem Brustbein spürte sie Metall. Sie bäumte sich auf, wand sich und versuchte freizukommen. Stoff riss. Ihre Bluse war von oben bis zur Taille aufgerissen.
Es wurde vollkommen ruhig. Sie bekam kaum noch Luft. Sie konnte die Augen der Männer, die sich an ihrem Busen weideten, förmlich spüren.
Jemand kicherte. Dann war eine andere Stimme zu vernehmen – tief und bedrohlich. »Lasst sie gehen.«
Es musste die Angst sein. Sie phantasierte wohl. Das klang nach Mikey Messer.
»Verschwinde.« Das klang nach Rotmütze.
»Tut mir Leid, geht nicht. Ich habe einen Auftrag zu erfüllen.«
Sie hatte sich nichts eingebildet: Es *war* Mikey.
Erbostes Murren: »Sie gehört uns. Was geht dich das an? Verpiss dich.«
»Lasst sie gehen«, sagte Mikey erneut, grimmig und energisch.
»Warum zum Teufel sollten wir?«
Sie hörte ein dumpfes Geräusch wie das einer Lammkeule, die auf einen Tisch aufschlägt. Dann andere, leisere Geräusche: Kleider, Leder und Haut, die auf den Boden prallen.
»Weil ich stärker bin als ihr«, sagte Mikey grimmig.
Jemand sagte verärgert: »Du intriganter, selbstgefälliger ...«
Die Lammkeule schlug immer wieder auf. Kies knirschte. Jemand stöhnte, als bekäme er auf einmal keine Luft mehr. Jemand anderes fluchte. Ein Dritter rief etwas.
India wurde zur Seite gezerrt und verlor den Boden unter den Füßen. Sie krachte auf die Erde, rollte sich zu einem Ball zusam-

men und versuchte sich möglichst klein zu machen. Sie konnte nur mit Mühe atmen und zitterte unkontrolliert.
Die Lammkeule schlug immer wieder zu. Ein sattes Geräusch. Gelegentlich knallte es ganz ordentlich. Stöhnen. Leises Gewimmer vor Schmerz.
Sie hatte die Augen unter ihrer Augenbinde zugepresst.
Schwere Schritte. Rennen. Jemand atmete angestrengt, keuchte heiser.
Jemand kroch auf sie zu. Finger machten sich an ihrer Augenbinde zu schaffen. India hob den Kopf, richtete sich etwas auf.
»Ich krieg das nicht auf«, jammerte Polly.
Das Geräusch eines Messers. Erst die Kordeln, dann der Knebel. Zum Schluss die Augenbinde.
Einen Augenblick lag India einfach nur da.
»Bewegen Sie sich, Frau!«, fuhr Mikey sie an. Er stand über sie gelehnt. Sein Gesicht war hochrot, und Schweiß lief aus seinen Haaren. Er strich sich mit dem Oberarm über die Stirn. Der blaukarierte Ärmel seines Hemds war blutbespritzt.
Er stand auf und sah auf sie herunter wie auf einen störrischen Hund. Er wirkte nervös, und Blut pulsierte in der Narbe über seiner rechten Braue. Sein riesiger Brustkorb bewegte sich im Takt seiner Atemzüge. Conan der Barbar hat dich gerettet, dachte sie. Sie war der Hysterie nahe.
Sie setzte sich auf und rieb sich den Mund mit der Hand. Ihre Lippen waren gefühllos. Hinter dem Ohr spürte sie eine Schwellung. Riesige Wolken zogen langsam über den Himmel. Zwei Straßenlaternen warfen einen schwachen Lichtschein auf das Brachland, auf dem einige blätterlose Büsche standen und Plastiktüten, rostige Dosen und Glasscherben herumlagen. Sie sah die Umrisse eines halben Dutzend Häuser und die fröhliche grün-goldene Neonreklame einer BP-Tankstelle am Ende der Straße. Erst jetzt merkte sie, dass sie sich am Rand einer Müllkippe befand.
Sie hörte quietschende Reifen, dann heulte ein Achtzylinder-

motor auf. Sofort beugte sich Mikey vor und hob sie auf, als sei sie leicht wie eine Feder. Sie zitterte, und ihre Beine waren wie Gummi. Mikey sah sie so verächtlich an, dass es ihr gelang, sich auf den Beinen zu halten, mit den Fetzen ihrer Bluse den Busen zu bedecken und nicht den Kopf hängen zu lassen. Mikey knöpfte sein Hemd auf und zog es wutschnaubend aus. Er warf es ihr zu und deutete verärgert auf ihre zerrissenen Kleider.

»Danke«, murmelte sie schwach.

Unvermittelt drehte er ihr den Rücken zu. India zog eilig das Hemd über und knöpfte es zu.

Kies spritzte auf, als ein Landcruiser von der Polizei unter einer der Straßenlaternen zum Stehen kam. Ein Beamter in Uniform stieg aus und kam zusammen mit einem Mann in Zivil auf sie zu. Der unrasierte Constable und Whitelaw.

»Jed«, sagte Mikey vorsichtig, »und Justin.«

Whitelaw und Justin nickten und gesellten sich zu ihnen.

India ertappte sich dabei, dass sie gebannt auf Mikeys Muskeln starrte und darauf, wie sich der Schweiß in der Vertiefung seiner Wirbelsäule sammelte, während er die Fragen der Polizisten beantwortete, und sah hastig weg.

Ja, meinte Mikey, es sei eine Schlägerei gewesen.

Nein, sie habe nichts mit Miss Kane zu tun gehabt, es habe ein Missverständnis wegen einer Wette gegeben.

Ja, er habe mit Ken Willis gewettet. Ja, jetzt sei alles geregelt. Es täte ihm Leid, ihre Zeit in Anspruch genommen zu haben.

Whitelaw sah von Mikeys nacktem Oberkörper auf Indias blutbeflecktes Hemd. »Wie kommt es nur, dass mir diese Geschichte wenig überzeugend erscheint?«

»Polly hier kann alles bezeugen«, fuhr Mikey unerschütterlich fort, »und außerdem Billy Bryant und Tony Roberts.«

»Hast du Fat Tony ebenfalls fertig gemacht?«, wollte der Constable entgeistert wissen. »Ken und Billy *und* Fat Tony?«

Mikey rieb sich die Handgelenke und schwieg.

Whitelaw wandte sich an India. »Miss Kane? Haben Sie auch etwas zu diesem Märchen beizutragen?«
Langsam schüttelte sie den Kopf.
»Okay«, sagte Whitelaw und drehte sich eilig um. »Dann sollten wir keine Zeit mehr verschwenden und nach Hause gehen.«
Mikey sah etwas zerknirscht aus. »Ich bin mir nicht sicher, ob ich willkommen bin.«
»Dann such dir einen Freund. Du hast doch wohl Freunde?«
»Nicht dass ich wüsste.«
»Mir egal, solange du dich nicht auf irgendeiner Parkbank breit machst …«
Mikey sah den Polizisten finster an. Whitelaw grinste und sagte: »Ich nehme Miss Kane mit und besorge ihr ein Quartier.«
Erleichtert, dass jemand für sie die Entscheidungen fällte, dankte ihm India.
Whitelaw führte India auf den Polizeiwagen zu.
»Warten Sie …« Sie strich über den dicken Baumwollstoff seines Hemds und ging auf Mikey zu. »Vielen Dank.«
Mikey nickte. Er sah sie nicht an. Er musterte Polly. Polly lächelte ihn glücklich an. Plötzlich kam es India in den Sinn, dass Mikey sie nicht verteidigt hätte, wenn Polly nicht gewesen wäre. Sie dankte dem Himmel für die Anhänglichkeit des kleinen Mädchens.
Mikey schien ihre Gedanken lesen zu können.
»Genauso ist es, Miss Kane. Das nächste Mal können Sie sich nicht darauf verlassen, dass ich Sie rette.«

India schlief unruhig. Sie hatte Albträume. Sie versuchte eine Straße entlangzufahren, die sich wie ein langer Pinselstrich zum Horizont erstreckte – aber dann sank sie immer wieder auf ihre harte Pritsche zurück, und Polly stand vor der Zelle und fragte sie, ob sie Hilfe brauche. Und India rief, nein, warum sie nicht einfach weggehen und sie in Ruhe lassen könne.
Stoß sie nicht so vor den Kopf, hörte sie Lauren sagen.

Sie macht mir nur Ärger.
Das ist nicht ihre Schuld. Sie sucht doch nur eine Freundin.
Auf solche Freunde kann ich verzichten.
Warum? Sie ist ein süßes kleines Mädchen.
Ein süßes kleines Mädchen, das mich vollkommen aussaugen wird.
Du darfst nicht immer so trübsinnig sein, Liebes, du musst ab und zu auch einmal jemand an dich heranlassen. Nicht alle wollen dir was Böses, es gibt auch liebenswerte Menschen. Warum öffnest du nicht dein Herz, ehe es ganz und gar einrostet?
Lauren.
Ja, Liebes?
Du fehlst mir.
Ich weiß. Aber jetzt muss ich weiter. Pass auf dich auf, Liebes.
India lag im Bett eines Fremden und starrte an die Decke. Es war sechs Uhr morgens, und die Sonne fiel in einem butterfarbenen Viereck auf den Fußboden auf der anderen Seite des Zimmers. Sie schwang ihre Beine über die Bettkante und blieb nur in Slip und T-Shirt sitzen, sie rieb sich den Hals und das Gesicht. Sie hatte einen Kloß im Hals und war nahe daran, in Tränen auszubrechen. Auf unsicheren Beinen stand sie auf, ging auf die Toilette und legte sich dann wieder ins Bett.
Whitelaw hatte ihr gesagt, das Zimmer sei an einen Kollegen vermietet, und dafür sprach auch das Durcheinander. Kleider lagen auf dem Fußboden, Kisten standen an der Wand, und Zeitungen und Zeitschriften lagen neben dem Bett. Es war eines der Zimmer, in denen sich India wohl fühlte: chaotisch, Schlüssel und Münzen auf dem Nachttisch, Kaffeetassen und eine Brille mit Goldrand auf einem offenen Buch.
Da sie notorisch neugierig war, stand sie wieder auf und sah in die Kommode. Whitelaws Polizistenfreund trug Jeans und karierte Hemden. Auf dem Fußboden neben der Kommode standen mehrere Paare stabiler Stiefel. Sie öffnete einen der größeren Kartons und fand darin einige wunderschöne Aborigine-

schnitzereien: Schlangen, Krokodile, Vögel und Insekten, glattes Holz und leuchtende Farben. Der nächste Karton war mit abgegriffenen Westernromanen von Louis L'Armour gefüllt. Kein Wunder, dass der Bewohner des Zimmers mit Vorliebe karierte Hemden trug, dachte sie amüsiert. Er hält sich für einen Cowboy.

Sie wusste, dass sie nicht wieder einschlafen würde, und ging zu ihrem Rucksack und öffnete ihn. Es war sehr beruhigend, dass alles noch so darin lag, wie sie es auf der Polizeistation eingepackt hatte. Sie wiederholte die Prozedur noch einmal. Sie packte ihr Gepäck sorgfältig aus und stapelte dann alles ordentlich. Vermutlich gab ihr das Sicherheit, ihre Habseligkeiten so anzuordnen, wie sie das für richtig hielt. Sie faltete ein rot-gelbes Handtuch zusammen, das sie auf allen Reisen begleitet hatte, seit sie neunzehn war, und legte es neben ihre Toilettentasche. Dann legte sie eine Enthaarungscreme darauf, die nach Mangos duftete und die auch im Duty-free-Shop noch zu viel gekostet hatte. Als sie jeden Gegenstand in die Hand nahm, dachte sie dankbar an Whitelaw, der am Vorabend ihren Rucksack wie durch Zauberei hinten aus dem Landcruiser gezogen hatte. Er bedeutete ihr mehr, als sie sich eingestehen wollte.

Sie duschte kurz, zog ein Paar Shorts und eine weite Bluse an und ging auf leisen Sohlen zur Küche. Sie warf einen verstohlenen Blick in das große Wohnzimmer mit Rohrmöbeln und hübschen Teppichen auf einem lackierten Holzboden. Sie öffnete den Kühlschrank in der Erwartung, dort ein paar angeschimmelte Fertiggerichte vorzufinden, doch ihr gingen die Augen über.

Frisches Gemüse, Obst, zwei Lammkeulen, ein Stapel Steaks und etwa drei Dutzend Eier lagen vor ihr. Außerdem gab es vier Liter frische Milch, Butter, Brot und ganz augenscheinlich selbst gemachte Erdbeermarmelade.

Nicht gerade typisch für einen Junggesellenhaushalt, dachte sie. Sie nahm ein Paket frisch gemahlenen Kaffee aus dem Kühlschrank. Sie füllte die Kaffeemaschine mit Wasser und Kaffee

und stellte sie an. Als sie ihre Hand nach dem Zucker ausstreckte, bemerkte sie ein leeres Aquarium. In ihm lagen ein paar trockene Äste, Heu und in der Ecke etwas, was die Reste eines Spinnennetzes sein konnten. India fuhr sich mit der Zunge über die Lippen und schaute genauer hin – aber nicht zu genau. Nirgendwo war ein Insekt zu entdecken, aber zahlreiche schwarze Punkte schienen die Ausscheidungen eines Insekts zu sein. Lieber Gott, betete sie, ich hoffe, dass Whitelaw Mäuse hält und nicht, was ich befürchte.
Sie streckte die Hand aus und klopfte einmal sehr laut an die Glasscheibe.
Sofort wurden die Äste in das Heu zurückgezogen.
India betrachtete sie genauer und bemerkte die zahllosen Härchen, die die geringste Erschütterung wahrnahmen. Jedes der Beine endete in winzigen Kneifern ... Nein, das waren keine Kneifer, erinnerte sie sich, sondern die dichten Härchen, die auf senkrechten Oberflächen für Haftung sorgten.
»Guten Morgen«, sagte direkt hinter ihr Whitelaw, und sie zuckte zusammen.
»Sie ...« India stellte fest, dass sie ganz außer Atem war.
»Du meine Güte«, sagte er, sah auf das Aquarium und dann wieder auf sie. »Ich vermute mal, ich hätte Sie warnen sollen, aber gestern Abend hätten Sie davon sicher nichts hören wollen ...«
»Dass Sie Taranteln als Haustiere halten?«
»Tarantel«, korrigierte er sie humorlos. »Ich habe nur die eine.«
»Eine mexikanische Tarantel.«
Sofort sah Whitelaw ganz verzückt aus. »Woher wissen Sie ...«
»Ich habe einmal die Biografie eines Soldaten geschrieben, der drei davon besaß«, sagte sie hastig. »Tut mir Leid, aber ich kann sie nicht ausstehen. Alle diese gruseligen, haarigen Beine.« Es schauderte sie, aber dann zwang sie sich zu einem Lächeln. »Ich hoffe, Sie sind nicht beleidigt, dass ich Ihr Haustier nicht mag.«
Whitelaw schüttelte den Kopf. »Ihre Reaktion ist nicht so ungewöhnlich. Die meisten Leute haben Angst vor Spinnen.«

Sie warf ihm einen nervösen Blick zu. »Sie lassen sie da doch nicht etwa raus? Nehmen sie an einem Faden auf Spaziergänge mit, oder so?«
»In Südamerika macht man das. Das habe ich im Fernsehen gesehen. Aber sie hassen das. Ich meine, die Spinnen. Es war ein Fehler, mir eine zuzulegen.« Er sah traurig aus. »Ich hatte keine Vorstellung, wie sehr sie es verabscheuen, dass man sie berührt. In der Wildnis geht es ihnen viel besser. Wenn sie nur das Geringste mit uns zu tun haben, wird ihnen ganz elend.«
India starrte auf die haarigen, lauernden Beine und versuchte vergeblich Mitleid für dieses arme, gefangene Tierchen aufzubringen.
»Wollen Sie eine Tasse von dem Kaffee, den Sie gemacht haben?«, fragte Whitelaw düster, offenbar deprimierte ihn das Schicksal seines Hausgenossen.
»Danke.« Sie ging durch die Küche und setzte sich auf das durchgesessene Sofa, das so weit wie irgend möglich von der Spinne entfernt unter einem Fenster stand, und zündete sich eine Zigarette an. Sie überflog einen alten *Australian* und sah gleichzeitig Whitelaw aus den Augenwinkeln zu, wie er Kaffee eingoss. Er trug graue Hosen und ein weißes Hemd. Er wirkte größer, als sie ihn in Erinnerung hatte. Er war sehr schwarz. Sie hatte sich bisher noch keine Gedanken über seine Hautfarbe gemacht, aber hier in der Morgensonne, einen schneeweißen Kragen um den Hals, war er so dunkelhäutig, dass er das Licht beinahe aufzusaugen schien.
India blätterte und war überzeugt, die haarigen Beine im Aquarium bei dieser Bewegung erstarren zu sehen.
»Haben Sie schlafen können?«, fragte Whitelaw und brachte ihr eine Tasse.
»Ja, danke.«
Whitelaw schob eine CD in die Kompaktanlage. Die Küche wurde von Jazzmusik erfüllt. »Wollen Sie was frühstücken?«
»Kaffee reicht. Vor zehn habe ich nie Appetit.«

Der Detective presste sich ein paar Orangen. Dann aß er einen Teller Special K und drei Scheiben Vollkorntoast mit einer Spur Butter und einem Aufstrich aus Gemüseextrakt. Ab und zu sah er zu ihr herüber und verzog die Lippen zu einem Lächeln. India vermutete, dass er ihr damit ihre Befangenheit nehmen wollte, aber sie rutschte trotzdem auf dem Sofa hin und her und versuchte sich auf ihre Zeitung zu konzentrieren, ohne Whitelaw oder das haarige Monster im Aquarium anzusehen. Hier saß sie im Haus des Detective, trank seinen Kaffee, hörte seine Musik und fühlte sich, als sei sie zu Gast bei Graf Dracula. Sie machte einen letzten Zug und drückte ihre Zigarette dann auf der Untertasse aus.

Nachdem er gegessen hatte, räumte er das Geschirr in eine Spülmaschine, stellte die Butter wieder in den Kühlschrank und wischte den Tisch ab. Die Küche war ebenso sauber und ordentlich wie das Zimmer des anderen Polizisten unordentlich. Es war ganz offensichtlich, wer in diesem Haushalt putzte.

Das Sofa ächzte, als er sich neben sie setzte. Langsam trank er eine zweite Tasse Kaffee, und so wie er erst nach draußen und dann auf sie schaute, war sie sich sicher, dass er etwas auf dem Herzen hatte.

»Irgendwas nicht in Ordnung, Detective?«

»Nenn mich Jeremy. Und nein, es ist alles in Ordnung so weit.«

»Was meinst du mit ›so weit‹?«

Er sah sie an. »Hör zu, India, ich möchte nicht, dass du irgendwo anders wohnst als hier, bis wir diesen Schlamassel aufgeklärt haben.«

Sie zog die Augenbrauen hoch. »Warum?«

»Kannst du etwa irgendwo anders wohnen?«

India stand auf, goss sich noch eine Tasse Kaffee ein, stellte sich weit weg vom Terrarium und trank in kleinen Schlucken. Sie hatte immer ein Problem, wenn Leute nett zu ihr waren, das wusste sie. Sie versuchte einen Grund für ihr Misstrauen zu finden. Lag es daran, dass Whitelaw Polizist war wie ihr Vater?

Oder war die Sache einfacher: *Konnte sie ihm überhaupt vertrauen*? Sie hatte niemandem mehr vertraut, seit sie klein war, und es schien keinen Sinn zu haben, daran etwas zu ändern, weil einmal jemand nett zu ihr war.
»Ich finde schon was«, sagte sie. Er öffnete den Mund, um zu protestieren, doch sie fiel ihm ins Wort: »Habt ihr Frank Goodman inzwischen gefunden?«
Whitelaw zog den Kopf ein. »Einer der Ranger meint, die Gruppe von Frank bei den Höhlen von Yourambulla gesehen zu haben. Aber von dort sind sie schon weitergezogen. Sie können überall sein.«
India verdrehte die Augen. »Gott, die Polizei hat wirklich wieder mal einen Preis für erstklassige Arbeit verdient.«
»Die Flinders Ranges sind nicht der Stadtpark von Sydney«, erwiderte er ungehalten. »Sie erstrecken sich vom Golf St. Vincent 800 Kilometer in nördlicher Richtung. Eine unwegsame, zerklüftete Gegend. Frank und seine Freunde dort zu finden ist wie nach einer Nadel in einem Heuhaufen suchen.«
India fluchte und zündete sich noch eine Zigarette an.
»Früher oder später wird er schon wieder bei einem der Wildgehege oder Campingplätze auftauchen«, versicherte ihr Whitelaw. »Wir haben der Verwaltung des Nationalparks Bilder von ihm geschickt, und dort hat man uns garantiert, dass er ihnen nicht durch die Lappen gehen wird.«
»Wunderbar«, meinte India. »Und was passiert, wenn er in einen Abgrund fällt und sich das Genick bricht? Vermutlich muss ich mich dann selbst um eine Verteidigung kümmern?«
Whitelaw räusperte sich, was sie als Zustimmung deutete.
»Wie auch immer. Wie schon gesagt«, meinte er, »will ich, dass du nicht in die Stadt gehst und dich vom Royal Hotel und von Ken und seiner Meute fernhältst.«
»Ich kann mich nicht von der Stadt fernhalten«, erwiderte sie. »Ich muss Fragen stellen und herausfinden, was los ist. Du solltest diese Vorgehensweise nun wirklich kennen: Erstens: Was tat

das Opfer bis zu seinem Tod? Zweitens: Wer hat das Opfer als Letzter lebend gesehen? Drittens ...« Sie lächelte bitter. »Wer kannte das Opfer?«
Er schnappte nach Luft. »Hast du schon oft mit polizeilichen Ermittlungen zu tun gehabt?«
»Ich habe mich gelegentlich etwas umgetan. Bei der Zeitung lernt man früher oder später, wie die Dinge funktionieren. Ich würde gerne wissen, warum Tiger und Lauren in Nindathana Billabong waren.«
Whitelaw rückte die Kochbücher auf der Fensterbank zurecht. »Du willst einen Artikel darüber schreiben.«
Sie sah zur Seite. Sie wollte die Story, da hatte er Recht. Aber es ging noch um mehr, es ging um sie und um ihre Vergangenheit, um sie und Lauren.
»Ich bin mir nicht sicher, ob ich mich in der Zeitung wiederfinden möchte«, sagte er.
»Da brauchst du dir keine Sorgen zu machen«, versicherte sie ihm.
»Und das soll ich glauben? Wenn Journalisten erst mal was in die Finger kriegen, werden alle an die Öffentlichkeit gezerrt: Polizisten, Zeugen, selbst Kinder. Du kannst mir nicht erzählen, dass du mich da raushalten kannst.«
Gegen die Kochbücher lehnten einige Ansichtskarten. Auf der obersten lagen ein paar nackte Frauen auf dem Bauch im Sand. Sie hatte die Aufschrift »Bottoms up«.
»Darüber schreiben hilft mir zu verstehen«, sagte sie. »Was passiert ist und warum es passiert ist.«
Er blickte an ihr vorbei und lächelte. »Ich werde dir einige Akten bringen, aber nur unter einer Bedingung.«
India runzelte die Stirn und sah seinem Lächeln an, dass ihr das, was jetzt kommen würde, nicht gefallen würde.
»Du bleibst hier.«
Sie wollte schon protestieren, aber er hob die Hand wie ein Verkehrspolizist. »Wir haben bereits festgestellt, dass du sonst nur

bei Polly unterkommen könntest. Unsere speziellen Freunde können dich dann einfach dort abholen. Die Aborigines im Camp haben keine Waffen, sie haben auch nicht besonders viel Mut«, meinte er noch mit leiser Stimme.

Seine Augen ruhten nachdenklich auf ihrem Gesicht.

»Also«, sagte er, »es ist mir gestern Abend gelungen, Laurens Mann eine Nachricht zukommen zu lassen. Er ist wieder in Sydney.« Whitelaw nickte in Richtung des Telefons an der Wand und ging mit seinem Kaffee nach draußen. »Warum rufst du ihn nicht an? Vielleicht hilft er dir bei der Entscheidung.«

Z e h n

Scotto, wie kommst du zurecht?«

»India?«

»Ja.«

Beim Klang seiner Stimme sah sie ihn vor sich. Scott Lewis Kennedy, groß und schmal, sein lockiges braunes Haar sonnengebleicht. Er ging schon seit Jahren segeln, wann immer er es einrichten konnte. Blaue Augen, sanfte Augen.

»Ich kann nicht zur Arbeit gehen.« Seine Stimme klang, als würde er gleich anfangen zu weinen. »Ich habe das Gefühl, dass ich dann in Stücke gehe.«

»Du machst das schon richtig«, versicherte sie ihm. »Bleib erst mal zu Hause und nimm alles mit der Ruhe. Sei nicht zu streng mit dir selbst.«

Der *Sydney Morning Herald* würde schon eine Vertretung für ihn finden, dachte sie. Vorübergehend konnten die anderen Redakteure sein Ressort unter sich aufteilen.

»Es ist nicht *gerecht*.«

»Nein.«

»Wir wollten gerade umziehen. Wir hatten ein Haus in Balgowlah gefunden, mit Blick auf den Hafen …« Sie hörte, wie er nach etwas suchte, wahrscheinlich nach Papiertaschentüchern, und fragte sich, warum sie nicht ebenfalls den Tränen nahe war. Vielleicht hatte Lauren ja Recht, vielleicht war ihr Herz eingerostet.

Scotto putzte sich die Nase. »Bist du okay?« Seine Stimme klang gedämpft.

»Jetzt, wo ich nicht mehr im Gefängnis sitze, geht es mir viel besser. Und Scotto, danke, dass du meine Kaution gezahlt hast. Ich zahle dir das Geld zurück, sobald ich kann, das verspreche ich.«

»Wovon redest du?«

»Von meiner Kaution.«
»Ich habe keine Kaution gezahlt.«
»Du musst es aber gewesen sein.«
»Dein Anwalt hat mir gesagt, die Kaution sei bereits gezahlt«, sagte er. »Ich bin erst gestern am späten Abend wieder in Sydney gewesen. Ich dachte, du hättest das selbst geregelt.«
»Kennst du jemand, der Arthur Knight heißt?«
»Nein, tut mir Leid.«
Sie kniff sich in den Nasenrücken. »Laurens Mutter kann es doch nicht gewesen sein?«
Eine Pause trat ein. »Tut mir Leid, Indi.«
»Was meinst du?«
»Sylvia hat einen Schock erlitten ...« Er sprach nicht weiter.
India wurde es auf einmal ganz anders. »Denkt sie etwa, dass ich Lauren ermordet habe?«
»Lass ihr etwas Zeit. Sie wird sich schon eines anderen besinnen.«
»Soll ich sie anrufen und ihr die Situation erklären?«
»Nein, das würde ich lieber nicht tun.«
Sie versuchte die Tränen zurückzuhalten, die ihr in die Augen steigen wollten. Verlier jetzt nicht die Nerven, ermahnte sie sich. Nimm dich zusammen wie auch sonst immer und lass dir nichts anmerken.
»Indi? Ist alles in Ordnung?«
»Ja. Ehrlich. Könntest du mir einen Gefallen tun?«
»Sicher, was immer du willst.«
»Kannst du rauskriegen, woran Lauren gerade gearbeitet hat? Vielleicht war sie irgendwas Gefährlichem hier auf der Spur und kam der Sache zu nahe, und sie ...«, sie zögerte, »... wollten sie aus dem Weg haben.«
Langes Schweigen. Sie hoffte, dass Scotto nicht einfach am Boden zerstört dasaß, sondern auch wirklich über ihre Frage nachdachte.
»Scotto?«

»Sie ist nach Cooinda gefahren, um mit einem Mann namens Mullett zu sprechen. Bertie Mullett.«
»Weswegen? Weißt du das?«
»Es hat irgendwie mit einer Frau namens Geraldine Child zu tun. Warte einen Moment.« Sie hörte, wie er den Hörer weglegte. Im Hintergrund lief klassische Musik. Dann kam er wieder an den Apparat und gab ihr eine Telefonnummer in Sydney. »Geraldine hat einen Doktortitel. Ich glaube, sie ist pensioniert.«
»Ist sie Ärztin?«
»Keine Ahnung.«
»Erinnerst du dich, worum es in Laurens Reportage gehen sollte?«
Scotto schwieg.
»Hatte es etwas mit der gestohlenen Generation zu tun?«
»Ja, das könnte es gewesen sein.« Seine Stimme klang plötzlich fürchterlich müde. »Du solltest dich vermutlich mal mit Geraldine treffen und dich unter vier Augen mit ihr unterhalten.«
India fuhr sich mit der Hand über die Stirn. »Ich darf die Stadt nicht verlassen, solange ich auf der Liste der steckbrieflich Gesuchten stehe.«
»Ja, richtig. Der Detective hat davon gesprochen.«
Hatte er? Was Whitelaw Scotto wohl sonst noch alles pflichtschuldig erzählt haben mochte?
»Soll ich nach Cooinda kommen? Kann ich dir irgendwie helfen?«
»Nein, bleib, wo du bist.« Einen Augenblick starrte sie auf das Telefon, auf dem die Nummer des Anschlusses stand. Sie dachte einen Augenblick nach und gab Scotto die Nummer.
»Scotto, kannst du in Laurens Büro vorbeigehen, wenn du dich etwas ausgeruht hast? Keine Eile. Du könntest dich dort etwas umsehen, okay?«
»Kein Problem. Das mache ich morgen. Okay?«
»Okay.«
»Ich weiß nicht, wie ich das überleben soll, aber ich muss, es

wäre ihr Wunsch.« Seine Stimme versagte. »Ich muss jetzt auflegen, Indi. Pass auf dich auf.«
Er legte auf. Mit einer Mischung aus Trauer und Erleichterung starrte India nach draußen in das gleißende Sonnenlicht. Trauer über Sylvia und Erleichterung darüber, dass Scotto sie ganz einfach für das hielt, was sie auch war: unschuldig. Und das, ohne eine einzige Frage zu stellen. Einen Freund hatte sie. Gott sei Dank. Sie schloss die Augen und sandte Scotto im Geist einen Segen und einen Kuss. Dann ging sie zurück in die Küche. Whitelaw gesellte sich zu ihr. »Kannst du heute Nacht mit dem Sofa vorlieb nehmen? Mein Freund wird sein Bett wohl zurückhaben wollen.«
»Das Sofa ist schon in Ordnung.«
Er nahm seine Autoschlüssel: »Ich muss zur Arbeit. Es wäre mir recht, wenn wir zusammen aufbrechen könnten und wenn du um sechs wieder hier wärst. Dann komme ich nach Hause. Normalerweise schließe ich nicht ab, aber in der Dachrinne über der Hintertür liegt ein Schlüssel.«
Mir ist es nicht recht, wenn du allein bei mir zu Hause bist, aber ich sage dir, wo der Schlüssel liegt: Das klang widersprüchlich, und sie sah ihn fragend an.
Aber Whitelaw schien nicht klar zu sein, was er da eigentlich gesagt hatte. »Kaum einer würde es hier draußen riskieren, einen Polizisten zu bestehlen«, sagte er nur.
Draußen war es bereits heiß, der Himmel war blau, und das Gras im Hof hatte eine staubig-grüne Farbe. Ein paar Autos rumpelten vorbei – Stoßverkehr in Cooinda –, aber sonst war alles still und friedlich. Whitelaw bewohnte das vorletzte Haus in der Biloella Road im Nordosten Cooindas. Es stand etwas für sich und war vom Nachbarhaus aus nicht einzusehen. India sah dort ein Bettgestell, einen Gasofen, zwei Kinderwagen, eine Spüle und einen rostigen, zerlegten Motor sowie ein verbogenes Auspuffrohr.
»Kann ich von der Stadt aus ein Taxi nehmen, um nach Hause zu

kommen?«, fragte sie Whitelaw. Ihren defekten Mietwagen hatte man beschlagnahmt, und sie hatte keinen Wagen. Sie war erstaunt, dass er ihr einfach die Autoschlüssel eines uralten Käfers überließ, der neben dem Haus stand.

»Mir ist es lieber, du nimmst den, statt deine Leiche ins Leichenhaus schaffen zu müssen«, meinte er beiläufig. »Das erspart mir einigen Ärger.«

Sie bedankte sich mit schwacher Stimme und sah ihn in seinen Landcruiser steigen.

»Bis um sechs«, sagte er und trat aufs Gas, dass der Kies aufspritzte.

Der Käfer sah aus, als sei jemand mit einer Axt auf ihn losgegangen. An einem Dutzend Stellen hatte die Karosserie Beulen, und beide Stoßstangen wirkten so, als würden sie im nächsten Moment abfallen. Auch die Nummernschilder waren ziemlich mitgenommen, als hätte sie jemand auf die Erde gelegt und wäre auf ihnen herumgetrampelt. Die Ledersitze waren aufgeplatzt, und das Polstermaterial schaute hervor, das Lenkrad war an einer Stelle gesprungen, aber der Motor sprang bereits beim ersten Versuch mit einem lauten Knattern an. »Eine Perle«, sagte sie laut und sah nach vorn, wo der Rückspiegel hätte hängen sollen. Achselzuckend setzte sie zurück auf die Straße und fuhr in die Stadt, um zu tanken, da die Tankuhr auf Null stand. Anschließend wollte sie nach Benbullen fahren.

Um halb zwölf sah Mikey einen dunkelgrünen Bentley vor dem Torhaus des Karamyde Cosmetics Research Institute halten. Das Fernglas, das er bei sich hatte, war sehr gut, und er konnte das Nummernschild deutlich erkennen, aber nicht den Fahrer, da die Scheiben getönt waren.

Mikey vertrieb eine Fliege aus seinem Gesicht und betrachtete das Institut erneut. Ein riesiges, halbkreisförmiges Gebäude, wuchtig und hässlich, aus Beton und rosa gestrichen, eine Farbe, die an gekochte Krebse erinnerte. Es war zweistöckig, und die

schmalen Fenster saßen in tiefen Nischen. Ein hoher Maschendrahtzaun, von Natodraht gekrönt, umgab das gesamte Gelände. Einziger Eingang schien das Gittertor neben dem Wachhaus zu sein, das sich elektrisch öffnen ließ. Das Tor schloss sich hinter dem Bentley, und Mikey folgte dem Fahrzeug mit seinem Fernglas, bis es hinter dem halbrunden Gebäude verschwand.
Er suchte das Areal um das Institut herum mit dem Fernglas ab. Obwohl der Gebäudekomplex groß war, bildete er in der weiten Buschlandschaft nur einen winzigen Punkt. Eine drei Kilometer lange private Schotterstraße führte auf ihn zu, die das ganze Jahr über sehr gut in Stand gehalten wurde. Gut versteckt, dachte Mikey, aber nicht zu entlegen für Pendler aus Cooinda, nur zwanzig Minuten von Haus zu Haus. Wie immer hatte Mikey seinen Wagen an der Jangala Road vor dem Känguru-Asyl geparkt, wo dieser nicht weiter auffallen würde. Dann war er die zwei Kilometer quer durch den Busch zu der niedrigen Bergkette gelaufen, von der aus er einen guten Blick auf das Institut hatte.
Er richtete sein Fernglas auf die Sandpiste, auf der Flugzeuge landen konnten, wo jetzt aber keine Maschine zu sehen war, und dann auf die Laderampe. Zwei Männer rollten ein großes weißes Fass in den Laderaum eines weißen Ford Transit. Auf dem Fass stand: *Vorsicht: Giftmüll.* Er hatte noch nicht herausgefunden, wo sie das Zeug loswurden. Es wurde mit dem Flugzeug weggeschafft, und da er nicht fliegen konnte …
Er betrachtete den Lieferwagen genauer und sah, dass der Kotflügel auf der Fahrerseite verbeult war. Wahrscheinlich waren sie mit irgendeinem Tier zusammengestoßen, mit einem Känguru oder vielleicht mit einem Wombat.
Mikey wandte seine Aufmerksamkeit erneut dem Tor zu. Im Torhaus standen zwei Wachmänner und rauchten. Er beobachtete sie eine Weile und betrachtete dann wieder die Zufahrtsstraße. Alles war ruhig, bis auf die Rufe von Vögeln und das gelegentliche Rascheln einer Echse im Laub. Das Institut erschien vollkommen harmlos.

Mikey war es gleichgültig, wie lange es dauern würde. Er würde die Schweine beobachten, bis sie einen Fehler machten. Er zog ein abgegriffenes Foto aus seinem Rucksack. Sorgfältig strich er es glatt. Vier uniformierte Polizisten standen in der Sonne und lächelten in die Kamera. Rechts stand Whitelaw, links Mikey. Sie rahmten Tiger und Sergeant Brian Patterson ein – beide waren jetzt tot.

Alles war eine Folge des Mordes an Alex Thread vor einem halben Jahr. Thread hatte für die Australian Medical Association gearbeitet. Er wurde erschossen, als er Erkundigungen über das Karamyde Cosmetics Research Institute einzuziehen begann.

Sergeant Patterson, eine ein Meter neunzig große Bohnenstange mit schütter werdendem Haar aus Wollongong, hatte die Ermittlungen zum Mord an Alex Thread aufgenommen und war ertrunken in einem öffentlichen Schwimmbad aufgefunden worden.

Mikey hatte Pattersons Ermittlungen übernommen, und am Tag, nachdem er den Institutsleiter Roland Knox aufgesucht hatte, war ein fünfjähriges Mädchen nach der Schule vermisst worden.

Mikey hatte alle Register gezogen, um sie schnellstmöglich zu finden. Nachdem rasch klar war, dass sie nicht bei Freunden war und dass es auch in der Familie kein Missverständnis darüber gegeben hatte, wer das Mädchen von der Schule hätte abholen sollen, setzte er für die Suche jeden verfügbaren Polizisten ein.

Er suchte gerade mit seinem Streifenwagen die Straßen nach dem kleinen Mädchen ab, als er auf seinem Handy einen anonymen Anruf erhielt. Es war sechs Uhr morgens. Er wendete sofort und raste, gefolgt von einem zweiten Streifenwagen, zur Müllkippe. Er sprang aus dem Wagen und sah einen Typen, der sich über ein Stück Abflussrohr beugte und etwas hineinzustopfen versuchte …

Als er das kleine Mädchen hervorzog, glaubte er, sie sei noch am Leben. Ihr Körper lag weich und biegsam in seinen Armen. Er

hörte ein Stöhnen und begriff, dass er das war. *Sie war noch warm.*
Aus seinen Gefühlen gegenüber dem Verdächtigen, Norman Harris, hatte Mikey keinen Hehl gemacht. Alle wussten, dass er ihn am liebsten einen Kopf kürzer gesehen hätte. Harris beteuerte seine Unschuld, er behauptete, jemand habe ihn angerufen und ihm gesagt, wo er das Mädchen finden werde, aber er konnte keinen Namen nennen, und so nahm das niemand für bare Münze. Er war der Onkel des Kindes, und alle waren davon überzeugt, dass er das kleine Mädchen missbraucht und danach getötet habe.
Am Tag nach seiner Verhaftung wurde Norman Harris erwürgt in seiner Zelle gefunden.
Auch jetzt noch konnte Mikey es nicht fassen, dass seine eigenen Leute geglaubt hatten, er habe den Täter erdrosselt. Gott, er hatte vielleicht davon *gesprochen*, aber ihn wirklich zu *töten* war eine ganz andere Sache …
Mikey war am selben Tag verhaftet worden, aber da hatte er schon herausgefunden, dass Harris ehemals bei Karamyde Cosmetics angestellt gewesen war und nun wegen seiner Kündigung gegen Karamyde geklagt hatte. Harris – das begriff Mikey leider zu spät – hatte nicht versucht, das Kind zu verstecken, er hatte sich bemüht, den Körper aus dem Rohr zu zerren.
Karamyde Cosmetics hatte ein fünfjähriges Mädchen ermordet, um zwei Fliegen mit einer Klappe zu schlagen – Mikey und Harris –, aber keiner glaubte ihnen oder wollte ihnen auch nur glauben.
Deshalb war Mikey zu seinem Freund Tiger gegangen. Und zwei Wochen, nachdem Tiger die Ermittlungen wieder aufgenommen hatte, wurde er getötet. Bei Licht besehen wusste Mikey, dass India Kane Tiger nicht aus Eifersucht getötet hatte. Sie und ihre Freundin Lauren hatten irgendetwas mit Karamyde Cosmetics zu tun – davon war er überzeugt.
Sein Blick wurde trüb, als er wieder auf das Foto starrte.

Ein kleines Mädchen, ein unschuldiger Mann und zwei gute Freunde waren wegen Karamyde Cosmetics gestorben.
Er würde die Schweine zur Strecke bringen, auch wenn es das Letzte sein sollte, was er tat.

India brauchte eine Dreiviertelstunde, um von der BP-Tankstelle nach Benbullen zu kommen. Ein Brauner mit glänzendem Fell und zwei weißen Fesseln stand festgebunden vor der Veranda. Er riss seinen Kopf herum, als sie mit dem Auto näher kam, bäumte sich auf und riss an seinem Halfter.
Ein drahtiger Mann in Jeans und kariertem Hemd trat ins Freie.
»Schönes Pferd«, sagte India.
»Wenn Sie mit der Frau sprechen wollen, die ist da drüben.«
Er deutete auf die Ställe. Hier stand Mrs. Goodman in einer Box und striegelte ein großes, graubraunes Pferd. Sie war schlank und muskulös und hatte leuchtende Augen, obwohl ihr Gesicht von der gnadenlosen australischen Sonne gegerbt war.
»Ich hoffe, es macht Ihnen nichts aus, wenn ich weitermache«, sagte Mrs. Goodman und striegelte das Pferd mit raschen kreisförmigen Bewegungen hinter dem linken Ohr. Staub und Pferdehaare schimmerten in dem Sonnenlicht, das in die Box fiel. »Ich warte auf Freddo, der das Pferd vielleicht kaufen will. Wenn es gut in Schuss ist, zahlt Freddo möglicherweise einige Hundert extra.«
India nickte und sah der Frau zu, die sich zügig den Hals des Pferdes entlangarbeitete.
»Ich wollte mich nach Ihrem Sohn Frank erkundigen«, sagte India, »und nach meiner Freundin Lauren Kennedy.«
»Ja. Ich habe Sie aus der Zeitung wieder erkannt.« Sie strich die Mähne des Pferdes beiseite und blickte India an. »Ihre Freundin hat von Ihnen gesprochen. Ich kann nicht behaupten, dass ich irgendwas darüber wüsste, was passiert ist, und ich habe auch nicht zu urteilen, aber sie hätte sicher gewollt, dass ich mit Ihnen spreche. Sie hat fast eine Woche lang hier gewohnt.«

India war sich nicht sicher, was sie als Nächstes sagen sollte. Die Freundlichkeit dieser Frau erleichterte sie kolossal. »Danke«, sagte sie endlich.
Mrs. Goodman nickte. »Jeremy sagt, unser Frank ist Ihr Alibi «, sagte sie. »Alle versuchen, ihn ausfindig zu machen.« Sie sah stolz aus.
»Wenn Frank nicht aussagt«, meinte India, »bin ich erledigt.«
Die Frau lachte. »Keine Sorge. Im neuen Jahr ist er wieder zurück.«
»Wird er aussagen? Was meinen Sie?«, fragte India.
Mrs. Goodman sah sie ungnädig an. »Was wollen Sie damit sagen?«
»Seine Freunde aus der Stadt sagen, er sei um neun Uhr bei ihnen gewesen, obwohl er zu diesem Zeitpunkt noch bei mir war. Hier. Erst um halb zehn ist er in die Stadt gefahren.«
Franks Mutter runzelte die Stirn. »Wollen Sie etwa behaupten, dass sie lügen?«
India sah ihr fest in die Augen und nickte.
Mrs. Goodman schüttelte missbilligend den Kopf: »Davon weiß ich nichts, aber was immer auch war, Frank wird die Wahrheit sagen. Ich bin vollkommen sicher, dass er das tun wird.«
»Das hoffe ich auch«, murmelte India. »Können Sie mir sagen, woran Sie sich erinnern, was meine Freundin Lauren betrifft? Die Reihenfolge spielt keine Rolle.«
Die Frau in den Arbeitskleidern schien einen Augenblick nachzudenken, dann sagte sie unwirsch: »Sie traf verdammt spät hier ein. Wir lagen schon die halbe Nacht im Bett, als sie hier endlich eintrudelte. Sie hat dann allerdings für uns alle Kakao gekocht. Charlie hat sie gleich ins Herz geschlossen, es gefiel ihm allerdings nicht, dass sie so viel rauchte. Sie rauchte wie ein Schlot, Ihre Freundin, und aß fast nichts.« Während sie sprach, bewegte sich Mrs. Goodman behände um das Pferd herum und schob das riesige Tier geschickt mit leichten Handbewegungen und einem gelegentlichen Zungenschnalzen hin und her. India erfuhr, was

Lauren nicht geschmeckt hatte, wann sie aufgestanden und zu Bett gegangen war und schließlich, dass sie eigentlich nur zwei Nächte hatte bleiben wollen, ihren Aufenthalt dann aber ausgedehnt hatte. »Sie war auf der Suche nach Bertie Mullett, aber der war abspaziert.«

»Oh«, sagte India, und Mrs. Goodman verdrehte die Augen.

»Diese Aborigines, wissen Sie. So nett sie sind, sie können einem verdammt auf die Nerven gehen. Ich wünschte, sie wären nicht so ruhelos. Ihre Rastlosigkeit treibt uns manchmal zum Wahnsinn. Wir versuchen uns nicht zu sehr auf sie zu verlassen, aber manchmal geht das eben nicht. Nicht viele Weiße wollen in dieser Wildnis arbeiten, und außerdem können wir nicht viel zahlen.«

»Warum wollte Lauren diesen Bertie Mullett treffen?«

Mrs. Goodman machte noch eine letzte, weit ausholende Bewegung mit dem Striegel. Dann nahm sie einen Metallkamm mit weit auseinander stehenden Zähnen und machte sich daran, die Stirnlocke des Pferdes zu entwirren. »Das hat sie mir nie gesagt, aber sie rastete förmlich aus, als sie erfuhr, dass er auf und davon ist. Das war an dem Tag, bevor sie ins Camp fahren wollte. Sie hat sich stattdessen auf die Suche nach seiner Familie gemacht. Da haben wir sie auch zum letzten Mal gesehen. Wir mussten dann nach Malparinka, wissen Sie.«

Mrs. Goodman schien India damit eine Antwort auf alle Fragen gegeben zu haben, die sie hätte stellen können. India versuchte es noch einmal anders. »War jemand hier und hat Fragen nach Lauren gestellt?«

»Oh, gestern kamen zwei Männer, um ihre Sachen abzuholen. Sie haben auch ihr Zimmer bezahlt. Sie hatte noch nicht gezahlt, müssen Sie wissen.«

India hatte das Gefühl, als sei eine Kakerlake ihre Wirbelsäule heruntergekrochen. »Wie hießen sie?«

Mrs. Goodman hielt im Kämmen inne. »Der Teufel soll mich holen. Ich bin mir gar nicht sicher, ob sie mir das überhaupt gesagt haben.« Sie wirkte überrascht.

India fragte, wie die Männer ausgesehen hätten. Ordentliche Hosen, gebügelte Hemden, Lederjacke, Sonnenbrille, erfuhr sie.
»Welche Automarke?«
»Eine dieser Limousinen. Hatte ich noch nie gesehen. Die gibt es sonst nur in der Stadt.«
»Ein BMW?«
»Genau. Schwarz, mit getönten Scheiben.«
India stand wieder auf der heißen, staubigen Straße und sah den schwarzen BMW in der Ferne verschwinden.
»Sah verdammt teuer aus«, meinte Mrs. Goodman noch.
Und sehr auffällig, dachte India. Sie bat darum, Laurens Zimmer sehen zu dürfen.
»Ich habe da schon geputzt, das Bett frisch bezogen und so. Sie haben gesagt, das sei in Ordnung.«
»Wer?«
»Die beiden Männer.«
»Nicht die Polizei? Ist die hier gewesen?«
»Aber das war doch die Polizei. Na ja, so was in der Art jedenfalls. Sonderermittlung, haben sie gesagt. Sie haben mir ihre Dienstmarken gezeigt, und die wirkten ganz schön echt.«
»Sie waren also nicht aus Cooinda?«
»Nein. Vom Cooinda Police Department kenn ich alle«, entgegnete sie. »Stan war letzte Woche fast jeden Tag hier, und auch Jeremy kam, um Ihre Sachen zu holen.« Sie gab dem Pferd einen Klaps, ehe sie mit India zur Rückseite des Hauses ging.
India stand am Fenster von Laurens Zimmer und starrte nach draußen, ohne etwas zu sehen. Vor fünfundzwanzig Jahren war ihr kleiner Bruder Toby genau an diesem Tag gestorben. Jetzt war auch Lauren tot. Plötzlich fühlte sie sich furchtbar müde. Sie wollte sich nur noch ins Bett legen und einen Monat lang schlafen.
Stattdessen durchsuchte sie das Zimmer. Sie sah unter die Kopfkissenbezüge, unter das Bett, unter die Matratze, durchwühlte die Bibel und die Kommode. Sie erinnerte sich daran, wie sie als

Kind das Geld, das sie beim Autowaschen verdient hatte, hinten an die Schubladen ihrer Kommode geklebt hatte, damit ihr Vater es nicht vertrinken konnte. Sie dachte daran, dass sie alles, was ihr wichtig war – Comics, Bücher und Geburtstagskarten –, Lauren gegeben hatte, damit es nicht einfach weggeworfen wurde. India durchsuchte das Zimmer, und ihre Erinnerungen wurden immer deutlicher. Es war bedrückend, dass sie jetzt niemanden mehr hatte, mit dem sie diese Erinnerungen teilen konnte.
Unten im Kleiderschrank lag eine gebrauchte Busfahrkarte. Außerdem entdeckte sie eine Quittung, die hinter die Fußleiste gerutscht war. Beides steckte sie ein. Dann ging sie nach unten und fragte Mrs. Goodman, ob sie jemanden namens Tremain kennen würde.
»Meinen Sie Ron?«
»Kennen Sie sonst noch jemanden mit diesem Namen?«
Die Frau dachte eine Weile nach und sagte dann: »Tut mir Leid. Nein.«
India dankte ihr und ging wieder zu ihrem Wagen.
Der schöne Braune tänzelte an seiner Leine, als sie wegfuhr.

Ehe India zurück nach Cooinda fuhr, machte sie noch einen Abstecher nach Nindathana Billabong, zum Schauplatz der Morde. Sie rechnete nicht damit, dort etwas zu finden, da Stan vermutlich keinen Stein auf dem anderen gelassen hatte, um ihre Waffe zu finden. Sie wollte den Platz trotzdem einmal sehen.
Das Billabong war eine kreisförmige Senke, etwa von der Größe eines Tennisplatzes. Um sie herum wuchsen Spinifexgras und Melde. Zwei Grills aus Ziegelsteinen sowie drei Holztische und Bänke standen unter einem großen, fast blätterlosen Eukalyptusbaum. Auch eine Mülltonne gab es, die bis auf ein paar grüne und braune Glasscherben leer war – Bierflaschen, die von Betrunkenen zerschlagen worden waren.
Die glühend heiße Ebene, in der das Billabong lag, schien ohne Leben zu sein, doch während der Stunde, die India dort ver-

brachte, sah sie verschiedene Wüstenvögel, Echsen und zwei Springmäuse. Es ließen sich auch zahlreiche Spuren im Sand ausmachen, von Dingos, Kängurus und – kaum sichtbar, wie mit einem feinen Pinsel in den Sand gezeichnet – von Schlangen.

Es war ein guter Treffpunkt: In ziemlicher Entfernung von der Landstraße und trotzdem leicht zu finden. Es war auch kaum möglich, hier überrascht zu werden. Jeden Wagen konnte man schon auf einige Meilen Entfernung sehen. Doch die Ruhe war trügerisch. Sie konnte es kaum glauben, dass dort, wo sie gerade stand, hinter der Polizeiabsperrung zwischen zwei Büschen, zwei Menschen brutal ermordet worden waren.

In der Mittagshitze hielt India an der BP-Tankstelle, um ein Sandwich mit Käse und Tomaten und eine Flasche Mineralwasser zu kaufen. Dann fuhr sie die Straßen entlang und hoffte, in einer ruhigen Seitenstraße eine Telefonzelle zu finden, wo man sie nicht beobachten würde. Nach zehn Minuten gab sie verärgert auf, zögerte einen Augenblick und fuhr dann zum Royal Hotel.

Als India die Bar betrat, stellte sie erleichtert fest, dass Ken und seine Kumpane nicht dort waren. Abgesehen von einem alten Mann, der gebannt auf den an der Wand verankerten Fernseher starrte, saßen nur noch zwei Frauen an der hufeisenförmigen Bar. Drei Männer standen mit großen Bierkrügen draußen und rauchten.

Der Frau hinter der Bar standen die Schweißperlen auf der Oberlippe. Sie betrachtete India amüsiert und überrascht. »Wenn das nicht India Kane persönlich ist!«

India nickte kurz. »Hallo, Debs.«

Debs zog eine Marlboro aus einer knittrigen Schachtel und zündete sie an. »Allmählich glaube ich, Sie sind nicht mehr ganz bei Trost«, sagte sie. »Oder haben Sie vergessen, was diese Stadt von Ihnen denkt?«

India zuckte mit den Achseln. »Ich würde gerne telefonieren.«

Debs machte eine Kopfbewegung in Richtung einer Tür, auf der

Toiletten stand, und sagte: »Das ist aber gerade besetzt. Sheryl ruft irgendwo wegen eines Jobs an.« Sie musterte India einen Augenblick. »Trinken Sie doch ein Bier, während Sie warten. Das kann dauern.«
India zog die Brauen hoch.
»Nicht alle folgen der Herde«, sagte Debs und winkte India an die Theke heran. Sie zapfte ein halb hohes Glas Foster und schob es India zu. »Das hier ist India Kane«, sagte sie zu den beiden Frauen. Keine antwortete etwas. Debs deutete mit ihrer Zigarette auf die Frau, die weiter weg von India saß. »Das ist Roxy.« Dann deutete sie auf die Frau neben India. »Und das hier Kerry.« Die beiden kümmerten sich nicht darum, sondern starrten weiter düster in ihr Bier.
»Prost.« India hob ihr Glas, ehe sie einen großen Schluck trank. Sie spürte, wie das eiskalte Bier in ihren Magen lief.
»Ihr verdammtes Prost können Sie sich sparen«, fuhr sie eine der Frauen an.
India stellte ihr Bier ab und wollte schon gehen, als Debs freimütig sagte: »Das hat nichts mit Ihnen zu tun. Normalerweise sind wir gastfreundlicher, aber wir haben gerade so einiges durchgemacht.«
»Kein Problem«, meinte India, aber diese harmlose Antwort schien Roxy vollkommen aus der Fassung zu bringen.
»Blöde Kuh«, sagte sie mit lauter Stimme zu Debs. »Wenn du nicht so bescheuert wärst …«
»Gott, Rox, kannst du nicht endlich Ruhe geben«, sagte Debs gelangweilt. Sie hatte das alles offenbar schon tausendmal gehört.
»Das ist nur deine Schuld«, beharrte Roxy. »Wenn du nicht wärst, hätten wir immer noch unsere Jobs.«
»Willst du das wirklich einen Job nennen, für diese Gangster zu arbeiten?«, wollte Debs wissen. »Jetzt hör schon auf. Wir standen nicht mal auf ihrer Gehaltsliste. Ab und zu mal zur Aushilfe. Davon geht die Welt nun wirklich nicht unter.«

»Vielleicht nicht für dich, aber was wird aus uns? Du hast uns keine Wahl gelassen, oder? Gott, Debs, du kanntest die Spielregeln doch. Sie stehen dick unterstrichen in den Verträgen, die wir unterschrieben haben, und du hast dich einen Dreck darum geschert.«

Debs nahm ihre schweren Arme von der Theke und hob selbstbewusst den Kopf. Die Atmosphäre war kurz davor zu explodieren.

»Du hättest nur sagen brauchen, tut mir Leid«, fuhr Roxy fort, »soll nicht wieder vorkommen. Das wäre alles gewesen … Aber das hast du einfach nicht über die Lippen gebracht, du konntest das einfach nicht. Gib wenigstens zu, dass du Unrecht hattest. Ich könnte dich umbringen.«

Debs presste die Lippen zusammen. Sie sagte: »Du warst schließlich nicht diejenige, die von diesem verdammten Gordon Willis durch den Fleischwolf gedreht wurde. Er ist gnadenlos. Du hast ihn doch gehört. Ob ich vorher schon mal mit jemandem von der Zeitung gesprochen hätte. Warum gerade ich. Warum gerade in dieser Woche. Warum ich meinen Vertrag gebrochen hätte. Ob die Zeitung mich hätte bezahlen wollen. Welche Fragen sie gestellt hätten. Gott, er hat einfach nicht mehr aufgehört. Wie sie mit mir in Kontakt getreten seien. Ob sie sonst noch mit jemandem gesprochen hätten.«

»Warum hast du nicht einfach deinen Mund halten können, statt dir in deiner Rolle zu gefallen«, fauchte Kerry, die links von India saß. »Ruhm und Ehre, dass ich nicht lache. Dave wird mich umbringen. Er wird jetzt nicht die Akkubohrmaschine zu Weihnachten bekommen, die er sich gewünscht hat. Er wird gar nichts kriegen. Weil ich keinen Penny habe.«

»Du hast dafür gesorgt, dass er uns gefeuert hat!« Roxys Stimme war schrill und zitterte vor Wut. »Nur weil wir in einer Klasse waren, hast du gedacht, dass wir hinter dir stehen und alle die Schuld auf uns nehmen …« Roxy war nicht mehr bremsen.

India hörte nicht mehr zu. Sie hatte sich an dem Wort »Zeitung«

festgebissen, stand reglos da und starrte ins Freie. Ein kleiner, schwarzer Hund trottete an der Hoteltür vorbei. Einer der Männer trat mit seinem Stiefel nach ihm und erwischte ihn an der Schnauze. Der Hund jaulte auf und rannte weg. Ein anderer Mann kam in die Bar, um auf die Toilette zu gehen. Als er wieder ins Freie trat, hatte Roxy ihre Tirade endlich beendet.

»Was war das für eine Arbeit?«, fragte India Debs nach einer Weile.

»Wir haben für Karamyde Cosmetics Produkte getestet.« Sie lächelte bitter. »Es hat mir gefallen, mich an vorderster Front der Wissenschaft zu wissen.«

»Mir war das Geld wichtiger«, sagte Kerry, eher resigniert und nicht wütend. »Zehn Minuten auf dem Bauch liegen. So leicht habe ich mein Geld noch nie verdient. Dafür bekam ich zweihundert Dollar. Ich wette, selbst die besten Anwälte in Melbourne bekommen nicht so viel.«

India zog die Brauen hoch.

»Schnellbiopsie«, warf Kerry ein. »Unter uns nennen wir das den Schnippeltest. Sie schneiden dir mit einer rotierenden Klinge in die Haut und entnehmen einen Fetzen Fleisch.«

»Lebende Versuchskaninchen«, meinte India entsetzt.

»Genau. Wegen der Tierschützer und so riskieren sie es nicht, noch etwas an Tieren auszuprobieren.«

»Und die von der Zeitung?« India sah Debs an. »Was wollten die?«

Debs schnippte ihre Zigarette gegen einen Aschenbecher mit einer blauen Fosters-Reklame. »Irgendwas für eine Frauenillustrierte. Wie Hausfrauen sich was dazuverdienen können. Was sie uns zahlen und was wir dafür tun müssen.«

»Haben Sie persönlich mit ihnen gesprochen?«

»Nein. Nur telefonisch. Sie klang ganz nett ...«

»Gott, Debs! Wie konntest du nur!« Roxy begann wieder mit ihrer Litanei, und India hörte weg. Die drei Männer kamen herein, um eine weitere Runde Bier zu bestellen. Einer von ihnen

starrte India an und flüsterte seinen Kumpanen etwas zu. Sie standen unentschlossen da und berieten sich dann flüsternd weiter. India stellte ihr Bierglas ab und ging eilig nach draußen.
Die Sonne brannte gnadenlos, und ein Wirbelwind fuhr die Straße entlang und fegte Zigarettenstummel und leere Chipstüten aus dem Rinnstein und auf den Bürgersteig. India ging rechts in eine Seitenstraße und auf das Postamt zu. Ein blonder Mann mit einem Karton Bierdosen auf der Schulter und eine Frau in einem eng anliegenden Top, unter dem sich ihre Brustwarzen abzeichneten, kamen an ihr vorbei. Das Postamt war über Mittag geschlossen, also ging India in den benachbarten Zeitungsladen. Eine Grotte mit Gläsern voller leuchtend bunter Bonbons an den Wänden.
»Haben Sie ein Telefon, das ich benutzen könnte?«, fragte sie den greisen Mann hinter der Ladentheke. Er räumte gerade etliche Schachteln Silk Cut ins Regal und drehte sich nicht einmal um.
»Das Postamt nebenan hat eins«, erwiderte er.
Neben der Kasse stand ein Postkartenständer. India drehte ihn langsam. Bilder von der Wüste, von der Wüste mit Bäumen, von malerischen Farmruinen in der Wüste und von Himmel und Wüste.
»Gibt es hier viele Touristen?«, fragte sie.
»Wer so weit kommt, ist normalerweise auf dem Weg in den Sturt-Nationalpark«, antwortete der Ladeninhaber. »Aber die meisten fahren über Tibooburra, und wenn es sie doch hierher verschlägt, bleiben sie nicht lang.«
»Wieso haben Sie dann Ansichtskarten?«
Er sah sie von der Seite an und wandte sich dann wieder seinen Zigaretten zu. »In letzter Zeit sind ziemlich viele Leute hierher gezogen, um in einer Fabrik vor der Stadt zu arbeiten. Sie schicken ihren Freunden zu Hause ganz gern mal 'ne Karte, wie es hier aussieht.«
»Karamyde Cosmetics?«

»Oh, Sie haben von der Fabrik gehört? Ein wichtiges Unternehmen, hab ich mir sagen lassen.«

»Ich finde, das hier ist ein merkwürdiger Ort, um eine Kosmetikfabrik zu bauen.«

»Wir sind froh«, sagte der Mann und sah ihr zum ersten Mal ins Gesicht. Er runzelte die Stirn, fuhr dann aber fort: »Seit sie aufgemacht haben, habe ich meinen Umsatz verdreifacht. Und wir sind jetzt die Hauptstadt von Corner Country. Mittlerweile haben wir sogar ein eigenes Gericht und so.« Er schien sehr stolz darauf zu sein.

Wirklich eine bemerkenswerte Hauptstadt, dachte India, als sie die Fliegengittertür hinter sich zuschlug. Nicht mal eine Telefonzelle gibt es. Sie ging den unebenen Bürgersteig aus Beton entlang und auf die Polizeistation zu. Es war unglaublich heiß, aber ihre Haut war trocken. Der Schweiß verdampfte in dem Augenblick, in dem er aus den Poren drang. Das gab ihr das Gefühl, nicht zu schwitzen. India staunte, dass alles so verdorrt war, es den Menschen aber trotzdem gelang zu überleben. Wenn es mal regnete, waren das nur einige kurze Wolkenbrüche, die über Nacht alles unter Wasser setzten. Trotzdem war alles bis zum nächsten Wolkenbruch erneut verdorrt, manchmal jahrelang. Ein unwirtliches Land, ein Land der Extreme, Dürre oder Flut, Leben oder Tod.

Sie stattete der Polizeistation von Cooinda den ersten ihrer von nun an täglichen Besuche ab, meldete sich bei Donna und ging dann zu ihrem VW. Sie ließ den Wagen an und fuhr zu Whitelaws Haus. Schließlich war er bei der Arbeit und würde nie erfahren, dass sie sich in seine vier Wände geschlichen hatte, um dort bequem telefonieren zu können.

Als sie vor dem Haus hielt, kam Whitelaws Nachbar auf sie zu, um sie näher in Augenschein zu nehmen. Er war fett und trug ein Netzunterhemd. Seine Oberarme waren von tätowierten Drachen bedeckt. Er verschlang sie förmlich mit den Augen, als sie ausstieg.

»Wohnen Sie hier?«, fragte er.
Sie nahm ihre Tasche und ging auf die Haustür zu, ohne ihn anzusehen.
»Kümmern Sie sich um Ihre eigenen Angelegenheiten«, erwiderte sie.
»Das ist nicht sehr nachbarschaftlich.«
Über die Schulter meinte India: »Ich will nicht unhöflich sein, aber ich bin nicht der nachbarschaftliche Typ.«
Er grinste und kratzte sich mit einer Hand, groß wie eine Bratpfanne, seine haarige Achselhöhle. Seine Augen hatten etwas Gieriges.

E l f

Whitelaws Hintertür war nicht verschlossen. Sie ging in die Küche und nahm den Telefonhörer ab. Sie wählte die Nummer der Auskunft und fragte nach den Tremains in Cooinda und Umgebung.

»In Cooinda gibt es einen R. Tremain«, sagte die Frau.

»Ist das alles?«

»Sieht so aus.«

»Könnten Sie für mich auch noch in Milparinka oder Tibooburra nachsehen?« Sie hörte die Frau tippen.

»Dort gibt es gar keine Tremains, tut mir Leid.«

»Und in Broken Hill?«

Wieder wurde getippt. »Da habe ich einen Treeman.«

»Könnten Sie bitte auch noch unter Bourke nachschauen?«

Die Frau seufzte. »Ich kann damit beim besten Willen nicht den ganzen Tag zubringen.«

India legte auf. Wie sollte sie diesen Großvater nur finden, der wie vom Erdboden verschluckt zu sein schien? Lauren hatte gesagt, sie sei ihm zufällig begegnet. Würde ihr das ebenso ergehen? In diesem Augenblick war ihr das gleichgültig. Sie war vollkommen erschöpft, sowohl geistig als auch körperlich. Sie erinnerte sich, dass sie genauso benommen gewesen war, als ihre Mutter gestorben war, aber im Vergleich zu ihrem jetzigen Zustand war das gar nichts gewesen. Heute konnte sie kaum noch stehen. Sie beschloss, Jerome erst später wegen des Mannes anzurufen, der ihre Kaution gezahlt hatte, stolperte ins Schlafzimmer, streifte Stiefel und Jeans ab und kroch ins Bett. Sie versuchte zu weinen, aber die Tränen wollten nicht kommen. Mit angezogenen Beinen lag sie unter den Decken eines Unbekannten in einem fremden Zimmer. Sie dachte nur an Lauren und meinte ihr glockenhelles, ansteckendes Lachen zu hören. Lauren, sagte sie laut.

Nichts.
Lauren?, sagte sie wieder.
India vergrub ihr Gesicht im Kopfkissen. Nach zwei oder drei Minuten, nicht mehr, schlief sie ein.

Als sie erwachte, war später Nachmittag. Auf der anderen Seite des Fensters war der Busch immer noch in das harte, gnadenlose Licht des Hochsommers getaucht. Sie lag reglos da und gab sich einer wohligen Trägheit hin. Im Haus war es sehr still. Nur das heisere Krächzen eines Raben war von draußen zu hören. Sie schloss die Augen und gab sich wieder der Verführung des Schlafes hin. Vollkommen entspannt ließ sie sich treiben. Plötzlich knarrte ein Dielenbrett.
Sie riss die Augen auf.
Sie spürte, dass jemand im Zimmer war.
Sie setzte sich auf.
Ihr Herz schlug wie rasend. Ein Riese stand in der Tür. Mikey Messer. Sein Haar war nicht zusammengebunden und fiel dicht wie eine Löwenmähne über seine Schultern.
Sie zog ihre Decke hoch.
»Was zum Teufel machen Sie hier?«, wollte Mikey wissen. Er war größer, kräftiger und feindseliger, als sie ihn in Erinnerung hatte.
»Ich dachte, das ist offensichtlich«, erwiderte sie, bemüht, sich ihre Angst nicht anmerken zu lassen. Drohend fuchtelte er mit den Händen herum, und sie fügte eilig hinzu: »Whitelaw hat gesagt, dass ich hier wohnen kann.«
Er hätte vermutlich nicht erstaunter ausgesehen, wenn ihr Hörner und ein Schwanz gewachsen wären.
»Sie nehmen mich auf den Arm. Er hat doch gesagt, er würde eine Unterkunft für Sie suchen.«
»Nun, ich bin aber hier«, sagte sie beleidigt.
Er ging auf das Bett zu. »In zwei Minuten will ich Sie hier nicht mehr sehen.«

»Oh«, sagte India, da ihr plötzlich ein Licht aufging. »*Sie* sind Jeremys Untermieter.«

Mikey runzelte die Stirn. »Jetzt ist es also schon Jeremy? Sie wanzen sich wirklich an die richtigen Leute ran. Das beeindruckt mich allerdings überhaupt nicht, tut mir Leid. Als Mieter in diesem Haus bestehe ich auf meinem Recht, unerwünschte Subjekte der Lokalität zu verweisen. Ich rate Ihnen also, schleunigst von hier zu verschwinden.« Ohne ein weiteres Wort drehte er sich um, verließ das Schlafzimmer und knallte die Tür hinter sich zu.

Zitternd stieg India aus Mikeys Bett und zog sich eilig Jeans und Stiefel an. Sie packte ihren Rucksack und stellte ihn auf die hintere Veranda. Sie konnte Mikey in der Küche brüllen hören und vermutete, dass er Whitelaw die Meinung sagte. Einen Augenblick stand sie nur da und starrte auf das verdorrte Gras des Gartens, das von einer heißen Brise niedergedrückt wurde. Ich will nur schlafen, dachte sie, ich bin so müde, so ausgelaugt, warum musste er so früh nach Hause kommen?

Aber jetzt war er zu Hause. Also ließ India ihren Rucksack stehen und marschierte los. Sie hoffte, etwas weichen Sand im Schatten eines Baumes zu finden und noch etwas schlafen zu können. Sie kletterte über den Gartenzaun und ging auf die niedrigen Hügel in der Ferne zu. Am Fuß der Hügel wuchsen einige Bäume. Dass sie sich unerlaubt auf Privatgrund befand, war ihr gleichgültig. Sie konnte sich nicht vorstellen, dass sich ein Farmer darüber aufregen würde, wenn sie über braunes, verdorrtes Gras ging. Sie wandte ihr Gesicht der Sonne zu und spürte, dass sich etwas in ihr veränderte und sie gelassener wurde. Seit sie sich erinnern konnte, hatte sie es geliebt, einfach loszuziehen, am liebsten allein. Lauren hatte das amüsant gefunden, aber keiner der Männer, mit denen sie zusammen gewesen war, hatte das je verstehen können. Alle hatten es gehasst.

Sie vergrößerte ihre Schritte, um schneller vorwärts zu kommen. Bald war sie in niedrigen Hügeln. Sie hatte den Geruch von

Staub und Hitze in der Nase, und ihre einzige Gesellschaft waren Echsen und Schlangen.

»Er ist nicht glücklich, dein Freund Mikey«, sagte India später zu Whitelaw. Sie hatten eine Flasche Wein, eine Kanne Zitronensaft und Dips und Chips vor sich stehen. Der Wein war für India, der Zitronensaft für Whitelaw. Ein Stapel gelbbrauner Aktenmappen lag ebenfalls auf dem Tisch.
»Ich habe das geklärt. Du brauchst dir seinetwegen keine Gedanken zu machen.«
Sie saßen auf der vorderen Veranda. Whitelaws Landcruiser leuchtete orange, als stünde er in Flammen. Der Jacaranda war blutrot. Die Sonne versank als riesige rote Scheibe hinter dem Horizont. Fledermäuse flatterten um sie herum und verfolgten Mücken und Moskitos.
»Bedien dich.« Er zeigte auf die Chips und Dips.
India betrachtete die rosafarbenen und braunen Saucen und zündete sich eine Zigarette an. Whitelaw beobachtete sie genau. »Du siehst mitgenommen aus«, sagte er.
»Etwas müde bin ich schon«, gab sie zu. Sie blies den Rauch zur Seite. »Ich vermute, du hast nichts Neues darüber erfahren, wer meine Kaution gezahlt hat. Ich bin noch nicht dazu gekommen, Jerome anzurufen.«
Whitelaw tauchte einen Chip in die klebrige rosa Sauce und aß ihn. »Jerome hat bestätigt, dass Arthur Knight die Kaution gezahlt hat. Knight wohnt in Geelong, das liegt wohl im Australian Capital Territory.« Er wischte sich die Hände ab und langte in seine Hemdtasche, aus der er ein Stück Papier hervorzog, das er ihr reichte.
India las die Adresse.
»Ich weiß trotzdem nicht, wer das ist!« Sie lehnte sich vor, und ihre Zigarette geriet in beunruhigende Nähe zu ihrer Bluse. »Die einzigen Menschen, die ich in Australien kenne, sind neben Scotto Laurens Familie, die mir im Moment ganz sicher nicht

helfen wird, und einige so genannte Freunde in Melbourne, von denen mich bis heute keiner zurückgerufen hat.«
Whitelaw wies sie darauf hin, dass ihre Bluse schon fast in Flammen stünde. Sie lehnte sich zurück.
»Hauptsache, du bist auf freiem Fuß.«
»Komm schon. Wisst ihr sonst wirklich nichts über diesen Burschen?«
»Nur dass man einen guten Leumund haben muss, um überhaupt eine Kaution zahlen zu dürfen. Man muss nachweisen können, wo das Geld herkommt. Es ist nicht möglich, Schwarzgeld mit Hilfe der Polizei zu waschen.«
»Okay, Arthur ist also ein Zeitgenosse mit gutem Leumund und noch dazu reich.«
»Außerdem arbeitet er bei der Bundespolizei.«
Sie machte einen Zug. Ihre Finger zitterten. »Ich versteh das nicht.«
»Warum rufst du ihn nicht einfach an und sprichst mit ihm. Ich bin sicher, dass es eine ganz einfache Erklärung gibt.«
»Aber ich will …«
»Im Augenblick gibt es Wichtigeres, okay?« Whitelaw blickte die Straße entlang, sah sie dann wieder an und schließlich zu Boden.
»Und was?«
Es dauerte ein paar Sekunden, ehe er wieder etwas sagte. Seine Stimme war leise und besorgt. »Tiger ist bereits der zweite Polizist, der ermordet worden ist.«
India hatte diesen Schock kaum verarbeitet, da kam schon der nächste. »Zusammen mit einem Beamten der Australian Medical Association namens Alex Thread.«
»Gott.« Sie schloss einen Augenblick die Augen. »Das kann ich nicht glauben. *Vier Morde*?«
Whitelaw schwieg.
»Hat das alles miteinander zu tun?«
»Wir haben keine Beweise, aber Mikey ist davon überzeugt, dass das alles mit dem Karamyde Cosmetics Research …«

»Karamyde?«
Whitelaw zog die Brauen hoch.
India erzählte von ihrer Begegnung mit Debs, Roxy und Kerry in der Bar des Royal Hotel, dass sie gefeuert worden waren, weil Debs mit einer Journalistin gesprochen hatte.
»Deine Freundin war offenbar auf derselben Fährte wie wir«, sagte Whitelaw. »Obwohl ich keine Ahnung habe, wie sie von der Sache erfahren haben soll.«
»Vielleicht ist sie von einer der Testpersonen angerufen worden, sie ist … sie war ziemlich bekannt.«
Sie sahen beide auf, als eine Tür krachend ins Schloss fiel. Mikey trat, eine Bierflasche an die Brust gepresst, auf die Veranda, lehnte sich an das Geländer und musterte sie.
Sie beachteten ihn nicht weiter.
»Laut Dienstbuch«, sagte Whitelaw, »bekam Tiger einen Anruf von einer Journalistin. Wir gehen davon aus, dass das deine Freundin war. Sie bat um ein Treffen. Sie hatte wichtige Informationen für die Polizei bezüglich der beiden Morde.«
»Warum ist sie nicht einfach zur Polizeistation gekommen?«
Whitelaw nahm einen Schluck Zitronensaft. »Offenbar traute sie hier niemandem.«
»Gute Güte«, sagte Mikey spöttisch. »Du willst doch nicht etwa sagen, dass sie unserem einheimischen, unkorrumpierbaren Aborigine nicht getraut hätte?«
Whitelaw trommelte mit zwei Fingern auf sein Knie, sah Mikey aber nicht an.
»Jemand wusste von diesem Treffen«, sagte India. »Die Frage ist, wer, und außerdem, wie er davon erfahren hat.«
»Der letzte Eintrag im Dienstbuch ist vom Tag vor Tigers Tod«, sagte Whitelaw. »Vom zehnten Dezember.«
»Es könnte also jemand von der Polizei sein«, meinte India. »Deswegen wolltest du nicht auf der Polizeistation mit mir sprechen.«
Er nickte.

»Gott.« Sie strich sich mit der Hand übers Gesicht. »Kam es Tiger denn nie in den Sinn, dass Lauren Recht haben könnte? Dass ein korrupter Polizist alle seine Pläne überwacht? War er ein vollkommener Idiot?«
Mikey tauchte am Rand ihres Blickfelds auf. »Er war ein verdammt guter Polizist«, sagte er unfreundlich.
»So verdammt gut, dass es ihn und meine Freundin das Leben gekostet hat«, fauchte sie zurück.
Hastig warf Whitelaw ein: »Kennt einer von euch diese Nummer?« Er schob einen Papierfetzen mit einer Telefonnummer über den Tisch. »Die hat meine Wenigkeit heute Nachmittag unter der Einlegesohle in einem von Laurens Schuhen gefunden.«
Dann muss sie sehr wichtig sein, dachte India, wenn Lauren es nicht riskiert hatte, sie auf ihr Handgelenk zu schreiben: Sie wollte offenbar nicht, dass jemand sie sieht.
»Du willst doch nicht etwa sagen«, meinte Mikey gedehnt, »dass dieser Zettel auf der Liste der Beweisstücke nicht auftaucht?«
»Ganz richtig«, erwiderte Whitelaw grinsend.
Mikey war weiterhin unversöhnlich, seine Miene wirkte wie versteinert.
»Wessen Nummer ist das?«, fragte India.
»Bisher habe ich keine Vorstellung, ich habe auch noch nicht bei der Auskunft angerufen.« Whitelaw warf India einen fragenden Blick zu. »Vielleicht willst du ja mal anrufen.« Er gab Mikey ein Zeichen; der reichte ihr zögernd sein Handy.
India wählte.
»Hallo?«, meldete sich nach dem sechsten Klingeln eine Frauenstimme mit einem breiten australischen Akzent.
»Guten Tag«, sagte India geschäftsmäßig. »Ich rufe vom AMPS, dem Australian Mail Preference Service, an. Wir kümmern uns um die Privatsphäre aller Australier. Würde es Ihnen etwas ausmachen, mir ein paar Fragen zu beantworten ...«
»Tut mir Leid, aber ...«
»Wir führen eine Kundenbefragung durch, dauert nur eine

Minute, und Sie würden uns damit enorm weiterhelfen … Bekommen Sie viel Reklame?«
»Meine Güte, ja. Wir werden förmlich damit überschwemmt.«
»Macht Ihnen das nichts aus, oder würden Sie in Zukunft lieber gar keine Reklame erhalten?«
»Dafür würde ich über Leichen gehen, endlich mal nicht den ganzen Briefkasten voller Müll zu haben«, lautete die unmissverständliche Antwort.
»Der AMPS setzt sich für eine Begrenzung der Reklamesendungen an alle Australier ein. Wir tragen für Sie einen Computercode ins Melderegister ein, und Ihre Adresse ist dann für alle Werbesendungen gesperrt. Sind Sie daran interessiert?«
»Da können Sie Gift drauf nehmen.«
»Wenn man Ihnen garantieren würde, dass Sie ab morgen nie mehr Reklamesendungen erhalten, wären Sie dann damit einverstanden, dass ich das für Sie veranlasse? Oder wollen Sie lieber noch warten …«
»Setzen Sie mich auf die Liste!«, sagte die Frau fröhlich.
India lachte, dann sagte sie mit leiser Stimme. »Ich darf das eigentlich nicht, aber ich könnte für Sie vielleicht eine Ausnahme machen, weil Sie so geradeheraus waren. Ich brauche nur Ihre Adresse, dann gebe ich das heute Abend gleich ein.«
»Gott, das wäre wirklich großartig. Ich wohne in Waratah, Jangala Vale … warten Sie einen Moment. Spielt es eine Rolle, dass das nicht mein eigener Telefonanschluss ist? Ich helfe nur eben bei Elizabeth aus. Ihr Mann ist vor ein paar Tagen gestorben. Er ist in einem seiner Schuppen von so einer verdammten Schlange gebissen worden. Sie haben zwar Schlangenserum im Haus, aber so weit hat er es nicht mehr geschafft. Schwaches Herz, vermutet man.«
»Das tut mir Leid.«
»Ja, wirklich übel.« Die Frau seufzte.
»Ich nehme Ihre Adresse trotzdem auf. Jangala Vale …«
Die Frau ratterte ihre Postleitzahl herunter.

»Soll ich Ihre Freundin Elizabeth auch gleich auf die Liste setzen?«
Kurze Pause. »Warum nicht. Erspart der Ärmsten, sich jeden Tag durch diesen Dreck zu wühlen. Sie wohnt zwei Häuser weiter, Janga Yonggar …«
»Könnten Sie mir das buchstabieren?«
»Das sagen alle. Geht mir wirklich auf die Nerven.« Sie buchstabierte.
»Der Nachname?«
»Ross. Elizabeth Ross.«
»Und Ihrer?«
»Gask. John und Joan.«
India dankte ihr, unterbrach die Verbindung und gab Mikey das Handy zurück.
»Gerissen wie eine Schlange«, bemerkte er.
»Danke«, erwiderte sie und warf ihm ein zuckersüßes Lächeln zu, woraufhin er nur noch finsterer dreinblickte.
»Vielleicht sollte ich dieser Elizabeth Ross einen Besuch abstatten«, sagte sie zu Whitelaw, »und mich dabei etwas umsehen?«
»Okay. Ich lasse die Akten hier.« Er klopfte auf die Mappen.
Mikey war entsetzt. »Du willst sie das alles lesen lassen?«
»Wenn sie nicht Bescheid weiß, wie soll sie uns dann helfen?«
»Zum Teufel, Jed, wir wissen doch noch immer nicht, ob sie eine weiße Weste …«
»So weiß, wie man sie sich nur vorstellen kann«, fauchte Whitelaw.
»Nennst du einen Mann ein Alibi, der in den Flinders Ranges verschollen ist?«
»Wer hätte das gedacht«, meinte Whitelaw bissig, »Mike Johnson führt sich auf wie ein blutiger Anfänger und glaubt das, was ihm passt, und nicht an Beweise, die auf dem Tisch liegen. Dir ist deine Intuition abhanden gekommen, Mikey, gib es nur zu. Dein berühmter Instinkt hat dich nach all den Jahren im Stich gelassen. Vielleicht hat er sich auch nur in Bourbon aufgelöst.«

Mikey starrte Whitelaw an.
»Ach so«, sagte India in die gespannte Stille hinein. »Er ist ein Exbulle?« Sie sah Mikey an. »Was war los? Haben sie Sie wegen des Saufens rausgeschmissen? Oder wegen Bestechlichkeit? Oder war es nur wegen unmotivierter Gewaltanwendung?«
Mikey machte einen Schritt auf sie zu. Instinktiv duckte sich India.
»Ich hätte nie gedacht, dass eine Journalistin es sich leisten könnte, Leute vorzuverurteilen«, knurrte er, »aber Sie haben in der Zelle nur einen Blick auf mich zu werfen brauchen und hatten mich damit bereits in der passenden Schublade ...«
»In der Sie ausgezeichnet aufgehoben sind, wenn ich mir diese Bemerkung erlauben darf. Und wenn ich mir vorstelle, dass Sie mich eben noch als Mörderin ...«
»Hört auf!«, sagte Whitelaw. »Ich dulde nicht, dass ihr euch zankt. Wir sind ein Team, okay?«
»Ein Team?«, frage Mikey schockiert.
»Und wenn wir uns nicht so verhalten, dann werden sie uns einen nach dem anderen abknallen, genau wie Patterson und Tiger.«
India spielte mit ihrem Weinglas. »Okay. Kein Streit.«
Ein langes Schweigen trat ein.
Whitelaw sah Mikey an.
Schließlich seufzte Mikey. »Okay, okay. Ich gebe nach.«
»Gut«, sagte Whitelaw und fragte dann Mikey: »Irgendwas draußen beim Institut?«
Mikey sah kurz zu India hinüber und dann wieder weg. »Ich nehme mal an, da wir jetzt ein Team sind ...«, sarkastisch betonte er das Wort »Team«, »... solltet ihr alle wissen, dass sie heute Vormittag einen Besucher hatten. Einen Bentley-Besitzer, einen gewissen Gordon Willis, der in Porton Down in England gearbeitet hat. Porton Down ist eine Forschungseinrichtung des englischen Militärs. Offenbar ist dieser Willis eine Art Genie, und die britische Regierung hat ihn bei uns abgeworben. Vor fünf

Jahren bekam er dann von Karamyde Cosmetics ein noch besseres Angebot und kehrte zurück.«

»Woran hat er in England gearbeitet?«, fragte India.

»Sachen, die der Geheimhaltung unterliegen. Ich vermute mal, alles, was mit Landesverteidigung zu tun hat. Kanonen, chemische Kriegsführung, Raketen … Was auch immer, vermutlich hat er für alles irgendwelche Gegenwaffen erfunden.«

»Ich kann mir nicht vorstellen, dass Willis glücklich damit ist, Lippenstifte und Wimperntusche herzustellen«, meinte India.

»Die Kosmetikfabrik ist nur die Fassade«, sagte Mikey. »Das muss einfach so sein.«

Wieder trat Stille ein, während Mikey India durchdringend ansah.

»Wie viel Miete zahlen Sie?«

»Das ist unsere Sache«, sagte Whitelaw.

Mikey sah India erwartungsvoll an. »Ich hoffe, Sie können kochen.«

»Tut mir Leid. Ich weiß nicht mal, wie man Eier kocht. Ich kann aber Toasts verbrennen lassen, und das erstklassig.«

Mikey öffnete schon den Mund, ging dann aber nach drinnen, als er Whitelaws Gesichtsausdruck sah. Die Fliegengittertür fiel hinter ihm zu. Whitelaw folgte ihm. India trank ihr Glas aus und schenkte sich dann ein weiteres ein. Düster betrachtete sie den dunklen Horizont. Die Aussicht, auf nicht absehbare Zeit mit einem übellaunigen Expolizisten zusammenwohnen zu müssen, deprimierte sie auf einmal fürchterlich.

Zwölf

India brachte zwei Tage lang nicht die Energie auf, Elizabeth Ross aufzusuchen. Am dritten Tag nahm sie dann all ihre Willenskraft zusammen, schleppte sich zum VW und drehte den Zündschlüssel um.

Whitelaw hatte ihr geraten, von Cooinda aus die Landstraße nach Jangala zu nehmen, Jangala Vale liege vor der Stadt, aber nach zehn Minuten fragte sie sich, ob sie sich nicht verfahren hatte. Angeblich war das nur eine Nebenstrecke, aber der Asphalt war trotzdem so breit wie der einer Startbahn. Sie hatte einen Bahnübergang überquert, der nicht mehr in Betrieb war, und eine Verladerampe für Schafe passiert sowie eine Windmühle und zwei Wassertanks auf Stelzen. Nach weiteren zehn Minuten kam sie im Busch zu einer Hand voll Häuser, und beim Weiterfahren sah sie einen Schwarm rosa Kakadus unter einem Eukalyptusbaum und einen Habicht auf einem Telegrafenmast.

Sie fuhr über ein Schlagloch, und der VW schepperte. Sie verlangsamte das Tempo, sah in den Rückspiegel und verzog das Gesicht. Mikey fuhr hinter ihr. Immer wenn sie zusammen im Haus von Whitelaw waren, hielt sich Mikey im Wohnzimmer auf. Seit ihrer ersten Nacht, die sie in Mikeys Bett verbracht hatte, wohnte India in der Küche und schlief auf dem Sofa in der Ecke. Stundenweise vergaß sie ganz, dass Mikey sich im selben Haus befand. Dann kam er plötzlich auf leisen Sohlen herein, machte eine beißende Bemerkung. Ein Wort gab das andere, und sie zankten sich, bis er sich seinen Tee oder Toast gemacht oder seinen Bourbon eingegossen hatte und die Küche wieder verließ. Wenn er ihr nicht gerade auf die Nerven ging, raste er in seinem weißen Toyota Pick-up davon oder saß über seinen Computer gebeugt und tippte eifrig. Neugierig hatte sie gestern einen Blick über seine Schulter auf den Monitor geworfen, um zu sehen, woran er arbeitete. Sie hatte ein simuliertes Gefecht zweier F18-Kampfflugzeuge vor sich.

»Sie spielen Computerspiele?«, fragte sie, unangemessen empört.

»Moment ...« Er tippte wie besessen, das Flugzeug im Sturzflug über einer Ebene, die an das Dartmoor erinnerte. Plötzlich explodierte der Bildschirm in einem riesigen Feuerball. »Ja!«, rief er. »Stellen Sie sich vor, wie das auf einem großen Bildschirm ausgesehen hätte!«

India betrachtete Whitelaws winzigen Monitor. »Sie können mir glauben, dass es mir herzlich Leid tut, dass Sie keinen haben.«

»Aber bald«, meinte er fröhlich. »Alles schon bestellt. Kann jeden Tag kommen. Und erst mal der Sound! Dann wackelt im Wohnzimmer alles, wenn diese Biester angreifen.«

»Das freut mich wirklich für Sie.«

Er drehte sich um. »Haben Sie ein Problem damit, India?«

»Ich dachte, wir sollten einen Killer fassen und nicht Computerspiele spielen.«

»Sie lesen, um sich zu entspannen, ich mache das eben auf meine Weise.«

»Den ganzen Tag?«

Er antwortete nicht. Er drehte sich einfach um und startete das Spiel von neuem. Seither hatten sie kein Wort mehr gewechselt.

Sie fuhr an einem verrosteten, ehemals grünen Briefkasten vorbei, auf dem in weißen Buchstaben der Name *Waratah* stand. Sie blinkte und ließ Mikey an sich vorbeifahren. Sie winkte ihm zu und bremste dann stärker, um links nach Janga Yonggar abzubiegen. Auf einem großen grüngoldenen Schild stand: *Ross Kangaroo Sanctuary*. In dem Augenblick, in dem sie in den zweiten Gang herunterschaltete, bemerkte sie den schwarzen BMW in der prallen Sonne am Straßenrand. Blitzsauber. Keine Beulen, kein Rost, kein Dreck. *Schwarz mit getönten Scheiben. Sah verdammt teuer aus.*

India fasste das Lenkrad fester. Sie sah auf das Nummernschild und prägte sich die Nummer ein. OED 128. Sie bemerkte einen

weißen Lieferwagen, der vor dem BMW geparkt war. Die Firmenaufschrift lautete *A.J. Luffton Building Contractors.* Die Stoßstange des Lieferwagens war verbeult.
Sie fuhr an den Straßenrand und parkte ihren VW neben einem weißen Suzuki mit Vierradantrieb. Dann stieg sie aus, ließ ihre Zigarette fallen und trat sie aus. Es war windstill und heiß, nicht einmal Insekten waren zu hören. Sie hörte nur das Ticken des VW-Motors, der abkühlte.
Das Haus lag teilweise hinter niedrigen Bäumen verborgen. Als sie näher kam, sah sie, dass es sehr gut in Schuss war. Sie kam zu einem Tor in einem hohen Maschendrahtzaun, der einen staubigen Korral und die Rückseite des Hauses umgab. Sie hatte mehrere niedrige Wellblechschuppen, einen Wassertrog und ein Känguru vor sich. Sie presste ihr Gesicht gegen den Maschendraht, und das Känguru tat ihr den Gefallen, mit einigen Sprüngen zu ihr zu kommen und seine Nase durch ein Loch im Maschendraht zu stecken. Sie konnte nicht widerstehen und streichelte die weiche, graue Schnauze, die sich anfühlte wie Samt.
»Das ist Billy«, ließ sich eine Stimme hinter ihr vernehmen. »Seine Mum war in einen Autounfall verwickelt. Sie wurde getötet, und wir bekamen ihn schon sehr jung. Jetzt ist er ausgewachsen und wird uns bald verlassen.«
India drehte sich um. Als sich ihre Augen begegneten, verschwand das freundliche Lächeln von den Lippen der Frau. »Gott«, sagte sie. Sie wurde bleich. »Sie … Sie sind …«
»Ja, ich bin India Kane. Meine Freundin Lauren Kennedy wurde ermordet, und ich will herausfinden, was geschehen ist und warum es geschehen ist. Ich hoffe, dass Mrs. Ross mir helfen kann.«
»Gott«, sagte die andere erneut.
»Sind Sie Mrs. Ross?«
Die Frau nickte.
India wandte sich wieder dem Känguru zu, das ein samtiges Ohr

in ihre Richtung hielt und sie mit glänzenden braunen Augen beobachtete.
»Lauren Kennedy hatte Ihre Telefonnummer«, sagte India ruhig. »Ich möchte wissen, warum.«
Die Frau schnappte nach Luft und öffnete das Tor. Sofort kamen fünf Kängurus hinter den verschiedenen Schuppen hervor und sahen auf den Hinterbeinen stehend erwartungsvoll zu ihnen herüber. Die Frau trat in den Korral und ging auf die Rückseite des Hauses zu. India folgte ihr.
»Das größte Problem in Gegenden wie dieser«, sagte die Frau mit unsicherer Stimme, »mit dichter Buschvegetation ist, dass es kein Licht gibt, es gibt überhaupt nichts. Die Tiere grasen am Straßenrand, dann wechseln sie auf die andere Straßenseite und werden angefahren.« Sie deutete auf das kleinste Känguru, das langsam hinter ihnen her sprang. »Das ist Annie. Sie ist im Kampf mit einem Kombi unterlegen. Und das hier ist Randy, ich habe ihn ebenfalls schon als Baby bekommen ...«
Während die Frau sprach, betrachtete India sie genauer. Sie war zierlich und vermutlich Ende dreißig. Sie trug zu weite Jeans und ein T-Shirt, das mit etwas Breiähnlichem beschmiert war. Ihre Haut war von der Sonne gegerbt, und ihre Augen sahen müde aus, trotz des unglaublich leuchtenden, blauen Eyeliners.
»Haben alle Namen?«
Für diese Frage wurde India mit einem angestrengten Lächeln belohnt.
»Aber sicher. Wir behalten sie bis zu zwei Jahre hier und können sie schließlich nicht ständig mit ›du da‹ anreden.«
India fragte, wie viele Kängurus sie im Jahr retten würden, und sie sprachen immer noch über dieses Thema, als sie das Haus betraten. Drei Kängurus folgten ihnen. Im Wohnzimmer lag ein weiteres Tier mit bandagiertem Hinterlauf und Schwanz auf einer rosa Steppdecke und knabberte an einem Haufen Heu. Ein größeres Känguru, mindestens ein Meter fünfzig groß, lag auf der ausladenden Couch ausgestreckt. Sein Schwanz reichte über

die Armlehne und bis auf den Fußboden. Die Kängurus spitzten nur etwas die Ohren, beachteten sie aber sonst nicht weiter. India trat auf einen Haufen Köttel und verzog beim Einatmen das Gesicht. Der Geruch der Kängurus erinnerte sie an ein Zimmer voller nicht stubenreiner Katzen.
»Sie sind handzahm«, meinte Elizabeth Ross entschuldigend. »Man kann sie nicht einfach in einen Schuppen sperren und alle vier Stunden füttern. Ohne die Hilfe ihrer Artgenossen können sie nie mehr in den Busch zurückkehren. Wir müssen sie in die Familie integrieren, damit sie in freier Wildbahn überleben können.«
India bemerkte, dass sie von einem winzigen Känguru fixiert wurde, das in einem künstlichen Beutel aus einer alten karierten Decke an der Wand am Ende des Zimmers hing. Sein längliches, zartes Gesicht war im Vergleich zu den langen, papierdünnen Schlappohren und dem Paar glänzender Augen winzig klein.
Elizabeth Ross lächelte. »Sie kam gestern. Ich muss sie die nächsten Monate alle zwei Stunden füttern, Tag und Nacht. Ich habe sie Jilly getauft.«
»Sie sind wirklich eine sehr engagierte Frau, Mrs. Ross«, murmelte India.
Stille.
»Sagen Sie Elizabeth.«
Sie sahen sich in die Augen. »Danke.«
Elizabeth lächelte sie ein weiteres Mal angestrengt an.
»Würde es Ihnen etwas ausmachen, über meine Freundin zu sprechen?«, fragte India vorsichtig.
Elizabeth starrte auf den Fußboden. »Ich weiß nicht.«
»Sie wissen doch, dass auf sie geschossen worden ist«, sagte India unverblümt, um die andere zu einer Reaktion zu zwingen. »Zweimal. Aus nächster Nähe ins Gesicht.«
Elizabeth schien in sich zusammenzufallen. Als sie antwortete, flüsterte sie. »Ja, das weiß ich.«

»Bitte«, sagte India noch einmal leise. »Ich brauche Ihre Hilfe. Wann haben Sie sie zuletzt gesehen?«
Elizabeth schloss die Augen.
»Bitte.«
»Es war …« Elizabeth schluckte deutlich, holte tief Luft. »… Nacht. Es schien kein Mond. Allerdings waren eine Menge Sterne am Himmel. Leuchtende Sterne. Peter bedauerte es, dass er sein Fernrohr nicht bei sich hatte. Er liebte es, Sterne zu betrachten.« Erneut schluckte sie.
Plötzlich erinnerte sich India an den weißen Suzuki mit Allradantrieb, der vor ihr und Tiger hergefahren war. Sie steckte die Hände in die Hosentaschen, um ihr Zittern zu verbergen. Draußen stand jetzt wieder ein weißer Suzuki.
»Peter wollte mich nicht dabeihaben. Aber er hatte sich die Schulter verrenkt, als er gemeinsam mit den Dunsfords Schafe zusammengetrieben hatte. Er war vollkommen unbeweglich und konnte kaum gehen, geschweige denn Auto fahren. Er kam mit der Hand nicht mal bis zum Schalthebel. Er wollte mich nicht dabeihaben«, sagte sie wieder.
»Wann war das?«
Elizabeth ging zögernd aus dem Zimmer. »Aus unerklärlichen Gründen lieben sie Knoblauch.«
India fühlte die Übelkeit wie einen Golfball in der Kehle aufsteigen. Sie folgte Elizabeth in die Küche. Elizabeth stellte die Mikrowelle an.
»Vielleicht gibt es ja im Busch etwas, das ähnlich schmeckt. Keine Ahnung«, sagte sie und vermied es, India anzusehen, »aber wenn ich Knoblauchbrot mache, flippen sie aus.«
Die Frauen standen da und betrachteten die Mikrowelle. Beim Pling zuckten beide zusammen.
Elizabeth öffnete die Tür, und sofort verbreitete sich der Duft von reichlich gebuttertem Knoblauchbrot. Kaum hatte sie die ersten Scheiben auf den Tisch gelegt, da stürmten bereits drei Kängurus mit aufgestellten Ohren in die Küche. »Jetzt wartet

doch, ihr Schurken.« Elizabeth warf die Scheiben in einen großen Korb. »In einer Minute bekommen alle was.«
Lächelnd sah sie India an. India betrachtete Elizabeths Eyeliner. Er war nicht mehr blau, jetzt war er *grün*.
Elizabeth strich sich mit dem Finger unter dem rechten Auge entlang und betrachtete ihn dann. »Ich habe ihn für Peter in der Woche ausprobiert, in der er gestorben ist. Seither habe ich ihn jeden Tag aufgetragen. Aus Sentimentalität, vermute ich. Ich wollte mich wohl einfach nicht damit abfinden. Er war Chemiker und auf Kosmetika spezialisiert.« Elizabeth stellte den Korb in Reichweite eines Dutzends heißhungriger Kängurus. »Er liebte diese Tiere genauso wie ich, und sie liebten ihn ebenfalls. Ich bin nicht die Einzige, die ihn vermisst.«
»Das tut mir Leid.«
Traurig lächelte Elizabeth sie an. »Es ist eben gefährlich, im australischen Busch zu leben. Wenn einen nicht der Hautkrebs erwischt, dann die Spinnen oder Schlangen.«
India nickte mitfühlend. »Dieser Eyeliner ist erstaunlich. Kann man ihn schon kaufen?«
»Das dauert noch eine Ewigkeit. Das braucht noch eine Menge Arbeit. Er soll je nach Temperatur die Farbe ändern. Sie benutzen temperaturempfindliche Farben. Wenn ich draußen bin, soll er blau sein, im Haus grün, aber das funktioniert nicht immer.«
Sie sprachen eine Weile über Nagellack und wasserfesten Lippenstift, aber Elizabeths Verlegenheit schien immer mehr zuzunehmen.
»Für wen hat Ihr Mann gearbeitet?«
Elizabeth warf ihr einen kurzen, forschenden Blick zu. »Wissen Sie das nicht?«
»Was?«
»Nichts. Gar nichts.« Sie sah auf die Kängurus, die sich um den Brotkorb geschart hatten. Zwei von ihnen boxten mit den Vorderpfoten. »Wo zum Teufel ist Billy bloß? Er liebt Knoblauchbrot, das tut er wirklich ...«

»Tut mir Leid«, sagte India, aber ihre Stimme klang nicht so, als würde ihr das nur im Geringsten Leid tun, »aber für wen hat Ihr Mann gearbeitet?«
»Karamyde Cosmetics.«
India verzog keine Miene.
»Sie haben nicht weit von hier ein Forschungszentrum. Jedenfalls ist es nach australischen Maßstäben nicht weit. Es sind nur sechs Kilometer. Kein einziges Stoppschild und keine einzige Ampel zwischen ihnen und uns. Drei Sprünge, um mit einem Känguru zu sprechen.«
Plötzlich schüttelte Elizabeth energisch den Kopf und sah durchs Fenster. Dann schien sie in sich zusammenzusinken. India war überrascht, dass sie den Tränen nahe war.
»Es tut mir Leid«, sagte Elizabeth. »Es tut mir Leid, dass Ihre Freundin gestorben ist und wie sie gestorben ist.«
Sofort legte ihr India einen Arm um die Schulter. »Erzählen Sie. *Bitte*, erzählen Sie mir, was an diesem Abend vorgefallen ist, an dem Sie Lauren getroffen haben. *Ich muss das wissen.*«
Elizabeth zuckte zurück und nahm den leeren Brotkorb. »Wo ist Billy?«, fragte sie erneut, inzwischen ängstlich. »Es ist das erste Mal, dass er sein Knoblauchbrot verpasst.« Sie ging nach draußen. »Was ist nur los mit ihm? Irgendwas muss sein ... Er hat sich noch nie einen Leckerbissen entgehen lassen.«
Nach dem Halbdunkel im Haus blendete India die grelle Helligkeit draußen. Sie ging hinter Elizabeth her, die eilig zwischen den Wellblechschuppen verschwand und rief: »Billy, komm schon, Billy, guter Junge.« Sie kontrollierte, dass das Tor auch ordentlich geschlossen war. Dann ging sie den Zaun entlang. Die Holzpfosten standen in unregelmäßigen Abständen. Die jahrelange mörderische Hitze hatte ihnen zugesetzt.
India sah, dass an einer Stelle neben dem Zaun die harte Erde aufgescharrt und blutbespritzt war. Sie folgte den Blutspuren bis hinter den Futterschuppen, dort sah sie etwas von einem knorrigen Baum hängen.

Als sei dort jemand gehängt worden.
Langsam näherte sie sich.
Ein Känguru mit einer Schlinge um den Hals sah sie hilflos mit großen braunen Augen an. Blut sickerte, immer noch rot und feucht, aus seiner Nase.
Hinter sich hörte sie Elizabeths entsetzten Ausruf:
»Billy!«

Dreizehn

India holte eine Leiter und schnitt das tote Tier herunter. Sie machte sich nicht die Mühe, das Seil aufzuknoten, sondern durchtrennte es einfach mit einer Säge, die sie in der Garage gefunden hatte. Sie musste dem Tier den Kopf umdrehen und ihn unter den Arm klemmen, um überhaupt an das Seil heranzukommen. Winzige schwarze Fliegen saßen im Pelz des Kängurus und flogen jedes Mal auf, wenn sich der Kadaver bewegte, ehe sie sich wieder setzten. India musste hastig ausatmen und Luft nach oben blasen, um die Fliegen auf ihren Lippen und ihrer Nase zu vertreiben. Sekunden später setzten sie sich schon wieder.

Schließlich gab das Seil nach, und das Känguru plumpste zu Boden. Die beiden Frauen schleiften es aus dem Korral, Elizabeth zog am Schwanz und India an einem Hinterlauf. Sie kamen nur langsam vom Fleck, da der Kadaver erstaunlich schwer war. India war schweißgebadet. Die Fliegen, die sie umschwärmten, und das Blut auf ihrer Bluse waren ekelhaft. Elizabeth war in Tränen aufgelöst. »Wie konnten sie nur«, fragte sie immer wieder. »O mein Gott, wie konnten sie nur?«

Sie legten das Känguru neben einem der Schuppen ab. Elizabeth kniete sich hin und nahm Billys Kopf in den Schoß, wiegte sich hin und her und strich ihm über Ohren und Nase. »Mein armer Kleiner.« Sie begann zu schluchzen.

India starrte auf sie herab, zu entsetzt, um etwas sagen zu können. Nach einer Weile nahm sie Säge und Seil und legte sie vor die Garage. Sie ging zu Elizabeth zurück und drängte sie, wieder ins Haus zu gehen.

Elizabeth stand auf, war aber so unsicher auf den Beinen, dass India sie stützen musste. India suchte in der Küche nach einer Flasche Brandy und fand das Gesuchte schließlich im Medizinschränkchen. Sie füllte zwei Gläser.

»Trinken Sie.«
Sie tranken beide.
»Ich kann es nicht fassen«, sagte Elizabeth. Ihre Stimme klang wieder fester. »Wie konnten sie nur!«
»Wer sind *sie*?«
Elizabeth sah zu Boden. »Das kann ich Ihnen nicht sagen.«
»Das mit Billy war eine Warnung.«
Elizabeth stand auf und goss sich noch einen Brandy ein. »Wieso?«
India holte tief Luft. »Ich glaube, Sie wissen, wer meine Freundin ermordet hat. Ich glaube, dass Tiger und Karen Ihren Mann in Nindathana treffen wollten. Ihr Mann wollte Informationen über Karamyde Cosmetics weitergeben.«
»Es wäre mir lieber, Sie würden gehen.«
»Nein. Nicht, ehe Sie mir gesagt haben, was vorgefallen ist.«
Unablässig ging Elizabeth hin und her. Sie konnte nicht still stehen. Sie stand neben dem kleinen, gekachelten offenen Kamin und spielte mit einer gerahmten Fotografie, die sie vom Kaminsims genommen hatte.
»Ich blieb im Suzuki sitzen«, sagte sie endlich. »Ich habe nichts gesehen. Nicht wirklich. Nur Ihre Freundin. Und Tiger. Ich habe an der Abzweigung nach Nindathana gewartet. Peter hat gesagt, ich soll dort warten. Sie sind dann zusammen weitergefahren, in Tigers Wagen. Wenig später hörte ich einen Schuss. Ich habe mir deswegen keine Gedanken gemacht. Ich dachte, das sei die Meute von Ken. Sie haben es immer auf die Kängurus abgesehen. Wir hatten hier drei verwundete Kängurus, die diese Burschen ziemlich übel zugerichtet hatten.«
India sagte nichts.
»Peter war nur eine Viertelstunde oder so weg. Er rannte zu unserem Wagen zurück. Er hatte fürchterliche Angst. Zitterte. Schrie mich an. Wollte, dass ich, so schnell es nur ging, das Weite suche. Er sagte mir nicht, was passiert war. Erst als ich die Zeitung las, wurde mir klar, dass er in schrecklicher Gefahr gewesen war.«

»Hat er Ihnen gesagt, warum er Tiger und Lauren treffen wollte?«
»Nein. Er war so außer sich, dass er einfach nicht darüber sprechen konnte, aber jetzt begreife ich, dass er mich beschützen wollte.«
»Glauben Sie, dass er wirklich von einer Schlange gebissen wurde?«
Elizabeth wurde leichenblass. Sie schüttelte den Kopf.
»Ich auch nicht.«
Schweigend starrten die zwei Frauen sich an.
Elizabeth drehte sich um, ging zu einer Kommode und zog die untere Schublade heraus. Sie nahm eine Mappe in die Hand und öffnete sie. Zeitungsausschnitte, Briefe und Weihnachtskarten. Elizabeth suchte ein Foto hervor und betrachtete es lange, dann hielt sie es India hin.
»Nehmen Sie es.« Elizabeth sagte nichts weiter, also nahm India das Foto. Es war schwarzweiß. Vier Männer standen um einen riesigen toten Hai. Drei von ihnen waren Teenager. Einer der Jungen war einen Kopf kleiner als die anderen, hatte aber, wie um das auszugleichen, eine aggressive, breitbeinige Haltung eingenommen. Ein älterer Mann, um die fünfzig, streckte eine Angel in Richtung des Fotografen. Es schien das Foto eines Vaters mit seinen Söhnen zu sein.
»Wer sind sie?«
Elizabeth schüttelte mehrere Male den Kopf. »Peter nahm … Peter nahm ein ähnliches Foto mit. Er hatte auch eine CD dabei. Sie steckte in seiner Brusttasche. Er schlug beim Fahren mit der Hand darauf. Ich weiß nicht, was aus ihr geworden ist.«
»Hatte er eine Kopie?«
»Keine Ahnung.«
»Hat er sie wieder zurückgebracht?«
Erneut schüttelte Elizabeth den Kopf. »Ich weiß nicht.«
»Sind Sie sicher? Vielleicht hat er sie bei jemandem deponiert? Sie irgendwo versteckt?«

Leise fing Elizabeth an zu weinen. Ihr Eyeliner rann grünblau mit ihren Tränen die Wangen hinunter. »Ich möchte, dass Sie jetzt gehen«, sagte sie mit tränenerstickter Stimme. »Bitte.«
India ließ sich von ihr zur Haustür begleiten. Sie trat nach draußen. Der BMW stand immer noch am Straßenrand. »Wissen Sie, wem der BMW gehört?«
Elizabeth warf einen Blick auf den Wagen. »Nein. Nie gesehen.«
»Sind Sie okay?« India hatte ein ungutes Gefühl dabei, Elizabeth so zurückzulassen. »Ich kann auch gerne noch hier …«
»Mir ist es lieber, wenn Sie jetzt gehen.«
India verabschiedete sich. Sie sah auf das Foto und dann wieder auf Elizabeth. »Danke«, sagte sie. Aber beim Ausdruck in Elizabeths Augen wurde ihr eiskalt. Dort sah sie Angst. Die nackte Angst.

India ging die Auffahrt entlang. Eine Frau kam mit einer kleinen Milchkanne in der rechten Hand auf sie zu. Sie winkte freundlich, und India winkte zurück.
Die Frau sah India im Vorbeigehen an. Dann riss sie die Augen auf. Sie schnappte nach Luft.
India lächelte ihr beruhigend zu. »Keine Sorge. Das Blut kommt von einem der Kängurus. Es wurde verletzt …« Aber die Frau eilte einfach an ihr vorbei die Auffahrt entlang, und sie war sich nicht sicher, dass sie sie überhaupt gehört hatte. India strich sich das Haar zurück, wischte sich den Schweiß aus dem Gesicht und stieg in den VW.
India fuhr zu Whitelaws Haus, duschte und zog sich um. Sie legte ihre Kleider in die Waschmaschine, goss eine halbe Flasche Waschmittel in die Trommel und wählte einen Kaltwaschgang, der hoffentlich mit den Blutflecken fertig werden würde. Nach einer Tasse Kaffee und einer Zigarette rief sie die Auskunft an und anschließend Arthur Knight in Geelong. Ein Tonband informierte darüber, dass die Nummer nicht mehr existierte.
India legte auf und dachte nach. Die Nummer musste noch in

Betrieb gewesen sein, als Arthur ihre Kaution gezahlt hatte. Laut Whitelaw hatte die Polizei sich davon überzeugt, dass es sich nicht um Schwarzgeld handelte. Sie beschloss, Arthur noch am selben Abend einen Brief zu schreiben. Sie nahm die Autoschlüssel, stieg in den VW und meldete sich auf der Polizeistation. Dann fuhr sie mit dem VW weiter, nahm die Abzweigung von der High Street nach rechts und folgte der Landstraße nach Jangala. Sie kam an Elizabeth Ross' Känguru-Asyl vorbei und etwa vier Kilometer weiter an einem unauffälligen, geschnitzten Schild, auf dem *Karamyde Cosmetics Research Institute* stand. Sie setzte zurück und bog in die Schotterstraße Richtung Osten ein.

Drei Minuten später war die Luft von einem süßlichen, leicht parfümierten Geruch erfüllt, dem von Babypuder ähnlich. Eine riesige Staubwolke stieg hinter ihrem VW auf. Fünf Minuten später hatte sie die Forschungseinrichtung erreicht. Ihr erster Gedanke war, dass die Fenster die Form von Särgen hatten. Die rosa Farbe half nicht, den ersten morbiden Eindruck zu mildern. Sie fühlte sich an einen Artikel erinnert, den sie über die Jahrtausende alte chinesische Weisheitslehre Feng Shui geschrieben hatte und in dem es darum gegangen war, dass die Form und Ausrichtung eines Gebäudes beträchtlichen Einfluss auf Bewohner und Benutzer hatten. Sie befand sich zwar nicht in China, aber beim Anblick dieses rosa Kolosses lief es ihr eiskalt den Rücken herunter.

Sie fuhr langsam auf das Tor zu, das sich elektrisch öffnen ließ, und sah auf die niedrige Hügelkette hinter dem Komplex, die nur spärlich mit Bäumen bedeckt war. Sie fragte sich, ob sich Mikey auch heute hinter einem dieser Bäume versteckte, wurde in ihren Überlegungen jedoch gestört, als einer der Wachmänner ins Freie trat. Sie lächelte ihm freundlich zu. »Guten Tag«, sagte sie und machte den Motor aus.

»Guten Tag«, erwiderte der Wachmann und schob seine Sonnenbrille hoch, um sie besser sehen zu können.

»Ich komme von einer englischen Zeitung«, sagte India und zeigte ihm eine ihrer alten Visitenkarten vom *Courier*. »Ich wollte nur einige Informationen überprüfen.«
Er nahm die Karte und las sie sorgfältig.
Normalerweise warfen alle nur einen kurzen Blick darauf. Hier hatte sie es mit einem guten Wachmann zu tun.
»Und was für Informationen haben Sie?«
»Dass das Ding mit seiner rosa Farbe aussieht wie ein riesiges Bonbon.«
»Tja«, sagte er und sah über die Schulter. »Ich vermute mal, dass Sie damit Recht haben könnten.«
»Es riecht auch so. Riecht es immer so?«
»Vermutlich. Ich bemerke den Geruch nicht mehr.«
»Können Sie mir vielleicht sagen, ob es hier einen PR-Manager gibt? Ich schreibe eine Reihe Artikel über die Kosmetikindustrie und würde hier gerne mit jemandem ausführlicher sprechen.«
»Ich frag mal.« Er nahm ihre Karte mit in sein Wachhaus und kam ein paar Minuten später zurück. »Ja, sie ist tatsächlich interessiert. Ihr Name ist Glynnis Coggins. Sie bittet Sie, sie anzurufen.« Er gab ihr eine Karte, auf der Name und Telefonnummer von Karamyde Cosmetics standen. »Okay?«
»Schön. Ich rufe heute Nachmittag bei ihr an und vereinbare einen Termin.«

Mikey setzte sich neben India auf die Treppenstufen der Veranda und streckte die Beine aus. In der einen Hand hielt er eine Flasche Bourbon, in der anderen ein halb volles Wasserglas. Sie betrachtete ihn, um den Grad seiner Feindseligkeit einzuschätzen. Er wirkte jedoch nicht abweisender als bisher, und so zündete sie sich eine Zigarette an und ließ die Hände zwischen den Knien baumeln.
Er stellte die Flasche zwischen die Füße. »Warum haben Sie sich dem Drachen gezeigt?«
Sie antwortete nicht.

»Meinen Sie nicht, dass das ziemlich dumm war?«
»Ich wollte dem Feind ins Auge blicken.« India erzählte ihm von Elizabeth Ross, von dem toten Känguru, Peter Ross' CD und dem BMW. »Ich habe mich nicht näher an den Wagen herangewagt. Jemand hätte darin sitzen können.«
»Ich bitte Jed, die Autonummer zu überprüfen«, sagte Mikey. Er sah ihr in die Augen. Zum ersten Mal fiel ihr auf, dass sie leuchtend grün waren. Die Farbe war so ungewöhnlich, dass sie sich fragte, warum ihr das nicht schon früher aufgefallen war. Sie führte das darauf zurück, dass Mikeys Augen die meiste Zeit blutunterlaufen waren.
Sie sah weg. »Ich treffe in ein paar Tagen die PR-Frau, vielleicht ergibt eine direkte Annäherung ja was. In der Zwischenzeit will ich versuchen, Bertie Mullett ausfindig zu machen.«
»Da müssen Sie schon großes Glück haben. Bertie ist ein Irrlicht. Sie finden ihn nur, wenn er das auch selbst will.«
India langte in ihre Gesäßtasche, zog das Foto von Elizabeth hervor und reichte es ihm.
Mikey runzelte die Stirn. »Kennen Sie diese Burschen?«
»Nein. Und Sie?«
»Nein«, sagte er etwas zu schnell.
Sie war versucht, das auf sich beruhen zu lassen, um vielleicht später einmal Kapital daraus schlagen zu können, aber das Foto war wichtig. Mit dem Stiefel trat sie ihre Zigarette aus.
»Bitte lügen Sie mich nicht an.«
Mikey sah etwas erschreckt aus, sagte aber nichts.
»Ich weiß, dass Sie meinen Anblick kaum ertragen können«, fuhr sie fort, »aber wir müssen in dieser Sache zusammenarbeiten, wenn wir den Mörder von Lauren und Tiger fassen wollen.«
»Hm«, sagte er. Hätte sie es nicht besser gewusst, hätte sie gemeint, er sei beschämt.
»Soll ich Ihnen das Foto geben, damit Sie sich darum kümmern können? Schließlich kennen Sie diese Burschen …«
»Nur einen. Den Älteren.« Er deutete auf den asketisch aus-

sehenden Mann, der die Angelrute in der Hand hielt. »Er hat ›East Asian Approaches‹ geschrieben.«
Sie sah ihn fragend an, und er fuhr fort: »John Buchanan Atkins. Er ist Professor für politische Wissenschaften und leitet in Sydney ein eigenes College. Sein Buch ist ein klassischer Reisebericht über Zentralasien: der Kaukasus und Turkestan zur Stalinzeit.«
»Sie lesen Geschichtsbücher?«, fragte sie und dachte an den Karton mit billigen Cowboyromanen in seinem Zimmer.
»Normalerweise höre ich sie mir nur an. Im Auto. Sie sind nützlich, wenn man jemanden beschattet, und dann höre ich sie gelegentlich auch, wenn ich weite Strecken fahre.« Er lächelte schwach, als er ihren überraschten Gesichtsausdruck sah. »Peter Hopkirk mag ich am meisten. Auch er hat ein Buch über Zentralasien geschrieben, ›The Great Game‹. Mir gefallen die meisten Bücher über Geschichte, aber einige sind eben leichter verdaulich.«
India revidierte ihr Bild von Mike Johnson. Sie hatte bisher angenommen, dass er kaum lesen und schreiben könne. Sie hätte nie geglaubt, dass er etwas anderes las als billige Romane, vielleicht Boulevardzeitungen oder das Blatt der Polizeigewerkschaft.
Mikey trank einen großen Schluck Bourbon und sah sie ausdruckslos an. »Sie scheinen überrascht zu sein, dass ich …«
»Ganz und gar nicht! Ich finde Geschichte ebenfalls hochinteressant.« Eilig zündete sie sich eine Zigarette an, um ihre Verwirrung zu überspielen. »Aber jetzt haben wir lange genug über Hobbys geredet. Was haben Sie rausgefunden?«
Er gab ihr das Foto zurück und starrte dann in sein Glas, als fände sich dort die Antwort.
»Ich habe ermittelt, dass der Eigentümer von Karamyde Cosmetics, ein gewisser Roland Knox, in China bei einem wichtigen Treffen mit Regierungsvertretern ist. Niemand will mir darüber Auskunft geben, worum es geht. Ich habe auch festgestellt, dass die Australian Medical Association vollkommen zugeknöpft ist.

Alle, die mit Alex Thread zusammengearbeitet haben, sind entweder nicht mehr dort oder in Übersee, einschließlich seines Chefs, Dr. Nathaniel Jameson, dem ehemaligen Vorsitzenden der Ethikkommission.«

India blies den Rauch in Richtung ihrer Schuhe und sah, dass sie sie frisch besohlen lassen musste. »Klingt, als hätten sie was zu verbergen.«

»Allerdings«, stimmte er zu und trank noch einen Schluck Bourbon.

»Können wir mit Jameson Kontakt aufnehmen und ihn fragen, was los ist?«

»Ich vermute, sie wollen nicht, dass wir ihn ausfindig machen. Ich habe bisher nur herausgefunden, dass er sich möglicherweise in Großbritannien aufhält.«

India überlegte, wen sie dort kannte. »Ich werde einen Freund anrufen, einen Medizinjournalisten, vielleicht kann er uns helfen.«

»Ich hoffe nur, dass Sie jed den Anruf auch bezahlen.« Er war wieder so bissig wie gewohnt. »Oder wollen Sie sich ihm auf seinem Sofa erkenntlich zeigen?«

Sie sah ihn kalt an. »Haben Sie sonst nichts rausgekriegt? Dass sich Jameson möglicherweise in Großbritannien aufhält? Sonst nichts? Sie verbringen die meiste Zeit wohl damit, in ein Glas Bourbon zu starren.«

Er sah sie unfreundlich an. »In der Tat habe ich noch etwas ziemlich Wichtiges herausgefunden«, sagte er.

»Ach ja?«

»Dass Ihr Alibi nichts wert ist.«

Verärgert schüttelte sie den Kopf. »Was waren Sie in Ihrem vorherigen Leben? Etwa Parkplatzwächter? Wir wissen alle, dass Frank irgendwo im Busch steckt, aber Sie kommen in dieser Frage sicher noch ein Stück weiter.«

»Ich weiß zum Beispiel, dass Sie zum Frühstück am liebsten Sandwich mit Rührei essen – wenn Sie überhaupt frühstücken, soll das heißen – und zum Mittagessen Toastys mit Käse und Zwiebeln und dass Sie sich von Fast Food ernähren, wenn Ihnen nicht jemand was zu essen macht.«

India riss die Augen auf.

»Diese Ernährung wird Sie irgendwann umbringen. Das Rauchen auch. Nur weiter so.«

Sie sagte nichts.

»Ich habe ebenfalls herausgefunden, dass Sie und Ihre Freundin beide sehr stur waren und einander nicht in der Stadt der anderen besuchen wollten. In Melbourne haben Sie eine Hand voll Freunde gefunden, aber von diesen wollte Ihnen keiner aus Ihrer gegenwärtigen Misere helfen. Einige Menschen verabscheuen Sie, was ich nachvollziehen kann, anderen ist der Boden heilig, auf dem Sie sich bewegen, das gilt für Bill Maynard, Ihren ehemaligen Kollegen beim *Courier*.«

India musste sich anstrengen, keine Miene zu verziehen. »Sie haben sich wirklich umgehört«, sagte sie.

»Ich versuche alle meine Beziehungen auszunutzen.«

Sie weigerte sich, sich einschüchtern zu lassen. »Was … haben Sie dann als Nächstes vor?«

Er stand auf und leerte sein Glas. »Ich nehme den Rest des Tages frei.«

»Aber was ist …«

Sein Gesicht war wie versteinert. »Tigers Schwester kommt heute. Sie will ihn sehen.«

Vierzehn

India verließ Cooinda in westlicher Richtung. Die immer ärmlicher wirkenden Straßen waren von Häusern aus Pressspanplatten gesäumt. Okay, an Tiger hatte sie nicht mehr gedacht. Aber schließlich hatte sie ihre beste Freundin verloren! Was erwartete er? Uneingeschränktes Mitgefühl, und zwar zu jeder Minute des Tages? Zumindest hatte er die Möglichkeit, sich mit den Verwandten seines Freundes auszutauschen. Sie konnte das nicht. Laurens Familie würde sie vermutlich sofort lynchen, wenn sie sie zu Gesicht bekäme.

Sie redete sich ein, dass es ihr gleichgültig war, was Mikey über sie dachte, und verpasste daher beinahe die Abzweigung zum Camp der Aborigines und, wie sie hoffte, zu Bertie Mullett. Sie stieg auf die Bremse und schleuderte quer über die Straße auf einen Sandweg. Gummi quietschte.

Innerhalb weniger Minuten war der Wagen mit Staub gefüllt, der fein wie Mehl und ziegelrot war. Er überzog Armaturenbrett, Sitze und Windschutzscheibe. Er verklebte ihre Nasenlöcher und ihre Kehle, ihre Lunge und ihren Gaumen, bedeckte ihr Haar und ihre Haut. Die Temperatur schien um zehn Grad gestiegen zu sein. India klemmte das Lenkrad zwischen die Knie, nahm die Wasserflasche vom Beifahrersitz und spülte den Mund aus. Mikey hatte das Wasser in den Wagen gelegt. Sie hatte keinen Gedanken daran verschwendet, was sie brauchte, falls sie ein weiteres Mal liegen bliebe. Da war er mit vier Flaschen und zwei Kanistern angekommen, die jeweils zehn Liter fassten. Einen Kanister verstaute er unter der Frontklappe und den anderen zwischen Beifahrersitz und Rückbank.

»Falls Sie liegen bleiben.«

Sie fragte ihn, warum er ihr nicht frohgemut zu einem trockenen und staubigen Ende verhelfen würde? Er kicherte freudlos. »Ich habe noch Verwendung für Sie. Nicht, dass ich im Augenblick genauer wüsste, wofür, aber ich bin mir sicher, dass es eines Tages ganz gut sein könnte, Sie bei der Hand zu haben.«

Zehn Minuten, nachdem sie sich in das heiße, rote Hinterland begeben hatte, sah sie die ersten Anzeichen von Besiedelung. Ein breiter Streifen leerer Bierdosen säumte die Straße. Plastiktüten und Getränkekartons mischten sich mit den blendenden Blechdosen und bildeten einen hässlichen Auftakt zum Camp der Aborigines. Sie kam an einem ramponierten Fahrrad und an einem Auto vorbei, die beide mitten auf der Straße standen. Später erfuhr sie, dass ein betrunkener Fahrer seinen Wagen dort stehen gelassen hatte, weil ihm das Benzin ausgegangen war.

Langsam fuhr India durch die verfallene Barackensiedlung und parkte den VW unter einem Gummibaum mit nur wenigen Blättern in der vagen Hoffnung, dass er Schutz bieten würde. Sie nahm eine Schachtel Zigaretten aus dem Handschuhfach und ging die Hauptstraße der Siedlung entlang. Die baufälligen Behausungen bestanden aus Wellblech, alten Türen und Ytongsteinen. Vor jeder standen verschiedene Plastikbottiche, vermutlich um Regenwasser aufzufangen.

Überall lagen Hunde herum. Gestreifte, graue, braune, hellbraune und gescheckte. Auf zwanzig Schritte zählte India zwanzig Hunde. Im Schatten eines rostenden Lastwagens lagen drei Ferkel zusammen mit einer riesigen rosabraunen Sau, die mit geschlossenen Augen keuchend auf der Seite lag. Eine kleine Gruppe Aborigines, Männer, denen die Mittagshitze offenbar nichts anzuhaben schien, hockten unter einem Baum und spielten Karten. Sie betrachteten sie mit nur schwach verhohlenem Misstrauen, als sie näher kam. Einziges Geräusch war das lautstarke Zirpen der Grillen.

»Hallo«, sagte sie, zog die Zigarettenschachtel hervor und bot allen an. »Ich heiße India Kane. Ich bin Journalistin.« Alle nahmen eine Zigarette, nickten und wandten sich dann wieder den Karten zu.

»Ich suche Bertie Mullett.«

Einer der Männer unbestimmbaren Alters, der ergrautes Haar hatte und ein rotes Stirnband trug, spuckte auf die Erde. Niemand sah sie an. Sie wusste bereits, dass sie nichts erfahren würde, aber sie wollte noch nicht aufgeben. »Wissen Sie, wo er sein könnte? Ich würde ihn bezahlen.« India zog einen Bündel Geldscheine aus ihrer Hosentasche und wedelte mit den Zwanzigdollarscheinen. »Oder Sie, wenn Sie mir helfen können.«

Stille.

»Sie sind vielleicht meiner Freundin begegnet. Sie ist viel kleiner als ich und hat kurzes blondes Haar.«

Die Männer betrachteten eingehend ihre Karten, während sie sie beobachtete.

»Haben Sie meine Freundin Lauren Kennedy gesehen?«

Gleichgültiges Achselzucken.

India hob die Hand, um ihre Augen vor der grellen Sonne zu schützen, und suchte nach jemand anderem, den sie fragen konnte, aber abgesehen von ein paar Krähen schien die Barackensiedlung ausgestorben zu sein. Sie bemerkte eine seltsame Behausung am Rand der Siedlung, die aus einer rostigen Motorhaube, Reifen und alten Kartons bestand. Als India sie betrachtete und sich schon überlegte, wer wohl darin lebte, bemerkte sie im Inneren einen Schatten, einen kleinen Schatten, wie es so einer kleinen Hütte angemessen war, die so winzig war, dass sie bezweifelte, dass man darin mit ausgestreckten Beinen schlafen konnte.

»Der Erste, der mir sagen kann, wo Bertie Mullett ist, bekommt zwanzig Dollar.«

Der Schatten näherte sich dem Eingang der Behausung und wurde dann deutlicher. Polly flog auf sie zu, als trainiere sie für die Olympischen Spiele, die Brust vorgestreckt trommelten ihre nackten Füße auf die Erde. Keuchend warf sie sich auf India und schlang ihr die mageren Arme um den Hals, ihre rosa Zunge hing ihr aus dem Mund.

»Du kommst mich besuchen!« Die Haare des Mädchens waren

verfilzt, außerdem war sie vollkommen verdreckt. Sie roch nach Lagerfeuer und Äpfeln und war so leicht und zerbrechlich wie ein Spatz.
India bekam kaum noch Luft, weil sich Polly so an ihrem Hals festklammerte.
»Hallo, Kleine«, sagte sie. Sie bemerkte die Neugier der Männer, als sie das kleine Mädchen umarmte. Pollys Rippen standen vor. »Wann hast du zuletzt was gegessen?«
»Heute morgen, Cornflakes«, meinte Polly scheu, »und gestern Abend auch.«
»Und wann hast du zuletzt was Richtiges gegessen?«
»Bei Albert. Zusammen mit dir.«
»Aber das ist doch vier Tage her!«
Polly grinste sie an. »Dann konnten wir vielleicht heute auch zu Albert gehen?«
»Könnten«, berichtigte sie India.
»Könnten wir zu Albert gehen?«
»Das sollten wir wirklich tun, ehe du noch weiter schrumpfst. Sonst wirst du noch so klein, dass dich eine Kakerlake auffrisst.«
Kichernd drehte sich Polly in Indias Umarmung um. Besitzergreifend hatte sie ihr einen Arm um den Hals gelegt. »Wer gewinnt?«, wollte sie wissen.
»Das geht dich nichts an«, sagte der Mann mit dem roten Stirnband.
»Du also«, erwiderte Polly und kicherte, als er so tat, als wolle er mit einem Stein nach ihr werfen.
»Bist du Pollys Freundin?«, fragte der Mann India. »Hast du Stan daran gehindert, sie zu verprügeln?«
»Genau.«
Alle nickten anerkennend. Einige spuckten auf die Erde, und ein Knie knackte bei einer Bewegung.
»Was willst du über Bertie wissen?«, fragte einer. »Er hat nichts getan, was eine Journalistin interessieren könnte.«
»Da bin ich mir noch nicht so sicher. Meine Freundin war auf

der Suche nach ihm. Letzten Sonntag wurde sie ermordet. Ich dachte, Bertie könnte mir vielleicht helfen herauszufinden, warum sie ermordet wurde.«

Lange Pause, nur das Brummen der Fliegen war zu hören.

Ein alter Mann mit einem Gesicht wie ein knittriger, ausgelatschter, jedoch polierter Stiefel blies Zigarettenrauch in die Luft und sagte: »Tja, das Einzige, was ich weiß, ist, dass ich nicht sicher weiß, wo Bertie ist.«

»Wissen Sie, wohin er wollte?«

Alle schüttelten den Kopf.

»Wissen Sie, wann er zurückkommt?«

Erneutes Kopfschütteln.

»Warum ist er weggegangen, wissen Sie das?«

»Er ist halt Aborigine«, sagte Rotes Stirnband, und alle kicherten.

Als sie frustriert den Kopf schüttelte, meinte der Mann: »In jedem von uns ist etwas, das uns ständig in Bewegung hält. Ihr Weißen könnt euch ein Haus bauen und darin wohnen und seid trotzdem glücklich, auch wenn ihr euch jahrelang nicht wegbewegt, aber wir können so nicht leben.«

»Hatte Bertie eine Arbeit oder irgendeinen Job?«

»Er hat ab und zu bei den Goodmans in Benbullen ausgeholfen. Dornenbüsche abgebrannt, Zäune gebaut und so. Eine Knochenarbeit für einen Hungerlohn, das hat er jedenfalls immer gesagt. Aber jetzt hat er schon seit einigen Jahren nichts mehr für sie gemacht.«

India nickte. »Was ist mit seiner Familie? Gibt es hier jemanden, mit dem ich mich unterhalten könnte?«

Auf einmal sahen alle sehr betreten aus.

»Ist er verheiratet? Hat er Kinder?«

Sie blickten zu Boden und in den Himmel, überall hin, nur nicht auf sie.

»Seine Frau hieß Rose, aber sie ist schon lange tot«, meinte der alte Mann mit dem gegerbten Gesicht, der bereits einmal gesprochen hatte. »Er hatte drei Kinder, alle mit eigenen Kindern, aber wir haben sie schon seit Monaten nicht mehr gesehen.«

»Wo sind sie hin?«

»Von Sydney war die Rede«, erklärte Stirnband. »Verdammte Idioten, dass sie in die Stadt gegangen sind. Old Bertie wollte nichts davon wissen, aber seine Sprösslinge bestanden darauf. Irgendwas mit einer Arbeit, die sie hier nicht bekommen konnten. Klang in meinen Ohren vollkommen unsinnig.«

Polly nahm ihren Arm von Indias Schulter. »Du meinst dieses Papier, das sie hatten?«, sagte sie. »Dass man für Schlafen Geld bekommt?«

Haarband nickte, und Polly wetzte zu ihrem Unterschlupf. Eine Fliege ließ sich unter Indias Nase nieder, und sie scheuchte sie weg. Sie wünschte sich, sie hätte eine Flasche Wasser aus ihrem Wagen mitgenommen. Obwohl sie nur dasaß, schwitzte sie literweise. Sie reichte ihre Zigarettenschachtel ein zweites Mal herum, dann setzte sie sich in den Schneidersitz.

»Glauben Sie, dass sie jetzt in Sydney sind und arbeiten?«

»Bertie mit Sicherheit nicht«, sagte der alte Mann. »Die anderen vielleicht, aber er nicht.«

Polly kam in einer Wolke aus feinem Staub zurück. Sie lächelte. »Hier«, sagte sie und hielt India eine zerfledderte und schmutzige Fernsehzeitschrift hin. »Siehst du?« Sie deutete auf eine ganzseitige, farbige Anzeige. »Da sind sie hin.«

Verdienen Sie Ihr Geld im Schlaf.

Auf der Anzeige war ein Mädchen abgebildet, das an unterschiedliche Monitore angeschlossen war und auf einem luxuriösen, weiß bezogenen Bett lag. Zwei Frauen in weißen Kitteln betrachteten die schlafende Gestalt mit einem warmen, fürsorglichen Lächeln.

> Bei unserer Forschungseinrichtung handelt es sich um ein Labor, das von der Regierung und dem Crane Institute finanziert wird. Wir sind in den verschiedensten Bereichen tätig: Wir untersuchen, welche Straßen auf Autofahrer besonders ermüdend wirken, stellen Forschungen zum chronischen Müdigkeitssyndrom an und interessieren uns für die so genannte Drei-Uhr-Flaute, während der Arbeitnehmer im ganzen Land einen Teil ihrer Konzentrationsfähigkeit einbüßen. Helfen Sie uns bei der Entwicklung geeigneter Behandlungsmethoden. Bezahlung: 10 Dollar in der Stunde.

Das nächste Bild zeigte einen gut aussehenden Aborigine, der lächelnd auf einem Stuhl saß. Brustkorb und Oberarme waren mit runden Elektroden bedeckt, die mit verschiedenfarbigen Kabeln verbunden waren. Ein Mann im Kittel mit Brille maß seinen Puls.

> Darüber hinaus testen wir Arzneimittel und sind auf der Suche nach Menschen, die durch ihren Beitrag zu unserer bedeutsamen Forschung den Kindern die Zukunft sichern.
> Die Bewerber müssen zwischen 18 und 50 Jahre alt sein, halbwegs gesund und dürfen keine Medikamente nehmen. Die Bezahlung beträgt zwischen 150 und 200 Dollar pro Tag, sie ist abhängig von der Dauer des Aufenthalts, der Häufigkeit der Tests, der entnommenen Proben etc. Eine einmonatige Studie mit zahlreichen Tests kann über 2500 Dollar einbringen. Erhöhte Bezahlung, falls Urin- oder Stuhlproben erforderlich sind.

Adresse und Telefonnummer waren ungeschickt herausgerissen.
»Willst du sagen, dass Berties gesamte Familie wegen dieser Anzeige aufgebrochen und nach Sydney gefahren ist?«

»Idioten«, wiederholte Stirnband nickend.

»Kann ich das behalten?«, fragte India. Als alle nickten, rollte sie die Zeitschrift zusammen und schlug mit ihr gegen den Oberschenkel. »Wann sind sie aufgebrochen?«

»Vor sechs Monaten.«

»Und ihr habt seither nichts mehr von ihnen gehört?«

»Nee.«

India strich sich eine Haarsträhne aus dem Gesicht. »Haben sie diese Art von Arbeit auch für das Karamyde Cosmetics Research Institute gemacht?«

»Nee. Die wollten sie nicht. Die sind an Schwarzen nicht interessiert.«

Das gleichmäßige, sägende Geräusch einer Zikade wurde lauter. Sie hätte es nicht für möglich gehalten, dass diese Insekten noch größeren Lärm verursachen könnten, wurde jetzt aber eines Besseren belehrt.

»Darf ich mir anschauen, wo sie gewohnt haben, ehe ich wieder fahre?«

»Wieso das?«

Sie machte eine vage Handbewegung. »Ich will einfach einen Eindruck bekommen, vielleicht finde ich ja noch eine Spur.«

»Die Familie von Skippy ist dort eingezogen. Da wirst du nichts mehr finden.«

India sah sich die Behausung trotzdem an. Die Baracke war größer als die meisten anderen und bestand überwiegend aus Brettern und verzinktem Blech. Eine Schar Kinder lärmte im Innern der Hütte, und als sie sich bemerkbar machte, lächelten sie sie an, und ihre weißen Zähne funkelten dabei. Eine wuchtige Frau, barfuß in einem geblümten Kleid, kam aus einem anderen Zimmer und fragte, was India wollte. India erklärte es ihr, die Frau konnte ihr aber nicht helfen.

»Sie haben mit dem Greyhound-Bus die Stadt verlassen, seither haben wir sie nicht mehr gesehen.« Zufrieden sah sie sich im Zimmer um.

»Alle?«

»Ja. Die Kinder waren richtig aufgeregt und machten einen furchtbaren Lärm.«

»Wie viele Kinder hatten die Mulletts?«

»Alle zusammen ...« Die Frau unterbrach sich, um nachzudenken, »... waren es sieben Kinder und sechs Erwachsene. Einfach weg, um ein Vermögen zu verdienen. Wette, dass ihnen das nicht gelungen ist, sonst wären sie schon wieder hier, um anzugeben.«

»Haben Sie eine Vorstellung, bei wem sie in Sydney gewohnt haben könnten?«

»Keine Ahnung. Aber Sie könnten es bei Jinny Pollard versuchen. Nach allem, was ich gehört habe, lag sie zuletzt ein paar Typen in Redfern auf der Tasche. Sie ist die Freundin von Louis. Louis ist Berties ältester Enkel.«

Aus unerfindlichen Gründen stoppte das Zirpen der Zikaden. India war wie erschlagen von der plötzlichen Stille.

»Ist es hier immer so still?«, fragte sie.

»Oh nein. Alle sind in die Stadt gefahren, um sich zu betrinken. Am Glockenturm hängen sie heute die Lampen für die Milleniumfeiern auf. Jeder verdammte Vorwand ist ihnen recht.«

India dankte der Frau und ging zu ihrem Auto zurück. Polly saß strahlend auf dem Beifahrersitz. India stieg ein und ließ den Motor an. »Was willst du bei Albert essen?«, fragte sie.

Pollys braune Augen leuchteten. »Schwimmende Pastete.«

»Was ist das noch gleich?«

»Ein Fleischpastete, die in Erbsensuppe schwimmt.«

India drehte es bei der Vorstellung den Magen um. Das klang so ekelhaft, dass ihr Magen ihr bereits Sättigung signalisierte, obwohl sie den ganzen Tag noch nichts gegessen hatte.

»Mit einer Menge Ketchup schmeckt es besonders lecker.«

Mikey setzte Tigers Schwester bei Donna ab und fuhr zu Whitelaws Haus. Er öffnete die Waschmaschine und betrachtete gerade stirnrunzelnd Indias Wäsche, als sein Handy klingelte.

»Hallo?«
»Hier ist Sam.«
Mikey war sofort hellwach. Der anonyme Anrufer, der ihn an dem Tag auf seinem Handy kontaktiert hatte, an dem er von Tigers Tod erfahren hatte. Sam. Das war nicht sein richtiger Name, aber er war der Einzige, der auf die Köder reagiert hatte, die Mikey ausgeworfen hatte. Zappelnd hing er immer noch an der Leine.
»Was gibt's, Sam?«
»Ich kann nicht schlafen. Ich hab keinen Appetit. Ich weiß nicht, ob sie mir schon auf den Fersen sind …«
»Wer soll Ihnen auf den Fersen sein?«
»Das kann ich Ihnen nicht sagen.«
»Was können Sie mir denn sagen, Sam? Kommen Sie, reden Sie mit mir. Sie haben gesagt, Sie wüssten etwas über den Mord an Patterson. Irgendwelche Akten, die Sie gefunden hätten. Sachen, die der Geheimhaltung unterliegen.«
Er sah einen seidenen BH in der Farbe von Himbeeren und einen dazu passenden Slip. Würde sie einen Anfall bekommen, wenn er die Wäsche auf die Leine hängte? Wahrscheinlich.
»Ich habe sie noch. Sie wissen nichts von ihnen. Ich überlege, sie loszuwerden …«
»Wieso das?«
»Es ist zu gefährlich. Sie würden mich umbringen, wenn sie wüssten, dass ich sie gesehen habe.«
»Okay. Wie wäre es, wenn wir uns einmal treffen und uns unterhalten würden? Dann könnten Sie sich die Last mit jemandem teilen. Ich kann in zwölf Stunden in Sydney sein.«
»Nein.«
»Warum rufen Sie mich an, Sam? Ich dachte, Sie wollen uns helfen, aber trotzdem bekomme ich keine Informationen von Ihnen.«
»Ich ruf Sie wieder an.«
»Wann? Ich bin nicht immer erreichbar.«

»Drängen Sie mich nicht.«
Sam legte auf.
Unwillig ließ Mikey sein Handy wieder in der Gesäßtasche verschwinden. Gott, dieser Bursche schlich vielleicht um den heißen Brei. Aber zumindest würde er wieder anrufen. Mikey hoffte, dass er das bald tun würde, noch ehe eine weitere Leiche auftauchte.
»He, das kann ich machen.« Da stand India mit einem Wäschekorb unter dem Arm. »Aber danke, dass Sie daran gedacht haben.«
Er ging mit ihr nach draußen und sah ihr zu, wie sie die Wäsche auf die Wäschespinne hängte. Er erzählte ihr von Sams zweitem Anruf, und sie zog die Anzeige aus einer Tasche ihrer Jeans und gab sie ihm. Er überflog sie. »Was halten Sie davon?«
»Ich vermute, dass Karamyde Cosmetics irgendwie die Aborigines ausbeutet.«
»Da steht aber nichts von Karamyde.«
»Entweder hat es nichts mit ihnen zu tun, oder sie sind unglaublich gerissen. So wie ich die Sache verstehe, müssen die Bewerber nach Sydney fahren, und so wird niemand auf Karamyde Cosmetics im Nordwesten von New South Wales aufmerksam.«
»Hm.« Der himbeerrote Slip, eigentlich nur ein String, hatte ihn abgelenkt. Er war noch nie einer Frau begegnet, die jeden Tag Strings trug. Die meisten sagten, sie seien unbequem, und trugen sie nur zu speziellen Anlässen, was wirklich eine Schande war, weil er sie immer schon sexy gefunden hatte.
»Ich habe meinen Freund, den Medizinjournalisten, angerufen«, sagte India.
»Und?«
»Nathaniel Jameson ist tot. Er wurde eine Woche nach seiner Ankunft in London bei einem Raubüberfall ermordet.«
»Gott.« Mikey strich sich mit der Hand über die Stirn. »Das artet ja regelrecht in ein Massaker aus.« Eine Krähe krächzte, und er hörte das gleichmäßige Knarren und Rascheln der Bäume.

»Wie geht es Tigers Schwester?«, fragte India.
»Sie ist am Boden zerstört.«
»Das tut mir Leid.«
Sie war mit dem Aufhängen ihrer Wäsche fertig, blieb aber neben der Wäschespinne stehen. Sie wirkte sehr verzweifelt.
»Das mit Ihrer Freundin tut mir auch sehr Leid«, sagte er endlich.
Sie lächelte ihn traurig an. »Mir auch.«
Er bemerkte, dass sie in der Ecke ihrer rechten Braue ein winziges Muttermal hatte und ein weiteres auf der Wange, dort wo das Kinn in den Hals übergeht. Auf die sollte sie ein Auge haben, dachte er, damit sie in der brennenden Sonne nicht zu Hautkrebs ausarteten.
»Mikey?«
»India.«
»Warum nennen Sie alle Mikey Messer?«
»Hat Ihnen das noch niemand erzählt?«
»Nein, bisher noch nicht.«
»Warum wohl, glauben Sie?«
»Weil Sie auf irgendwen mit dem Messer losgegangen sind?«
»Richtig.«
»Auf wen?«
Er seufzte. »Auf meinen linken Fuß.«
Sie sah auf seinen Fuß. »Mir ist nicht aufgefallen, dass Sie hinken.«
»Das alles ist auch lange her. Ich war damals fünfzehn. Ich wollte meinen Kameraden meine Fähigkeiten im Messerwerfen demonstrieren. Ich konnte auf zehn Schritt Entfernung ein Haar auf einer Bretterwand treffen. Jedenfalls hielt ich damals das Messer an der Klinge fest, um ihm den richtigen Spin zu geben, und war so nervös, dass ich höllisch schwitzte. Das verdammte Ding glitt mir aus den Fingern und drang durch meinen Schuh in meinen Fuß.«
Sie lachte und wandte sich ab. Er sah ihr nach, wie sie ins Haus

ging, der weiche Schwung ihrer Hüften und ihrer Schulterblätter, die sich unter der Bluse abzeichneten, und war auf einmal vollkommen durcheinander. Er wollte sie nicht anziehend finden. Für seinen Geschmack war sie zu kompliziert. Sie war zu gerissen, zu hart und zu intelligent, und ihm gefiel ihre Unterwäsche. Stirnrunzelnd ging er in die Küche, nahm ein Bier aus dem Kühlschrank und trat wieder auf die Veranda. Er setzte sich auf die oberste Treppenstufe, trank sein Bier und versuchte seiner Verwirrung Herr zu werden, das gelang ihm jedoch nicht ganz. Er war froh, als am Ende der Straße ein Landcruiser auftauchte und vor dem Haus hielt.

Ein Paar staubiger Stiefel kam unterhalb der offenen Fahrertür zum Vorschein, nicht Whitelaws, sondern Stans.

Als der Motor verstummte, rief Mikey: »Hi«, und winkte dem Senior Sergeant mit der Bierflasche zu. »Wollen Sie auch eins?«

Stan knallte die Tür zu, rückte sein Holster zurecht und ging dann schwerfällig zur Verandatreppe. »Leider nein, Mikey, das hier ist dienstlich.«

Ein weiterer Polizeiwagen mit Allradantrieb tauchte auf der Bildfläche auf und rollte langsam neben dem von Stan aus. Constable Crawshaw und ein sehniger Mann, den er noch nie gesehen hatte, adrett in schwarzen Jeans und einem schwarzen Hemd, traten auf ihn zu. Crawshaw sah Stan an, und dieser schüttelte den Kopf. Crawshaw baute sich daraufhin hinter den Fahrzeugen auf, die Beine gespreizt, die Hände frei, seine Wachsamkeit nicht zu übersehen.

Langsam stand Mikey auf und verschränkte die Arme. »Wo ist Whitelaw?«

»Kümmert sich um eine Leiche.«

Stan ging auf die drei Stufen zu und versuchte an Mikeys breiten Schultern vorbeizusehen, aber Mikey trat auf ihn zu und verhinderte dadurch, dass der Polizist ins Haus blicken konnte. »Ist India Kane zu Hause, Mikey?«

»Wie kommen Sie auf die Idee, dass sie hier sein könnte?«

Stan sah ihn eiskalt an. »Die ganze Stadt weiß, dass sie hier eingezogen ist. Alles spricht sich sofort herum, wie du weißt.«
Mikey zuckte mit den Achseln. »Sie ist schon vor Ewigkeiten weggegangen.«
Der Polizist schaute sich um, und Mikey bemerkte, dass er den VW registrierte, der vor dem Haus geparkt war, die tropfende Wäsche auf der Wäschespinne und das Geräusch fließenden Wassers, das aus dem Haus kam.
»Vor Ewigkeiten?«
»Stan, jetzt sagen Sie mir schon, warum Sie hier sind?«
Er runzelte die Stirn. »Ich würde mich gerne mit ihr unterhalten. In aller Freundschaft. Das ist alles.«
»Über eine Leiche? Und Sie meinen, das ginge in aller Freundschaft?«
»Nicht über irgendeine Leiche«, sagte Stan. »Über die von Elizabeth Ross. Man hat deine Hausgenossin um zehn nach zwölf das Haus der Ross blutbeschmiert verlassen sehen. Das ist auch der Zeitpunkt, auf den der Gerichtsmediziner den Zeitpunkt des Todes schätzt.«
Mein Gott, dachte Mikey, und sah besorgt zu, wie Stan seine Glock aus dem Holster zog.
»Deine hübsche Hausgenossin ist hiermit festgenommen.«

Fünfzehn

Wo ist der Haftbefehl?«, fragte Mikey.

»Du weißt, dass wir keinen brauchen. Nicht, wenn wir wissen, dass sie schuldig ist.«

Im Haus lief immer noch Wasser. Er hörte das, und natürlich auch der Senior Sergeant. Stan drehte sich um und gab dem dunkelhaarigen Mann ein Zeichen, neben ihn zu treten. »Das hier ist Ben Thomas von der Bundespolizei.«

Mikey machte keine Anstalten, dem anderen die Hand zu geben, und dieser tat das ebenfalls nicht.

»Dir macht es doch nichts aus, uns vorbeizulassen, Mikey«, sagte Stan, »wir würden uns gern im Haus umsehen. Wir haben das Recht dazu.«

»Kein Problem«, sagte er und trat einen Schritt zurück, um sie vorbeizulassen.

Sofort hob Stan seine Pistole, stürmte in die Küche, warf einen Blick auf die Wasserhähne, dann eilte er am Wohnzimmer vorbei Richtung Bad. Für einen Mann mit seinem Körpergewicht bewegte er sich überraschend leise und leichtfüßig. Er hielt seine Glock schussbereit und schien alles um sich herum wahrzunehmen. Mikey gefiel, wie er arbeitete. Er war vorsichtig und hatte gleichzeitig alles unter Kontrolle.

Die Badezimmertür war geschlossen, und Stan stand einen Augenblick davor, als würde er sich seinen nächsten Schachzug überlegen. Er rüttelte am Türknauf. Abgeschlossen. Er drehte sich um und gab Mikey ein Zeichen. »Klopf an«, forderte er Mikey mit leiser Stimme auf, »und sieh zu, dass sie aufmacht.«

Mikey klopfte an die Tür.

Keine Antwort.

Wieder klopfte er und rief: »India, India. Ich bin's, Mikey.«

Mikey fragte sich, wie sie wohl zu ihrem Namen gekommen war. Waren ihre Eltern viel auf Reisen gewesen? Indien war geheimnisvoll und exotisch. Sie hatten einen passenden Namen für sie gewählt, fand er.

»India, machen Sie auf«, rief er.

Immer noch keine Antwort.

»Wir müssen die Tür aufbrechen«, verkündete Stan.

»Nach Ihnen.«

Stan hob seinen Stiefel und trat sehr fest genau unter den Türknauf.

Die Tür bebte, gab aber nicht nach.

Stan trat erneut, aber das Schloss hielt stand. »Verdammt. In Filmen klappt das immer.«

Mikey zog Stan zur Seite. Dann trat er zurück und warf sich mit der rechten Schulter gegen die Tür.

Mit einem Klicken sprang das Schloss auf. Mikey fiel, Stan über sich, ins Badezimmer.

»Wo zum Teufel ist sie!« Stan rannte wieder in die Diele.

»Keine Ahnung«, sagte Mikey und verkniff sich ein Lächeln.

Der Bundespolizist drängte sich an ihm vorbei, stellte die Dusche ab und öffnete ein Fenster. Er sah nach draußen und zog seinen Kopf dann zurück. Anschließend spähte Mikey durchs Fenster. Nichts, nur ein nasser undeutlicher Fußabdruck auf dem warmen Holz, der schnell verschwand.

Während Stan wie ein rasender Stier um das Haus lief und verärgert brüllte, ging Mikey in die Küche und nahm den Berg Steaks aus dem Kühlschrank. Er musterte sie kurz. Wie viele er wohl braten sollte?

Optimistisch nahm er drei und legte die anderen zurück in den Kühlschrank. Er zerkleinerte ein paar Pfefferkörner mit der flachen Klinge eines Messers und rieb den Pfeffer ins Fleisch. Als Nächstes zerdrückte er vier Knoblauchzehen. Er legte zwei Lorbeerblätter und ein Zweiglein Thymian auf ein Brett, tat etwas Fett in eine Pfanne und stellte diese auf den Herd. Dann nahm er einen Becher Crème fraîche und einen Kopfsalat aus dem Kühlschrank.

Stan kam in die Küche. Sein Gesicht war hochrot, und er war schweißgebadet.

»Stan«, sagte Mikey, »bitte krieg jetzt keinen Schlaganfall, sonst klagt mich noch jemand an, dich ermordet zu haben, und da ich das Essen im Gefängnis ungenießbar finde …«

»Wenn du uns nicht so lange aufgehalten hättest …«

»Das tut mir so Leid, Stan. Was hätte ich tun sollen? Hätte ich etwa überhaupt keine Fragen stellen sollen? Ich bin ein Bürger, der zufällig in deinem Revier wohnt, und ich habe jedes Recht …«

»Halt die Schnauze!« Stan forderte über Funk Verstärkung an, Taschenlampen, Hunde und Fahrzeuge mit Allradantrieb.

Mikey kontrollierte die Zutaten. Etwas fehlte. Nur was? Es fiel ihm nicht ein. Er ging quer durch die Küche auf den Stapel Kochbücher zu und hielt dann inne.

Indias Rucksack war verschwunden.

Er ging aus der Küche und ins Wohnzimmer. Indias Rucksack lag auf dem Sofa, und alle ihre Habseligkeiten waren rechts und links davon ordentlich aufgeschichtet. Der Mann von der Bundespolizei hatte ihm den Rücken zugewandt, und Mikey sah ihm zu, wie er eine getragene, terrakottafarbene Bluse in die Hand nahm und sie ans Gesicht hielt.

»Was zum Teufel machen Sie da?«

Der Beamte faltete die Bluse zusammen und legte sie zur Seite.

»Sie heißen doch Thomas?«

Der Polizist sah hoch und lächelte.

»Glauben Sie, dass Sie irgendwo in ihrem Gepäck eine Nachsendeadresse finden?«

Der Beamte nahm einen Teddybär mit einer Fliege in die Hand, der so klein war wie eine Zigarettenschachtel. Er betrachtete ihn einen Augenblick, ehe er ihn auf einen Berg aus Rüschen, Spitzen und Baumwolle legte. Indias Unterwäsche.

Mikey trat auf ihn zu. »Sie legen diese Sachen jetzt an ihren Platz zurück. *Sofort.*«
Scheinbar unbeeindruckt packte der Beamte Indias Sachen sorgsam wieder in ihren Rucksack. Er faltete jedes Kleidungsstück um ein Buch oder um einen Schuh, damit es nicht verknickte, und legte dann mit einem leichten Klaps den Teddybär obenauf. Mikey sah den Mann nicht an, als er sich den Rucksack griff und ihn zurück in die Küche schleifte. Er lehnte ihn neben das Sofa, wo er hingehörte, und griff nach einem der Kochbücher.

Die Verfolger sammelten sich eine halbe Stunde später. Mikey lehnte gegen die Fliegengittertür und sah zu, wie immer mehr Wagen vor dem Haus auftauchten. Die Sonne war untergegangen und der Nachthimmel klar. Ein Nissan Patrol kam mit quietschenden Reifen zum Stehen, und Whitelaw sprang heraus. Er ging auf Stan zu, stellte eine Frage und gesellte sich dann zu dem Mann von der Bundespolizei. Sie schüttelten sich die Hand und gingen ins Haus. Mikey folgte ihnen.
»Wir brauchen so viele Waffen, wie wir kriegen können«, sagte Whitelaw zu dem Beamten. »Nicht wegen der Frau, sondern wegen des schießwütigen Mobs da draußen. Wenn wir nicht aufpassen, fangen sie vor lauter Aufregung noch an, sich gegenseitig totzuschießen.«
Whitelaw schloss seinen Waffenschrank auf und nahm zwei Gewehre heraus. Der Beamte der Bundespolizei interessierte sich für eine von Whitelaws Pistolen und gab dem Detective seine eigene, eine Kaliber 45. Mikey überließ es ihnen, die Vorzüge der Waffen zu erörtern, goss sich einen Bourbon ein und ging mit dem Glas nach draußen.
Er sah Donna, die aus einem brandneuen weißen Toyota Amazon mit Allradantrieb stieg. Sie winkte und kam auf ihn zu.
»Wie war es denn, mit einer Mörderin zusammenzuwohnen?«, fragte sie.
Mikey nickte in Richtung des Amazon. »Wie ist es denn, wenn

man im Lotto gewinnt? Der muss ja ein Vermögen gekostet haben.«

»Der gehört Ed.« Sie ließ ihren Ehering funkeln. »Er hat ihn von seinem Weihnachtsgeld gekauft. Allerdings hat er nicht so viel gekostet, wie man glauben könnte. Er kennt da jemanden, der wieder jemanden kennt, und so weiter. Ed zahlt nie für was den vollen Preis.«

»Vielleicht sollte ich auch Öl bohren«, meinte Mikey nachdenklich. »Der Gedanke, dass man da jedes Jahr zu Weihnachten 40 000 bekommt, gefällt mir.«

»Hallo, Mikey!« Das war Reg Coffey, der die Rinderhälfte gestiftet hatte, nachdem Mikey vor zwei Wochen eine Bande Viehdiebe von seinem Land vertrieben hatte. Er hielt sein Jagdgewehr abgeknickt über einem Arm und winkte mit dem anderen. Halbherzig salutierte Mikey mit seinem Glas. Aus den Augenwinkeln sah er, wie ihm Donna zuwinkte, ehe sie zu dem neuen Wagen ihres Mannes ging. »Schließt du dich uns nicht an?«, fragte Reg.

»Ich überlasse das den Cowboys.«

»Jimmy macht auch mit«, meinte Reg aufmunternd. »Er bringt seine Hunde mit.«

Mikey lachte, was ihm einiges Stirnrunzeln eintrug. Jimmys Hunde waren keine Spürhunde, sondern Jagdhunde: vier Labradore, ein Spaniel und ein altersschwacher Airedaleterrier. Sie hatten gute Nasen, aber die meiste Zeit jagten sie nur begeistert im Kreis herum und irgendwelchen Kaninchen hinterher. Mikey erinnerte sich an den Airedaleterrier, mit ihm hatten sie ein Jahr zuvor einen Verrückten verfolgt. Auf einmal war er einem Dingo hinterhergejagt und zwölf Stunden lang nicht wieder aufgetaucht.

»Ich gehe davon aus, dass es euch nicht sonderlich wichtig ist, eure Beute wirklich zur Strecke zu bringen«, meinte Mikey trocken und trank einen Schluck Bourbon.

»Gibt es was, womit sie die Fährte aufnehmen können?«, fragte Jimmy, ein untersetzter Mann, der eine schwarze Baseballmütze mit dem Logo des Melbourne Grand Prix trug. Sechs Hunde sprangen aufgeregt bellend um ihn herum.

Whitelaw reichte ihm eine Plastiktüte. »Blusen, Socken.«

»Wie, keine Unterwäsche?« Stirnrunzelnd sah Jimmy in die Tüte.

»Keine Unterwäsche«, sagte Whitelaw nur, und Mikey dachte: *Er mag sie wirklich*.

»Komm schon, wie sollen meine Jungs sie ohne ihre Unterwäsche finden?«, protestierte Jimmy. »Alle wissen, dass man mit ihnen am besten die Fährte aufnehmen kann.«

Ein anderer Mann, der den mageren Hals eines Hühnchens hatte, trat vor. »Sagt mal, hab ich da richtig gehört, fünftausend Dollar Belohnung. Stimmt das?«

»Fünf Riesen von der Abteilung für Verbrechensbekämpfung«, bestätigte Stan. »Wenn du sie erwischst, Ray, dann bekommst du das Geld. Niemand kriegt was dafür, dass er sie sucht, aber nachher gibt es Kaffee und Sandwiches.«

»Ist sie gefährlich?«, fragte Ray nervös.

Stan sah in den Himmel, als müsse er über diese Frage erst einmal nachdenken. Es wurde still, alle warteten auf sein Urteil. Auch die Hunde waren still geworden. Endlich sagte Stan: »Jedes menschliche Wesen, das sich in die Ecke gedrängt fühlt, kann gefährlich werden, also passt auf.«

»Sie ist nicht bewaffnet«, meinte Whitelaw noch scharf. Seine Stimme war mühelos über den Lärm der Menge hinweg zu hören. »Sie hat nicht einmal ein Küchenmesser. Und dann wiegt sie nicht viel, vielleicht fünfzig oder sechzig Kilo. Also immer mit der Ruhe.«

Nicken und zustimmendes Murmeln der Männer, die nach und nach hinter dem Haus verschwanden und sich auf die niedrigen Hügel in der Ferne zubewegten, Stan mit Jimmy und den an ihren Leinen zerrenden Hunden vorweg, und die etwa zwanzig Männer, die auf ein Abenteuer aus waren, fächerförmig ausschwärmend hinterher. Mikey registrierte, dass sich der Beamte der Bundespolizei in der Mitte hielt, wo sich am meisten abspielte. Er sah in den Himmel, als würde er an nichts anderes denken als daran, was für ein schöner Abend es für einen Spaziergang war.

India stand barfuß auf einem flachen Felsen, schwitzte und versuchte wieder zu Atem zu kommen. Sie stemmte die Hände in die Seiten, keuchte und starrte niedergeschlagen auf die sich bewegenden Lichter in der Ferne. Sie hatten nicht lange gebraucht, eine Truppe aufzustellen, eine Stunde oder so, was ganz beachtlich für so eine Hinterwäldlerstadt war.
Sie war den ganzen Weg von Whitelaws Haus bis zu diesen Hügeln gerannt und dabei dem Weg gefolgt, den sie am Vortag gegangen war. Sie hatte gehofft, einen Haken schlagen zu können. Jetzt im Dunkeln stolperte sie und war sich sicher, dass sie vom richtigen Weg abgekommen war. Ihre Füße und Knöchel waren zerkratzt und bluteten. Sie fragte sich schon, ob sie sich nicht einfach stellen sollte.
Noch nicht, dachte sie. Wenn ich vollkommen zerkratzt bin und keinen Schritt mehr gehen kann, vielleicht, aber keinesfalls vorher.
Sie rieb sich die Füße und zog einen Dorn aus ihrer linken Ferse, drehte sich um und ging rasch weiter. Jetzt folgte sie keinem bestimmten Weg mehr, sondern entfernte sich nur von den Lichtern. Nach einer Stunde erreichte sie einen Höhenrücken. Büschel von Spinifexgras bedeckten scharfkantige Felsen und zerkratzten ihr fortwährend die Knöchel, während sie auf den Gipfel kletterte. Cooinda lag in der Ferne und hatte in etwa die Form eines Kegels. Der Mond stand hoch am wolkenlosen Himmel. Die Taschenlampen ihrer Verfolger blitzten unter ihr auf, aber zwischen ihnen und ihr herrschte Dunkelheit, eine undeutliche, schwarze und graue Fläche, der Busch bei Nacht.
Sie blieb in Bewegung. Auf der anderen Seite der Hügel verlor sie wieder an Höhe und kam zu einem vollkommen ausgetrock-

neten Bachbett, das sich durch dichtes Gestrüpp wand. Diesem folgte sie eine Weile im Trab, aber als das Dickicht ein Ende nahm, sah sie sich gezwungen, sich wieder auf offenes Land zu wagen. Sie hielt auf eine Felsformation zu, die in der dunklen Landschaft nur als dunkler Schatten auszumachen war. Als sie sie erreicht hatte, ließ sie sich hinter einem Baum auf die Knie sinken. Sie atmete röchelnd, und ihr Durst machte sich bemerkbar. Wo würde sie Wasser finden? Nicht hier jedenfalls. Sie würde jetzt in einem weiten Bogen umkehren und versuchen, nach Cooinda zurückzukommen, um von dort per Autostopp zu entkommen.

Ganz in der Nähe knackte ein Ast.

Ihr blieb fast das Herz stehen.

Sie machte sich noch kleiner und versuchte ihren Atem unter Kontrolle zu bringen. Eine Minute später rief jemand leise:

»Hallo.«

Sie blieb wie angewurzelt stehen.

»Du hast von mir nichts zu befürchten«, sagte die Stimme, die jetzt ganz nah war.

India schloss die Augen, als könne sie den Mann vertreiben, indem sie ihn nicht ansah.

»In Schwierigkeiten, was? Hier ist ein guter Platz, um seinen Schwierigkeiten zu entkommen. Es ist das Ende der Welt.«

Mit klopfendem Herz öffnete sie die Augen und sah ein Paar dunkler Augen, die sie unverwandt ansahen und im Halbdunkel schimmerten. Der Aborigine war sehr alt und spindeldürr. Er hockte mit der Leichtigkeit eines Menschen, der sein ganzes Leben in der Hocke gesessen hatte, und betrachtete sie eingehend.

»Keine Sorge«, sagte er nickend, als könne ihr das ihre Unbeschwertheit zurückgeben. In der rechten Hand hielt er einen langen, geraden Stock und in der linken die Hinterbeine eines eben erlegten Kaninchens.

Eine Brise kam auf. Sie wehte von den Hügeln, die sie gerade überquert hatte. Eine Stimme, mehr ein Flüstern, drängte sie zu

etwas, und India stand stöhnend vor Schmerz auf. Ihre Füße taten höllisch weh, aber sie bewegte sich trotzdem auf unsicheren Beinen weg von den Bäumen.
»Das ist die falsche Richtung«, sagte der alte Mann, und sie blieb stehen. Vor dem dunklen Himmel sah sie seinen Schatten, er hatte, ohne ein Geräusch zu machen, das Gestrüpp durchquert und stand jetzt auf den Felsen. »Komm schon. Mir nach.« Mit seinem Stock gab er ihr ein Zeichen.
Sie zögerte.
Geschmeidig wie ein junger Mann sprang er wieder nach unten. »Wenn du wie ein aufgeschrecktes Kaninchen weiterrennst, kriegen dich diese Burschen. Ich kenn mich hier aus. Ich such dir ein Versteck, bis sie wieder weg sind.«
Er stand jetzt ganz nah neben ihr, und sie nahm einen trockenen, leicht muffigen Geruch wahr wie von getrockneten Pilzen. Es war seine Haut. »Du musst deine Kleider loswerden. Sie sind ein Blickfang.«
Sie schüttelte den Kopf.
»Wir könnten sie benutzen, um die Hunde von der Fährte abzubringen. Jimmys Hunde sind zwar nicht erstklassig, aber ein verschwitztes Hemd riechen sie, wenn es sein muss, auf eine Meile Abstand. Außerdem ...« Er kicherte. »Nackt laufen fühlt sich gut an. Du solltest das ausprobieren.«
India hielt inne, dann murmelte sie: »Auch egal!«, und zog sich hastig aus.
»Alles«, beharrte er, und sie sah ihm in die Augen. Sie waren riesengroß, aber selbst in dieser Dunkelheit konnte sie sehen, dass er lächelte. »Ich bin alt. Ich könnte nicht, selbst wenn ich wollte.«
Er rollte ihre Kleider zusammen und klemmte sie unter den Arm. »Die werde ich später irgendwie los ...« Er sprach den Satz nicht zu Ende, da auf dem Bergrücken eine Reihe schwankender Lichter in Sicht kam. Sofort drehte der alte Mann sich um und trabte los. India folgte ihm. Mehrere Minuten lang liefen sie,

kamen an der Felsformation vorbei und hielten auf ein Gebiet mit steilen Verwerfungen zu, das mit Sand und Mulgabüschen bedeckt war. Es war ein seltsames Gefühl, nackt zu rennen, ihre Brüste und ihr Hintern federten mehr, als sie gedacht hatte, aber die weiche Nachtluft auf ihrer Haut linderte den Schmerz in ihren Füßen.

Als sie zu einer Anhöhe kamen, blieb der Alte stehen, um die Verfolger zu beobachten. Zwei Fahrzeuge hatten den Bergrücken umfahren und rasten auf sie zu. Sie konnten das Aufheulen der Motoren hören. »Die sind schneller als wir«, murmelte er und sprang leichtfüßig weiter ins Dunkel. Mühelos wie ein Dingo wich er Büschen und Felsen aus, an denen er sich die Knöchel hätte aufschlagen können. Gelegentlich blieben sie stehen, um sich nach den Verfolgern umzudrehen oder um sich eine Rinne hinaufzutasten. Sie gewannen an Höhe und folgten dem Pfad wilder Tiere einen steilen Hügel hinauf. Da hielt der alte Mann inne und verschwand hinter einem dichten Gebüsch.

Sie lief weiter, blieb dann stehen und sah sich um, aber der alte Mann war verschwunden. Panik stieg in ihrer Brust auf. »Wo bist du?«, zischte sie. Auf ein Brummen hin bewegte sie sich auf die Büsche zu, aus denen sie eine Hand ungeduldig heranwinkte. Sie drückte das Gebüsch beiseite und sah ihn in einer Höhle sitzen, die nur knapp mannshoch, aber ziemlich tief war. Ihr stiegen Rauch und der Geruch von gebratenem Fleisch in die Nase. India kroch in die Höhle, setzte sich auf und strich sich den groben Sand von den Knien.

Im Innern war es stockdunkel, und sie sah nur die Augen des alten Mannes schwach schimmern, wenn er in ihre Richtung schaute. Sie streckte die Hand aus, um zu erkunden, wie groß die Höhle war, stieß aber sofort gegen etwas Raues, Kratziges und stieß einen unterdrückten Schrei aus.

»Leg sie um, warum nicht. Nachher wird dir sicher kalt.«

India zog die schwere Wolldecke heran und legte sie um die Schultern. Die Decke roch wie der alte Mann – nach getrock-

neten Waldpilzen, nach Steinpilzen und Shitake, und ganz schwach nach Schweiß. Er war mit irgendetwas beschäftigt, aber sie konnte nicht sagen, womit. Sie hörte, wie er etwas abbürstete und zerbrach, ihr stieg der Geruch von Asche und blutigem Fleisch in die Nase.
»Was machst du?«, fragte sie.
»Das wird Jimmys Hunde endgültig auf die falsche Fährte locken. Sie werden deine Kleider über eine Quadratmeile verstreut finden, aber keine Spur von dir, nur mich.« Er kicherte, ein heiseres, unwirkliches Geräusch, das sie seltsam tröstlich fand. »Bleib hier. Bei Sonnenaufgang bin ich zurück.«
»Was ist, wenn sie diese Höhle finden?«
Eine undurchdringliche Stille breitete sich aus.
»Hallo?«, flüsterte sie verzagt.
Es kam keine Antwort. Ohne ein Geräusch war der alte Mann verschwunden.

India spähte aus der Höhle. Sie teilte die Büsche. Der Mond stand hoch am Himmel, und bei dem hellen Licht waren nur wenige Sterne zu erkennen. Weit unter sich sah sie ein ausgetrocknetes Bachbett, in dem der Sand wie Silber glänzte, und die leuchtend weißen Stämme der Eukalyptusbäume.
Von ihren Verfolgern und dem alten Mann keine Spur.
Sie lag da, spähte und lauschte noch ein paar Minuten. Die Brise hatte sich gelegt, und sie begann vor Kälte zu zittern. Der alte Mann hatte Recht behalten. Es war zwar immer noch ziemlich warm, aber jetzt, da ihr Schweiß abgekühlt war, wurde ihr kalt. India zog die raue Wolldecke enger um sich und glitt in die Höhle zurück. Wie ein wildes Tier rollte sie sich auf dem Sand zusammen, legte ihren Kopf auf den Arm und starrte in die Dunkelheit. Sie dachte, sie könne den alten Mann in der Ecke sitzen sehen, die Arme über den Kopf gelegt, aber er war es nicht, es war Lauren, die sich mit den Händen durch ihr kurz geschnittenes Haar fuhr, sie lächelte.

Wie gefällt dir unser schöner australischer Busch?, fragte sie.
Mir wäre es lieber, wenn ich nicht hier wäre.
Das versteht sich von selbst, aber später wirst du froh darüber sein, das schwöre ich.
Lauren, ich hatte noch nie solche Angst.
Unsinn, natürlich hattest du das. Das hier ist auch nichts anderes, nur körperlich etwas anstrengender. Nur gut, dass du nicht fett geworden bist, sonst wärst du wirklich ernsthaft in Schwierigkeiten geraten.
Aber ich *bin* ernsthaft in Schwierigkeiten.
Du wirst das schon überstehen, das tust du immer, reg dich nicht auf.
Mir ist kalt, Lauren.
Zieh die Decke fester um dich, Liebes. Denk an den Sommer '82, als wir in Byron Bay waren. Da war es wirklich heiß.
Lauren lachte, den Kopf zurückgeworfen, voller Freude und ohne Sorgen, und in ihrem Traum meinte India zu spüren, wie die Hitze des Sommers 1982 von ihrem Lächeln ausging.

Als sie aufwachte, stand die Dämmerung kurz bevor. Der Himmel war lavendelblau, und die schwarzen Schatten waren nicht mehr schwarz, sondern dunkelblau. Nichts rührte sich vor der Höhle, nicht einmal ein Vogel. Alles hielt den Atem an, als stünde etwas Großartiges bevor.
India spähte von ihrem Adlerhorst herab und fragte sich, ob man sich als Adler wohl so fühlte. Die Luft war klar, und die Sonne tauchte als gelbes Halbrund am Horizont auf. Wenn ihr ihre Füße nicht so wehgetan hätten, hätte sie die Aussicht richtig genießen können. Sie befühlte die Schürfwunden an ihren Knöcheln und auf ihren Fußsohlen. Alles tat ihr weh, da sie die halbe Nacht gerannt war und auf Sand und Felsen geschlafen hatte. Sie war hungrig und durstig. Sie kroch weiter in die Höhle hinein und sah sich um.
Licht kam über dem erkalteten Feuer durch eine Öffnung im

Fels. Verblasste Figuren tanzten auf den Höhlenwänden, einige warfen Kängurus Bumerangs hinterher, andere waren beim Fischen. In einer Ecke standen ordentlich aufgereiht mehrere Flaschenkürbisse. In einem fand India frisches Wasser, frisch erlegtes Kaninchenfleisch – oder war es Känguru? – im nächsten, getrocknete Blätter, die nach Thymian dufteten, im dritten. Sie trank drei kleine Schlucke Wasser. Sie hätte gerne das ganze Wasser getrunken, wollte aber den alten Mann nicht enttäuschen, wenn er zurückkehrte.
»Hallo.« Die Stimme war leise.
Der alte Mann hockte neben dem Eingang der Höhle, als sei er nie fort gewesen. Ein langer Stock lag vor seinen schmutzigen Füßen, und eine Umhängetasche stand neben ihm.
Ist er jetzt hier, weil ich an ihn gedacht habe?, überlegte sie, und die Idee gefiel ihr.
»Nein«, sagte der alte Mann. »Ich habe dir doch gesagt, dass ich bei Sonnenaufgang wieder zurück sein würde.«
Sie vergaß ihren Durst und ihre schmerzenden Füße und starrte ihn an. »Habe ich jetzt etwas gesagt, ohne es zu merken, oder hast du gerade meine Gedanken gelesen?«
»Ihr Weißen«, sagte er mit einem Seufzer, »seid einfach zu verkrampft.« Er deutete auf den Flaschenkürbis und forderte sie auf, ihn leer zu trinken.
»Bist du sicher?«, vergewisserte sie sich.
»Ich bin auf dem Weg hierher an einer Quelle vorbeigekommen. Trink schon aus.«
India hob den Flaschenkürbis an die Lippen und trank, bis ihr Durst gestillt war. Dann wischte sie sich mit dem Handrücken über den Mund, setzte sich in die Hocke und sah ihm zu, wie er die Umhängetasche öffnete. Sorgsam zog er etwas daraus hervor, was sie nicht genau erkennen konnte. »Wette, du bist hungrig, was?«
Bei dieser Bemerkung machte sich Indias Magen lautstark bemerkbar. »Nein. Nicht besonders«, log sie. Sie hatte nicht die

Absicht, rohes Kaninchenfleisch oder Witchetty Grubs, große weiße Maden, zu essen, die unter Baumrinden lebten, oder was die traditionelle Küche der Aborigines sonst noch zu bieten hatte.
Er wirkte enttäuscht. »Ich bin wirklich weit dafür gelaufen«, sagte er.
Mir ist das egal, wie weit du gelaufen bist, dachte sie. Ich esse einfach nichts von dem, was du mir anbietest. So ist es nun mal.
»Nicht mal Cross-Ants?«
»Cross-Ants?« Von Kreuzameisen hatte sie noch nie gehört.
Der alte Mann rückte mit ausgestreckter Hand auf sie zu.
Zu ihrem Erstaunen hielt er in seiner geschwärzten, schmutzigen Hand ein halbmondförmiges Gebäckstück: ein Croissant.
India dachte an die ausgedörrte Landschaft, die sie umgab, nichts als braune und gelbe Verwerfungen, so weit das Auge reichte, und darin wie weiße Flecken der eine oder andere Salzsee.
»Wo in aller Welt hast du das her?«, fragte sie staunend.
»Aus dem 8 'til late«, antwortete er etwas von oben herab, als wollte er sagen: Wo sonst?
»8 'til late?«, wiederholte sie verblüfft.
Er verdrehte die Augen. »Der Laden der BP-Tankstelle. Er war früher immer von acht bis zehn geöffnet, aber jetzt kann man dort rund um die Uhr einkaufen.«
»Warst du in Cooinda?«
»Wo sonst.« Er schob das Croissant auf sie zu und sagte dann etwas besorgt: »Komm schon. Ich wusste, dass du keinen Buschproviant zum Frühstück willst. Das wollen Weiße nie.«
India aß gehorsam, und der alte Mann beobachtete sie wie ein Habicht seine Jungen. »Sehr lecker«, sagte sie und leckte sich genüsslich ihre schmutzigen Finger.
Er beugte sich zu ihr und zwickte sie ziemlich hart in die Wange. »Du bist zu mager«, sagte er missbilligend. »Aber ich habe noch mehr zu essen, wenn du willst.«
Sie erwartete ein weiteres Croissant und sagte: »Ja, bitte.«

Mit einer feierlichen Handbewegung zog der alte Mann zwei rechteckige Kuchenstücke mit dunklem Guss aus seiner Tasche.
»Oh«, meinte India, die einen Moment aus der Fassung geraten war. »Oh, Lamingtons, die mag ich am liebsten!« Sie nahm einen und biss mit einer Begeisterung hinein, von der sie nie geglaubt hätte, dass sie zu ihr fähig wäre.
Der alte Mann nickte zustimmend, während sie aß. »Mit diesen Gangstern wird man einfach nicht mit leerem Magen fertig.«
India hätte ihn umarmen mögen. Er hatte sie nicht nur gerettet, sondern er war auch meilenweit durch den Busch gelaufen, um ihr etwas zu essen zu besorgen, wovon er dachte, dass sie es mochte, und das ihr jetzt tatsächlich auch schmeckte.
»Ich habe in der Stadt gehört, dass du Indi heißt«, sagte er.
»India«, erwiderte sie. »Und du?«
»Ich heiße Milangga.«
»Milangga, du bist ein guter Mann«, sagte sie, den Mund voll mit klebrigem Lamington.
»Und du bist eine gut aussehende Frau«, meinte er, seine riesigen schwarzen Augen auf sie gerichtet. »Warum gibt es keinen Mann, der dir aus dieser Sache heraushelfen könnte?«
Plötzlich war sie sich wieder ihrer Nacktheit bewusst. Die Worte »gut aussehend« hatten das ausgelöst. Sie ließ das Kuchenstück fallen, griff nach der Decke und zog sie sich über Brüste und Lenden.
Betrübt schüttelte Milangga den Kopf. »Warum versteckst du dich? Deine Haut hat dir doch gestern Nacht gefallen, warum jetzt nicht mehr?«
India hatte wie zum Schutz die Knie angezogen. Plötzlich erinnerte sie sich daran, wie sie nackt geflohen war, und hielt inne. Er hatte Recht. Während sie verfolgt wurden, hatte sie kaum einmal daran gedacht, dass sie keine Kleider anhatte. Sie erinnerte sich daran, wie sich die weiche Nachtluft auf ihrer bloßen Haut angefühlt hatte, und lächelte. Sie ließ die Decke fallen, zuckte mit den Achseln und aß weiter.

Milangga nickte nur beiläufig und stocherte dann mit dem Ende seines langen Stocks in der kalten Asche. »Du solltest ein paar Tage hier bleiben«, sagte er. »Bis sich die Dinge etwas beruhigt haben, anschließend kannst du dich wieder ungehindert bewegen.«
India sah ihn an und dachte: Ich bin in deiner Hand, alter Mann. Du musst mir den Weg zeigen, wenn ich hier weg will, also bin ich in deiner Hand.
Zufrieden sah er sie an. »Magst du Witchetties?«
»Nein«, sagte sie energisch.
»Sie sind wirklich gut.« Er sah zweifelnd auf den letzten Lamington. »Viel besser als dieses Zeug da. Vielleicht schmecken sie dir ja doch.«

India mochte dann doch keine Witchetties. An ihrem Geschmack war nichts auszusetzen, ein bisschen wie püriertes Huhn mit Mais, aber bei dem Gedanken daran, eine Riesenmade zu verspeisen, krachend den Panzer mit den Zähnen zu durchstoßen, um zu dem saftigen Innern vorzudringen, hatte sie einen Kloß im Hals, und der Magen drehte sich ihr um.
»Tut mir Leid«, sagte sie, als Milangga eine weitere Made aus der abgebrochenen Wurzel eines Akazienbuschs zog. »Ich bleibe bei meinen Croissants, danke.«
Er lachte sie an. Seine Zähne waren gelb und so lang wie die eines Pferdes, als sie in den Panzer der Made hineinbissen. »Sehr gut«, sagte er, laut schlürfend. »Proteine, sehr gut.«
India nahm ihre Proteine mit Hilfe von Kaninchen und Känguru zu sich, beides schien der alte Mann ohne größere Mühe zu fangen. Er sagte ihr, er würde zur Jagd einen Bumerang benutzen, aber am zweiten Tag entlarvte sie ihn als Lügner.
»Ich habe eine Falle gefunden«, sagte sie entrüstet.
»War was drin?«
Sie sah weg. »Ein Kaninchen.«
Frech grinste er sie an. »Ich bin verdammt noch mal zu alt, um

dem Wild nur mit einem Bumerang beizukommen. Das hättest du dir auch denken können.«

An diesem Abend fragte sie ihn, wie alt er sei. Im Schein des Feuers sah seine Haut aus wie geöltes Leder, sein graues Haar wie eine Kippa aus Wolle. In ihren Augen war er so alterslos wie das Land, das sie umgab. Er zuckte mit den Achseln. »Meine Mutter hat gesagt, nach eurer Rechnung bin ich an einem ersten April auf die Welt gekommen, aber ich weiß nicht, in welchem Jahr. Vielleicht bin ich sechzig. Vielleicht siebzig. Spielt das eine Rolle?«

Sie sah auf ihren Körper, der glatt und geschmeidig war, dann schaute sie auf seine faltige Haut. Hier in der Wildnis spielte es nur eine Rolle, dass man fit war und jagen und Maden finden konnte.

»Das spielt keine Rolle«, sagte sie.

Sechzehn

Mikey saß auf der harten Erde und wartete. Der Mond war hinter einer Wolkenbank verschwunden, und es war windstill. Das Haus der Ross machte einen verlassenen Eindruck, was ihn beruhigte, er wartete aber trotzdem noch etwas, um ganz sicherzugehen. Er fragte sich, wo India war und ob sie ebenfalls wachte. Er bewunderte ihren Mut und ihre Geschicklichkeit, mit der sie Stans Treibjagd entkommen war. Jeder andere hätte sich sofort gestellt, statt sich den unbekannten Gefahren des Outback auszusetzen. Nicht jedoch India.

Er sah auf die Uhr und stand auf. Ein leises Tapsen verriet ihm, dass er ein paar Kängurus aufgeschreckt hatte. Sie blieben offenbar in der Nähe, weil sie hofften, dass das Ehepaar Ross zurückkehren würde. Er ging zur Hintertür und riss den Klebestreifen durch, mit dem die Polizei den Tatort versiegelt hatte. Dann zog er einen Lederbeutel mit Werkzeug aus der Tasche, die er vor fünf Jahren einem gestellten Einbrecher abgenommen hatte, und brach ohne größere Mühe das Schloss auf. Er ging leise ins Haus, nahm eine Taschenlampe aus seiner Windjacke und leuchtete. Es herrschte ein riesiges Durcheinander. Schränke und Schubladen standen auf, und ihr Inhalt war über den Fußboden verstreut. Eilig ging er durch die Zimmer. Alles war bereits gründlich durchsucht worden, aber zum Teufel, die anderen konnten schließlich etwas übersehen haben.

Er fing mit den Regalen an und fuhr mit der Hand die staubigen Bretter entlang. Dann nahm er sich die Schränke vor und alles, was in den Zimmern herumlag. Es kostete ihn zwei Stunden, das ganze Haus von oben bis unten zu durchsuchen, unter allen Teppichen und Läufern nachzusehen, hinter den Fußbodenleisten und Fensterläden, in den Kühlschränken und Gefriertruhen. Die ganze Zeit hielt er nach einem Viereck aus Plastik Ausschau.

Es war nach Mitternacht, als Mikey aufgab und mit leeren Händen und ohne eine einzige CD abzog.

Sie ging denselben Pfad entlang, den sie vor einer Woche panisch und atemlos entlanggerannt war, und konnte es kaum glauben, dass nicht schon ein Monat vergangen war. Eine außerordentliche Ruhe durchströmte sie, als sie dahinschritt, und sie summte eine etwas monotone Melodie, die sie von dem alten Mann aufgeschnappt hatte.

Die Sonne tauchte den Himmel in ein hartes, weißes Licht. Sie hörte einige Male das Pfeifen eines Keilschwanzadlers, der in ihrer Nähe kreiste. Seine Flügel schienen die Aufwinde nur anzutippen. Sie kam zu dem Bergrücken, von dem aus man Cooinda überblicken konnte, ruhte ihre zerschundenen Füße aus und genoss die Aussicht. Die Stadt war ein graubrauner Fleck in der Ferne und bei Tageslicht kaum auszumachen. Nachts funkelten ihre Lichter jedoch wie eine ferne Galaxie.

Sie schob die Ärmel ihres Hemds über die Ellbogen. Milangga hatte ihr das riesige Männerhemd an dem Morgen geschenkt, an dem er fand, dass sie aufbrechen sollte. »Weiße respektieren nicht die nackte Haut einer Frau«, meinte er, als er es ihr gab.

»Wo hast du das her?«

»Von jemandem, der es nicht so dringend braucht wie du.«

Es war frisch gewaschen, aber noch nicht gebügelt, und India sah eine zornige Hausfrau vor sich, die zur Wäscheleine geht, nur um festzustellen, dass das Hemd verschwunden ist. Sie lachte. Sie kicherte noch immer, als sie den Bergrücken verließ und ihren Weg durch die verdorrte, hügelige Landschaft fortsetzte. Das Hemd war schwer und engte sie ein, nachdem sie sich jetzt fast eine Woche lang nur nackt bewegt hatte. India sehnte sich danach, es wegzuwerfen. Brust und Rücken waren bereits schweißnass.

Das hintere Ende der Biloella Road war wie immer am späten Vormittag ausgestorben. Vorsichtig näherte sie sich der Rückseite von Whitelaws Haus und hielt dabei misstrauisch nach seinem Nachbarn Ausschau. Sie hoffte, sich ihren Rucksack schnappen und sich ordentlich anziehen zu können, um endlich nach Sydney zu trampen. Dort wollte sie Scotto aufsuchen. Durch die hintere Fliegengittertür sah sie, dass niemand in der Küche war. Sie hielt inne, um zu lauschen. Insekten summten und surrten in der Hitze. Sonst war alles still.

Leise schlich sie ins Haus. Drinnen war es kühl und roch nach Toast und gebratenem Speck. Sie erstarrte, als sie Wasser spritzen hörte. *Im Badezimmer war jemand.* Auf Zehenspitzen ging India in die Küche und passte auf, dass die Dielenbretter nicht knarrten. Glücklicherweise lag das Badezimmer in Richtung Haustür. Sie konnte sich also ihren Rucksack holen und hinten herum das Haus verlassen, ohne dort vorbei zu müssen.

Sie ging durch die Küche. Ihr Rucksack hatte neben dem Sofa gestanden, aber von dort war er verschwunden. Erneut spritzte Wasser, und sie hörte einen Mann brummen. Mikey, ohne Zweifel, der wieder einmal einen Kater loszuwerden suchte. Sie durchsuchte die Küche, sah unter der Spüle nach, im Besenschrank ... nichts. Waschküche ... Gästetoilette ... Hobbyraum ... nichts. Sie tappte ins Wohnzimmer und öffnete die Schränke neben der Stereoanlage. Kassetten, Langspielplatten und CDs, aber kein Rucksack. Verdammt! Eilig und auf Zehenspitzen ging sie in die vordere Diele. Die Badezimmertür war nur angelehnt. Das Wasser spritzte nicht mehr, es war kein Geräusch zu hören, das ihre Schritte übertönt hätte.

Sie hielt den Atem an, öffnete leise Mikeys Schlafzimmertür und spähte hinein. Die Laken lagen in einem wüsten Durcheinander in der Mitte des Bettes, ein Haufen schmutziger Wäsche war in eine Ecke geknüllt. Kein Rucksack. Sie zog den Kopf zurück und machte einen großen Schritt über zwei Tennisschläger und einen Werkzeugkasten, als die Badezimmertür aufflog.

»India!«

India warf sich herum.

Whitelaw war sprachlos. Er war frisch rasiert und von einer Armaniwolke umgeben. Er trug rotblau karierte Boxershorts und rote Socken. Unter seinem rechten Ohr klebte noch etwas Rasierschaum.

India atmete langsam aus. »Hallo, schicke Shorts«, sagte sie angestrengt.

Whitelaw wirkte immer noch fassungslos. »Was machst du hier? Ich dachte, du hättest dich endgültig aus dem Staub gemacht.«

»Ich wollte meinen Rucksack holen«, sagte sie. »Dann bin ich weg.« Erst da merkte sie, wie müde er aussah. Er hatte Ringe unter den Augen. »Was ist los?«

Er rieb sich den Nacken. »Willst du die guten oder die schlechten Neuigkeiten zuerst?«

»Spielt keine Rolle.«

»Nein. Vermutlich nicht.« Er seufzte. »Die guten Neuigkeiten sind, dass sie die Anklage gegen dich fallen gelassen haben.«

Einen Moment lang war sie zu erstaunt, um diese Information verarbeiten zu können. »Ich bin unschuldig?«, sagte sie. »Hat man meine Unschuld bewiesen?«

Er nickte. »Frank Goodman ist Mittwoch zurückgekommen und hat eine Aussage gemacht. Du hast ein wasserdichtes Alibi.«

India merkte, dass ihr Grinsen so breit war wie der Murray River. »Das ist eine wunderbare Neuigkeit! Gott, das ist wunderbar!« Sie fing an zu lachen, eine hysterische Mischung aus Erleichterung und Freude, aber dann kam ihr ein Gedanke, und sie hielt inne. »Was ist mit dem Mord an Elizabeth Ross? Werde ich deswegen nicht trotzdem noch gesucht?«

»Nein. Sie haben einen anderen gefunden, dem sie das anhängen können und alle anderen Morde.«

India stieß die Faust in die Luft und rief: »Ja!« Dann führte sie einen Freudentanz auf.

Reglos stand Whitelaw da und sah ihr zu. Er lächelte nicht.

India hielt im Tanzen inne. »Tut mir Leid.« Sie ließ die Arme fallen. »Okay. Was sind die schlechten Neuigkeiten?«

Seine Kiefermuskeln bewegten sich. Jetzt erst bemerkte sie, wie angespannt er war, und bedauerte ihren Freudenausbruch. »Gott! Was ist los?«

»Sie haben mir die Sache angehängt.« Die Worte überschlugen sich förmlich. »Die Waffe, mit der Tiger und Lauren ermordet wurden, ist am Montag aufgetaucht. Am Tag, nachdem du verduftet warst. Überall waren meine Fingerabdrücke.« Whitelaw sah zu Boden und murmelte: »Alle denken, ich bin der Mörder.«

India lief es eiskalt den Rücken herunter. »Was willst du damit sagen?«

Er schaute auf. Sein Blick war durchdringend. »Ich meine, dass mir das jemand angehängt hat.«

»Wer hat dir das angehängt? Das verstehe ich nicht … wie kommt es, dass deine Fingerabdrücke …« Sie unterbrach sich. Endlich hatte sie die Information verarbeitet. Unsicher machte sie einen Schritt zurück. »Ich verstehe das nicht«, sagte sie. »Du hast sie doch etwa nicht wirklich …«

»Nein. Ich habe sie nicht getötet.«

»Aber du … du hast doch gerade gesagt, dass deine Fingerabdrücke auf der Pistole sind …«

»Das macht mich noch lange nicht zu ihrem Mörder.«

»Aber wie sind sie dann auf die Waffe gekommen? Durch Zauberei?«

Er verdrehte die Augen. »Hör mir zu, ja? Ich hatte die Pistole offenbar irgendwann mal in der Hand, die Frage ist nur, *wessen* Pistole. Das muss irgendwann nach dem Mord an Elizabeth Ross gewesen sein, weil man mir den ebenfalls anhängen will.«

»Elizabeth?« Ihre Stimme wurde schwächer.

»Ich habe auch Elizabeth nicht getötet.«

»Aber *wer* will dir die Sache anhängen? Du musst doch wenigstens eine Ahnung haben.«

»Vielleicht ein Cop oder jemand, der bei der Fahndung nach dir dabei war.«

»Das schränkt es ja enorm ein …«

Es fiel ihr zunehmend schwer, ihm zu glauben. Natürlich war sie es ihm schuldig, schließlich war er sehr freundlich gewesen, aber ein Gedanke ließ sie nicht mehr los: Hatte er von Anfang an gewusst, dass sie unschuldig war, weil er der Mörder gewesen war?
»India, zieh keine voreiligen Schlüsse. Denk doch mal eine Minute nach.«
»Aber warum sollte dir jemand die Sache anhängen, wo ich doch schon ein perfekter Sündenbock war? Das ist völlig unlogisch.«
Er wollte ihren Arm berühren, aber sie sprang zurück.
»Hast du mich deshalb bei dir aufgenommen, um ein Auge auf mich zu haben? Um sicherzugehen, dass ich nichts darüber herausfinde, wer meine Freundin getötet hat?«
In diesem Moment erschien Mikey auf der Bildfläche.
India und Whitelaw sahen sich mit hochrotem Gesicht an und atmeten schwer.
Mikey musterte erst den einen, dann die andere, als wolle er die Spannung in der Luft prüfen. »Was ist los, Jed?«, fragte er ruhig. »Hat sie dir irgendwelche Frechheiten wegen deiner Unterwäsche an den Kopf geworfen?«
Whitelaws wütende braune Augen waren immer noch auf die ihren geheftet.
»Das würde mich nicht überraschen«, fuhr Mikey fort, »weil das ein Schottenmuster ist und man sich wirklich nicht vorstellen kann, dass du Schotte bist. Schotten tragen Karo und essen Porridge. Aborigines bemalen sich und essen Maden.« Missbilligend schüttelte er den Kopf. »So langsam solltest du das wirklich wissen.«
»Misstrauische Kuh«, meinte Whitelaw nur.
Mikey nahm sie genauer in Augenschein. »Zum Teufel«, meinte er. »Was haben Sie jetzt schon wieder angestellt, Frau?«
Vage wurde sie sich des Schmutzes und der zahllosen Schrammen an Armen und Beinen bewusst. Ihr Haar war verfilzt und ihre Haut noch dunkler als sonst. Sicher sah sie aus wie eine Verrückte.

Etwas freundlicher fragte Mikey: »Alles in Ordnung?«
»Nein«, fauchte sie ihn an. »Ich dachte, er wollte mich schlagen ...«
»Das hätte dir nicht geschadet«, knurrte Whitelaw. Er wandte sich an Mikey. »Sie denkt, ich bin der Killer.«
»Ah«, meinte Mikey und sah von einem zum anderen. »Warum denn?«
»Weil sie nicht zuhören will.«
»Sehr gut«, meinte India eisig. »Preisverdächtig, würde ich sagen ...«
»India! Gehen Sie raus. Lassen Sie uns eine Minute allein.«
Irgendwie gelang es India, in die Küche zu kommen. Sie war zwischen Skepsis und Entsetzen hin und her gerissen. Skepsis, weil sie Whitelaw mochte, und Entsetzen, weil sie alles für möglich hielt. Wie eine Schlafwandlerin füllte sie den Wasserkocher. Sie tat zwei Löffel Pulverkaffee in einen Porzellanbecher und goss Wasser aus dem Wasserkocher darüber. Es fiel ihr gar nicht auf, dass sie das Wasser nicht heiß gemacht hatte. Sie starrte den Nescafé an, der auf dem kalten Wasser schwamm, und dachte: Sicher nicht *Whitelaw*.
Sie hatte leichte Kopfschmerzen, als sich Mikey fünf Minuten später zu ihr gesellte. »Er ist weg.«
»Gut«, meinte sie.
Mikey betrachtete ihr schmutziges Gesicht und dann ihre zerkratzten Knöchel und Waden. »Wo waren Sie?«
»Hab mich rumgetrieben.« Sie ließ sich auf einen Stuhl sinken und massierte sich die schmerzenden Schläfen. »Haben Sie Aspirin oder was mit Kodein? Mein Kopf bringt mich um.«
Mikey verschwand und kam mit einer Schachtel Disprin zurück. »Nehmen Sie drei«, riet er. »Zwei reichen nie.«
India spülte sie mit Wasser herunter und lehnte sich auf dem Stuhl zurück. »Wo ist mein Rucksack?«
»Unter dem Haus. Ich hole ihn.«
Einige Minuten später kehrte er zurück und stellte ihn neben sie.

Er betrachtete ihren Kaffeebecher, kippte ihn aus und machte den Wasserkocher an. »Sie können ihm keinen Vorwurf machen. Ihr seid Freunde oder solltet das sein. Er hat gedacht, Sie seien auf seiner Seite. Er war davon überzeugt, Sie würden ihm glauben, dass man ihm das in die Schuhe geschoben hat. Er hat einfach erwartet, dass Sie an ihn glauben. Das ist alles.«
Ihre Erregung war daran ablesbar, dass sie immer wieder die Hände zu Fäusten ballte.
»Kommen Sie schon, India. Sie können doch beim besten Willen nicht glauben, dass er Tiger und Lauren ermordet hat. Und Elizabeth Ross.«
»Menschen sind zu allem fähig«, sagte sie und erhob sich. »Zu allem. Ich habe schon die liebenswürdigsten Männer und Frauen getroffen, die mir ihre Unschuld beteuert haben. Die eine Frau hatte sogar ihr Baby, ein Mädchen ermordet, um das Geld von der Versicherung zu kassieren.«
Mikey sagte ruhig: »Jed Whitelaw ist keiner von deinen Mördern.«
»Und das glauben Sie?«
»Ja.«
»Obwohl seine Fingerabdrücke überall auf der Waffe sind, mit der …« India holte tief Luft, »… mit der drei Menschen ermordet worden sind.«
»Ja.«
Unverwandt sah sie ihm in die Augen, dann ging sie auf etwas unsicheren Beinen aus der Küche.

»Sie können jetzt nicht gehen«, sagte Mikey. Er nahm ihr den Rucksack von den Schultern und warf ihn auf die Veranda.
»Versuchen Sie nicht, mich daran zu hindern«, erwiderte sie eisig. »Ich habe genug von Cooinda.«
Sein Blick ruhte auf ihr. Ihr Haar war immer noch nass von der Dusche, ihre Haut von der Sonne gebräunt und schimmerte, als sei sie poliert. Wie sie so anmutig mit ihren langen Beinen da-

stand, erinnerte sie ihn an eine Gepardin. Noch nie hatte er eine Frau begehrenswerter gefunden. Er sah weg.
»Whitelaw hat die Nummer des BMW überprüft«, sagte er.
Sie sah ihn an.
»Er gehört einem Unternehmen, das in Panama ins Handelsregister eingetragen ist.«
»Das hilft uns wirklich weiter«, bemerkte sie und wollte ihren Rucksack wieder hochnehmen.
»Morgen ist Weihnachten«, sagte er. Sie war überrascht. »Sie müssen schon sehr viel Glück haben, wenn Sie die nächsten Tage jemand mitnimmt. Außerdem können Sie nicht ins Ausland, bevor Sie Ihren Pass wieder haben. Klären Sie das mit Stan. Wie wäre es, wenn Sie einfach über die Feiertage hier bleiben, gratis natürlich, bis Sie sich überlegt haben, was Sie als Nächstes tun wollen?«
Abwartend sah sie ihn an. »Woher dieser plötzliche Sinneswandel? Vor nicht allzu langer Zeit stand ich noch auf Ihrer Hassliste.«
Er fuhr sich mit dem Finger um den Halsausschnitt seines T-Shirts. »Wahrscheinlich, weil ich Ihr Alibi angezweifelt habe. Diese Frank Goodman-Geschichte.« Er zwang sich, ihr in die Augen zu sehen. »Tut mir Leid. Ich bin einfach ein misstrauischer Mensch. Es dauerte eben eine Weile, weil …« Er beendete den Satz nicht und trat hart mit dem Stiefel auf. Er wusste nicht, wie er das erklären sollte. Seine anfängliche Abneigung, die zunehmende Anziehung.
Zu seiner Überraschung streckte sie die Hand aus und drückte seinen Oberarm. »Danke«, sagte sie.
Er reagierte nicht. Er stand einfach da, stumm wie eines von Reg Coffeys Marinoschafen, und sie nahm den Rucksack wieder auf den Rücken. »Na denn«, sagte sie. »Da ich nicht die Absicht habe, länger als nötig in dieser abartigen, zurückgebliebenen Stadt herumzuhängen, verabschiede ich mich jetzt.« Sie hielt ihm die Hand hin.

Mikey nahm sie mit beiden. Seine waren heiß und verschwitzt, ihre kühl und trocken. Er drückte ihr vorsichtig die Hand und legte dann den Kopf zur Seite und sah sie so liebenswert an, wie er konnte.

»Machen Sie das oft? Versuchen, so auszusehen wie ein ratloser kleiner Junge?«

»Manchmal«, gab er zu.

Sie starrte ihn böse an. »Bei mir können Sie sich das sparen.«

Sofort nahm er sich zusammen. »In Ordnung«, stimmte er zu. »Was halten Sie davon: Ich glaube, dass Sie eine Frau mit Prinzipien sind. Wenn Sie Whitelaw jetzt nicht helfen und er zu Lebenslänglich verurteilt wird, dann wird Ihnen Ihr Gewissen Ihr Leben lang zu schaffen machen.«

»Sie können meinetwegen glauben, was Sie wollen«, sagte sie giftig, ging die Stufen hinunter und trat aus dem Schatten der Veranda und in den Sonnenschein. Sie drehte sich um und sah ihn lange an. Dann ging sie weg.

India bedauerte bereits, als sie auf der Landstraße stand, dass sie weggegangen war. Die Sonne hämmerte aus einem weißen, blendenden Himmel. Der Schmerz hinter ihren Augen war fast unerträglich. Als ein Auto in Sicht kam, streckte sie die Hand aus.

Ich hoffe nur, er hat Klimaanlage.

Ein silberner Lexus blieb neben ihr stehen. Das Fenster auf der Beifahrerseite war offen. India blickte in den Wagen. Ein grauhaariger Mann, etwa Mitte vierzig, saß am Steuer.

»Miss Kane?«, sagte er.

»Entschuldigen Sie, kenne ich Sie?«

»Nein.« Er lächelte charmant. »Ich vermutete, dass Sie das sind, nach der Beschreibung, die mir der Wachmann gegeben hat. Ich bin Robert Jones und arbeite für Karamyde Cosmetics. Glynnis Coggins, unsere PR-Managerin, hat mich losgeschickt, ob ich Sie irgendwo finden kann. Sie möchte, dass Sie unseren PR-Direktor bei einem kurzen Treffen kennen lernen, ehe er drei

Wochen lang in Fernost Urlaub macht. Er bricht bereits heute Abend auf.«

India trat einen Schritt zurück.

Er lächelte erneut. »Wo wollten Sie denn hin, ehe ich aufgetaucht bin?«

»Nach Sydney.«

Er strahlte. »Das trifft sich sehr gut«, sagte er. »Ich will selbst heute Nachmittag nach Sydney fahren. Wie wäre es, wenn Sie erst das Geschäftliche erledigen, dann kann ich Sie mitnehmen? Mir wäre etwas Gesellschaft sehr recht.«

Unentschlossen blickte India in beiden Richtungen die Straße entlang.

»Haben Sie Verwandte in Sydney?«

»Nur Freunde.«

»Kommen Sie, steigen Sie ein.«

»Ich bin gerade nicht in Stimmung, jemanden zu befragen«, protestierte sie schwach.

»Er ist total erledigt. Länger als eine halbe Stunde wird das nicht dauern. Versprochen. Morgen zum Frühstück sind wir dann in Sydney.«

Es war der Gedanke an ein gemeinsames Frühstück mit Scotto, der den Ausschlag gab. »Okay.«

Sie sah durch das Rückfenster, als der Lexus die Straße entlangschnurrte. Die Reifen warfen lose Steine gegen das Bodenblech. Mikey sah ihr hinterher, und die Sonne schien durch den Staub in der Luft und umgab ihn wie goldene Zuckerwatte.

Siebzehn

Roland Knox war wie aus dem Ei gepellt, aber nur ein Meter fünfundsechzig groß, und India überragte ihn beträchtlich. Sie schüttelte ihm die Hand und betrachtete dann argwöhnisch seine schmalen Lippen und seine hellen, berechnenden Augen.

Knox warf India ein freundliches, geschäftsmäßiges Lächeln zu, ehe er sie in ein unpersönlich eingerichtetes Zimmer führte, in dem es nach Lilien duftete und Grau und Chrom überwogen wie in allen Konferenzzimmern der Welt. Hinter ihnen öffnete sich durch ein breites Fenster ein Blick auf ein Labor. Gegenüber hing ein riesiges Ölgemälde, das den Großteil der Wand einnahm.

In Öl und Acryl tauchte ein gewaltiger Hai plötzlich leise aus einem graugrünen Dunkel auf. Seine Augen waren mattschwarz, und in seinem alles verschlingenden Rachen hingen Fleischfetzen. Seine rasiermesserscharfen Zähne hoben sich weiß gegen das Unterwasserdunkel ab. Millionen winziger Luftblasen bildeten einen fransigen Heiligenschein aus perlenähnlichen Tröpfchen. Er warf sich nach vorne und zog einen Schleier blutgetrübten Wassers hinter sich her. Es war die Verkörperung ungezähmter Kraft, blinden Instinkts und eines gewaltsamen Todes.

India schluckte.

»Studie des Weißen Hais, Nummer sieben«, sagte Knox. »Von Richard Hall.«

»Atemberaubend«, meinte India wahrheitsgemäß.

»Das sollte es für zwanzigtausend Dollar auch sein.«

Sie nickte nachdenklich, als würde sie das beeindrucken. Tatsächlich dachte sie an das Foto, das ihr Elizabeth gegeben hatte. War Knox der kurze Jüngling, der aggressiv und mit seinen Freunden um den toten Hai herumstand?

Sie merkte, dass er sie durchdringend musterte. »Ich frage mich, wie Sie reagieren würden, wenn Sie sich einer solchen Kreatur gegenübersähen.«

»Ich würde alles versuchen, auf Wasser zu wandeln«, sagte India.

»Und wenn Sie merken würden, dass Sie das nicht können?«

»Dann würde ich ihm die Augen ausdrücken oder das zumindest versuchen.«

»Wenn er so groß wäre wie ein Kleinbus, würde Ihnen das vermutlich schwer fallen.«

India versuchte ihr Schaudern zu unterdrücken, aber Knox schien es bemerkt zu haben, denn er lächelte zufrieden.

»Worüber wollten Sie Ihren Artikel schreiben?«, fragte er.

»Über Versuchskaninchen.«

Seine Augen flammten gierig auf, was wenig zu seiner weltmännischen Art zu passen schien. »Bitte?«, sagte er.

»Sie benutzen keine Tiere, um Ihre Produkte auf ihre Sicherheit zu testen. Sie benutzen Menschen.«

»Das ist korrekt.«

»Ich dachte, dass es in meinem Artikel nicht so sehr um die wissenschaftlichen Aspekte gehen soll, sondern um die Testpersonen. So in der Art: ›Ein Tag im Leben eines Versuchskaninchens‹, angefangen mit dem Beantworten der Anzeige bis hin zum Empfang des Schecks von Karamyde Cosmetics.«

Knox wartete darauf, dass sie fortfahren würde, und zog die Brauen hoch.

Sie sagte: »Besonders gerne würde ich die Personen befragen, die bis zu tausend Dollar in der Stunde verdienen.«

»Da sind Sie an der falschen Adresse«, sagte er. »Was wir unseren Mädchen zahlen, ist ein Taschengeld, mehr nicht. Sie bekommen dreißig Dollar dafür, dass sie einen Eyeliner ausprobieren, bis hin zu hundertzwanzig für das Erproben einer Tagescreme. Keine hat je mehr als zweihundert Dollar für einen einzelnen Test bekommen.«

India tat überrascht. »Oh. Ich hätte schwören können, eine Anzeige gesehen zu haben, in der es heißt, dass Sie tausend Dollar zahlen, wenn man …«
Sie unterbrach sich, als müsse sie scharf nachdenken, »… schläft und Medikamente nimmt.«
Es entstand eine deutliche Pause. Jetzt wird er mich anlügen, dachte sie.
»Ich kann mich nicht erinnern, dass so etwas in unseren Anzeigen gestanden hätte«, meinte er. »Die muss von einem unserer Konkurrenten stammen.«
»Haben Sie eine Vorstellung, welcher Konkurrent das sein könnte?«
»Ich fürchte, nein.« Er wandte sich zur Tür. »Vielleicht kann ich Ihnen jetzt das Labor zeigen. Das könnte für Sie von Interesse sein.«
»Benutzen Sie auch Aborigines als Testpersonen?«, fragte India. »Ich würde auch gerne die Ansichten der Aborigines erfahren.«
»Nein, wir stellen keine Kosmetika für Farbige her.«
Wie er dieses »Farbige« sagte, erinnerte sie an ihren Vater: Knapp, wegwerfend und herablassend.

Beim Rundgang durch Karamyde Cosmetics gab es nur wenig zu sehen. Heiligabend sind Labors sehr stille Orte. Nach einer halben Stunde waren sie fertig, und Knox begleitete sie nach draußen. Der Lexus war nirgends zu sehen, dafür wartete ein Taxi. Ihr Rucksack lag bereits im Kofferraum.
Keine Mitfahrgelegenheit nach Sydney, verdammt.
Knox betrachtete sie reserviert lächelnd, als hätte er ihre Gedanken lesen können. »Es war mir eine Freude, Sie kennen zu lernen.«
India konzentrierte sich darauf, sein Lächeln zu erwidern. »Danke, dass Sie sich die Zeit genommen haben.«
»Nichts zu danken. Aber trotz Ihres aufregenden Projekts be-

zweifle ich, dass wir uns noch einmal begegnen werden, Miss Kane, oder glauben Sie das?«

Das Lächeln war immer noch vorhanden, die Stimme höflich. Das runde Gesicht, das silberne Haar und der erstklassige Anzug strahlten nichts anderes als Selbstvertrauen und Freundlichkeit aus, aber trotzdem war ihr die Kälte in seinen Augen nicht entgangen, die Kälte eines Jägers.

»Nein, vermutlich nicht«, log sie.

Als sie ins Taxi stieg, sagte er: »Auf Wiedersehen«, und nickte mehr zu sich selbst, als sei er mit etwas zufrieden.

»Auf Wiedersehen«, sagte India höflich, als er sich abwandte, und dachte sich: Ein Schwein, aalglatt.

Das Taxi setzte sie am Ende des Biloella Place ab. Sie sah den einzelnen Blitz eines Gewitters in der Ferne. »Fröhliche Weihnachten, Süße!«, schrie ihr jemand aus einem Vorgarten zu, und sie winkte zurück, ohne ihre Schritte zu verlangsamen. Geistesabwesend strich sie sich über die Schläfe und fragte sich, ob ihre Kopfschmerzen wohl mit dem bevorstehenden Unwetter zusammenhängen könnten. Sie war immer wetterfühlig gewesen. Ein weiterer Blitz zickzackte aus dem blauschwarzen Himmel und schien fast die Erde zu berühren.

India näherte sich Hausnummer 33 mit Herzklopfen. Sie war sich nicht sicher, ob sie willkommen sein würde, da sie deutlich gemacht hatte, dass sie nicht zurückkommen wollte. Mikey ließ sie vielleicht gar nicht erst rein. Wo sollte sie dann bleiben?

Sie ging auf Whitelaws Haus zu und sah durch die Stäbe der Veranda auf die schlafende Gestalt auf dem Rohrstuhl. Als sie sah, wer es war, warf sie einen Blick auf die Haustür und fragte sich, ob Whitelaw wohl zurückgekehrt war.

Das ließ sich nur auf eine Art herausfinden.

Alles war still, abgesehen davon, dass draußen jemand »Good King Wenceslas« sang. Im Badezimmer fand sie eine Schachtel Disprin und schluckte drei. Dann ging sie in die Küche und machte sich ein Glas eisgekühlten Kakao. Als das Disprin endlich wirkte, wurde sie plötzlich bemerkenswert fröhlich. Whitelaw war nicht zu Hause, und das passte ihr sehr gut. Sie würde sich, beschloss sie, aufs Sofa legen, wieder einmal eine Nacht ausschlafen, dann Weihnachten und Mikey über sich ergehen lassen und anschließend so schnell wie möglich nach Sydney verschwinden. Sie spürte regelrecht das Adrenalin in ihrem Körper, als sie sich an die Begegnung mit Knox erinnerte. Sie war nicht im Mindesten müde. Jetzt hatte sie ein Ziel. Sie wollte sich mit Scotto zusammentun und Roland Knox zur Strecke bringen. Sie begann zu summen. Dann prostete sie Whitelaws regloser Tarantel zu und trank anschließend mit geschlossenen Augen einen großen Schluck.

»Miss Schlauberger ist also zurück«, sagte Mikey.

India hatte den Eindruck, dass er sich auf seine »s« konzentrieren musste, um halbwegs nüchtern zu erscheinen. Er lehnte gegen die Wand, Hände lässig in die Hosentaschen gesteckt, schwankte jedoch leicht. Sie sah ihn einen Augenblick an, trank ihren Kakao aus und stellte das Glas dann hin.

Er deutete auf ihr Gesicht. »Schnurrbart«, sagte er.

Sie leckte sich die Oberlippe.

»Besser.«

»Sie sind betrunken.« Ihr Ton war absichtlich kalt, und es klang wie etwas Fürchterliches, als habe er eine ansteckende Krankheit.

»Weihnachtsfeier«, lallte er.

»Ich würde behaupten, dass Sie schon das ganze Jahr gefeiert haben.«

Er kam plötzlich auf sie zu. India trat geistesgegenwärtig beiseite. Er schien nicht die volle Kontrolle über seine Extremitäten zu haben, und sie hatte den Eindruck, dass er jeden Augenblick in sich zusammensacken könnte.

»Mögen Sie Truthahn?«, fragte er, die Hand auf der Kühlschranktür.

»Was, jetzt?«
»Nein.« Er seufzte, als habe er es mit einer Schwachsinnigen zu tun. »Morgen, am ersten Weihnachtsfeiertag.«
»Ist es hier nicht zu heiß für einen traditionellen englischen Lunch?«
Er ließ die Tür wieder los. »Es gehört dazu.«
Es erschien ihr das Beste, ihm nicht zu widersprechen. »Okay.«
»Ich muss es ihm bringen.« Er begann zu nicken. Sie fühlte sich an einen dieser Hunde auf einer Hutablage hinten im Auto erinnert, die ebenfalls immer nicken. »Oder Jed hängt sich noch auf. Das tun die Aborigines, wissen Sie, wenn man sie einsperrt. Sie hängen sich auf.«
Erstaunt sah sie ihn an.
»Sie bringen ihm ein Weihnachtsessen?«
»Das Essen im Gefängnis ist fürchterlich. Eine fürchterliche Strafe.«
»Kann das nicht seine Familie erledigen?«
Er sah sie an: »Was bitte?«
»Ich meine, Sie müssten hier nicht Essen auf Rädern spielen, wenn seine Familie das übernehmen würde.«
»Er hat keine.«
Es war, als hätte er sie in den Magen geschlagen. »Verdammt«, sagte sie. »Ich hatte vergessen, dass er eines dieser gestohlenen Kinder ist.«
»Wie geht es mit Ihren Kopfschmerzen?«, fragte er nach einer Weile.
»Besser, ich habe noch ein paar Disprin genommen. Danke.«
»So höflich, so wunderbar britisch. India, das Juwel des Empire.« Er kicherte heiser. »Ich bin betrunken, wissen Sie. Vollkommen voll. Dafür ist Weihnachten doch da, oder? Das Gute im Menschen und all das.« Er streckte die Hand aus, um ihr mit dem Finger über die Oberlippe zu streichen, aber sie riss den Kopf weg und trat einen Schritt beiseite. Er stolperte hinter ihr her.

»Bleib schon stehen, Frau«, lallte er.
»Ich leg mich hin.«
»Darf ich mich dazulegen?«
Sie blieb stehen und sah ihn ausdruckslos an. »Das kann nicht Ihr Ernst sein.«
»Warum nicht?«
»Glauben Sie wirklich, dass ich einen verwahrlosten Trinker wie Sie attraktiv finde?«
»So betrunken bin ich auch wieder nicht«, beharrte er. »Und außerdem nicht verwahrlost.«
Sie zog die Brauen hoch.
Er nahm ihre Oberarme und zog sie an sich.
»Lassen Sie das.«
»Und ob«, murmelte er und schob den Kopf vor.
Sein Kuss war hart und fordernd.
Sie schmeckte Bourbon und den Rauch von Lagerfeuern und außerdem Wut, und ihre eigene Wut erwachte ebenfalls. Von so was hatte sie wirklich genug. Sie biss ihm in die Unterlippe.
Mikey sprang, die Hand am Mund, zurück.
»Der Unterschied zwischen Männern und Frauen erstaunt mich immer noch«, sagte sie kalt. »Männer brauchen einen nicht zu lieben oder besonders zu mögen … sie müssen nicht einmal nüchtern sein … aber trotzdem schläft man mit ihnen.«
Er blinzelte wie eine Eule. »Entweder sagen Sie jetzt, dass Sie mich nicht mögen, oder Sie sind ein kalter Fisch. Was jetzt? Ich komm nicht drauf.«
»Männer sind nicht so heikel wie Frauen.«
»Ich bin extrem heikel«, protestierte Mikey.
»Ich auch. Gute Nacht, Mikey.«

Mitten in der Nacht wurde Mikey von einem Donner geweckt. Er lag da in dem Bewusstsein, einen schrecklichen Fehler begangen zu haben, und das war noch schlimmer als sein Kater. Er stand auf. Er war zittrig, und ihm war übel. Er streckte eine

Hand aus und betrachtete sie. Sie zitterte. Er starrte sie an, als sähe er sie zum ersten Mal.

Er konnte sich nicht erinnern, wie er ins Bett gekommen war. Vorsichtig versuchte er sich darauf zu besinnen, während er dem Zittern seiner Hand zusah, aber weiter als bis zu dem Geschmack von Indias Lippen kam er nicht. Dann wurde alles schwarz. War er ohnmächtig geworden, als er sie geküsst hatte? Hatte er sie überhaupt geküsst?

Geistesabwesend rieb er sich den Mund und merkte, dass seine Unterlippe geschwollen war. Ja, er hatte sie wirklich geküsst, und sie hatte ihn gebissen. Er hatte es auch nicht besser verdient.

Er spürte, wie Ekel vor sich selbst in ihm aufstieg, fuhr sich mit der Hand übers Gesicht und stöhnte.

Ein Drink bringt das schon wieder in Ordnung.

Aber er wollte keinen.

Mikey zog sich Shorts an, Joggingschuhe und ein T-Shirt. Dann joggte er vier Meilen quer durch den Busch. Er lief bis zu den Ausläufern der Hügel und scheuchte auf dem Weg einen Schwarm Kakadus auf. Dann blickte er auf Cooinda. Die Lichter funkelten in der Ferne.

Als er wieder zum Haus kam, lief ihm der Schweiß herunter, aber sein Kopf war klar. Er duschte, zog sich die dunkelsten Kleider über, die er finden konnte, und ging dann in die Küche, um India zu wecken.

»Sind Sie sicher, dass das eine gute Idee ist?«, fragte sie ihn zum dritten Mal. »Es ist zwei Uhr nachts.«

»Es ist Weihnachten. Der Plan ist perfekt.«

»Was passiert, wenn Sie erwischt werden?«

»Ich werde schon nicht erwischt.«

Sie fuhren Richtung Südosten durch Cooinda. Es war kein Verkehr. Die Stadt schlief.

Mikey räusperte sich deutlich. »Wegen gestern Abend …«
»Sie waren betrunken.«
»Ja.« Er starrte geradeaus und musste sich förmlich zu den Worten zwingen. »Ich habe mich schlecht benommen.«
»Mir ist das nicht peinlich, Ihnen sollte es das aber sein.«
»Aber, ganz ehrlich …«
»Okay, okay, ich nehme Ihre Entschuldigung an, wenn Sie sich dann besser fühlen.« Sie klang schnippisch.
Gott, ist sie hart, dachte er.
Mikey fuhr mit Licht, bis sie die Ansammlung von Häusern im Jangala Vale erreichten. Dann schaltete er das Licht aus und wendete, um den Wagen Richtung Stadt zu parken. Die Schlüssel ließ er im Zündschloss stecken. Die Digitaluhr verriet ihnen, dass es zwei Uhr dreißig war.
Zusammen gingen sie durch den Busch. Ein Viertelmond gab genügend Licht. Mikey trug einen großen Bolzenschneider und ein Jagdmesser. India hielt einen schweren Totschläger in der Hand, der Whitelaw gehörte. Mikey bemerkte, dass India beim Gehen kaum ein Geräusch machte. Mit einem unheimlichen Instinkt schien sie Ästen und Laub auszuweichen, und er konnte sich noch so viel Mühe geben, er machte trotzdem so viel Lärm wie ein riesiger Wombat.
Nach fünfzig Minuten erreichten sie seinen Beobachtungsposten auf dem Bergrücken. Sie legten sich auf den Bauch und blickten auf den mit Felsen bedeckten Abhang und die dunklen Konturen des Institutkomplexes. In keinem Fenster brannte Licht mit Ausnahme des Eingangsbereichs. Scheinwerfer beleuchteten den Parkplatz und die Vorderseite des Gebäudes. Mikey suchte das Gelände mit dem Fernglas ab. Nirgendwo regte sich etwas. Im Torhaus befanden sich nur zwei Wachmänner, die weiße Plastikbecher in den Händen hielten und rauchten.
Er drückte sich noch weiter zu Boden und merkte, dass India das ebenfalls tat. Er beobachtete die Wachen. Einer von ihnen lachte auf. Der andere griff nach einer Flasche – sie sah nach Scotch

aus – auf der Fensterbank und schenkte nach. Seine Bewegungen waren unsicher, und Mikey musste lächeln. Sie feierten Weihnachten. Vielleicht würde die Sache doch nicht so schwierig werden, wie er befürchtet hatte.

Er nickte India zu, und sie machten sich auf den Weg, den Abhang hinunter. Fast ganz unten rutschte er aus und trat eine Lawine aus losen Felsen los. Er erstarrte und warf einen Blick auf India. Diese war ebenfalls reglos stehen geblieben und wartete ab, ob sie Aufmerksamkeit erregt hätten. Stille.

Vorsichtig krochen sie auf den Zaun zu. Als sie ihn fast erreicht hatten, richtete sich Mikey auf die Knie auf und hob sein Fernglas. Die Wachen tranken und rauchten immer noch. Sorgfältig suchte er den Zaun mit dem Fernglas nach Überwachungskameras ab. Er fand keine, aber das musste nicht heißen, dass es keine gab. Er beobachtete die Wachen weitere zwei Minuten. Sie schienen sich für nichts anderes als ihre kleine Party zu interessieren.

Jetzt oder nie.

Mikey stand auf und näherte sich dem Zaun. Er nahm eine Hand voll Erde und warf sie gegen die Maschen. Erst ein durchdringendes, knisterndes Geräusch, dann Stille. Er stöhnte. Der Zaun stand unter Strom. Mit der Hand gab er India ein Zeichen, sie solle bleiben, wo sie war. Dann ging er am Zaun entlang und suchte nach der Verteilerbox. Als er sich schließlich dem Parkplatz näherte, hielt er inne und konzentrierte all seine Sinne auf die Umgebung. Er nahm eine schwache Brise wahr. Schweiß lief ihm den Rücken herunter. Die Verteilerbox sah er nirgends. Mist. Er wettete alles darauf, dass sie sich im Torhaus befand.

Er schlich zu India zurück und flüsterte ihr seinen Plan ins Ohr.

»Geht nicht«, zischte sie.

»Geht nur so«, flüsterte er zurück.

Sie mussten fünfunddreißig Minuten warten, bis einer der Wachmänner sich endlich bewegte. India sah ihn aus dem Torhaus stolpern. Er machte sich bereits an seinem Reißverschluss zu schaffen. Sie sah einen großen Schatten – Mikey – an der Mauer des Torhauses. Der Wachmann merkte nichts. Geduckt lief India auf das Tor zu. Als sie zu einem Busch dem Torhaus gegenüber kam, presste sie sich zu Boden und lauschte angestrengt. Sie glaubte zu hören, wie der Wachmann sein Wasser abschlug, und hielt den Atem an.
Ein leiser Knall, ein Stöhnen, ein scharrendes Geräusch.
India hob den Kopf. Mikey schleifte den leblosen Wachmann hinters Torhaus. Das scharrende Geräusch verklang. Stille. India lag da, wartete. Sie zitterte, nicht vor Kälte, sondern vor Angst. Komm schon, dachte sie. *Komm schon.*
Die Minuten vergingen. Drei. Fünf. Zehn. Als der zweite Wachmann ins Freie trat, hallten seine Schritte übermäßig laut. »Curtis?«, rief er. »Alles in Ordnung?«
Ein langes Stöhnen war die Antwort.
Der Wachmann ging vorsichtig ums Torhaus. »Curtis?«, rief er erneut.
Ein weiteres Stöhnen.
»Verdammter Pisser«, brummte der Wachmann, als er das Gebäude umrundete und India dabei den Rücken zukehrte. Diese sprang auf und rannte, so schnell sie konnte, zur offenen Tür des Torhauses.

Aus dem Schatten heraus beobachtete Mikey, wie der zweite Wachmann seinen Kumpanen zu wecken versuchte. Er ohrfeigte den Ohnmächtigen. »Wach auf, du Sau, oder wir kriegen Ärger.«
Sein Freund bewegte sich nicht.
»Kein Mumm in den Knochen«, beklagte sich der Wachmann. »Nicht mal ’ne halbe Flasche und du liegst verdammt noch mal im Koma.« Er packte seinen Freund unter den Armen und ver-

suchte ihn um das Wachhaus zu schleifen. Er bekam ihn ungefähr einen Meter weit, dann gab er auf. »Schlaf deinen Rausch aus, wo du bist«, murmelte er und drehte sich um, um wieder auf seinen Posten zu gehen.
Erst da warf sich Mikey auf den Mann.

»Bist du sicher?«, wollte Mikey jetzt schon zum zweiten Mal wissen.
»Ja! Ich wäre auch gerne durch das Tor gegangen, aber falls du den Code nicht kennst, müssen wir eben über den Zaun klettern, okay?«
Sie standen auf der Rückseite des Gebäudes, und er hatte Staub, Blätter und Steine gegen den Zaun geworfen, ohne dass es ein einziges Mal geknistert hätte, aber er hatte immer noch Zweifel. Große Zweifel.
»Und wenn der Zaun seine eigene Verteilerbox hat, so wie das Tor?«, fragte er.
»Mikey, ich habe mein Bestes getan, aber ich *weiß* es nicht.«
»Gott«, murmelte er und stemmte den Bolzenschneider hoch.
Unbeweglich wie ein Fels stand India da und sah ihm zu.
Mikey nahm all seinen Mut zusammen. Er beachtete die Übelkeit nicht weiter, die sich in seiner Magengrube breit machte. Er streckte die Hand aus, bis der Bolzenschneider nur noch einen Zentimeter vom Zaun entfernt war. Tu's oder stirb, dachte er. Dann schloss er die Augen ganz fest und stieß das Werkzeug gegen den Zaun.
Nichts geschah.
Seine Knie wurden weich. »Gott«, sagte er wieder, und India murmelte: »Gott sei Dank.«
Mikey fasste den Bolzenschneider mit beiden Händen und durchschnitt den Draht ohne Schwierigkeiten. Er öffnete ein großes Loch, etwa anderthalb Meter im Quadrat, da er nicht gegrillt werden wollte, sollte später jemand auf die Idee kommen, den Zaun wieder unter Strom zu setzen.

Sie krochen durch das Loch und gingen auf geradem Weg auf den Notausgang zu. India legte ihre Hand auf seinen Arm. Sie blieben beide stehen. Sie bedeutete ihm mit dem Kopf, dass sie etwas gehört hätte. Er gab ihr ein Zeichen, sie solle warten, schlich zur Ecke des Gebäudes und blickte um sich. Nichts, außer einer zahmen Tigerkatze, die quer über den Parkplatz huschte. Die konnte India doch wohl nicht gehört haben.

Er wartete noch ein paar Minuten. Nichts. Dann ging er zum Notausgang zurück und zog den Lederbeutel mit dem Einbruchswerkzeug hervor. Während er das Gebäude observiert hatte, hatte er keine Alarmanlage bemerkt, aber das würden sie erst sicher wissen, wenn sie versuchten einzubrechen. Beim Geräusch von Metall auf Metall brach ihm der Schweiß aus. In der drückenden Stille erschien es ihm fürchterlich laut. Er atmete flach, während er arbeitete, und übte einen gleichmäßigen Druck auf den Zylinder aus. Plötzlich schnappte der Riegel zurück. Die Tür öffnete sich einen Spalt. Er hielt den Atem an. Kein Laut. Kein Alarm. India hatte ihm gesagt, sie hätte aus zwei Verteilerboxen im Torhaus sämtliche Kabel gerissen, aber die Sache gefiel ihm trotzdem nicht. Er fragte sich, ob es vielleicht noch einen internen Alarm gab, der unabhängig vom Hauptsystem war. Vielleicht gab es im Gebäude auch weitere Wachmänner. Das war nicht auszuschließen.

Er ging hinein und lauschte. Eine Minute verging, dann gab er India ein Zeichen, beim Zaun zu warten.

»Nein«, zischte sie. »Ich komme mit.«

»Aber ich brauche dich zum Wachestehen.«

»Du kannst mich jetzt nicht so abspeisen …«

»Ich speise dich verdammt noch mal nicht ab«, erwiderte er mit zusammengebissenen Zähnen. »Ich brauche jemanden, der Schmiere steht, und du bist mir so nützlich wie eine leere Batterie, wenn du mitkommst.«

Sie starrte ihn unversöhnlich an. »Wenn ich draufkomme, dass du mich zum Narren hältst …«

»Halt den Mund, India, und die Augen offen.«

Er wartete, bis sie gegangen war, und betrat dann auf leisen Sohlen das Gebäude. Die Tür ließ er hinter sich einen Spalt auf und tastete sich den Korridor entlang, lauschte, schlich zur Haupttreppe, lauschte erneut. Dann ging er die Treppe hinauf in den ersten Stock zu den Büros. Er versuchte es mit der ersten Tür, an der ein kleines Messingschild festgeschraubt war: *Ian Turner, Forschungsleiter*. Abgeschlossen. Die zweite Tür war ebenfalls verschlossen, und Mikey ging hastig den Korridor entlang und sah sich im Vorbeigehen sämtliche Namensschilder an, bis er zu einem gegenüber dem Aufzug kam, auf dem *Gordon A. Willis, Director* stand. Reflexartig schaute er auf die Anzeige über der Aufzugtür, um sich zu vergewissern, dass dieser nicht gerade in Betrieb war, und stutzte.

Es gab vier Stockwerke.

Er hatte gedacht, es seien nur drei. Zwei überirdisch und ein Tiefgeschoss. Aber darunter gab es noch ein weiteres: T 2.

Darum würde er sich später kümmern, eins nach dem andern.

Er drückte die Klinke von Willis' Tür: Ebenfalls abgeschlossen. Die Tür zu öffnen bereitete ihm jedoch keine Schwierigkeiten. Er trat ein und schloss sie hinter sich. Dann schloss er die Jalousie. Er knipste die Taschenlampe an und orientierte sich erst einmal. Sein Herz setzte einen Schlag aus, als er den Rachen eines Hammerhais sah. Es pochte immer noch sehr stark, als er den übrigen Raum ableuchtete. Viel Chrom und Schwarz, ausgestopfte Fische und Fotografien von Fischen bedeckten die Wände. Vier Regale waren mit technischen Büchern und Zeitschriften gefüllt, und eine dreistöckige Briefablage und ein Computer standen auf dem Schreibtisch. Er ging durch das Zimmer auf den Computer zu und schaltete ihn ein. Der Schweiß lief ihm den Rücken herunter, da ihm das Summen der Maschine übermäßig laut vorkam. Er durchsuchte den Schreibtisch, während der Computer hochfuhr. Interne Memos und eine Hand voll Schecks, die gegengezeichnet werden mussten, nichts Unge-

wöhnliches. Ein Buch über das Hochseeangeln, ein weiteres über Haie.
Er schloss die letzte Schublade und klickte mit der Maus. Der Monitor leuchtete blau und ein Passwort wurde verlangt. Mikey fluchte leise. Er versuchte es mit Willis' Namen, mit seinen Initialen und mit einer Hand voll anderer Wörter, einschließlich *Hammerhai* und *Weißer Hai*. Er entschloss sich, nicht noch mehr Zeit zu verlieren, stellte den Computer wieder ab und ging zum Aktenschrank. Abgeschlossen. Ohne weitere Mühe brach er ihn auf und machte sich rasch ans Suchen.
Er brauchte zwanzig Minuten, bis er eine Liste der Testpersonen fand, aus der hervorging, wann sie die Anzeige beantwortet hatten, welche Tests wann gemacht worden waren und wie hoch das Honorar ausgefallen war. Er sah die Namen von Debs und Roxy. Er zog die nächste Liste hervor und wurde sofort wachsamer, da es sich hier um eine Liste schwarzer Testpersonen handelte – einschließlich der Mulletts.
Er runzelte die Stirn. Aus der Liste ging hervor, wann jeder Aborigine im Institut eingetroffen war, aber nicht, was getestet worden war. Kein Einziger schien bezahlt worden zu sein. Mikey faltete beide Listen in der Mitte, dann zog er sein Hemd aus der Hose. Er steckte die Blätter hinten in seine Jeans und steckte sein Hemd anschließend wieder ordentlich in den Bund.
Ein Geräusch ließ Mikey zusammenzucken. Aus dem Korridor meinte er ein Brummen zu hören, wie das Geräusch einer entfernten Maschine. Er eilte zur Tür und drückte sein Ohr dagegen. Stille.
Vorsichtig öffnete er die Tür einen Spalt, sah den Korridor entlang. Nichts. Er trat aus dem Zimmer, ging zum Lift und drückte auf den Knopf. Beim Pling, das das Eintreffen des Fahrstuhls ankündigte, zuckte er zusammen. In der Kabine drückte er auf T 2. Die Türen schlossen sich. Der Lift fuhr nach unten und blieb auf T 1 stehen. Mikey drückte erneut auf T 2. Der Lift rührte sich nicht. Er begutachtete die Innenverkleidung des Aufzugs. Da

war eine Kamera, auf deren Gehäuse das Wort *EyeTech* eingraviert stand. Eine Kamera, die die Besucher anhand der Iris identifizierte. Rasch sah er beiseite. Kalter Schweiß brach ihm aus. Er drückte E für Erdgeschoss, und der Lift fuhr wieder nach oben. Er beschloss, das Schicksal herauszufordern und zu versuchen, einen anderen Weg zum Tiefgeschoss T 2 zu finden.
Die Lifttüren öffneten sich.
Ein leises Knurren begrüßte ihn.
Er sah nach unten.
Ein Paar gelbe Augen stierten in seine.
Verdammt.
Der Hund war groß und wog mindestens fünfzig Kilo. Sein Pelz war pechschwarz. Ohren und Schwanz waren kupiert und seine Zähne gefletscht. Er war kampfbereit. Aus seinem riesigen Brustkorb kam ein ständiges Knurren.
Verzweifelt drückte Mikey erneut einen der Liftknöpfe. Der Hund duckte sich, und das Knurren wurde lauter. Quälend langsam schoben sich die Lifttüren zusammen. Überraschend hörte der Hund zu knurren auf, warf sich herum und raste davon.
Verdammt, verdammt, verdammt!
Der Lift fuhr lautlos nach oben, blieb stehen.
Pling. 1.
Die Türen öffneten sich. Mikey sah auf den Korridor, lauschte, machte einen Schritt, hörte, dass sich was bewegte. Drückte erneut auf den Liftknopf. Der Hund schoss um eine Ecke und auf ihn zu, Kopf gesenkt und Ohren flach angelegt.
Mikey drückte wiederum auf E.
Die Türen waren bereits zur Hälfte geschlossen, als der Hund auftauchte. Er versuchte erst gar nicht, in den Lift zu springen. Mikeys Adrenalinspiegel stieg. Er zog sein Jagdmesser aus der Messerscheide und hielt es sehr fest.
Pling. E.
Er sprang aus dem Aufzug und rannte auf den Notausgang zu. Den Korridor hatte er zu etwa zwei Dritteln hinter sich, als er

hinter sich ein Geräusch hörte. Er rannte noch schneller. Er hörte ein Keuchen. Er rannte noch schneller. Er wollte die Tür erreichen, ehe der Hund ihn erwischte. Das Keuchen wurde lauter, bis es in seine eigenen panischen Atemzüge überzugehen schien.

Mikey warf sich mit der ganzen Kraft seiner linken Schulter gegen die Tür. Er flog nach draußen und drehte sich, das Messer hoch erhoben, um sich selbst. Der Hund warf sich knurrend und schnappend auf ihn. Mikey wollte auf die Bestie einstechen, aber diese war zu nahe und versuchte in sein Gesicht zu beißen. Mikey rollte auf den Bauch und fühlte die Zähne des Hundes an seiner Schulter. Er versuchte loszukommen, aber der Hund hielt ihn umklammert und biss kräftig zu, während er gleichzeitig wie rasend den Kopf schüttelte. Mikey richtete sich auf. Er wollte sein Messer auf die andere Seite bringen und es dem Hund in den Bauch rammen. Dafür war jedoch nicht genug Platz, also stieß er dem Hund, so fest es ging, den Ellbogen in die Rippen. Wütend biss der Hund noch fester zu.

Plötzlich ließ das Tier ab und knurrte nicht mehr. Schwer und wie tot lag es auf Mikeys Rücken.

Er stieß es herab und kam mühsam wieder auf die Beine. India stand mit Whitelaws Totschläger neben ihm. Sie zitterte.

»Er wollte nicht aufhören«, sagte sie. »Ich habe immer wieder zugeschlagen, aber er wollte einfach nicht aufhören.«

»Schon okay, schon okay«, erwiderte er, während er mühsam nach Luft rang. Er atmete angestrengt, zitterte und war schweißgebadet.

»Er wollte nicht aufhören«, sagte sie noch einmal.

Er packte ihr Handgelenk und zog sie weg. »Lass uns verschwinden.«

Der Staub neben ihm wirbelte auf. Er hörte das gedämpfte *Pang* einer Pistole mit Schalldämpfer. »Sie schießen!«, rief er. Eine weitere Kugel schlug zwischen ihnen ein. India warf sich herum. Mikey rannte auf das Loch im Zaun zu. Abrupt verlang-

samte er seine Schritte, kroch vorsichtig durch die Öffnung, richtete sich wieder auf und rannte dann einfach geradeaus weiter. Eine dritte Kugel pfiff an seiner rechten Schulter vorbei, er begann zickzack zu laufen und versuchte den felsigen Abhang zu erreichen.
»Da drüben!«, schrie ein Mann hinter ihm.
Mikey rannte durch den Busch und wich Bäumen und Büschen dabei aus. Er riskierte einen Blick über die Schulter und erwartete, India auf seinen Fersen zu sehen. Sie war jedoch nirgends. Stattdessen sah er direkt hinter sich drei Männer. Vielleicht waren es auch mehr.
Eine Kugel fetzte vor ihm in einen Baum, und Mikey warf sich nach links. Weitere Kugeln schlugen in die Erde um ihn herum und knickten Zweige. Gebückt rannte er in die entgegengesetzte Richtung und versuchte keine Zielscheibe abzugeben.
Der Mond verschwand hinter einer Wolkenbank. Als hätte jemand das Licht ausgemacht. Mikey krachte in einen Felsen, verlor das Gleichgewicht und stürzte. Er rappelte sich auf und rannte weiter. Er strengte sich an, Hindernisse vor sich auszumachen. Die Männer hinter ihm riefen.
Mikey raste einen Abhang hinunter, prallte schmerzhaft mit Baumstümpfen und Felsen zusammen. Immer wieder verlor er das Gleichgewicht und fiel auf die Knie. Er rannte jedoch immer weiter, so schnell er nur konnte. Gleichzeitig versuchte er sich zu orientieren. Zuerst war er auf den felsigen Abhang zugelaufen, hatte dann aber in der Dunkelheit die Orientierung verloren. Erst musste er diesen Abhang wieder finden, dann konnte er sich auf die Suche nach seinem Wagen machen. Er musste Hilfe holen. Er musste India helfen, wo auch immer sie war. Er erreichte den Fuß eines Hügels und rannte mehrere Minuten ein Tal entlang, ehe er den nächsten Hügel bezwang. Seine Beine waren müde, als er endlich den Gipfel erreichte. Sein Atem brannte ihm in der Kehle, aber als er im Tal eine Taschenlampe bemerkte, rannte er wieder hügelab und hielt auf den nächsten Bergrücken

zu. Der Gedanke an India ließ ihn in einem mörderischen Tempo weiterlaufen.
Er war so schnell, dass er beinahe gestolpert wäre, als er den Scheitel des Bergrückens erreichte. Er hielt inne und drehte sich keuchend um. Schwankende Taschenlampen waren ihm ein Stück weiter unten auf den Fersen. Männer riefen sich etwas zu. Ein Hund bellte.
Ein verfluchter Hund! Einem Hund konnte er unmöglich davonlaufen. Er hoffte nur, dass es nicht dieses schwarze Vieh war. Das war verdammt riesig.
»Hierher!«
»Hier entlang!«
Überraschend bewegten sich die Taschenlampen jetzt in eine andere Richtung. Direkt weg von ihm. Er sah ihnen mehrere Minuten lang hinterher. Seine Beine waren schwer, und seine Lungen schmerzten. Karamyde Cosmetics war nirgends zu sehen. Sonst auch nichts. Dunkler Busch erstreckte sich endlos in alle Richtungen. Er sah, wie die Lichter der Taschenlampen undeutlicher wurden und zum Schluss nur noch als winzige Punkte zu erkennen waren, die schließlich ganz verschwanden. Er ließ sich auf die Knie sinken und ruhte keuchend aus. Als sich sein Atem normalisiert hatte und auch sein Puls gesunken war, setzte er sich bequemer hin. Sein Schweiß kühlte die Haut. Seine Schulter begann dort, wo ihn der Hund gepackt hatte, zu pochen. Auch im Nacken hatte er ziemliche Schmerzen und in seinen Unterarmen und Handgelenken, das rechte Knie nicht zu vergessen. Im Dunkeln konnte er nicht sagen, wie schlimm er gebissen worden war, er spürte nur, dass Jeans und Jacke blutverklebt waren. Er wusste, dass er die Verletzungen möglichst schnell behandeln lassen musste. Erneut sah er sich um. Nichts als dunkler Busch, so weit das Auge reichte.
Und Stille.
Die durchdringende Stille des Buschs. Nichts bewegte sich, weder Vogel noch Fledermaus, nicht einmal ein einzelnes Blatt. Er

starrte in den Himmel. Nichts als riesige Wolken, die in Zeitlupe am Mond vorbeizogen.

Er kauerte eine Weile auf der Erde und versuchte die zunehmenden Schmerzen zu ignorieren. Etwa eine Stunde verging, aber in der Stille kam ihm das vor wie eine halbe Nacht. Er beschloss, bis zur Dämmerung zu bleiben, wo er war, erst dann wollte er sich wieder auf den Weg machen. Wenn er sich einfach so auf den Weg machte, dann …

Etwas berührte ihn am Oberarm, und er warf sich entsetzt herum.

»Ich bin's nur«, sagte India. »Alles in Ordnung?«

Er schluckte den Schrei herunter, der bereits über seine Lippen brach.

»Doch … ich denke schon.« Seine Stimme klang gepresst.

»Ich habe sie von deiner Fährte abgebracht.«

»Ach« war alles, was ihm dazu einfiel.

»Kannst du laufen?«

»Sicher.«

Sie berührte ihn erneut. »Dann komm. Mir nach.«

Mikey folgte India durch die durchdringende Dunkelheit. Sie ging immer weiter nach rechts, wich geschickt Bäumen und Büschen aus. Die ganze Zeit ging es bergab, bis sie eine Talsohle erreicht hatten. Hier wurde sie sofort schneller. Einige Zeit folgten sie einem Wildwechsel, der von Melde und Fels gesäumt wurde. Stolpernd eilte er hinter ihr her. Er verfluchte seine Ungeschicklichkeit. India war noch kein einziges Mal gestolpert oder langsamer geworden.

Sie erreichten das Ende des Tals. Mikey blickte nach oben und auf die steile Felswand vor sich und stöhnte. Er war vollkommen erledigt. Er wünschte sich nur ein heißes Bad, Jod, einen Drink, eine Massage, kühle Laken, ein weiches Kissen …

Die Wolkendecke riss einen Augenblick auf, der Busch leuchtete silbern. Wie angewurzelt blieb Mikey stehen.

Vor ihm stand eine nackte Frau. Sie hielt den Kopf hoch er-

hoben, Rücken und Schultern kerzengerade, die Vertiefung über ihrem Po sehr ausgeprägt. Sie hatte lange, muskulöse Schenkel, und die Waden gingen in schmale Fesseln über. Sie bewegte sich vollkommen lautlos.
Der Mond verschwand wieder hinter Wolken.
Mikey folgte dem schimmernden Schatten, India, bis sie ihren Wagen erreicht hatten.

Achtzehn

Ziehst du dich immer aus, wenn es kritisch wird?«, fragte er leichthin, als sie nach Hause fuhren.
India hatte sich auf dem Beifahrersitz zusammengekauert. Sie trug sein Hemd, das ihr bis zu den Knien reichte.
»Nur wenn es nötig ist.« Sie klang geistesabwesend.
»Jedenfalls vielen Dank. Ohne dich würde ich immer noch stocksteif auf diesem Hügel sitzen. Außer mir vor Angst, für immer verloren.«
Sie erwiderte nichts.
»Wie hast du sie bloß auf die falsche Fährte gelockt? Und was war mit diesem verfluchten Hund?«
»Ich habe im Busch einiges über das Überleben gelernt.«
»Hast du einen Kurs besucht oder so was?«
»Die letzte Woche war ausreichend.« Sie sah aus dem Fenster.
»Du hast das alles in einer Woche gelernt?«
»Ich hatte einen guten Lehrer.«
India starrte aus dem Fenster, als wünschte sie, woanders zu sein. Mikey beschloss, sie in Ruhe zu lassen.

Als sie zu Whitelaws Haus kamen, wollte er nur noch schlafen.
»Nein«, sagte India. Sie schleifte ihn ins Badezimmer und gab ihm ein Handtuch. »Zieh dich aus.« Sie ließ Badewasser einlaufen und öffnete dann das Medizinschränkchen, nahm ein Paket Watte, Pflaster, Verbände und eine Flasche Dettol heraus und stellte sie auf den Spülkasten. Die halbe Flasche Dettol goss sie ins Badewasser, das sich milchig verfärbte.
»Ich komm schon zurecht«, protestierte er.
»Das sehen wir dann nach dem Bad.« Sie sah auf ihre Uhr. »Du hast zehn Minuten, dann komme ich wieder.«

»Ja, Chef«, erwiderte er müde.
Das Wasser war heiß, und er musste die Zähne zusammenbeißen, als er sich bis zum Kinn in die Wanne sinken ließ. Die Verletzungen an seiner Schulter und in seinem Nacken konnte er nicht sehen, aber an seinem Knie entdeckte er zwei Flecken, wo sich die Haut vom Druck der riesigen Kiefer des Hundes dunkelviolett verfärbt hatte. Er atmete tief aus und fühlte, wie die Hitze seine schmerzenden Muskeln lockerte. Er lehnte sich zurück und schloss die Augen.
Er hatte den Eindruck, bloß Sekunden seien vergangen, als India an die Badezimmertür klopfte. Sie forderte ihn auf, sich auf den Klosettdeckel zu setzen. Er solle sich bitte ein Handtuch umlegen. Er kam sich seltsam verwundbar vor und setzte sich.
»Fertig«, rief er und biss erneut die Zähne zusammen, als sie mit einem energischen Gesichtsausdruck eintrat.
»Wann war deine letzte Tetanusimpfung?«
»Unlängst.«
»Wie unlängst?«
»Unlängst genug, danke.«
Er starrte zu Boden, als sie vorsichtig seinen Pferdeschwanz beiseite schob. Dann atmete sie scharf ein. »Es könnte wehtun«, warnte sie ihn.
Und das tat es auch.
Aber er gab keinen Laut von sich.
Unendlich sorgfältig desinfizierte und bandagierte India all seine Verletzungen und ließ ihn dann zwei Panadol schlucken. Als sie fertig war, sagte sie: »Sieh mich an.«
Er hob den Kopf. Langsam senkte sie ihren Kopf auf seine Höhe und drückte ihm einen Kuss auf den Mund.
»Weil du so tapfer warst«, sagte sie und lächelte.
Auf dem Weg ins Bett lächelte er verzückt.

Mikey schlief wie tot. Reglos. Wie im Koma.
Als er erwachte, überlegte er sich einen Augenblick, ob er die vergangene Nacht nur geträumt haben könnte, aber dann drangen die Schmerzen der Schulter und des Nackens in sein Bewusstsein. Mit Mühe kam er auf die Beine und ging sich waschen. Im Bad begutachtete er seine Verbände, schluckte zwei weitere Panadol und zog sich an. Zu Kaffee und Toast ging er in die Küche.
India versuchte gerade ein Glas Aprikosenmarmelade aufzumachen. Die Lippen hatte sie zusammengepresst, und ihre Fingergelenke waren weiß.
Sie drückte ihm das Glas in die Hand.
»Probleme beim Aufmachen, India?«
Sie nickte.
»Nicht stark genug, es selbst aufzukriegen?«
Sie nickte erneut.
»Sag: Bitte, Mikey, könntest du mir helfen, das Glas Aprikosenmarmelade aufzumachen?«
Sie warf ihm einen Blick zu, der einen heraneilenden Elefanten hätte erstarren lassen. »Sag: Bitte, Mikey, sei nicht so ein Scheißkerl«, erwiderte sie.
Er musste grinsen. Letzte Nacht im Busch hatte sie eher einer unberührbaren Elfe geglichen, später hatte sie ihn dann wie ein Engel geküsst, aber in ihrem Innersten war sie immer noch die alte India. Etwas eingeschnappt und ständig in der Defensive.
Er nahm das Glas Aprikosenmarmelade und öffnete es mit einem satten, schmatzenden Geräusch. »Fröhliche Weihnachten, India.«

Um elf Uhr machte Mikey den Truthahn fertig.
»Wenn der Weihnachtsmann dir jetzt sofort einen Wunsch erfüllen würde, was würdest du dir wünschen?«, fragte er India.
»Einen vernünftigen Kartoffelschäler.«

»An dem liegt es nicht. Dir fehlt einfach die Übung, das ist das Problem.«

Er schob den Truthahn zurück in den Ofen.

»Bitte, lieber Gott, mach, dass von morgen an alle Kartoffeln schalenlos sind.«

»Ich habe noch nie ein Weihnachtsgeschenk bekommen«, sagte Polly wehmütig. Sie schwang ihre Beine aufs Sofa, während sie ihnen zusah.

»Und was liegt da drüben auf dem Küchentisch?«, fragte Mikey.

»Weiß nicht.«

»Vielleicht siehst du einfach mal nach?«

Polly huschte zu den drei verpackten Geschenken.

»Kannst du lesen, was auf den Schildchen steht?«

Zögernd warf Polly einen Blick auf das erste. Sie lächelte. »Da steht Polly!«

»Und auf den anderen?«

»Noch eins für mich! Und eins für Jed. Darf ich sie aufmachen?«

»Nur die für dich. Jed bekommt seins, wenn Mikey ihm sein Weihnachtsessen bringt.«

»Was kriegt er?«

»Einen Kuchen mit einer Feile drin.«

Am nächsten Abend lag Mikey zusammen mit India und Polly im Gras hinter Whitelaws Haus. Sie betrachteten den Sonnenuntergang.

Es war zehn nach sieben, als sein Handy klingelte.

»Hier ist Sam.«

Mikey setzte sich auf. »Was ist los?«

»Ich will Sie treffen.«

»Sagen Sie mir wann und wo, ich komme.«

»Martin Place. Vor der Post. Morgen um elf.«

Mikey dachte fieberhaft nach. »Ich brauche etwas länger, um

nach Sydney zu kommen. Können wir uns nicht am Mittwoch treffen?«
»Mittwoch geht nicht.«
»Dann eben am Donnerstag.«
»Das ist okay.«
»Können Sie die Sachen mitbringen …«
»Nein. Ich bringe überhaupt nichts mit.«
»Auch gut.« Mikey holte tief Luft. »Wie erkenne ich Sie?«
»Keine Sorge. Ich erkenne Sie.«
»Okay. Dann …«, wollte Mikey gerade sagen, aber Sam hatte bereits aufgelegt.

»Ich wette, Sam hat die CD von Peter Ross«, sagte India. »Ich vermute, Peter hat sie ihm geschickt.«
»Sam hat nie was von einer CD gesagt, nur von irgendwelchen Akten, die er entdeckt hat.«
»Ich schätze, dass es sich wohl eher um Computerausdrucke handelt.«
»Es ärgert mich, dass ich die Stimme nicht erkenne«, sagte Mikey. »Er sagt, dass er mich kennt, aber ich habe nicht den blassesten Schimmer, wer er sein könnte.«
»Wer ist Sam?«, fragte Polly, die den Mund voller in Honig und Senf mariniertem Truthahn hatte.
»Ein Freund«, sagte India.
Mikey hatte den Truthahn, der übrig geblieben war, und ein paar Maiskolben auf den Grill gelegt. Sie hatten so viel gegessen, dass sie das Gefühl hatten, gleich zu platzen. India konnte kaum glauben, dass schon der zweite Weihnachtsfeiertag war. Noch unverständlicher war das Gefühl von Frieden und Wohlbehagen. Es war vielleicht das ungewöhnlichste Weihnachtsfest, das sie je erlebt hatte, aber gleichzeitig war es auch einzigartig. Es war das erste, bei dem sie sich nicht anders hatte geben müssen, als sie wirklich war.
»Du magst India, oder?«, fragte Polly Mikey nach einer Weile.

Mikey hob den Kopf und starrte in den Himmel. India merkte plötzlich, dass sie die Luft anhielt.
»Nicht immer«, meinte er schließlich.
»Ich auch nicht«, stimmte ihm Polly zu.
India erschreckte sie damit, dass sie auf einmal laut herausprustete. »Danke, das war nett!«

Scotto rief an, als sie gerade beim Spülen waren. Er war so aufgeregt, dass er kaum sprechen konnte.
»Ich habe ein paar Unterlagen von Lauren gefunden«, sagte er, »bei ihrer Mutter. Sie hat an einem Artikel gearbeitet. Wirklich sensationell, Indi. Unglaublich. Sie hat nichts, womit sie ihre Geschichte beweisen könnte, aber wenn sie stimmt, müssen wir was unternehmen.«
»Gott! Wunderbar! Schick die Sachen!«
»Nein. Ich kann das niemandem anvertrauen …«
»Worum geht es?«
»Irgendeine ziemlich wilde Sache über das Karamyde Cosmetics Research Institute. Ich finde, wir sollten uns treffen, uns die Papiere ansehen und uns dann eine Strategie überlegen.« Er hielt eine Sekunde inne. »Kannst du nach Sydney kommen?«
India zögerte nicht. »Ja. Mikey kann mich mitnehmen.« Mit hochgezogenen Brauen sah sie zu Mikey. Der nickte.
»Wir sind am Donnerstag dort. Wie wäre es mit Mittagessen?«
»Lieber am Freitag«, meinte Scotto. »Dann können wir gleich Silvester feiern. Und wenn du schon da bist, solltest du auch Geraldine Child treffen. Erinnerst du dich? Ich habe sie mal erwähnt. Lauren hat sie aufgesucht, ehe sie nach Cooinda aufgebrochen ist. Das ist wichtig.«
India schrieb sich noch einmal Adresse und Telefonnummer von Dr. Child auf.
»Wo treffen wir uns?«, fragte India.
»Magst du immer noch Austern?«

»Aber sicher.«
»Hast du deinen Rekord inzwischen gebrochen?«
»Nein«, entgegnete sie lachend. »Er steht immer noch bei zwei Dutzend.«
»Wie wäre es, wenn du versuchst ihn zu brechen? Sagen wir, drei Dutzend. Ich zahle. Sydney Cove Oyster Bar, Freitag um eins.«
Sie legte auf und erzählte Mikey von Laurens Artikel. »Sie wollte den Artikel offenbar bald veröffentlichen, brauchte aber noch Beweise. Deswegen hat sie sich mit Peter Ross und Tiger getroffen.«
Mikey nickte. »Sie brauchte diese CD.«

Während India packte, saß Polly mit Indias winzigem Teddy auf den Knien auf dem Sofa. Niedergeschlagen starrte sie auf den Rucksack. »Wann bist du zurück?«
India wusste nicht, was sie antworten sollte, und tat so, als habe sie nichts gehört. »Ich schicke dir eine Ansichtskarte. Mehrere. Soll ich sie hierher schicken?«
Bei dem Lächeln, das Polly ihr schenkte, fühlte sie sich nur noch schuldiger.
Sie kniete sich hin, um das Kind in den Arm zu nehmen. »Du fehlst mir jetzt schon «, sagte sie und gab dem Mädchen einen Kuss aufs Haar, das nach Rauch und nach etwas anderem roch, von dem sie nicht wusste, was es war. India atmete noch einmal tief ein, kam aber immer noch nicht darauf.
Als sie sich am nächsten Morgen auf den Weg zu Rick Sullivans Startbahn machten, stand Polly in der Mitte der Straße und sah ihnen hinterher. Den kleinen Bären hielt sie mit beiden Händen fest.

Der Pilot zündete sich eine Zigarette an und ließ die Schachtel dann kreisen.
Mikeys missbilligenden Blick – den er zu unterdrücken suchte,

der ihr aber trotzdem auffiel – beachtete sie nicht weiter. Sie machte einen tiefen Zug und blies dann den Rauch der filterlosen Camel zur Seite und sah zu, wie er durch einen winzigen Riss der Fensterdichtung aus Gummi entschwand. Das Nikotin machte sie angenehm schwindlig, und sie lächelte, da es ihr jetzt endlich einfiel.

Muskat. Polly roch nach Muskat.

Die Hitze in Sydney war unbeschreiblich, drückend wie eine nasse Wolldecke und erstickte sie fast. Über der Stadt hing Smog von der Farbe von Tabak. Die Klimaanlage in ihrem gemieteten Ford war voll aufgedreht, aber sie schwitzten trotzdem.

Wäre Lauren nicht ermordet worden, wäre sie nie nach Sydney zurückgekehrt. India starrte auf die Skyline der Stadt und staunte, wie sehr sie sich verändert hatte und sich immer noch veränderte. Das Milleniumfieber, vermutete sie, und dann fanden schließlich hier in einem halben Jahr die Olympischen Spiele des Jahres 2000 statt. Die fieberhafte Veränderung schlug ihr aus den Baukränen entgegen, die überall in den Himmel ragten. Riesige Gruben waren für Fundamente ausgehoben worden. Neue Bürohochhäuser funkelten in der Sonne. Parks und Anlagen hatte man eben erst angelegt. Sie lächelte, sie war froh, wieder in einer richtigen Stadt zu sein – Sydney funkelte und tanzte wie eine Artistin, die ihres Publikums nie müde wurde.

»Um Gottes willen, Frau, konzentrier dich ein bisschen«, fuhr Mikey sie an. »Wir sind auf dem Weg nach Norden, nicht nach Süden. Du hast wohl null Orientierungssinn?«

»Ich bin mir sicher, dass wir über die Kent Street auf die Harbour Bridge kommen«, beharrte sie.

»Das war vielleicht vor zwanzig Jahren so, jetzt leben wir nun mal im zwanzigsten Jahrhundert und …«

»Es reicht.« India lehnte sich ins Lenkrad und zwang ihn, an den Rand zu fahren. »Jetzt fahre ich.«

Erstaunt sah er sie an.

»Wenn ich keinen Orientierungssinn habe«, meinte sie ruhig, »wäre es nur konsequent, dass du den Stadtplan liest.«
Sie überquerten die Harbour Bridge. India beugte den Kopf vor, um einen Blick auf die charakteristische Form der Brücke zu erhaschen, die ihr den Namen »coat hanger«, Kleiderbügel, eingetragen hatte. In zwei Tagen würde die Brücke hell erleuchtet werden, und über ihr würde ein riesiges Feuerwerk abbrennen, alles, um das neue Jahrtausend zu begrüßen. Im Hafen würde dann alles, was schwimmt, zu sehen sein: Ausflugsboote, Dingis und Skiffs. Es sollte die größte Party werden, die Sydney je erlebt hatte, und India freute sich bereits darauf, mitzufeiern.
»Was machst du Silvester?«, fragte sie Mikey.
»Ich nehme dich und eine Kühlbox Champagner auf den Cahill Expressway an den Hafen mit«, erwiderte er.
»Da fahren sie uns platt!«
»Hast du das Schild da hinten nicht gelesen?«
»Welches?«
»Da stand, dass der Cahill Expressway am Silvesterabend gesperrt ist.«
Vom Freeway nahm sie die Ausfahrt Neutral Bay und hielt an einer Ampel.
»Ich muss zu einer Bank«, sagte sie. »Ich brauche eine Geldspritze für den Supermarkt. Zum Champagner müssen wir schließlich auch was essen.«
Vor einem Geldautomaten an der Military Road fuhr sie an den Rand, und Mikey schob sich hinter das Lenkrad, um einmal um den Block zu fahren, während sie den Maximalbetrag abhob. Fünfhundertvierzig Dollar. Damit müsste sie bequem übers Wochenende kommen und ein gutes Stück weiter.
Über den stark befahrenen, sechsspurigen Military Highway, über dem dick die Abgasschwaden hingen, fuhren sie weiter Richtung Mosman. Vor ihren Treffen mit Sam und Scotto wollten sie Erkundigungen über das Foto einziehen, dass Elizabeth

Ross India gegeben hatte. Zehn Minuten später bogen sie in eine von stattlichen Bäumen gesäumte Seitenstraße ein. Hier standen drei- bis vierstöckige, von Hibiskus und Bougainvillea bewachsene Häuser. In den Gärten konnten sie Gummibäume und Palmen ausmachen. Einige Häuser hatten schmiedeeiserne Balkone und Tore, andere waren aus lackiertem oder gebeiztem Holz, aber allen war eins gemeinsam: Es waren die prächtigen alten Häuser der Wohlhabenden. Teure Autos von Porsche und Mercedes parkten in den breiten Auffahrten, und Buntsittiche sprangen laut zwitschernd von Ast zu Ast. Segel trieben wie kleine weiße Dreiecke in der Ferne durch den Hafen.

»Aber hallo«, sagte India nach ein paar Minuten.

»Alle Achtung«, meinte Mikey, »wirklich prächtig.«

Erskin School fügte sich perfekt in diese Umgebung ein. Wie Honig glänzten Sandsteinmauern in der Sonne, und eine riesige, perfekt gemähte Rasenfläche erstreckte sich bis zu makellosen Rasentennisplätzen und einem fünfzig Meter langen Pool. India fuhr bis zur Haupttreppe, die von zwei steinernen Löwen flankiert wurde, und hielt. Sie zog die Fotografie hervor, die ihr Elizabeth Ross gegeben hatte, und betrachtete sie. »Ich frage mich, ob John Buchanan Atkins immer noch hier ist?«

»Das lässt sich nur auf eine Art und Weise herausfinden«, sagte Mikey.

Sie steckte das Foto wieder ein und stieg aus. Der Geruch von frischem Gras stieg ihr in die Nase, und sie hörte das rhythmische Klicken eines Rasensprengers.

»Ich wünschte, die Oberschulen in Großbritannien sähen so aus«, meinte sie.

»Gib ihnen je ein paar Millionen, dann ist das kein Problem«, entgegnete Mikey. »Ich hole dich in anderthalb Stunden wieder ab.« Er kletterte auf die Fahrerseite. »Ich warte hier, bis du drin bist, okay? Es kann ja sein, dass alle im Urlaub sind.«

India ging die Treppe der Schule hinauf, die wie ausgestorben war. Sie wäre zu gern in den Pool gesprungen, um ihren Schweiß abzuwaschen und sich um zehn Grad abzukühlen.

Als sie gerade die Tür aufdrücken wollte, wurde sie von einer etwa sechzigjährigen Frau mit stahlgrauem Haar geöffnet. »Kann ich Ihnen helfen?«

»Ich suche Professor Buchanan Atkins.«

Die Frau musterte India eingehend. »In welcher Angelegenheit?«

»Es tut mir Leid. Das kann ich Ihnen nicht sagen. Es ist persönlich.«

»Sind Sie von der Zeitung?« Das klang fast so, als würde India Kinder missbrauchen.

»Nein«, log India. »Ich suche nur nach einer Antwort.«

Die Frau zog ihre Brauen hoch. »Worauf?«

»Es tut mir Leid«, entschuldigte sich India erneut, »aber Professor Buchanan Atkins ist der Einzige, der mir in dieser Angelegenheit helfen kann.«

»Nun, da der Professor tot ist«, sagte die Frau, »wäre es besser, wenn Sie jetzt gehen.«

India merkte, dass ihr das Entsetzen anzusehen war. »Tot? Wann?«

Die Frau starrte sie an. »Was spielt das für eine Rolle?«

India dachte an die Zahl der Toten. Sechs Menschen waren ermordet worden. Oder waren es jetzt bereits sieben?

»Es ist nur ... dass in letzter Zeit mehrere Menschen gestorben sind.« India wischte sich mit zwei Fingern den Schweiß unter den Augen weg. »Auch eine sehr gute Freundin von mir. Ich will herausfinden, warum sie ermordet wurde.«

Einen Augenblick lang sah die Frau wirklich entsetzt aus, doch sie gewann ihre Selbstbeherrschung sehr schnell zurück. »Und Sie glauben, dass der Professor Ihnen dabei hätte helfen können?«

»Ja.«

Die Frau starrte India weiterhin scharf an, als müsse sie sich erst über etwas klar werden.
»Bitte, folgen Sie mir.« Sie drehte sich um und ging wieder in das Gebäude, ohne darauf zu warten, ob India ihr folgen würde. Drinnen roch es nach überbackenem Käsetoast und Bohnerwachs. Von der Eingangshalle führte rechts und links jeweils ein Gang ab, geradeaus lag das Treppenhaus. Ihre Schritte hallten unheimlich in der Stille. Die Frau ging nach links und an zwei Klassenzimmern mit Pulten, Stühlen, Tafeln und Computern vorbei, deren Türen offen standen, und betrat dann ein drittes Zimmer.
Sonnenlicht flutete über einen dicken, königsblauen Teppichboden, in dessen Mitte ein chinesischer Seidenläufer in blassen Farben lag. India betrachtete den großen Eichenschreibtisch und die Schränke, die mit silbernen Pokalen gefüllt waren, aber was sie wirklich erstaunte, waren die Fotografien.
Jeder Quadratzentimeter der einen Wand war mit Fotos unterschiedlicher Größe ausgefüllt, die an einem riesigen Brett festgesteckt waren. Es waren Fotos von Aborigines. Alte, vertrocknete Männer mit verbeulten Hüten, Kleinkinder mit riesigen Augen und laufenden Nasen, Männer mit grauen Bartstoppeln, Frauen mit hängenden Brüsten und billigen Baumwollkleidern, Kinder mit frechem Gesichtsausdruck …
Darunter waren einige erstklassige lebensgroße Schwarzweißporträts, die wunderbar ausgeleuchtet waren; der Großteil der Wand aber bestand aus Polaroids, farbigen Schnappschüssen und Passbildern. Unter jedem Bild klebte ein weißer Zettel mit zwei Namen, einem Weißennamen und einem Aboriginenamen, beide ordentlich in schwarzer Tinte.
Einen Augenblick lang war India so verblüfft, dass sie die Fotos nur fassungslos anstarren konnte. »Die sollten in einer Kunstgalerie hängen. Das haut einen um.«
Die Frau sah sie überrascht an. »Wie Recht Sie haben. Die Australian National Gallery hat sie letztes Jahr ausgestellt.

Eigentlich sollte das kein Kunstwerk werden, sondern meine Arbeit visuell dokumentieren.« Sie warf einen flüchtigen Blick auf die Wand. »Alle diese Menschen sind Teil der gestohlenen Generation. Einige haben ihre richtigen Eltern immer noch nicht gefunden.«

India trat näher an die riesige Collage heran und betrachtete nacheinander die einzelnen Fotos. »Haben Sie hier auch ein Bild von Bertie Mullett?«

Die Frau betrachtete sie einige Augenblicke. »Ich kann nachsehen, wenn Sie möchten.«

»Das wäre sehr nett.«

Die Frau ging zum Schreibtisch und nahm eine Art Kassenbuch aus einer Schublade. Sie schlug es auf und begann zu blättern. Mit dem Finger fuhr sie eine Spalte entlang und schüttelte dann den Kopf. »Bertie Mullett sehe ich keinen, aber einen Louis Mullett. Offenbar konnte der wieder mit seiner Familie zusammengeführt werden.«

Sie ging durchs Zimmer und zur rechten unteren Ecke der Fotowand. »Hier.« Sie nahm ein Polaroid von der Wand und reichte es India.

Ein junger Mann Anfang zwanzig, der seinen Arm um ein gleichaltriges Mädchen gelegt hatte, grinste breit in die Kamera. Er trug einen dünnen Schnurbart, hatte eine halbmondförmige Narbe am Mundwinkel und fröhliche Augen. *Louis Mebula Mullett und Jinny Pollard.*

India betrachtete das Foto eingehend. »Sie wissen wohl nicht, wo er wohnt?«

Die Frau sah in ihrem großen Buch nach. »Er hat keine feste Adresse, aber dafür seine Freundin Jinny.« Sie schrieb India eine Adresse in Redfern, einem Stadtteil von Sydney, auf. Dann heftete sie das Foto wieder an die Wand.

»Jetzt bin ich an der Reihe«, sagte India und zog das Foto mit den vier Männern und dem toten Hai hervor. »Ich gehe davon aus, dass der ältere Mann Professor Buchanan Atkins ist.«

Als die Frau das Foto sah, zuckte sie zusammen, als hätte man sie geohrfeigt. Sie gab es India sofort zurück.
»Wer sind Sie?«, verlangte sie zu wissen.
»Alice Gibbons«, erwiderte India. Sie hielt der anderen die Hand hin.
Die Frau beachtete die Hand nicht weiter. »Das ist nicht Ihr richtiger Name.«
India ließ die Hand sinken. »India Kane«, gab sie zu. »Und ich bin Journalistin. Aber jetzt bin ich wegen meiner Freundin Lauren hier.«
»India Kane also. Wären Sie bitte so freundlich, mir zu erklären, um was es geht?«
»Jetzt bin ich an der Reihe, Fragen zu stellen.« India blickte die andere selbstbewusst an. »In welcher Funktion hatte der Professor mit dem Karamyde ...«
»Das stimmt nicht.« Die Augen der Frau funkelten. »Mit denen hatte er nie etwas zu tun.«
Ein wunder Punkt.
»Es tut mir Leid, dass ich das angedeutet habe.«
Die Frau gab nach. »Wie hätten Sie das wissen sollen.«
»Würde es Ihnen etwas ausmachen, mir Ihren Namen zu sagen?«, wagte sich India vor.
Die Frau zupfte nervös ihren Schal zurecht. »Catherine Buchanan.«
»Wie in Buchanan Atkins?«
Die andere nickte.
»Würde es Ihnen etwas ausmachen, mir zu sagen, wer die drei jungen Männer auf dem Foto sind?«
Es entstand eine lange Pause; Catherine Buchanan musterte sie.
»Roland Knox, Carl Roycroft und Gordon Willis«, antwortete sie schließlich.
Gordon Willis, erinnerte sich India, war der bahnbrechende Wissenschaftler, der Bentleyfahrer, den Mikey beim Institut beobachtet hatte.

»Knox und Willis kenne ich, aber wer ist Roycroft? Was macht er?«

Mrs. Buchanan Atkins sah betreten zu Boden. »Roycroft ist der Chef der ASIO. Australia's Secret Intelligence Organisation.«

India schluckte.

»Wo ist Ihre Freundin ermordet worden?«

»In einer entlegenen Gegend im Nordwesten von New South Wales. Fünfzehn Kilometer östlich von einer Stadt, die Cooinda heißt, und fünfunddreißig Kilometer von den Toren des Karamyde Cosmetics Research Institute entfernt.«

Catherine Buchanan schloss einen Augenblick die Augen.

»Was ist? Ist etwas nicht in Ordnung?«

Die Frau riss die Augen wieder auf. »War Ihre Freundin schwarz?«, wollte sie wissen.

»Bitte?«

»*War sie schwarz?*«

»Nein.«

Catherine Buchanan schien sich bei dieser Information etwas zu beruhigen, und India entschloss sich, das auszunutzen. Mit leiser Stimme fragte sie beiläufig: »Der Professor war doch der Lehrer dieser drei Männer?«

Ein Nicken.

»In welchem Fach hat er sie unterrichtet?« Das wusste sie von Mikey, aber sie wollte das auch von der Frau hören.

»Geschichte und Politik, worin sonst? Er war ein charismatischer Lehrer, einer der besten.«

India nickte aufmunternd.

»Amüsant und schlagfertig. Er hatte die Gabe, mit einem einzigen Wort zu ermutigen, aber auch in die Schranken zu weisen. Die begabtesten Schüler beteten ihn an.«

»Einschließlich Knox, Willis und Roycroft.«

»Die ganz besonders.«

India wollte erst fragen, warum, wartete aber noch ab.

»Das bleibt unter uns«, fuhr Catherine fort. »Wenn Sie was davon drucken, bestreite ich alles.«
»Wenn Sie darauf bestehen.«
»Das tue ich. Diese drei Jungen waren überdurchschnittlich begabt. Jeder war hochintelligent und hatte das Zeug zu einer Karriere in der akademischen Welt, zusammen waren sie unschlagbar. Mein Mann sagte immer, dass sie die Welt beherrschen könnten, wenn sie als Erwachsene auf dasselbe Ziel hinarbeiteten.«
Sie lächelte etwas angestrengt und fuhr dann fort. »Die Jungen waren begeisterte Fischer. John führte sie in den ultimativen Sport ein – die Haifischjagd. Tigerhaie, Hammerhaie, Bronzehaie, ihnen war alles recht. Die meisten Wochenenden waren sie draußen und kamen jedes Mal sonnenverbrannt mit ziegelroten Rücken zurück. John und ich warfen dann den Grill an, und sie verspeisten ihren Fang.« Sie machte eine Pause. »Er war der einzige Lehrer, den sie respektierten. Sie beteten John regelrecht an. Wahrscheinlich wären sie für ihn in den Tod gegangen.«
»Was ging schief?«
»Im Jahr 1958 adoptierten wir einen Jungen, einen Aborigine. Robbie. Wegen seiner hellen Haut war Robbie seinen Eltern sofort nach der Geburt weggenommen worden. Als wir ihn sahen, schlossen wir ihn gleich ins Herz. Er war intelligent und hatte ein sehr einnehmendes Wesen.« Von Gefühlen überwältigt drückte sich die Frau die Faust gegen die Stirn. »Die drei Jungen hassten und verabscheuten Robbie. Sie quälten den Armen wie eine Meute Hyänen. Es war der pure Rassismus. Weil Robbie schwarz war ... Ich wusste mir keinen Rat. Auch John, der sonst immer so gelassen blieb, machte sich immer mehr Sorgen. Er nannte sie seine kleinen Hitlers, aber trotz aller Bemühungen, sie auf den richtigen Pfad zu lenken ...«
Ihre durchdringenden blauen Augen auf India gerichtet lehnte die Frau sich vor. »Diese Jungen haben Robbie ermordet.«
India war sprachlos.

»An einem ganz gewöhnlichen Tag ... auf einem Angelausflug. Sie hatten den Köder erst wenige Meilen hinter sich hergezogen, da war das Boot plötzlich von Haien umringt. John hatte noch nie so viele auf einmal gesehen. Er war gerade unter Deck, um seinen Fotoapparat zu holen, als er einen Schrei hörte. Er sollte nicht sehen, was geschah. Die Jungen wissen bis heute nicht, dass er tatsächlich Zeuge wurde, wie sie Robbie über die Reling kippten. Robbie lebte keine Minute mehr, nachdem er ins Wasser gefallen war.«

»Hat Ihr Mann die Jungen nicht bei der Polizei angezeigt?«

Die Frau verdrehte die Augen, als hielte sie India für schwer von Begriff. »Sie verstehen offenbar nicht. Diese Jungen stammten aus reichen Familien mit Beziehungen. Diese Familien glaubten, die Aborigines seien eine minderwertige Rasse. Es hätte sie vollkommen unberührt gelassen, wenn man an diesem Tag ein Dutzend Jungen aus der Urbevölkerung an Haifische verfüttert hätte. Die Polizei hatte dieselbe Einstellung. John hätte keine Chance gehabt. Sie hätten ihn zerstört und mich.«

India runzelte die Stirn. »Ihr Mann hatte Angst vor den Behörden? Das ist der Grund?« Sie sah Catherine Buchanan an. »Hat ihn vielleicht noch etwas anderes davon abgehalten, die Jungen anzuzeigen?«

»Wie meinen Sie das?«

»Es könnte etwas gegeben haben, das ihn angreifbar machte. Etwas, das die Väter der Jungen gegen ihn verwenden konnten.«

»Wie kommen Sie darauf?«

»Das ist die einzige Erklärung, die ich dafür finde, dass ein resoluter und moralischer Mann so etwas auf sich beruhen lässt.«

Plötzlich sah Catherine Buchanan furchtbar müde aus. Sie seufzte, ging dann auf die Fotowand zu und starrte auf das Foto einer jungen Frau, die ein Baby stillte. »Vielleicht hätte ich schon vor Jahren etwas unternehmen sollen. Habe ich aber nicht.«

»Was?«

Catherine Buchanan schien mit sich zu kämpfen, als sie sprach. »Diese Schule war Johns Leben. Er gründete sie und machte sie zu dem, was sie damals war und was sie immer noch ist: eine der besten Schulen Australiens. Sie war sein Ein und Alles …« Sie unterbrach sich, um Luft zu holen. »Aber er machte Fehler. Es hatte mit den Stipendiaten zu tun. Die waren alle sehr begabt, aber ihre Eltern konnten sich nicht mal das geringste Schulgeld leisten. Ihn frustrierte das. Er fand es unfair, dass ein unbegabtes Kind aus einer reichen Familie die beste Schulbildung bekommen kann, was einem anderen Kind, das äußerst begabt ist, nicht vergönnt ist. Also sorgte John für einen Ausgleich. Er frisierte die Bilanzen. Niemand wusste davon, eine Zeit lang nicht einmal ich, dass vier Stipendiaten weniger als fünfzig Dollar im Halbjahr zahlten.«

»Aber die Väter der Jungen wussten das?«

Catherine Buchanan nickte. »Ja.«

»Ihr Mann verzichtete also auf eine Anzeige?«

Catherine Buchanan fuhr auf. »John hatte keine Wahl. Sonst hätte er die Schule verloren. Wenn herausgekommen wäre, dass er die Abrechnungen gefälscht hat, hätten die meisten Eltern ihre Kinder von der Schule genommen. Diese Männer hatten ihn in der Hand. Schließlich kam er zu dem Schluss, dass diese drei Jungen nicht die Schulbildung von hunderten von Schülern, gegenwärtigen und zukünftigen, ruinieren sollten. Armer John. Vor ein paar Wochen entdeckte er ihr Bild in der Zeitung. Er sagte, das sei einer der entsetzlichsten Tage seines Lebens, sie gemeinsam als erwachsene Männer zu sehen. Zwei Tage später hatte er einen Herzinfarkt, und nun ist er tot.« Sie schloss die Augen. »Diesen drei Männern gebe ich die Schuld an seinem Tod.«

India fiel es schwer, ruhig zu bleiben. Das roch nach einer wirklich guten Story, und das ließ ihren Adrenalinspiegel sprunghaft ansteigen. »Sind Sie sicher, dass ich Sie nicht zitieren darf?«

Catherine Buchanan war sehr aufgebracht. »Nie und nimmer. Mit diesen Männern ist nicht zu spaßen. Sie sind gefährlich. Hinterhältig und gefährlich. Wenn Sie ihnen bei der Suche nach den Mördern Ihrer Freundin etwas nachweisen können, schön und gut. Andernfalls werde ich leugnen, Ihnen je begegnet zu sein.«

Neunzehn

Mikey stand mit dem Rücken zur Wand der Bank of Australia gegenüber der Post am Martin Place und wartete. Sam hatte sich bereits um fünf Minuten verspätet. Er behielt die Ströme von Büroangestellten und Touristen im Auge, die die breite Fußgängerzone entlangkamen, betrachtete die Leute, die auf den Stufen des Postamts aus Pappschälchen aßen, und suchte nach einem Mann, der möglicherweise nervös wirkte und sich über die Schulter umschaute.

Niemand. Mikey wischte sich mit dem Handrücken über die Stirn und war froh, im Schatten zu stehen. Bei dieser Luftfeuchtigkeit würde er in der Sonne schmelzen. Er fasste sich in den Nacken und war froh, dass die Bisswunde so gut verheilte. Keine Entzündung und keine Schmerzen, wenn er nicht gerade irgendwo anstieß. Das hatte er Indias erster Hilfe zu verdanken.

Ein junges Paar knutschte heftig auf den Stufen des Postamts, und er beobachtete die unterschiedlichen Reaktionen der Passanten: Einige waren amüsiert, andere konsterniert. Ein durchtrainierter Mann mit Bürstenschnitt in dunklen Hosen und weißem Hemd stand in der Nähe und schien die Knutschenden nicht wahrzunehmen. Mikey fiel die Wachsamkeit des Mannes auf, und er folgte seinem Blick.

Da. Ein ziemlich kahlköpfiger Mann ging hinter einer mit Tüten behängten, fetten Frau her. Mikey war sich sicher, dass er ihn kannte. Er versuchte ihn einzuordnen. Als sich ihr Blick begegnete, sah der Mann weg und wurde langsamer, zögerte. Dann nickte er kurz und bahnte sich einen Weg durch die Menge, bis er neben Mikey zu stehen kam. Sein Hemd war schweißnass.

»Nett, Sie wiederzutreffen«, sagte Mikey. »Sollen wir einen kleinen Spaziergang machen?«

Sam ging neben ihm her. Gewohnheitsmäßig sah sich Mikey nach dem Mann mit dem Bürstenschnitt um und atmete erleichtert auf, als dieser verschwunden war.

»Sie erinnern sich doch nicht an mich, oder?«, fragte Sam.

»Doch. Ich erinnere mich bloß nicht mehr an Ihren Namen.«

»Stirling.« Der Mann suchte die Menge mit den Augen ab, während er sprach. »Rodney Stirling.«

»Also, Rodney. Was haben Sie für mich?«

Rodney fingerte an seinem Schlips. »Ich möchte Ihnen etwas zeigen, will aber um jeden Preis verhindern, dass uns jemand dabei sieht.«

»Die Akten, korrekt?«

Rodney nickte.

»In den Räumen der Australian Medical Association?«

Rodney riss den Kopf herum. Seine braunen Augen waren voller Angst. »Woher wissen Sie das?«

»Kommen Sie, Rodney. Sie sind gerade über die Brücke von St. Leonard's gegangen. Dort sind wir uns auch das letzte Mal begegnet, allerdings nur sehr kurz, als ich wegen des Mordes an Ihrem Kollegen ermittelt habe. Sie erinnern sich doch an den Mordfall Alex Thread?«

Rodney nickte hastig. »Wie könnte ich das vergessen haben?«

Sie überquerten die Pitt Street und passierten ein breites Wasserspiel. Mikey genoss die feuchte Kühle.

»Sind Sie mit Ihrer Beförderung zufrieden?«, fragte er.

»Ich wünschte, man hätte mich nie befördert. Jameson war lange der Leiter der Ethikkommission. Er starb, kurz nachdem er versetzt worden war. Daraufhin wurde Alex zum Kommissionsleiter und dann ermordet. Jetzt bin ich der Leiter und außer mir vor Angst.«

»Wo sind die Sachen, die Sie mir zeigen wollen?«

»In meinem Büro.«

»Erzählen Sie mir, worum es in den Akten geht.«

»Ich habe sie nur zufällig gefunden. Ich habe eine Neonröhre ausgewechselt, auf die Hausmeister muss man immer so lange warten, und die Deckenverkleidung lockerte sich.«

Mikey sah über die Schulter, als Rodney nach links in die Castlereagh Street einbog. Kein Bürstenschnitt. Niemand schien ihnen zu folgen. Gut.

»Was stand in den Akten?«

»Persönliche Aufzeichnungen. Technische Beschreibungen. Aus einer Einrichtung des britischen Verteidigungsministeriums.«

»Porton Down?«

Rodney blieb vor einer chemischen Reinigung stehen und sah Mikey an. »Ich verstand nicht viel davon. Ist mir alles zu hoch. Abgesehen von den DNA-Profilen und den Notizen, die sich Alex gemacht hat. Fürchterliche Beschuldigungen. Eine Namensliste. Alex hat drei unterstrichen, von denen ich annehme, dass sie wichtig sind.«

»Welche drei?«

»Sergeant Patterson, Lauren Kennedy und Peter Ross.« Er runzelte eine Sekunde die Stirn. »Oh, und dann noch der Name eines Rechtsanwalts. Irgendwas Italienisches, ich komm jetzt nicht drauf.«

»Warum gehen wir nicht einfach die Akten holen, dann wissen wir, wie er heißt.«

»Gott«, sagte Rodney und strich sich mit einer Hand über seine Glatze. Er war den Tränen nahe. »Ich hab eine Frau und zwei Kinder. Ich habe schreckliche Angst um sie, nicht nur um mich.«

»Kommen Sie, Rodney. Sie wären nicht hier, wenn Sie mir diese Akten nicht geben wollten. Wälzen Sie das auf mich ab …«

»Okay, okay. Ich hole sie ja. Geben Sie mir eine Stunde. Dann treffe ich Sie vor der St. Leonard's Station.«

Mikey dachte kurz an India, die genau zu diesem Zeitpunkt ebenfalls auf ihn warten würde, und sagte: »Gut, in einer Stunde.«

Mikey kam zur St. Leonard's Station und baute sich auf der Ecke des Pacific Highway auf. Mit einem Auge las er die Zeitung, mit dem anderen behielt er die Fußgänger und den in beide Richtungen fließenden Verkehr im Auge.

Ein Krankenwagen bog mit Blaulicht und heulenden Sirenen auf den Pacific Highway ein und raste an ihm vorüber. Er sah ihm hinterher und dachte sich nichts dabei. Schließlich lag das Royal North Shore Hospital auf der anderen Straßenseite. Mit quietschenden Reifen hielt der Krankenwagen an der nächsten Ampel und bog nach links ab.

Mikey wurde es schwindlig.

Dort um die Ecke lagen die Räume der Australian Medical Association.

Er ließ die Zeitung fallen und rannte dem Krankenwagen hinterher.

Er rannte um die Ecke auf die Christie Street. Eine Menschenmenge stand um den Krankenwagen herum. Zwei Sanitäter knieten neben einer Gestalt auf dem Bürgersteig. Mikey drängte sich durch die Schaulustigen und sah auf den Mann, der eben wiederbelebt werden sollte.

Sein Herz setzte einen Schlag aus. Die Knie wurden ihm weich.

Es war Rodney.

Mikey schwankte. Er hörte, wie eine Frau fragte: »Ist Ihnen nicht gut?«

Die arme Frau, dachte Mikey. Seine beiden Kinder.

»Kennen Sie den Mann?«, wollte die Frau wissen.

»Was ist passiert?«, fragte Mikey.

»Ich glaube, er wurde überfallen. Der Mann da drüben hat es gesehen. Er hat auch den Krankenwagen gerufen. Er hat ein Handy.«

Mikey machte den Mann, auf den die Frau gedeutet hatte, in der Menge aus und ging auf ihn zu. »Was ist passiert?«

»Mein Gott«, sagte der Mann und schüttelte den Kopf. »Unglaublich. Am helllichten Tag …«
»Was ist passiert?«, wiederholte Mikey seine Frage.
»Es ging alles so schnell. Ich kann es immer noch nicht glauben. Ich ging hinter ihm auf den Bahnhof zu. Er ging einfach mit seiner Aktentasche die Straße entlang, da fielen ihn zwei Burschen an. Sie kamen aus der Gegenrichtung. Sie entrissen ihm die Aktentasche, und er stürzte.« Der Mann hielt inne. »Ich dachte, er würde wieder aufstehen, das tat ich wirklich, aber er blieb einfach liegen. Ich kniete mich neben ihn, um zu fragen, ob alles okay sei, aber er bewegte sich nicht. Dann sah ich, dass man auf ihn geschossen hatte. Sein Hemd …« Der Mann schluckte. »Alles voller Blut. Da habe ich sofort den Notruf gewählt.«
»Wo sind die Männer hin?«
»Die rannten Richtung Highway. Ich wäre hinterher, aber er … er brauchte Hilfe.«
»Das haben Sie sehr gut gemacht.«
»Danke.«
In der Ferne hörte Mikey das traurige Heulen von Sirenen und wusste, dass die Polizei jetzt ebenfalls auf dem Weg war. Die Sanitäter standen auf. Sie schüttelten die Köpfe. Benommen ging Mikey weg. Seine Beine fühlten sich an, als seien sie mit nassem Sand gefüllt.

»Verdammt«, meinte India, als er ihr erzählte, wie Rodney gestorben war. »Verdammt, verdammt, verdammt.« Sie war bleich geworden, geriet aber nicht in Panik. Wirklich eine erstaunliche Frau. Sie hatte vor der Schule auf ihn gewartet und kein Wort darüber verloren, dass er sich zwei Stunden verspätet hatte. Sie hatte nur gesagt: »Du siehst fürchterlich aus. Was ist passiert?«
Jetzt sagte er: »Es hat den Anschein, als könnte uns jetzt nur noch dein Freund Scotto weiterhelfen.«

Sie schnallte sich an. Sie hatten sich darauf geeinigt, dass sie fahren und er den Stadtplan lesen würde. »Das ist erst morgen«, meinte sie. »Ich habe versucht, ihn telefonisch zu erreichen und das Treffen auf heute Abend vorzuverlegen, aber offenbar ist er segeln.« Sie warf ihm das Straßenverzeichnis zu, das zum Stadtplan gehörte, und drehte den Zündschlüssel herum. »Wohin?«
»North Sydney. Dort habe ich ein paar Freunde bei der Polizei. Ich will fragen, ob einer von ihnen was mitgekriegt hat, das uns weiterhelfen kann.«
India schob den Hebel der Automatik auf D. Sie fuhren durch die Tore der Schule und dann rechts den Hügel hinauf in Richtung Military Road.
»Ich setz dich dort ab, bevor ich nach Cremorne fahre«, sagte sie. »Ich habe massig Zeit. Frau Dr. Child treffe ich erst um vier, und ich …«
»Wer war das noch?«, fragte er.
»Lauren hat sich mit ihr getroffen, ehe sie nach Cooinda gefahren ist. Scotto meint, sie ist wichtig.«
»Was macht sie?«
»Weiß ich nicht. Aber ich glaube, dass sie mit der gestohlenen Generation zu tun hat.« Sie berichtete ihm, was Catherine Buchanan erzählt hatte. »Lauren suchte Bertie Mullett, aber Catherine Buchanan hatte in ihren Akten nur einen Louis Mullett ohne feste Adresse. Ich weiß aber, wo seine Freundin wohnt. Wenn es uns gelingt, ihn oder Bertie ausfindig zu machen, bekommen wir vielleicht ein paar Antworten.«
»Laut Computerausdruck, den ich geklaut habe, könnten sie immer noch im Research Institute sein.«
India bog nach links auf die Military Road ab und drängte sich dann, den Fuß auf dem Gas, auf die Mittelspur zwischen einen roten Honda und einen silberglänzenden Sattelschlepper, um einem bremsenden Taxi auf der Busspur auszuweichen. Im Außenspiegel sah Mikey, dass der Fahrer des Sattelschleppers die Lichthupe betätigte. India streckte, Daumen nach oben, die

Hand aus dem Seitenfenster. Vernünftig, dachte er. Mit diesen Monstern will man sich wirklich nicht anlegen. Er lächelte, als der Sattelschlepper hupte und dann zurückblieb.

Die Fugen im Asphalt erzeugten ein gleichmäßiges Geräusch. Vor einer Waschstraße hatte sich eine Schlange gebildet, und nebenan lagen ein Blumengeschäft, ein Lebensmittelladen und ein Videoverleih.

»Mikey?«, fragte India vorsichtig. »Warum bist du nicht mehr bei der Polizei?«

»Mir hat die Uniform nicht mehr gefallen.«

»Ganz im Ernst, was war los? Hat sich jemand über dich beschwert? Hast du dich bestechen lassen und bist erwischt worden?«

Er zog es vor zu schweigen.

»Zu viele Protokolle wegen Falschparkens? Meineid?«, fragte sie weiter.

Er sah zu ihr hinüber und stellte fest, dass sie fest entschlossen war. »Du gibst auch nie auf, oder?«

»Nein.« India bremste vor einer roten Ampel. Sie wandte sich ihm zu und betrachtete ihn mit ihren dunkelbraunen Augen. Er blieb nicht unberührt, als sich ihre Augen begegneten, als sollte eines seiner dunklen Geheimnisse ans Licht gezerrt werden. Er sah auf ihren Mund und auf ihre vollen Lippen, die sich zu einem leichten Lächeln verzogen, und dann wieder in ihre Augen.

Der Sattelschlepper hupte. India sah nach vorn und gab Gas. Der Wagen schoss vorwärts, und in wenigen Sekunden hatten sie wieder den roten Honda erreicht. Gemächlich fuhren sie durch Cremorne und Neutral Bay. Hier waren die Bürgersteige von Palmen gesäumt. India schwieg, sah Mikey aber immer wieder an.

»Okay«, sagte er. »Wenn du es wirklich wissen willst. Ich wurde schuldig gesprochen, nachts einen Mann in Untersuchungshaft erwürgt zu haben. Keine Zeugen.«

Er war nicht sicher, was er eigentlich erwartet hatte, war dann

aber doch überrascht, dass sie nicht einmal langsamer wurde. Sie fuhr einfach weiter, blickte in den Rückspiegel und konzentrierte sich darauf, den Abstand zum Honda vor sich zu halten. Sie sagte nichts und wartete darauf, dass er weitersprechen würde.
»Der Mann hieß Harris. Es war ein Exmitarbeiter von Karamyde Cosmetics, der wegen seiner Kündigung gegen die Firma klagte. Kaum zieht er gegen Karamyde vor Gericht, findet sich das arme Schwein im Gefängnis wieder, weil er angeblich seine kleine Nichte getötet hat. Er beteuert seine Unschuld, aber wir glauben ihm nicht. Nicht nur ich – alle in unserer Wache waren davon überzeugt, dass er das Kind missbraucht und ermordet hatte.«
Er blickte aus dem Fenster. Die Autobahn, die auf die Harbour Bridge zuführte, tauchte wie ein platt getretener Wurm vor seinen Augen auf.
»Schließlich hat ihn jemand erwürgt. Ich war es nicht. Aber ich wurde zum Sündenbock. Man hat mich vom Dienst suspendiert, und damit wurden auch die Ermittlungen gegen Karamyde Cosmetics eingestellt. So haben sie mich kaltgestellt, ohne mich zu töten, denn sonst hätten sie die gesamte Polizei gegen sich gehabt. Sie haben einen unschuldigen Mann und ein kleines Mädchen vor den Augen der Polizei von Cooinda getötet.«
Müde schüttelte er seinen Kopf.
»Schweine«, sagte sie nur.
»Dafür werden sie bezahlen«, meinte er verbissen.
Als India ihn absetzte, sah sie besorgt aus. »Sei vorsichtig, okay?«
»Du auch«, entgegnete er. »Ruf mich später auf meinem Handy an. Ich will die Austernparty nicht verpassen.« Er war froh, als sich ihre Miene aufhellte.

Dr. Geraldine Child war sehr alt, erstaunlich groß – größer als India –, mit einem vom Alter zerfurchten Gesicht, aber trotz ihres Alters überaus wachsam. Ihre Augen waren hart, blau und leuchteten, und sie war schlank. Sie sah genauso aus, wie India in ihrem Alter gerne aussehen würde. Das Zimmer, in das sie India führte, war klein, sehr ordentlich und bis zur Decke mit Büchern und Zeitschriftenbänden gefüllt. Alles war alphabetisch nach Autoren geordnet.

Dr. Child setzte sich auf einen einfachen Holzstuhl hinter ihren Schreibtisch und lächelte India voller Wärme an. »Es freut mich sehr, dass Sie kommen konnten«, sagte sie. »Lauren hat mir alles über Sie erzählt.«

India wurde nervös. Der vertrauliche Ton machte sie unsicher.

Dr. Child bedeutete India, gegenüber Platz zu nehmen.

»Wie geht es Lauren? Ich habe nichts mehr von ihr gehört, seit sie weggefahren ist ...« Dr. Child unterbrach sich und betrachtete India eingehend. »Sie hat Ihnen doch nicht etwa von mir erzählt?«

»Nein. Ihr Mann schlug vor, zu Ihnen zu kommen.«

»Ja, Scotto habe ich auch kennen gelernt.« Dr. Child sagte nichts weiter. Sie wartete darauf, dass India das Schweigen brechen würde. Sie erschien jetzt weniger offen, fast zurückhaltend. Ein Lastwagen fuhr draußen vorbei, und India hörte ein Baby schreien. Der Duft von Freesien – ein Dutzend langstieliger Freesien standen in einer Vase auf der Fensterbank – kämpfte mit dem satteren Geruch von Möbelpolitur.

India holte tief Luft. »Sie ist tot. Sie wurde vor fast drei Wochen ermordet. Ich versuche herauszufinden, warum.«

»Ermordet?«, wiederholte Dr. Child mit schwacher Stimme.

»Ja. Sie wurde erschossen.«

Dr. Child schloss die Augen. Groß wie sie war, schien sie auf einmal kleiner zu werden. Sie fasste sich mit den Händen an den Kopf. Ihre Lippen bebten.

India unterdrückte das Verlangen zu weinen. »Es tut mir Leid. Ich wünschte, ich hätte Ihnen das schonender beibringen können. Ich wusste nicht ...«

»Natürlich nicht.« Dr. Child trocknete sich die Augen. »Wir waren gut befreundet, Lauren und ich.«

»Es tut mir Leid«, sagte India erneut.
»Mir auch. Ich mochte sie sehr.«
Schweigend saßen sie eine Minute lang da, dann betrachtete Dr. Child, die jetzt etwas gefasster wirkte, sie noch einmal eingehend. Schließlich nickte sie. »Lauren war Journalistin«, sagte sie. »Glauben Sie, dass sie im Zusammenhang mit einer Recherche ermordet wurde? Vielleicht für *Disclosure*?«
Überrascht erwiderte India: »Ja. Wissen Sie vielleicht, woran Lauren gerade gearbeitet hat?«
»Tut mir Leid. Sie hat nie über ihre Arbeit gesprochen, aber ich weiß, dass sie ihr sehr wichtig war.«
»Wie haben Sie Lauren kennen gelernt?«
»Wir sind uns auf einer Party in Rushcutter's Bay begegnet. Ich bin Genealogin. Seit meiner Pensionierung kämpfe ich gegen die Langeweile. Sie wollte, dass ich einen Stammbaum für sie ausarbeite. Wir haben das dann zusammen gemacht. Ich habe die Arbeit sehr genossen. Lauren war überaus scharfsinnig und hatte sehr viel Humor. Mit ihr zusammen hat das wirklich großen Spaß gemacht. Sie wird mir fehlen.«
India war erstaunt. »Wozu in aller Welt brauchte sie einen Stammbaum?«
»Es sollte ein Geschenk werden. Ein Weihnachtsgeschenk für Sie.«
India riss die Augen auf. Ihr Herz pochte. »Zu mir hat sie gesagt, sie hätte meinen Großvater ausfindig gemacht. Ich glaubte ihr nicht. Er ist schon seit dreißig Jahren tot.«
»Das ist das, was Ihnen Ihre Mutter erzählt hat.«
»Mum hat *gelogen*?«
»Ja. Sie hatte gute Gründe.«
»Und welche?«
»Sie wollte nicht, dass jemand etwas über ihre wahre Herkunft erfahren würde.«
India verstand überhaupt nichts.
»Am allerwenigsten Ihr Vater.«

»Aber warum …«
»India. Es macht Ihnen doch nichts aus, dass ich Sie India nenne?«
Ungeduldig schüttelte India den Kopf. »Nein. Überhaupt nicht.«
»India, in den letzten zwei Monaten ist es uns gelungen, mehrere Ihrer Verwandten ausfindig zu machen.«
India starrte Dr. Child an. »Mehrere? Wie viele genau?«
»Bei der letzten Zählung waren es zweiundsechzig.«
»*Zweiundsechzig!*«
»Die Angehörigen Ihrer Familie leben weit verstreut und viele sind nur entfernt verwandt.«
India schluckte immer noch an der Zweiundsechzig und brachte nur ein »Ich fass es nicht« hervor. Nach etwa einer Minute fragte sie: »Wer sind sie? Wie sind sie, sind sie …?«
»Ich fürchte, ich kann Ihnen das nicht sagen. Lauren hat sie zum ersten Mal Anfang Dezember getroffen.« Sie griff sich ans Kinn. »Sie glauben doch nicht etwa, dass sie etwas mit dem Mord zu tun haben?«
»Keine Ahnung«, erwiderte India zerstreut. Zweiundsechzig!
Nach einer langen Pause räusperte sich Dr. Child.
»Es gibt da noch etwas, das ich Ihnen sagen sollte. Aber vielleicht verschieben wir das besser noch ein wenig, bis Sie das verdaut haben.«
India lachte unsicher. »So dramatisch wie die Entdeckung von so vielen Verwandten kann es ja wohl kaum sein.«
»Ja, vielleicht haben Sie Recht.«
Doch India spürte die innere Anspannung von Dr. Child, sah, wie sich ihre Falten vertieften.
»So schlimm kann es doch nicht sein«, sagte sie.
Dr. Child sah zur Seite. »Sind Sie noch eine Weile hier in Sydney? Dann könnten Sie einfach nächste Woche noch einmal vorbeikommen.«
India dachte an Mikey, an Scotto, an die ganze Geschichte mit

Karamyde Cosmetics. »Ich weiß noch nicht einmal, wo ich morgen sein werden, geschweige denn nächste Woche.«
»Ach je. Ich hatte gehofft …«
»Was ist das Problem?«
»Nun, was ich Ihnen zu sagen habe, wird Sie emotional sehr erschüttern.«
»Ist es so ernst?«
Dr. Child rutschte auf ihrem Stuhl hin und her und packte dann die Kante ihres Schreibtischs, als rechne sie mit einer Naturkatastrophe. »Lauren hat auch nach Ihrem Bruder gesucht.«
»Meinem *was*?«
Dr. Child sagte: »Toby kam an einem fünfzehnten Dezember zur Welt …«
»Und starb zwei Tage später im Krankenhaus.« India staunte, wie aggressiv ihre Stimme klang.
»Das ist das, was Ihnen Ihre Eltern erzählt haben.«
India konnte keinen klaren Gedanken mehr fassen. »Wollen Sie damit sagen, dass Toby lebt?«
»Soweit wir wissen, ja. Unglücklicherweise haben wir Probleme, ihn ausfindig zu machen. Ihre Mutter gab ihn in die Obhut Ihrer Großmutter Rose, aber …« Sie hielt betreten inne. »Traurigerweise konnte ihn Rose nicht behalten. Er lebte bei einer Reihe von Pflegefamilien, ich glaube in vier Jahren bei fünf verschiedenen. Der letzte Sozialarbeiter, der mit seinem Fall befasst war, berichtet, dass er kaum zu bändigen war … Dumme Streiche … Es schien ihm zu gefallen, Leute zu erschrecken. Beispielsweise fing er Spinnen, um diese dann in unpassenden Augenblicken wieder freizulassen. Mit acht wurde Toby endgültig vor die Tür gesetzt. Damit verliert sich seine Spur.« Mit Mühe stand Dr. Child auf und ging um den Schreibtisch herum und ins angrenzende Wohnzimmer. Mit einer Flasche Rotwein, einem Korkenzieher und zwei Gläsern kam sie zurück. »Seien Sie so nett und machen Sie die für mich auf.«
Das ließ sich India nicht zweimal sagen. Noch nie hatte es sie so

sehr nach einem Drink verlangt. Mit drei großen Schlucken leerte sie ihr Glas.

»Sie haben also eine ganze, neue Familie«, sagte Dr. Child.

India goss sich noch ein Glas ein, trank aus und schenkte nach. Dann saß sie da und drehte das Glas langsam zwischen den Fingern. Sie betrachtete das Gefäß aus Kristall, fühlte sich aber gleichzeitig vollkommen schwerelos, als befände sie sich an Bord eines Raumschiffs, das um die Erde kreist. »Wo wohnen sie?«, fragte sie leise.

»Sie kommen aus einer Stadt im Outback, im Nordwesten von New South Wales. Cooinda.«

»Die letzten vierzehn Tage habe ich in Cooinda verbracht«, erwiderte India mit schwacher Stimme. »Im Telefonbuch gab es nur eine Familie Tremain – und die kam aus Neuseeland. Sonst konnte ich keine finden.«

Dr. Child zögerte, aber nur eine Sekunde. »Ihre Mutter hat einen falschen Mädchennamen angegeben. Er lautete nicht Tremain, sondern Mullett.«

India starrte Dr. Child reglos an. »Im Oktober war Lauren wegen irgendwelcher Nachforschungen in Cooinda und stieß darauf, dass Ihre Mutter einen falschen Mädchennamen angegeben hatte. Ihre Mutter Mary war die zweite Tochter von Bertie Mullett und Rose Dundas. Als Teenager wandte Mary ihrer Familie den Rücken zu und zog nach Sydney. Dort heiratete sie Ihren Vater.«

»Das kann ich nicht glauben«, sagte India.

»Haben Sie schon mal von der gestohlenen Generation gehört?«

India gelang ein Nicken.

»Ich habe ein Foto Ihres Großvaters, das uns Link-up geschickt hat. Link-up kümmert sich um Nachforschungen und Familienzusammenführungen und unterstützt Kinder, die ihren Familien weggenommen wurden, und deren Eltern.« Sie machte eine Pause, damit India diese Information verarbeiten konnte. »Wollen Sie sehen, wie Ihr Großvater aussieht?«

»Er ist schwarz«, sagte India mit schwacher Stimme. »Bertie Mullett ist schwarz.«

»Ja, er ist ein Aborigine.«

»Lauren suchte nach Bertie, als sie ermordet wurde.«

»Sie suchte auch nach Toby, weil er unglücklicherweise zur gestohlenen Generation gehört. Im Unterschied zu Ihnen und Mary kam er sehr dunkel zur Welt, aber seine Haut wurde nach dem ersten Jahr heller …«

Da fiel es India wie Schuppen von den Augen, warum ihr Vater an diesem so lange vergangenen Weihnachten so außer sich geraten war. Das hatte nichts mit seiner Trauer über Tobys Tod zu tun gehabt, sondern mit der Tatsache, dass sein Sohn *schwarz* war.

Zwanzig

India lag in Dr. Childs Gästezimmer in einem Doppelbett. Sie konnte nicht schlafen. Sie konnte ihre Augen nicht länger als ein paar Sekunden geschlossen halten. Ständig kehrte derselbe Gedanke wieder und ließ sie nicht zur Ruhe kommen.

Ich bin schwarz.

Zumindest zu einem Viertel. Kein Wunder, dass ihre Haut karamellfarben schimmerte. Kein Wunder, dass ihr Haar dick, elastisch und pechschwarz war. Fragen, die sie sich ihr ganzes Leben lang gestellt hatte, erhielten plötzlich ihre Antwort: Warum sie nur selten einen Sonnenbrand bekam, warum sie so üppige Lippen hatte und warum ihre Glieder so lang und gerade waren.

Sie dachte an den Stammbaum, den ihr Dr. Child gezeigt hatte, und an all diese Namen – ihre Verwandten. Rose Dundas, Tochter eines Schafzüchters, heiratete Bertie Mullett 1955. Sie hatten sechs Kinder, das zweite war ihre Mutter Mary, die Cooinda verließ und einen Polizisten heiratete. Mary zog schließlich nach Dee Why, einen nördlichen Vorort von Sydney. Berties ältester Sohn Jimmy kam 1957 zur Welt, heiratete Nellie und hatte mit ihr drei Kinder: Victor, Clive und Rhona. Rhona heiratete einen gewissen Greg Cooper und hatte fünf Kinder: Albert, Bobby, Ray, Hannah und Rosie. Clive blieb unverheiratet, hatte jedoch eine Tochter namens Polly. Victor heiratete Lizzie. Zwei Kinder: Roland und Clara.

Polly.

India kroch aus dem Bett und ging auf leisen Sohlen nach unten. Die Straßenlaternen leuchteten orange auf den Küchentisch und die eisblauen Bodenfliesen. Die große Bahnhofsuhr über dem Herd stand auf Viertel vor drei. Sie schloss die Tür und machte Licht. Sie blinzelte etwas, bis sie sich an die Helligkeit gewöhnt hatte. Sie breitete den aufgerollten Stammbaum aus, den ihr

Geraldine gegeben hatte, und beschwerte die Ecken mit dem Salz- und Pfefferstreuer sowie mit einem Paket Müsli und einer Tüte Mehl. Nachdenklich strich sie mit der Hand über das Papier. Dr. Child hatte ihr erzählt, Lauren habe eine Kopie mit nach Cooinda genommen. Sie habe vorgehabt, sie in ein rotes Papier einzuschlagen und mit einer goldenen Schleife zu versehen. Meine Verwandten, zweiundsechzig an der Zahl. Mein Weihnachtsgeschenk von Lauren.

Lange starrte sie auf den Namen Polly. War das *ihre* Polly?

Da kannst du Gift drauf nehmen.

Lauren?

Wer soll es denn sonst sein?

Ich bin zu einem Viertel schwarz, weißt du. Ist das nicht merkwürdig?

Nicht halb so merkwürdig wie manche Leute hier, glaub mir. Wie läuft's? Hast du den Typen mittlerweile erwischt, der das getan hat?

Ich bin ihm auf den Fersen.

Na, dann mal voran, Süße. Ich will, dass du Kleinholz aus ihm machst.

Lauren, bin ich mit Polly verwandt?

Ist doch scheißegal. Entweder magst du das Mädchen oder nicht.

Ich mag sie, Lauren. Ich mag sie sogar sehr.

Dann bist du mit ihr verwandt. Ob ihr wirklich verwandt seid, ist dann vollkommen egal. Denk dran, Liebe, wenn's so weit ist.

India riss den Kopf hoch, sie war nicht sicher, ob sie das alles nur geträumt hatte.

Verdammt. Langsam gewöhnte sie sich an den Gedanken. *Ich bin schwarz.*

Am folgenden Morgen stand sie zusammen mit Mikey vor Bondi in einem Stau. Die halbe Fahrbahn war aufgerissen, und die Autos standen auf einem halben Kilometer Länge. Mikey hatte die Nacht bei einem alten Freund von der Polizei am Südende von Bondi Beach verbracht, und sie hatte ihn wie ausgemacht Punkt acht abgeholt. Im Lamrock Café frühstückten sie mit Kaffee und Croissants und mit Blick auf den Strand. India fand das wunderbar.

»Das ist doch nichts als ein Haufen Scheiße hier«, erwiderte Mikey mit entgeistertem Gesichtsausdruck. »Hier gibt es nur Fast Food, geizige Rucksacktouristen und überteuerte Wohnungen ...«

»Alles so gigantisch!«, rief sie. »Schau dir nur diese Weite und diesen Himmel an, und das mitten in einer Großstadt. Und dann erst die Brandung!«

Abschätzig sah Mikey auf die Brecher herüber. »Badewannenwellen.«

»Ach was. Da sind die Surfer da draußen aber anderer Meinung.«

»Das einzig Gute in Bondi Beach heißt Shark Attack, Haifischangriff.«

Sie sah ihn entsetzt an.

Er deutete auf die Cocktailkarte. »Shark Attack. Das ist der beste Bloody Mary, den es auf der Welt gibt.«

Jetzt wünschte sich India in das kühle Café zurück. Die Klimaanlage des Ford war krepiert, und in der Hitze klebte sie am Sitz fest. Wenn ich von den Aborigines abstamme, dachte sie, sollte mir diese Hitze doch gefallen. Oder etwa nicht?

»India, was ist los?«

»Bitte?«

»Du hast plötzlich so ausgesehen ... Ich weiß auch nicht. Als würdest du irgendwie neben dir stehen. Als würde es dir nicht gut gehen.«

Sie rutschte auf dem Sitz hin und her. Die Baustellenampel wurde gelb, schließlich grün. Die Schlange aus Personen- und Lastwagen kroch vorwärts.

»Mikey«, begann India vorsichtig. »Du weißt doch, dass Jeremy eines von diesen verlorenen Kindern ist ... Er hat mal Witze über

meine Haut gemacht. Ich meine, über die Hautfarbe. Dass ich ebenfalls zu den Aborigines gehören könnte.«
Einen Augenblick sah Mikey verdutzt aus, dann runzelte er die Stirn. »Ich wette, er hat gar nicht begriffen, dass du beleidigt sein könntest. Er hat es sicher nicht ernst gemeint.«
»Ich war aber nicht beleidigt«, erwiderte sie entrüstet.
»Was ist dann das Problem?«
»Hör zu«, meinte sie gereizt. »Du weißt doch, dass ich mich gestern mit Dr. Child getroffen habe. Sie ist Genealogin ...«
»Ah, jetzt verstehe ich.« Mikey trat aufs Gaspedal und kroch ein Stück weiter. »Soll das heißen, dass India Kane eigentlich Lady Kane ist – Lady Kane von der Tafelrunde oder vom Hosenbandorden ... welches von beidem?«
»Keines von beidem.« Etwas an ihrer Stimme brachte ihn zum Verstummen.
Eine lange Pause trat ein.
Ihr Herz schlug schneller, und sie war lächerlich nervös. »Ich heiße eigentlich Mullett«, sagte sie endlich, und in einem Anfall geistiger Umnachtung hätte sie fast noch in James-Bond-Manier gesagt: India Mullett.
Eine Sekunde nahm er den Fuß vom Gas. Der Wagen wurde langsamer, und das Fahrzeug hinter ihnen hupte.
»Bertie Mullett ist mein Großvater.«
Mikey verstummte. Er fuhr weiter, über die Ampel und anschließend die Oxford Street entlang. Dann bog er nach rechts in den eleganten Stadtteil Paddington ab. Hier waren die Straßen von Antiquitäten- und Haushaltswarenläden, Boutiquen, Cafés, Bars und Pubs gesäumt. Sie hatten bereits die Hargrave Street erreicht, als er plötzlich tief Luft holte und anfing zu lachen.
Das hatte sie zuallerletzt erwartet. »Also, hör mal, ich verstehe wirklich nicht, was daran so lustig sein soll.«
»O Gott ... Was für ein Idiot ich doch bin!« Er schlug sich mit der Hand vor die Stirn. »Ich meine, alle wissen schließlich, dass die Aborigines liebend gerne nachts nackt im Busch herum-

rennen! Schon da hätte ich es mir denken können!« Er warf ihr einen Blick zu, wie er ihn auch Polly zugeworfen hätte: voll verlegener Zuneigung. Sie war sich nicht sicher, ob ihr das gefiel oder nicht.

Er lehnte sich zu ihr herüber und tätschelte ihr das Knie. »Schwarz oder weiß, rosa oder lila, du bist die, die du bist, vergiss das nicht.«

Überrascht sagte sie: »Danke.« Sie sah zu, wie er gelassen eine rote Ampel überfuhr und dann nach links in die New South Head Road abbog. Anschließend hielt er sich rechts, Richtung Darling Point. Er stoppte vor einem gepflegten Wohnblock mit Blick über den Hafen. »Bis um eins«, sagte er. Er ließ den Motor laufen. »Falls ich nicht auftauche, kannst du mich als vermisst melden, vermutlich erdrosselt.«

Ihr Entsetzen stand ihr ins Gesicht geschrieben. »Rodneys Frau hat doch nichts mit der Sache zu tun?«

Mikey grinste. »Nein. Aber zumindest hat dich das zu einer Reaktion provoziert.«

Sie streckte die Zunge raus, ehe sie weiterfuhr.

Bei der Adresse, die ihr Catherine Buchanan gegeben hatte, parkte India den Wagen so, dass sie ein Auge auf ihn haben konnte. In dieser Gegend hatte sie das Gefühl, er würde sofort verschwinden, wenn sie ihm nur einen Augenblick den Rücken wandte.

Sie klingelte an der einen Tür eines ziemlich heruntergekommenen Doppelhauses und trat dann einen Schritt zurück. Ein Hund bellte, dann flog die Tür auf.

»Was?«, brüllte eine wütende Frau, etwa genauso groß und alt wie India. Sie hatte blutunterlaufene Augen und stank nach Bier.

Indias Lächeln verschwand.

»Ich würde gerne mit Jinny sprechen, der Freundin von Louis Mullett.«

»Die hat schon vor Ewigkeiten die Fliege gemacht.«
»Und Louis? Ist der noch hier?«
»Der hat sich schon vor Monaten verpisst. Sie hat sich die Augen aus dem Kopf geheult. Dann hat sie auf der Central Station nach ihm gesucht. Seitdem habe ich sie nicht mehr gesehen. Bin froh, dass sie weg ist. War eh nicht gut drauf.«
»Sind noch irgendwelche von ihren Verwandten hier? Von den anderen Mulletts?«
Die Frau rülpste und kratzte sich den Bauch. »Die ganze Bande hat sich zusammen aus dem Staub gemacht. Hat sich ein Stück Land im Busch gekauft. Hatten zwar kein Geld, aber das schien ihnen egal zu sein. Louis sprach von irgendeinem gruseligen Job. Sie sollten Geld bekommen, damit sie Medikamente nehmen.«
»Wo liegt das Land, das sie gekauft haben?«
»Am Arsch der Welt. Bei Biloella.« Plötzlich wurde sie misstrauisch. »Wieso wollen Sie das alles wissen?«
»Ich bin mit ihnen verwandt …«
Die Frau schlug ihr die Tür vor der Nase zu.
India stand da und starrte auf die Klingel. Der Hund bellte immer noch. Ein Lastwagen polterte vorbei und ließ eine blaue Abgaswolke hinter sich zurück. India überwand ihre Angst, hob den Finger und ließ ihn über dem Klingelknopf schweben.
Sie zuckte zurück, als die Tür aufgerissen und ihr eine Hand voll Post ins Gesicht geworfen wurde. »Von Jinny. Sie sind mit ihr verwandt, bitte schön!« Erneut knallte die Tür zu.

Im Weitergehen las India die Briefe. Drei waren von einer Schulfreundin, der Rest von Louis. Liebesbriefe. Kurz, sorgfältig in Druckbuchstaben geschrieben und herzzerreißend in ihrer Schlichtheit. Er hatte sie über einen Zeitraum von zwei Jahren geschrieben. Der neueste war vom siebten Juli. Er schien auch der letzte zu sein.

Nicht lang fort. Schnell zurück. Wünschte, Worte könnten sagen, was in meinem Kopf. Mein Körper. Will Dich. Liebe Dich. Rieche Dich.

Nichts sprach dafür, dass Louis seiner Geliebten irgendwie überdrüssig geworden wäre. India steckte die Briefe ein und ging weiter in Richtung Central Station.

Sie lief über eine Stunde im Bahnhof und in den Seitenstraßen herum und stellte Fragen, ehe sie Glück hatte. Ein Taxifahrer erinnerte sich, etwa ein Dutzend Aborigines gesehen zu haben, die im Juli oder August auf der Haupttreppe herumgehangen hatten. Er war überrascht gewesen, dass ein neuer Ford Transit sie abgeholt hatte. Er hatte erwartet, dass die Polizei sie vertreiben würde, und nicht, dass ein weißer Bursche, der nach College aussah, sich ihrer annehmen würde.
Der Taxifahrer fragte auch seine Kollegen, die sich um India geschart hatten wie Bienen um einen Topf Honig. Sie erfuhr, dass kleine Gruppen Aborigines ziemlich oft vor dem Bahnhof zusammenkamen.
Allerdings nicht in letzter Zeit.
Hauptsächlich vergangenes Jahr. Alle zwei Monate oder so habe eine Gruppe dort herumgehangen.
Doch, es sei normalerweise ein Lieferwagen gewesen, der sie abgeholt habe. Vermutlich sei die letzte Gruppe im November von dort verschwunden. Eher Anfang November. Vielleicht auch Ende Oktober.
Keine Ahnung, was der Lieferwagen für ein Nummernschild gehabt haben könnte. Sei jedoch weiß gewesen mit einem eingedrückten Kotflügel auf der Fahrerseite.
India dankte ihnen und ging weiter. Ihr Hals schmerzte, und ihr traten Tränen in die Augen, als sie darüber nachdachte, was sie erfahren hatte. Die Mulletts hatten auf eine Anzeige geantwortet, waren zur Central Station gegangen, wie sie das vermutlich

mit dem Inserenten ausgemacht hatten, waren dann in einen weißen Ford Transit gestiegen und verschwunden. Ihre Familie. Verschwunden.

India ging Richtung Oper. Auf dem Circular Quay drängten sich Touristen, strömten von den Fähren und belegten bereits die Plätze mit Beschlag, von denen aus man später das Feuerwerk am besten sehen konnte. Unruhig wartete India vor der Sydney Cove Oyster Bar im Schatten von Palmen und weißen Sonnenschirmen. In der leichten Brise flatterten lange purpurrote und gelbe Flaggen.
Mit den Augen suchte sie die Straße ab. Ein schwarzer Ford mit dunkel getönten Scheiben bahnte sich langsam einen Weg durch die Menge und um Mülleimer und Bänke herum. Großes Tier, dachte sie, oder eine Zivilstreife. Sämtlicher Verkehr wurde bereits seit den frühen Morgenstunden umgeleitet. Die Straßen der Innenstadt waren jetzt zwar voller Menschen, aber fast frei von Fahrzeugen.
India entdeckte einen Mann mit sonnengebleichtem Haar in der Menge und freute sich schon, aber es war nicht Scotto. Sie trat von einem Bein aufs andere und versuchte, ihre Aufregung zu unterdrücken.
»Du siehst aus wie ein kleines Kind«, war Mikeys Stimme plötzlich von hinten zu vernehmen, »das es kaum erwarten kann.«
»Er ist spät dran«, meinte sie.
»Das bin ich auch.«
Menschenmassen strömten an ihnen vorbei. India versuchte über die Menge hinwegzusehen. Sie hielt nach Blondschöpfen Ausschau. Aus den Augenwinkeln sah sie den schwarzen Ford näher kommen und wollte ihn schon genauer ansehen, als Scotto plötzlich auf sie zukam.
Er hatte abgenommen, und seine Jeans schlotterten etwas. Sein Gesicht war länger, als sie es in Erinnerung hatte. In einer Hand hielt er eine Aktentasche, er wirkte reserviert. Er sah über India

hinweg auf die Austernbar. Dann entdeckte er sie plötzlich. Er lächelte. Seine düstere Miene wurde von einem breiten und warmen Lächeln abgelöst.
India warf sich in die Menge.
»Scotto!«, rief sie.
Er ging in ihre Richtung. Aufgeregt drängte sie sich durch die Menge, die sich gnadenlos auf die Oper zuschob. Sie sprang in die Luft und sah, dass Scotto sich jetzt ebenfalls zu ihr durchkämpfte. Sie lächelte. Da sah sie etwas Schwarzes hinter ihm und hatte zum ersten Mal das Gefühl, dass etwas nicht stimmte.
Zwei Männer warfen sich aus dem Ford und fingen an zu rennen. Direkt auf Scotto zu.
Scotto breitete die Arme aus, um sie zu umarmen.
India sah, ohne ihren Augen zu trauen, wie die beiden Männer sich auf Scotto stürzten und ihn wegrissen.
Schockiert blieb sie einen Augenblick lang wie angewurzelt stehen. Die beiden Männer hatten seine Aktentasche gepackt, hatten seine Hände hochgerissen … Sie schleiften ihn fort.
Instinktiv senkte India den Kopf und jagte ihm hinterher. Leute, die sie zu Boden riss, brüllten ihr hinterher. Ohne nachzudenken bahnte sie sich einen Weg durch die Menge. Jemand schlug nach ihr, und sie drehte sich um sich selbst. Ihr rechter Arm wurde von einer Hand wie von einem Schraubstock umklammert. Ein Faustschlag traf sie in der Magengrube, und sie sackte zusammen.
Sofort war sie von Schaulustigen umringt.
»Asthma, meine Frau leidet an Asthma«, sagte ein Mann und half ihr wieder auf die Beine. Er hielt ihre Arme wie in Stahlzwingen.
Sie hatte sich vollkommen verkrümmt und versuchte verzweifelt, Luft zu bekommen, um etwas sagen zu können.
»India!«, rief Mikey.
»Kümmer dich um ihn«, fuhr der Mann seinen Kumpan an, der sich sofort in die Menge warf.
»India!«, rief Mikey erneut.

»Braucht sie ein Ventalin?«, erkundigte sich eine Frau hilfsbereit. »Ich habe welche in der Handtasche.«
»Nein, nein. Das gibt sich. Ich habe meinen Wagen gleich hier. Unsere Freunde helfen uns. Es geht ihr gleich besser. Vielen Dank.«
Sie erstickte fast und schnappte verzweifelt nach Luft. Tränen liefen ihr die Wangen herunter. Die Menge teilte sich, als sie mehr zu dem schwarzen Ford geschleift als getragen wurde. Sie versuchte irgendwo Halt zu finden, aber sie hoben sie einfach hoch, so dass sie mit den Füßen nicht mehr den Boden berührte. Neben ihr tauchte der Ford auf, und die Hintertür öffnete sich.
Plötzlich bekam sie wieder Luft. Sie füllte ihre Lungen.
Ihr Schrei gellte durch die Luft. »Mikey!«
Die Leute blieben stehen und starrten sie an.
Sie trat mit aller Kraft um sich und wehrte sich, so gut es ging, dann holte sie noch einmal tief Luft und schrie: »Mikey!« Aber eine Hand verschloss ihr den Mund, und jemand stieß sie auf die Rückbank des schwarzen Fords. Die Tür schlug hinter ihr zu.

Sofort fuhr der Wagen an. Er hatte schwarze Ledersitze, und India roch das Fichtennadelaroma eines Luftverbesserers sowie Zigarettenasche. Scotto lag bewusstlos halb auf dem Sitz und halb auf dem Boden. Vorne saßen zwei Männer um die dreißig in dunklen Hosen und Jacken. Einer von ihnen hielt eine Pistole auf sie gerichtet.
»Keine falsche Bewegung oder ich schieße.«
Sie atmete stoßweise, und die Atemzüge rasselten in ihrer Kehle.
Der Wagen wendete langsam und fuhr dann im Schritttempo durch die Menge Richtung Zentrum. Der Mann mit der Pistole sah einen Augenblick weg und nach vorne.
Mit der rechten Hand zog India den Knopf der Türverriegelung hoch, zerrte am Türgriff und drückte dann mit aller Kraft.

Nichts.
Sie drückte erneut. Der Mann riss den Kopf herum.
Mit den Händen auf der Tür erstarrte sie.
Dann sahen sie sich unbeweglich an, und sie dachte nur, dass er beim Rasieren eine Ecke, so groß wie ein Fünfpencestück, vergessen hatte.
»Haben Sie nicht gehört, was ich gesagt habe?«
Sie glaubte nicht, dass er auf sie schießen würde, aber sie konnte sich nicht sicher sein. Also saß sie weiterhin ganz still da. Sie hoffte, dass er nachsichtig sein würde.
Die Sekunden verstrichen. Als sie eine Weile gefahren waren, nahm der Mann seine Pistole weg. India legte die Hände in den Schoß. Begann wieder normal zu atmen.

Mikey hatte den Mann auf sich zustürzen sehen und sich sofort zur Seite geworfen. Richtung Phillip Street. Er sah, wie der schwarze Ford wendete, und rannte zum Hotel Intercontinental, vor dem es einen Taxistand gab. Er betete, dass er dort ein freies Taxi finden würde …
Er rannte den Hügel hinauf. Zwei Taxis, Gott sei Dank.
Er lief zu dem ersten, einem blauen Holden, und riss die Fahrertür auf.
»Was zum Teufel …«
»Tut mir Leid, Kumpel«, sagte Mikey nur, zerrte den Fahrer aus dem Wagen und stieß ihn auf die Straße. Er sprang in den Wagen und drehte den Zündschlüssel um.
Der Taxifahrer hämmerte fluchend gegen die Tür.
Mikey legte einen Gang ein und brauste mit quietschenden Reifen davon.

Der Ford fuhr Richtung Süden. Sie hatten den Haymarket passiert und befanden sich auf der South Dowling Street, die zum Flughafen führte.
India versuchte zu begreifen, warum sie sich in dieser Lage

befand, warum sie auch Scotto aufgegriffen hatten ... und wurde plötzlich ganz mutlos. Sie hatten ihnen die Augen nicht verbunden. Die Kidnapper hatten sich nicht die Mühe gemacht, ihre Gesichter zu verbergen oder ihre Fahrtroute zu verschleiern. Das war schlimm. Sehr schlimm sogar.

Als sie Mascot erreicht hatten, verließ der Ford den Expressway und bog nach rechts ab. Bei einer Ampel ging es plötzlich nach links und eine holprige, von Lagerhäusern gesäumte Straße entlang. Nach einer Weile wurde das Fahrzeug langsamer und fuhr auf einen riesigen Hof. Der Hof war leer. Ein einzelner, staubiger Gummibaum stand wie ein Wachtposten neben dem rostigen Einfahrtstor, das von einem Scharnier herabhing. Die Halle vor ihnen war weiß und ihre Mauern rissig. Der Wagen hielt vor einem großen Tor. Der Fahrer stellte den Motor ab. Alles war still, abgesehen vom Verkehr, der in der Ferne auf dem South Cross Drive brandete.

Das Tor wurde scheppernd von innen geöffnet. Zwei weitere Männer erschienen und gingen zu ihrem Wagen. Der eine hatte einen Bürstenschnitt, der andere kurzes, lockiges, braunes Haar.

»India.« Scotto zog ihren Namen in die Länge, als sei er betrunken.

Sofort sah er eine Pistole auf sich gerichtet. »Halt die Schnauze«, zischte der Mann nervös.

Scotto tat, als habe er nichts gehört. »Indi, Liebe, wie sehr du mir gefehlt hast, schrecklich gefehlt.«

Sie hielt den Blick auf den Mann mit der Pistole gerichtet und nahm Scottos Hand. Sie war erstaunlich warm, und seine Finger hatten eine erstaunliche Stärke. Sie musste sich sehr darauf konzentrieren, sich nichts anmerken zu lassen. Der Mann mit der Pistole merkte jedoch nichts. Er sah jetzt auf die beiden Männer, die näher kamen, ließ jedoch keinen Augenblick seine Pistole sinken.

»Was sind das für Affen?«, fragte Scotto, und als sich der Mann

mit der Pistole zu ihm herumwarf, meinte er nur: »Scheiße, tut mir der Kopf weh.«
Die Zentralverriegelung klickte. Dann öffneten sich alle Türen automatisch. Sofort wurde es sehr heiß, feuchte Luft strömte ins Fahrzeuginnere und machte die Klimaanlage wirkungslos.
»Er ist wach«, sagte der Mann mit der Pistole und deutete auf Scotto.
»Gut«, sagte einer der Männer draußen und zerrte den protestierenden Scotto an Haaren und einem Ellbogen aus dem Wagen. »Ich hätte keine Lust gehabt, den Scheißkerl zu tragen.«
India wurde ebenfalls aus dem Wagen gezerrt und hinter Scotto ins Lagerhaus geschleift. Der lamentierte immer noch über seinen Kopf, wie sehr der wehtäte und ob sie ihn nicht in Ruhe lassen könnten.
Das Lager war riesengroß. Links standen große Holzkisten aufgestapelt, und rechts parkte nur wenige Meter entfernt ein silberner Mercedes-Geländewagen. Scottos Aktentasche wurde neben den Mercedes gestellt, dann fesselte man ihm die Hände mit Handschellen, die so aussahen, als stammten sie aus Polizeibeständen, und führte ihn auf die Holzkisten zu, wo ihm auch noch die Füße zusammengebunden wurden. India musste sich vor den Geländewagen stellen. Zwei Männer bauten sich hinter ihr auf. Sie fühlte, dass sie ihr etwas Kleines, Hartes ins Kreuz pressten. Keine Sekunde zweifelte sie daran, dass es sich um den Lauf einer Pistole handelte.
»Kommt schon, Freunde«, sagte Scotto laut und beleidigt. »Verratet uns endlich euer Geheimnis! Was ist hier los?«
Eine Autotür wurde geöffnet und geschlossen. »Sehr gut, Mr. Kennedy. Sie tun so, als hätten Sie von nichts eine Ahnung. Wenn ich es nicht besser wüsste, würde ich sogar darauf hereinfallen.«
India erkannte die Stimme. Ihr wurde übel.
Roland Knox.
Er war genauso gekleidet wie bei ihrer Begegnung im Research

Institute: dunkelgrauer Anzug, schneeweißes Hemd und eine leuchtend blaue Krawatte, die seine Augen wie Wasser erscheinen ließ.

Scotto sah entsetzt aus. »Was zum Teufel ist hier los?«

»Sein Jammern und Unschuldslammgehabe gehen mir auf die Nerven«, sagte Roland Knox. »Brecht ihm einen Finger.«

»Welchen, Sir?«

»Ist doch egal«, fauchte Knox. »Macht schon.«

Knox trat vor und war India jetzt ziemlich nahe. Seltsam durchdringend sah er sie an.

India konnte einen Augenblick nicht fassen, dass sich zwei Männer Scotto näherten. Er wehrte sich nach Leibeskräften, als ihn einer der Männer gegen die Wand drückte und der andere seine mit Handschellen gefesselten Handgelenke packte.

Entsetzt riss sie die Augen auf, weiter als je zuvor, als der Mann, der die Handgelenke hielt, Scotto den kleinen Finger der rechten Hand zurückbog. Schließlich brach der Knochen mit einem leisen, schmatzenden Geräusch, als würde jemand eine Hühnerkeule aus einem rohen Hühnertorso ziehen. Scotto gab jeden Widerstand auf und wurde aschfahl.

Vor Übelkeit wurde es India schwindlig. Die anderen zwei Männer standen hinter ihr, einer auf jeder Seite. Sie hörte sie atmen, sie waren zu nahe, viel zu nahe, als dass sie hätte wegrennen können.

»O Gott«, sagte Scotto mit schwacher Stimme. »Gott. O Gott.« Totenblass drückte er die Hände gegen die Brust.

Knox schnippte mit den Fingern und deutete auf einen der Männer hinter ihr. »Die Aktentasche«, sagte er, »mach sie auf und bring sie her.«

Der Mann befolgte den Befehl und hielt Knox Scottos Aktentasche geöffnet hin, als würde er ihm eine gigantische Schachtel Zigarren offerieren. Knox blickte in die Aktentasche. Seine Stimme klang hochzufrieden, als er eine zerfledderte, grüne Mappe hochhielt, Scotto damit zuwinkte und sie wieder in der Mappe verschwinden ließ. »Genau wie ich dachte«, sagte er und gab dem Mann ein Zeichen, zurückzutreten. »Sie haben die Sachen zum Segeln mitgenommen, oder, Mr. Kennedy? Ich ziehe den Hut vor Ihrer Umsicht. Sie wollten den Inhalt des Dossiers zweifellos nicht mit allen australischen Familien teilen.«

Wie elektrisiert riss Scotto den Kopf hoch. Mit fester Stimme sagte er: »Indi, auch wenn du dich sonst an nichts erinnern solltest, denk dran, es ist das *Wasser*, das WASSER …«

»Schnauze!«, fauchte Knox. Ungeduldig gab er dem Mann, der Scotto festhielt, ein Zeichen. »Sieh zu, dass er still ist«, sagte er übellaunig. »Zerr noch mal an dem Finger oder brech ihm noch ein paar Knochen, was auch immer.«

Knox kam auf India zu und musterte sie. Sie wusste, dass er es hasste, klein zu sein, und es verabscheute, zu ihr aufschauen zu müssen. Sie achtete darauf, ihr Kinn so weit wie möglich einzuziehen, so dass von ihm aus gesehen ihre Nase noch länger erscheinen würde und sie selbst noch hochmütiger.

»Ich will jetzt alles wissen«, sagte er. »Ich will wissen, wie es Ihnen gelungen ist, diesen Aboriginebullen zum Sündenbock zu machen. Dann will ich alles über Rodney Stirling wissen. Ich will wissen, mit wem Sie geredet und wen Sie getroffen haben … Ich will wissen, was Sie in jeder Minute seit unserer letzten Begegnung gemacht haben.«

Jetzt dämmerte es ihr: *Whitelaw war tatsächlich unschuldig.*

»Reden Sie schon, Miss Kane.«

India sagte kein Wort. Was hatte sie schon zu verlieren? Scotto wurde von zwei Männern bewacht, und ihr drückte jemand eine Pistole ins Kreuz. Reglos stand sie da und dachte über das Leben, Scotto, den Sonnenschein und darüber nach, wie Mikey ausgesehen hatte, als er sie ausgelacht hatte, weil sie selbst eine Aborigine war.

»Sie halten sich für so stark«, sagte er. »Sie kann nichts umbringen. Vor nichts haben Sie Angst.«

Sie wich seinem Blick nicht aus und antwortete nicht.

»Wie ist es denn mit unserem Mr. Kennedy. Um ihn haben Sie doch Angst, oder?«
Unbewusst zuckte India zurück.
Knox trat jetzt ganz nahe an sie heran, so nahe, dass sie den Geruch seines Aftershaves in die Nase bekam: ganz leicht nach Zitrone, scharf, aber nicht unangenehm.
»Ich will wissen, warum die Australian Medical Association angefangen hat, sich für meine Firma zu interessieren«, sagte er.
India starrte ihn an. Immer größere Angst stieg in ihr auf. Umklammerte ihr Herz.
»Antworten Sie!«
Sie bewegte sich nicht, keinen Zentimeter.
Knox schnippte mit den Fingern. Der Mann, der ihm die Aktentasche gebracht hatte, eilte herbei und reichte ihm eine kleine Pistole. Knox lud die Waffe durch. Dann nickte er den beiden Männern zu, die Scotto festhielten, und sagte: »Drückt ihn runter.«
India wollte auf Scotto zugehen, aber der Mann hinter ihr packte sie am Haar, schlang es sich um die Hand und zog so fest, dass ihr Tränen in die Augen schossen.
Wie ein gefangenes Tier, dessen Ende naht, fing Scotto in dem Augenblick an zu zappeln, in dem er die Hände auf sich spürte. Der Mann, der Knox die Pistole gegeben hatte, hielt Scotto jetzt ebenfalls fest. Es waren drei Männer nötig, ihn am Boden zu halten, und trotzdem warf er sich noch wild hin und her, als Knox, die Pistole zu Boden gerichtet, auf ihn zutrat.
»Nein!«, schrie Scotto. Er zappelte verzweifelt, und Speichelbläschen flogen von seinen Lippen. »Nicht! Bitte nicht!«
India wollte sich auf Scotto stürzen, aber ihr Kopf wurde so fest zurückgerissen, dass sie glaubte, das Haar gleich büschelweise zu verlieren.
Roland Knox trat auf Scotto zu und schwang seinen Arm herum. Der schwarze Lauf der Pistole war jetzt auf Scottos linke Kniescheibe gepresst.

Scotto schrie, aber India war vollkommen verstummt. Das Entsetzen hatte ganz von ihr Besitz ergriffen.
Knox wandte sich an India und lächelte. Er sagte: »Das gefällt Ihnen doch nicht etwa, Miss Kane?«
Dann drückte er ab.

Fünfundzwanzig Sekunden lang schrie Scotto aus vollem Hals, dann verlor er das Bewusstsein. India wusste, dass sie diesen Schrei bis zu ihrem Tod frühmorgens in ihren Träumen hören würde. Sie sah, wie das Blut seine Jeans tränkte wie rote Tinte Löschpapier. Sie bekam Pulvergeruch in die Nase und den scharfen Geruch ihrer eigenen Angst. Der Schuss hallte ihr in den Ohren wider, und ein pochender Schmerz machte sich in ihrem Kopf bemerkbar. Der Griff um ihr Haar war unerträglich.
Roland Knox baute sich vor ihr auf und senkte die Pistole immer weiter, bis er mit ihr auf ihren Bauch zielte.
India warf sich gegen den Mann hinter ihr und versuchte sich von Knox abzuwenden, dann trat sie panisch um sich. Ein halb ersticktes Wimmern stieg in ihrer Kehle auf.
»Haltet sie fest.«
Verzweifelt trat sie nach den Männern, die sich ihr näherten, aber sie waren zu stark, und schließlich packten zwei von ihnen ihre Arme und Beine.
»Zieh ihre Bluse hoch«, sagte Knox, »und den Reißverschluss runter.«
Der Mann, der ihr Haar festhielt, lockerte seinen Griff, aber Knox brüllte: »Nicht du, du Idiot, Aikin.«
Der vierte Mann sprang hinzu, um die Anweisung zu befolgen. Knox drückte den Lauf langsam, fast liebevoll gegen die weiche Haut ihres Unterbauchs und streichelte ihn damit. Ihre Muskeln krampften sich unter der Liebkosung des Metalls zusammen, und sie versuchte sich auf die Knie fallen zu lassen und sich zur Seite zu winden, aber der Mann hinter ihr hielt ihren Kopf

gnadenlos fest. Knox beobachtete konzentriert jede ihrer Bewegungen.
Er hob die Pistole.
Die Angst machte sie zu Wasser. Sie drang durch jede Ader, jeden Nerv und ließ sie in jeder Zelle ihres Körpers erschaudern. Sie versuchte, sich diese Angst nicht anmerken zu lassen, und hielt Knox' Blick stand, ohne zu blinzeln. Sie konnte jedoch nicht verhindern, in die Hosen zu machen. Der Urin durchweichte ihren Slip und sickerte dann ihre Hosenbeine entlang.
Seine Stimme war ruhig, heiter, als wolle er ihr Mut machen oder sie trösten. »Wie Sie sehen, kann ich Ihre Eingeweide zerfetzen, wenn ich will, Ihren Magen, Ihre Blase und Ihre Därme zu Brei schießen. Ich bezweifle, dass Sie dann je Kinder haben können.«
Er strich mit dem harten Metall der Pistole im Kreis um ihren Nabel. »Was würden Sie tun, um das zu verhindern?«
India öffnete den Mund, bekam erst keinen Ton heraus und sagte schließlich: »Alles.«
»Wie liebenswürdig von Ihnen. Heißt das, dass Sie mir erzählen wollen, wer der Australian Medical Association den Tipp gegeben und Sie mir auf die Fersen gehetzt hat?«
Sie schloss die Augen, und sofort stieß er ihr den Lauf der Pistole hart in den Bauch.
»Machen Sie die Augen auf und antworten Sie mir.«
Ihre Stimme war heiser. »Ja.«
Er legte den Kopf zur Seite und betrachtete sie. Schweiß lief ihr Stirn und Wangen herunter. »Fangen Sie an, Miss Kane. Machen Sie schon. Reden Sie.«
Eine lange Stille trat ein, während der er India musterte. Sie hing an ihren Haaren und bebte und zitterte und dachte: *Lieber Gott, lass mich leben, mach, dass er nicht abdrückt, bitte, bitte nicht.* Schließlich nahm er die Pistole weg und stieß sie gegen ihre rechte Kniescheibe.
»Das wird wehtun, Miss Kane.«

Einundzwanzig

India unternahm eine letzte, verzweifelte Anstrengung, sich zu befreien.

»Haltet sie fest!«, fauchte Knox.

Jeder Muskel, jeder Nerv wurde von Adrenalin überschwemmt. Sie wehrte sich, trat, bäumte sich auf und schrie, als plötzlich jemand *»Polizei!«* rief.

Knox richtete seine Pistole sofort in die Richtung, aus der der Ruf gekommen war.

Dieselbe Stimme rief: *»Lasst die Waffen fallen, oder ich schieße!«*

Niemand regte sich.

Ein einzelner Schuss schlug neben India in den Zement ein.

Knox erwiderte das Feuer zweimal und rannte.

Die drei Männer ließen India fallen und gingen hinter dem Mercedes in Deckung.

Einen Augenblick blieb sie erstaunt liegen.

Eine Kugel schlug in den Mercedes ein. Eine weitere pfiff an ihr vorbei. Ein Adrenalinstoß gab ihr ihre Kräfte zurück. Sie warf sich zur Seite und rannte auf Tor und Freiheit zu. Hinter sich hörte sie Pistolenschüsse. Die Männer schrien etwas. Eine Kugel schlug vor ihr in eine der Kisten ein. India rannte noch schneller. Weitere Kugeln schlugen in die Kisten ein. Holz splitterte. Sie warf sich nach links.

»India«, rief ein Mann vor ihr. »Ich bin hier!« Mikeys Stimme war heiser.

Eine Kugel ritzte ihre Bluse. Eine weitere pfiff an ihrem Ohr vorbei.

Schüsse echoten in dem Lagerhaus.

»Mikey!«, schrie India.

»Geh runter!«, rief er.

India ließ sich auf Hände und Knie fallen und kroch hastig auf ihn zu.
»Bist du okay?«
»Ja.« Eilig zog sie den Reißverschluss ihrer Jeans hoch.
»Lass uns verschwinden.« Er packte ihr Handgelenk. »Beeil dich!« Er zog sie hinter sich her. Sie mühte sich Schritt zu halten. Sie war von den Schüssen fast taub und hörte ein Klingeln. Vollkommen verwirrt brauchte sie eine Weile, bis sie begriff, dass sie im Freien waren.
Kugeln schlugen hinter ihnen ein. Immer noch wurde geschossen.
Ohne Vorwarnung stolperte Mikey, ließ ihre Hand los, blieb einfach mit dem Gesicht nach unten liegen. Eine Kugel pfiff direkt neben ihrem Kopf vorbei. Sie hielt kaum inne und rannte einfach über den Vorplatz weiter. *Ich muss zur Straße. Muss hier raus. Muss rennen. Rennen, rennen,* rennen.
Und schon rannte sie die Botany Road entlang, auf der sich der Verkehr dahinwälzte. Dann wurde sie langsamer, streckte die Hand aus und schnappte nach Luft.
Der Kieslaster, der schließlich hielt, fuhr nach Newcastle, aber das war ihr gleichgültig.

Mit Mühe kam Mikey wieder auf die Füße. Er sah, wie India durch das Einfahrtstor rannte und verschwand. Er lief auf das Holden-Taxi zu, sprang hinein und verriegelte die Türen. Dann ließ er den Motor an. Da fiel ihm auf, dass noch immer geschossen wurde.
Wer schoss auf wen?
Mikey fuhr auf die Straße, bog sofort links ab und parkte hinter einem Lastwagen. Mit klopfendem Herzen behielt er im Seitenspiegel die Straßenkreuzung hinter sich im Auge.
Drei Minuten später schoss ein silberner Mercedes-Geländewagen vorbei, gefolgt von einem schwarzen Ford.
Eine Minute später kam ein schwarzer BMW. Kennzeichen:

OED 128. Indias BMW. Er fluchte. Er hatte noch immer nicht herausgefunden, wem der Schlitten gehörte.
Er wartete zwei Minuten, ließ den Motor dann wieder an und fuhr mit quietschenden Reifen zurück zur Lagerhalle. Bevor er sich um Scotto kümmerte, suchte er rasch das Gelände ab. Niemand. Auch im Lager war keine Menschenseele bis auf Scotto, der ganz still dalag.
Er war froh, dass Scotto immer noch bewusstlos war. So vorsichtig wie es ging, löste Mikey das Seil von Scottos Füßen. Die Handschellen konnte er nicht öffnen. Scotto musste so schnell wie möglich in eine Klinik. Mikeys Herz schlug rasend schnell. Er hob Scotto hoch. Das Adrenalin half ihm dabei. Scotto war nicht gerade ein Leichtgewicht. Mikey wuchtete ihn auf die Rückbank des Taxis und raste zum Prince of Wales Hospital.

Der Lastwagenfahrer setzte India in North Sydney ab. Von dort nahm sie ein Taxi nach Manly. Dort würde sie sich am leichtesten verstecken können. Ohne Erfolg fragte sie bei fünf Pensionen und drei Hotels nach einem Zimmer. Das vierte Hotel hatte Blick über North Steyne. Zu einem Wucherpreis hatten sie noch ein Doppelzimmer mit Meeresblick. Das war ihr gleichgültig. Sie war froh, dass in letzter Minute noch jemand abgesagt hatte. Alle anderen Zimmer waren wegen Silvester belegt. India zahlte in bar. Sie wollte nicht, dass ihr Knox mit Hilfe ihrer Kreditkarte auf die Spur kam.
Sie war wie betäubt, vollkommen traumatisiert, und glaubte schon, zu keinen Gefühlen mehr fähig zu sein. Aber als sie auf ihr Zimmer kam, begann sie trotzdem am ganzen Körper zu zittern.
Sie zog die Tür hinter sich zu und schloss ab. Dann tastete sie sich ins Badezimmer und übergab sich. Sie kauerte neben der Klosettschüssel und würgte fast ununterbrochen, als könnte sie sich so von ihren Erlebnissen in der Lagerhalle befreien. Sie hörte Scottos Schrei immer noch, hatte den scharfen Pulvergeruch in

der Nase und sah überall Scottos Blut. Jedes Detail hatte sich auf ihrer Netzhaut festgeätzt, ob sie die Augen geschlossen hatte oder nicht.
Sie hielt den Kopf unter kaltes Wasser, nahm dann Wasser in beide Hände, um sich den Mund auszuspülen und das saure Brennen in ihrer Kehle zu mildern. Mit einem Handtuch vom Fußboden wischte sie sich das Gesicht ab. Dann ließ sie das Handtuch ins Waschbecken fallen. Endlich sah sie in den Spiegel.
Die Jahre verschwanden.
Sie kniete auf dem Küchenfußboden und versuchte Lauren zu helfen.
Sie verließ die Redaktionsräume des *Courier,* ohne sich noch einmal umzudrehen. Stur weigerte sie sich, nach Sydney zu fahren und Lauren zu besuchen. Sie sah ihr eigenes selbstgerechtes Gesicht vor sich, als sie Whitelaw für schuldig erklärte, bevor sie das Haus verließ, um Cooinda per Autostopp zu verlassen. Sie rannte von Mikey weg, der vor der Lagerhalle gestürzt war. Jetzt näherte sie sich ihren schlimmsten Erinnerungen. Sie sah sich, wie sie war, ohne Eitelkeit und Selbstüberschätzung. Die Fundamente, auf denen ihr Selbst ruhte, fielen in sich zusammen. Sie hatte gedacht, sie sei der Person davongelaufen, die sie einmal gewesen war. Sie hatte geglaubt, sie sei ihrer Vergangenheit davongelaufen, aber sie hatte sich geirrt. Sie war ihr den ganzen Weg hierher gefolgt.

Sie war sechs Jahre alt. Sie befand sich mit ihrer Mutter in diesem heruntergekommenen Haus in Dee Why. Ihre Mutter war aus der Klinik gekommen und weinte um Toby, der an diesem Morgen gestorben war. Ihr Vater kam nach Hause und begann sie in der Küche herumzuschubsen, als er sie weinen sah. Er schlug wirklich hart zu, und India wusste, dass er sie dieses Mal wirklich verletzen würde. Seine Wut nahm zu, ihre Mutter schluchzte, und India hatte sich zitternd in eine Ecke verkrochen.
»Du Schlampe!«, schrie er immer wieder. »Mein Gott, ich bring

dich um. Schlampe. Lügnerin!« Die Hände hatte er zu Fäusten geballt und schlug auf sie ein. Sie blutete bereits am Mund und aus der Nase, und India kauerte auf dem Boden, sie hatte solche Angst und war neben ihm einfach winzig. Seine Wut war so groß, dass sie wie gelähmt war. Sie konnte ihrer Mutter nicht helfen. Plötzlich stand Lauren da. Sie schrie ihn an, er solle aufhören, oder sie würde ihre Eltern holen oder die Polizei oder die Nachbarn, wenn er nicht endlich aufhören würde.

Er hörte auf. Er trat auf Lauren zu und packte sie. Sie versuchte sich zu wehren, war aber so klein und dünn, dass er sie einfach abschüttelte und sie mit Handschellen an den Heizkörper fesselte. India kroch auf Lauren zu, sie wollte sie unbedingt erreichen. Da drehte sich ihr Vater plötzlich zu ihr um und sah sie an.

Sein Gesicht war rot, er geiferte förmlich, und an seinen Fäusten und auf seinem Hemd war Blut. Er sah ihr fest in die Augen, streckte sich nach dem Baseballschläger unter dem Tisch aus und trat einen Schritt auf sie zu. Sie schrie.

Er hatte es wirklich auf sie abgesehen.

India rannte. Sie stürzte aus dem Haus, rannte, so schnell sie konnte, wie blind, ohne jeden Plan. Sie rannte auf Asphalt, auf Rasen, Sand und Schotter, ihre nackten Füße trommelten auf den Boden, und sie konnte einfach nicht aufhören, sie konnte nicht aufhören zu rennen. Als ihre Beine schließlich nachgaben, war sie an einem Strand und kroch auf Händen und Knien weiter. Ihre Füße waren zerschunden und bluteten. Sie hatte ein Stechen in der Lunge, konnte aber das Verlangen, weiterzurennen, nicht unterdrücken …

Erst bei Morgendämmerung des nächsten Tages kehrte sie nach Hause zurück. Sie zitterte und weinte vor Schrecken. Ihr Vater war weg, ihre Mutter bewusstlos und Lauren war immer noch an die Heizung gefesselt, hatte aber beide Arme gebrochen.

Sie hatte Lauren die ganze Nacht dort liegen gelassen.

Sie schämte sich so.

Ein Telefon klingelte, und sie war in Sydney. Sie hatte Sydney nie verlassen. Sie begann zu weinen, aber nicht wie vorher, leise und beherrscht, sondern in großen Schluchzern, die sie schüttelten und alles zusammenzogen. Hilflos streckte sie sich nach einem Handtuch aus und versuchte ihre Schreie zu dämpfen. Sie taumelte rückwärts und griff nach hinten. Sie fasste ins Leere und fiel. Jetzt sah sie Lauren ganz deutlich vor sich.

Liebes, du reißt dich jetzt besser zusammen oder du bekommst noch richtige Probleme.

Sie litt fürchterliche Qualen. Ihre beste Freundin war tot. Tot, tot, *tot*. Und der Verrat an Scotto und Mikey gab ihr das Gefühl, Lauren erneut verraten zu haben.

Eine Stunde später hatte sie sich immer noch nicht gefasst. Ungeschickt und unfähig, durch ihre Tränen hindurch klar zu sehen, faltete sie das Handtuch zusammen und hängte es so ordentlich wie möglich über die Handtuchstange. Weil sie nicht wusste, was sie sonst tun sollte, ging sie hinaus auf den Balkon mit Blick über Manly Beach, legte ihren Kopf in die Arme und weinte. Nach einer Weile ließ sie sich erschöpft in einen der beiden Liegestühle fallen. Ihre Augen waren so verquollen, dass sie kaum noch etwas sehen konnte, und ihr Mund war vollkommen verzerrt.

Sie fühlte sich leer und ausgelaugt. Sie saß da und starrte auf die Surfer auf dem tiefen Blau des Pazifik, ohne sie zu sehen. Alles sah genauso aus wie all diese Jahre zuvor. Dieselben Pinien, dieselben Autos, die schräg am Straßenrand geparkt waren, derselbe Ozean, der von einer mächtigen Brandung gesäumt wurde. Nichts hatte sich verändert, auch sie nicht. Sie war so feige, wie sie das immer gewesen war.

Zwei Stunden lang beobachtete sie die Surfer und ging nur nach drinnen, um die Toilette zu benutzen oder um etwas Wasser zu trinken. Sie hatte nicht die Kraft, daran zu denken, dass Jeremy Whitelaw unschuldig im Gefängnis saß. Alles, was mit Cooinda,

Polly, Albert oder Mikey zu tun hatte, hatte sie ebenfalls verdrängt.
Um halb sechs an diesem Nachmittag ging es ihr immer noch nicht besser. Sie wusste nicht, was sie tun sollte. Sie wollte das Hotel nicht verlassen. Sie wollte sich dort verstecken. Am Himmel sah sie einer 747 hinterher und dachte daran, nach London, China oder Brasilien zu fliegen. Sie sah sich bereits in Rio de Janeiro oder Peking und kam zu dem niederschmetternden Schluss, dass sie überall trotzdem dieselbe sein würde.
Im goldenen Schein der Nachmittagssonne schaute sie den Surfern zu und ging dann nach drinnen, um sich einen Kaffee zu kochen, trank diesen aber nicht. Sie entfernte die Zellophanhülle von einem Keks und warf ihn dann in den Mülleimer. Sie brauchte etwas, womit sie sich beschäftigen konnte, etwas, das sie ablenken würde, damit ihre Gedanken nicht weiter qualvoll um dieselben Fragen kreisten.
Sie verließ ihr Zimmer und machte sich auf die Suche nach einem Badeanzug.

Das Meer war kalt, kälter, als sie erwartet hatte, und die Wellen waren fast zwei Meter hoch. Sie tauchte unter ihnen hindurch, während sie über sie hinwegdonnerten, die Gischt spritzte in der Brise. Als sie ins nächste Wellental kam, hatte sie Salzwasser in der Nase. Sie brauchte nicht lange, um durch die großen Brecher zu kommen, und nach etwa einer halben Stunde hielt sie inne und blickte zurück.
Der Strand war mit glänzenden Leibern auf bunten Badelaken bedeckt, einige unter Sonnenschirmen, der Rest in der gleißenden Sonne. Es wurde Volleyball gespielt, und eine Menschenmenge mit Kühltaschen und Picknickkörben wälzte sich die breite Treppe zum Strand hinunter.
India drehte sich um und schwamm dann mit kräftigen und gleichmäßigen Zügen weiter aufs offene Meer hinaus. Sie war ruhig und ganz ins Schwimmen, das Klatschen der Wellen und

das brennende Salz in ihren Augen und auf ihrer Haut vertieft. Nach einer Stunde wurde sie müde, ließ sich eine Weile auf dem Rücken treiben und starrte in den diesigen Himmel und auf die Möwen, deren Flügel die Form eines Bumerangs hatten. Da kam ihre Seelenqual zurück, also schwamm sie weiter, bis sie erneut müde wurde. Dieses Mal fiel es ihr nicht mehr so leicht, sich treiben zu lassen. Ihre Beine schienen sie herabzuziehen, und sie war sich nicht sicher, ob sie überhaupt weiterschwimmen wollte, aber es war angenehm, weit draußen zu sein, sodass sie sich wieder auf den Bauch drehte und weiterschwamm.

Erneut wurde sie müde und wollte sich gerade umdrehen, um sich wieder treiben zu lassen, als sie hinter sich eine Stimme hörte.

»Tach.«

Sie schwamm auf der Stelle und sah einen sehr braunen und sehr schlanken Mann Mitte zwanzig rittlings auf einem Surfbrett sitzen.

»Hallo«, erwiderte sie.

»Sie sind aber weit draußen.«

India blickte zurück. Ihr Hotel war am Horizont nur noch so groß wie ein Stück Würfelzucker. Den Strand sah sie noch als einen schmalen gelben Streifen und auch nur, wenn sie sich auf einem Wellenrücken befand. »Ja, das bin ich wohl.«

»Haben Sie irgendein besonderes Ziel?«

»Ich hatte einfach Lust, rauszuschwimmen.«

»Sie sind wirklich ziemlich weit draußen.«

Mit zusammengekniffenen Augen sah sie ihn an. »Was machen Sie hier draußen?«

»Ich bin Rettungsschwimmer.«

India war überrascht und musste lachen. »Ich muss aber nicht gerettet werden.«

Er lächelte sie an. »Sind Sie müde?«

Sie antwortete nicht.

»Wenn Sie sich an meinem Brett festhalten wollen, während ich zurückpaddle, dürfen Sie das gerne. Für mich ist das keine zusätzliche Anstrengung.«

»Danke, aber das ist nicht nötig.« India wandte sich von dem freundlichen jungen Mann ab, der sie an Tiger erinnerte, und schwamm weiter. Erst fünfzehn Minuten später, als sie innehielt, um tief Luft zu holen, sah sie ihn aus den Augenwinkeln, wie er flach auf dem Brett liegend mit seinen muskulösen Armen hinter ihr herpaddelte.

»Es macht Ihnen doch nichts aus, wenn ich ein Stück mitkomme?«, fragte er.

»Der Ozean gehört allen.«

India ließ sich eine Weile auf dem Rücken treiben, während der Rettungsschwimmer auf seinem Brett saß. Er summte eine Opernarie. Sie wusste, dass sie aus *Carmen* war. Als sie sich umdrehte, um weiterzuschwimmen und zwar Richtung Osten zur Nordspitze von Neuseeland, sagte er nichts, sondern paddelte schweigend hinter ihr her.

Sie dachte nicht wirklich darüber nach, was sie tat. Sie merkte auch nicht, wie weit sie vom Ufer entfernt und wie nahe sie der totalen Erschöpfung war. Sie wusste nur, dass sie ihr Gewissen jetzt nicht mehr so quälte, sie fühlte sich nicht mehr so schuldig, und ihre Seelenpein hatte aufgehört.

Eine Welle, die größer war als die anderen, erwischte sie im Gesicht, und ihr geriet Wasser in die Luftröhre. Sie würgte und hustete und versuchte gerade wieder Luft zu bekommen, als die nächste Welle sie traf. Sie hatte das Gefühl, den halben Ozean geschluckt zu haben, und sank mit dem Gewicht des Wassers in den Lungen, als plötzlich der Rettungsschwimmer in Sicht kam.

»Brauchen Sie Hilfe?«

Sie hustete immer noch, nahm seine ausgestreckte Hand aber nicht.

Er hob den Kopf, blickte in die Ferne und sah sie dann wieder mit ernstem Gesicht an. »Sieht aus, als sei hier vor einer Weile ein

Schiff so groß wie die Titanic vorbeigekommen. Wir haben mit ein paar großen Wellen zu rechnen.«

India hustete ein letztes Mal und bekam wieder ausreichend Luft in die Lungen.

»Warum halten Sie sich nicht an meinem Brett fest, bis die Wellen vorbei sind. Dann können wir so weitermachen wie vorher.«

Eine Minute lang dachte sie, er würde das mit den großen Wellen erfinden, aber dann sah sie die erste. Sie war nicht sehr hoch, kam aber sehr schnell auf sie zu.

Ich kann problemlos unter ihr wegtauchen, dachte sie.

»Ungefähr acht davon kommen direkt hintereinander«, sagte er ruhig, als habe er ihre Gedanken gelesen. »Und zwischen den letzten fünf werden Sie keine Luft holen können.«

Die Welle kam näher, eine grünlich blaue, undurchsichtige Erhebung ohne Kamm, ohne weißen Schaum. Sie meinte zu sehen, wie sich ein Schatten in ihr bewegte. Er sah aus wie ein Torpedo und hätte eine Schildkröte sein können, aber in ihr schrie alles: *Hai!*

»Scheiße«, sagte India und packte das Brett.

Als hätte der Rettungsschwimmer genau auf diesen Augenblick gewartet, griff er mit einer schnellen und kraftvollen Bewegung ihre Handgelenke und zog sie vor sich auf das Brett, so dass sie rittlings zu sitzen kam. Er hielt sie von hinten mit den Armen umklammert und hielt ihre Finger in einem festen Griff. Seine Brust war gegen ihren Rücken gepresst, sein Kinn lag auf ihrer Schulter.

Die Welle kam jetzt ganz schnell auf sie zu.

»Nicht bewegen«, sagte ihr der Rettungsschwimmer ins Ohr, »überlassen Sie mir das Steuern.«

Dann drehten sie in die Welle hinein ab. Die Spitze des Bretts zeigte auf einmal scharf nach oben, und sie dachte schon, sie würde nach hinten rutschen, aber er saß unerschütterlich wie ein Felsen hinter ihr …

Plötzlich hatten sie den Wellenkamm erreicht. Das Brett kam wieder in die Vertikale und schien für den Bruchteil einer Sekunde stehen zu bleiben.
Sie konnte die anderen Wellen sehen, hatte aber keine Zeit, sie zu zählen, sie waren kobaltblau, blauschwarz und blaugrau, da ging es schon wieder nach unten. Kaum hatten sie das Wellental erreicht, hob sie die nächste Woge wieder an. Rasend schnell war der nächste Kamm erreicht, eine Viertelsekunde Pause, um die Aussicht zu genießen, dann die aufregende Talfahrt vor dem nächsten Aufstieg.
Die ganze Zeit hielt der Lebensretter sie eng an sich gepresst, seine Wange an ihrer, ihre Hände an den Kanten des Bretts festgeklammert.
Erneut näherten sie sich einem Wellenkamm, sie wusste schon nicht mehr, ob es der fünfte, sechste oder siebte war, als der Rettungsschwimmer plötzlich lachend und fröhlich zu ihr sagte: »Das gefällt Ihnen, oder?«
Da kam es wie ein Blitz aus dem Nichts: *»Das gefällt Ihnen doch nicht etwa, Miss Kane?«*
Sie schrie, ein nicht mehr menschliches Geräusch wie der schrille Schrei einer Seemöwe voll Wut, Raserei und Trauer. Der Rettungsschwimmer hielt sie noch fester, aber das fiel ihr nicht weiter auf. Sie dachte, ihr Schrei sei im Tosen und Schaum der Wellen verklungen.
Schließlich beruhigte sich der Ozean wieder. Die normalhohen Wellen wurden von dem einen oder anderen Brecher unterbrochen. Kraft- und reglos saß India auf dem Brett. Ihr war kalt, und sie fühlte sich vollkommen leer. Schließlich spürte sie, wie der Rettungsschwimmer seinen Kopf hob, den er bisher gegen ihr Schulterblatt gelehnt hatte.
»Kommen Sie jetzt mit«, fragte er freundlich, »oder muss ich Sie betäuben?«
Sie starrte auf den scheinbar endlosen silberblauen Ozean. »Ich bin bereits betäubt.«

»Okay. Das Beste ist, wenn wir flach liegen, Sie hinten. Ist das in Ordnung?«
»Kein Problem.«
Sie tat, was er ihr gesagt hatte, und legte sich mit dem Oberkörper, die Beine im Wasser, aufs Brett, während er mit seinen drahtigen Armen und Schultern durchs Wasser paddelte.
Am Strand war viel los, als sie zurückkehrten. Manche hatten bereits recht früh angefangen, Silvester zu feiern, und sie hörte Gelächter und Musik aus Ghettoblastern. Ein Menschengrüppchen stand bei den beiden Fahnen am Südende des Strands, außerdem gab es an die zwanzig Surfer, sowohl im Wasser als auch am Strand.
Indias Beine wollten ihr nicht so recht gehorchen, als sie vom Surfbrett kletterte und zu gehen versuchte. Sie stolperte und fiel auf die Knie, die Brandung toste ihr bis zur Taille, warf sie hin und her und hinderte sie daran, auf die Beine zu kommen.
»Hier«, sagte der Rettungsschwimmer, nahm ihre Hand, legte sie über seine Schulter und klammerte sie mit seiner eigenen fest. Seinen anderen Arm legte er um ihre Taille, als wären sie ein Liebespaar, und so gingen sie dann durch die weiße, stürmische Brandung hinauf zum Strand. Jedes Mal, wenn sie stolperte, kam sie nur mit seiner Hilfe wieder auf die Beine. Sie konzentrierte sich auf nichts anderes als darauf, einen Fuß vor den anderen zu setzen. Sie lehnte sich gegen ihn und kämpfte mit dem losen Sand unter ihren Füßen und mit ihrer Erschöpfung.
Vorsichtig legte er sie auf den warmen Sand vor ihrem Hotel und setzte sich neben sie. Aufmerksam blickte er aufs Meer, India lag einfach nur leer und ausgepumpt da.
»Haben Sie einen Abschiedsbrief hinterlassen?«, fragte sie der Rettungsschwimmer plötzlich, »oder einen Nachruf auf sich selbst?«
»Machen Sie sich nicht lächerlich.« Gott, war es anstrengend zu sprechen.
Seine Stimme klang ganz sachlich, als er sagte: »Selbstmörder tun

das nur selten. Für ihre Verwandten ist das traurig. Ihnen ist es lieber, wenn sie eine Erklärung bekommen. Ich vermute, das entlastet sie, nimmt ihnen ihre Schuldgefühle, hilft ihnen, das Geschehene zu verstehen.«
India wusste nicht, was sie dazu sagen sollte, bemerkte aber am Rande, dass es ihr nicht besonders gefiel, als selbstmordgefährdet betrachtet zu werden.
»Lassen Sie mich in Ruhe.« Sie war überrascht, dass ihre Stimme so energisch klang.
Er zuckte mit den Achseln. Seine Hand fuhr ihren Rücken hinauf, und er drückte kurz und liebevoll ihre Schulter, so wie ein Sportler das bei einem Teamkameraden tut. Dann stand er auf und ging weg, ohne noch ein Wort zu sagen. Sie hatte ihm nicht einmal gedankt.

Zweiundzwanzig

India saß in ihrem Zimmer, trank Sekt und sah sich die Milleniumfeierlichkeiten im Fernsehen an. Millionen von Menschen drängten sich an den Ufern, sie hatten sich die Gesichter bemalt und schwenkten Fähnchen, ein gut gelauntes Chaos. Auf dem Cahill Expressway stand alles dicht an dicht, und sie fragte sich, ob Mikey wohl unter ihnen war. Sie dachte an Whitelaw im Gefängnis und an Scotto mit seinem zerschossenen Knie.
Durch die offene Balkontür hörte sie Gehupe und fröhliche Rufe und das gelegentliche Krachen von Silvesterknallern.
Im Fernsehen sah sie, wie auf der Harbour Bridge ein riesiges Smiley aufleuchtete und golden darüber das Wort *Eternity*.
Sie trank den Sekt aus und ging zu Bett. Sie schlief sehr tief.

Am nächsten Morgen machte sie sich auf die Suche nach dem Rettungsschwimmer. Am Strand war es windig. Die Brandung war ohrenbetäubend. Salzige Gischt lag in der Luft. Die Fahnen der Rettungsschwimmer am Südende des Strands wiesen auf eine gefährliche Strömung weiter im Norden hin. Zwei von ihnen standen zehn Meter hinter den beiden roten Fahnen, muskulös und mit verschränkten Armen, und unterhielten sich mit einem Mädchen, das von Sonnenöl glänzte und kurz geschnittenes, blondes Haar und kurze Beine hatte.
India stellte sich vor und erfuhr, dass die beiden Lance und Trevor hießen, dann erklärte sie kurz, was am Vorabend vorgefallen war, und fragte, wer ihr Lebensretter gewesen sein könnte.
Beide sahen vollkommen ratlos aus. »Wir waren die Einzigen hier gestern«, meinte Lance, der Größere von den beiden.
»Wie hieß er denn?«, wollte Trevor wissen.
»Das hat er nicht gesagt«, meinte India, »und ich habe nicht gefragt.«

»Trug er unsere Uniform?« Trevor deutete auf die Rückseite seiner schwarzen Badehose und seines weißen Hemds, auf denen in Goldbuchstaben *North Sleyne* prangte.
India runzelte die Stirn. »Seine Shorts waren ganz schwarz.«
Keiner von unserer Truppe, waren sich Lance und Trevor einig.
»Warum behauptet jemand, Rettungsschwimmer zu sein, wenn er keiner ist?«, wollte sie entgeistert wissen.
»Wahrscheinlich wollte er Ihnen keine Angst einjagen. Alle haben was für Rettungsschwimmer übrig, aber nicht alle lassen sich gerne von einem Fremden retten.«

Vom Strand aus ging India den Corso entlang und staunte, wie schnell in Sydney nach der Party, die die ganze Nacht gedauert hatte, die Normalität wieder einkehrte. Die Fußgängerzone war blitzsauber, nirgendwo lagen Flaschen oder Pappbecher. Als sie sich der Esplanade näherte, schienen mehr Leute damit beschäftigt zu sein, aufzuräumen, als Müll vorhanden war. Sie schätzte, dass in zwei Stunden schon niemand mehr glauben würde, dass am Vorabend überhaupt eine Party stattgefunden hatte, ganz zu schweigen von so einer gewaltigen.
Sie bog nach rechts auf die Belgrave Street ein, an der Manlys Polizeistation lag. Sie war in einem Flügel des zweistöckigen Gebäudes der Stadtverwaltung aus rot schimmerndem Backstein untergebracht. Vor der Treppe blieb sie stehen und schaute auf ein blauweißes Schild an der Tür: *Willkommen*. Zwei Beamtinnen streiften sie im Vorbeigehen. Beide lächelten sie an.
Sie ging hinter ihnen die Treppe hinauf und durch eine Holztür mit Glasfenster. Der Schweiß brach ihr aus. Sie war fest entschlossen, Knox zu bekämpfen, aber ihre Angst wurde dadurch nicht kleiner.
Auf der Wache war viel los. Hinter dem Tresen standen zwei Schreibtische, an denen Beamte saßen. Beide telefonierten. Eine Frau im rosa Kleid ging eilig vorbei. India hörte Musik aus einem Radio und Unterhaltungen über Funk.

Den Empfang besetzte ein Polizist in Uniform, der links von einer Holztheke etwas in einen Computer hackte. Freundlich lächelte er sie an. Ihre Knie wurden weich, aber trotzdem erwiderte sie sein Lächeln.

»Kann ich etwas für Sie tun?«

»Ja«, sagte India. »Ich möchte zwei Mordversuche anzeigen.«

Der Polizist sah entsetzt aus.

»Gestern wurde ich zusammen mit einem Freund von einem Mann gekidnappt, der Roland Knox heißt. Er schoss meinem Freund ins Knie und wollte mich gerade erschießen, als mich ein anderer Freund rettete, der Mike Johnson heißt und früher selbst bei der Polizei war.«

»Gestern?« Der Polizist runzelte die Stirn.

»Ich hatte erst nicht den Mut, herzukommen.«

»Können Sie einen Moment warten?« Er schloss das Fenster auf dem Monitor und drückte dann einige Tasten. »Könnten Sie mir bitte Ihren Namen sagen?«

»India Kane.«

Er schrieb weiter. Der Computer piepste. Er starrte auf den Monitor, dann wieder auf sie.

Ihr Herz fing an zu pochen.

»Irgendwas nicht in Ordnung?«

Er starrte auf den Monitor. »Nein«, sagte er, »alles wie es sein soll.« Er schluckte.

Sie versuchte, nicht schneller zu atmen, aber das Adrenalin schoss bereits durch ihre Adern.

Er klickte die Seite weg und sah dann zu ihr hoch. »Ich hole meinen Vorgesetzten. Er soll das Protokoll aufnehmen.«

Der Vorgesetzte war etwa fünfzig, hatte stahlgraues Haar und einen misstrauischen Blick. »Hallo«, sagte er. »Ich bin Senior Sergeant Llewellyn. Sie sagen, Sie sind India Kane?«

»Ja.«

»Und Sie wollen etwas zu Protokoll geben?«

»Das stimmt.«

Er kam näher.
»Was halten Sie davon, dass uns mein Kollege Lee hier Kaffee holt, und wir gehen in mein Büro und unterhalten uns dort weiter?«
Rückwärts ging Lee langsam Richtung Tür. Wenn ich das Gefühl habe, dass er mir den Fluchtweg abschneiden will, laufe ich weg, dachte sie.
»Gute Idee«, erwiderte sie, bewegte sich aber nicht.
Llewellyn war jetzt ganz nahe und Lee schon auf halbem Weg zur Tür.
Der stahlgraue Bulle griff nach ihrem Ellbogen, und sie schlug ihm auf die Finger. »Fassen Sie mich nicht an.«
Lee war jetzt fast an der Tür. Es war klar, dass er den Ausgang blockieren wollte.
Llewellyn packte rasch und sehr hart ihren Arm. Statt zu versuchen, sich loszureißen, sprang sie ihn an. Riss sich von ihm los. Fing an zu rennen, rannte Lee fast um und in das grelle Licht der Straße.
Sie riefen etwas und nahmen die Verfolgung auf. Sie lief die Straße entlang, versuchte den Putzleuten der Stadtverwaltung auszuweichen und kollidierte trotzdem mit ihnen. Mülltüten flogen in alle Richtungen. Indias Füße hämmerten auf den Asphalt. Sie hatte nur den einen Gedanken, ihre Verfolger abzuschütteln.
Beim Rathaus bog sie links ab und rannte über die Straße. Es wurde wütend gehupt. Sie warf sich nach rechts in eine enge Gasse zwischen zwei hohen Häusern. Sah aus wie eine Sackgasse.
Bitte lieber Gott, erspar mir das.
Sie raste die Gasse entlang. Rechts sah sie auf einmal ein kleines Café. Sie stürzte hinein und warf einen Stuhl um. Sie fand sich einem Mann mit Besen gegenüber, der den Mund nicht mehr zubekam. India rannte an ihm vorbei auf einen Parkplatz. Hinter ihr wurde gestritten. Männer riefen, etwas ging zu Bruch.

Sie sprintete eine weitere Gasse entlang und von dort auf die Straße, weiter nach rechts und einen Haken schlagend Richtung Hafen Manly Wharf, seine Fähren, Busse und Taxis.
Sie rannte über die East Esplanade. An der Haltestelle stand ein Bus. Die Türen schlossen sich gerade.
»Wartet!«, rief sie.
Sie glaubte, noch nie so schnell gerannt zu sein. Sie hörte das Zischen der Druckluft, und die Türen öffneten sich. Sie sprang in den Bus. Der Busfahrer schüttelte den Kopf und lächelte.
»Wann kommt denn das Kind?«, fragte er. Zischend schlossen sich die Türen.
»Bald«, keuchte sie und suchte in ihrer Jeans nach Münzen. Sie zahlte. Der Bus fuhr an. Sie stolperte zur Rückbank. Nach Luft schnappend spähte sie nach draußen. Nichts außer einer Hand voll Leute. Der Bus bog um eine Ecke. Sie bemühte sich immer noch, zu Atem zu kommen. India ließ sich auf die Bank fallen und vergrub das Gesicht in den Händen.
Jetzt war sie ganz auf sich gestellt.

Scotto Kennedys Wache war aufmerksam, als Mikey den Korridor entlangkam. Vor ihm kam ein Arzt aus einem Zimmer auf der rechten Seite und sagte ein paar Worte zu einer Krankenschwester. Es roch scharf und beißend nach Dingen, die Mikey nicht identifizieren konnte und wollte.
Als er sich Scottos Zimmer näherte, sah der Wächter ihn an. Er runzelte die Stirn. Mikey ging weiter. Während er um die Ecke bog, bemerkte er, dass ihm der Wächter hinterhersah. Er sprach in ein Funkgerät.
Mikey verließ das Krankenhaus. Es hatte keinen Sinn, dort herumzuhängen und sich verprügeln zu lassen. Gestern hatte er seinen Freund beim North Sydney Police Department aufgesucht, und der hatte ihm geraten, so schnell wie möglich zu verschwinden. India wurde von der Polizei gesucht. Und alle, die auch nur entfernt mit India Kane zu tun hatten, befanden sich

ebenfalls in der Schusslinie. »Geh in Deckung«, hatte sein Freund gemeint, »und zwar gründlich. Okay?«
Mikey strich sich mit der Hand übers Gesicht und atmete laut aus. Zumindest hatten sie sie noch nicht gefunden. Dafür, wenn auch für nichts anderes, dankte er Gott.
Jetzt konnte er genauso gut die nächste Hürde nehmen. Ein zweites Mal ins Karamyde Cosmetics Research Institute einbrechen, aber dieses Mal mit einer Pistole für den Hund und einer Hand voll Semtex für die Lifttür. Mikey wusste, dass die Antworten im Keller der Forschungseinrichtung zu finden waren, im Stockwerk T 2.

Zwei Stunden, nachdem sie die Polizisten in Manly gejagt hatten, befand sich India in einer öffentlichen Toilette im Queen Victoria Building. Sie wühlte in der Einkaufstüte auf dem Fußboden und zog die Sachen hervor, die sie in dem einzigen Laden gekauft hatte, der geöffnet gewesen war, einer Drogerie in der Nähe der Town Hall Station. Die Schere war scharf, und es dauerte nicht lang, bis sie ihr Haar einigermaßen kurz geschnitten hatte. Sie nahm die Haarbüschel auf und spülte sie in der Toilette runter. Dann nahm sie das Paket mit dem Haarefärbepräparat und las die Gebrauchsanweisung. Es schien relativ einfach zu sein, aber wenn nicht Neujahr gewesen wäre, wäre sie doch lieber zu einem Friseur gegangen.
Kastanienbraun stand auf dem Paket.
Nicht gezaudert, ermahnte sie sich und zog ein paar Gummihandschuhe über. Sie streckte den Kopf unter den Wasserhahn und verteilte anschließend die Paste auf dem Haar.
Sie glaubte nicht, dass Knox' Männer ihrer Spur bis zu dieser öffentlichen Toilette würden folgen können, aber als die Tür geöffnet wurde, warf sie sich herum, und der Schweiß brach ihr aus.
Ein Mädchen mit asiatischen Gesichtszügen trat ein. »Sieht so aus, als hätten Sie die Wette verloren«, meinte sie im Vorbeigehen und schloss sich dann in einer Kabine ein.

India starrte in den Spiegel. Ihr Haar hatte ganz eindeutig seine Farbe verändert. Sie wartete, bis die Asiatin wieder gegangen war, und spülte ihr Haar dann hastig aus. Unter dem Händetrockner in der Ecke föhnte sie es.
Als sie sich erneut im Spiegel begutachtete, blinzelte sie erst einige Male. Sie sah aus, als würde sie eine raue Wollmütze tragen. Das ließ ihr Gesicht länger erscheinen und gab ihr etwas Gehetztes.
Ihr Haar war purpurrot.
So viel dazu, möglichst unauffällig sein zu wollen.

India verbrachte die Nacht in einem kleinen, schmutzigen Hotel in der Nähe der Central Station. Ihr Zug fuhr erst am nächsten Tag, und obwohl sie Sydney am liebsten sofort verlassen hätte, ging es schneller, einen Tag später einen direkten Zug zu nehmen, als sofort aufzubrechen.
Gegen Mittag verließ sie ihr Zimmer, ging zur Central Station und kaufte für 180 Dollar eine Fahrkarte für den Großraumwagen.
Sie hatte noch etwas Zeit bis zur Abfahrt des Zuges und ging in das Grand Central Bar Bistro. Sie setzte sich auf einen Barhocker neben einen Mann in einem billigen Anzug und bestellte einen Kaffee. Dann reckte sie ihren Hals, um bei ihrem Nachbarn in die Zeitung zu linsen. Dieser drehte sie zuvorkommend in ihre Richtung, so dass sie beide lesen konnten.
»Danke«, sagte sie.
»Keine Ursache.«
Die Schlagzeile lautete: *Grippeepidemie in Darwin. Schon 23 Tote.*
»Fürchterlich«, meinte ihr Nachbar nach einer Weile.
Gar nicht gut, da war India seiner Meinung. Die Einzigen, die an diesem höchst bösartigen Grippevirus erkrankten – von dem Wissenschaftler und Gesundheitsexperten glaubten, er sei aus Indonesien eingeschleppt worden –, waren Aborigines. Weiße schienen überhaupt nicht betroffen zu sein.

»Das ist wie damals, als wir Weißen mit unseren neuen Krankheiten hierher gekommen sind«, meinte ihr Nebenmann. »Die Aborigines sind damals an Erkältungen, Masern und Windpocken gestorben. Sie starben an allem. Ich erinnere mich an einen Aborigine, einen gewissen Billy Muran, der noch in den Achtzigern an der Grippe gestorben ist. Mein Vater kann sich an eine ganze Menge erinnern, die in den Fünfzigerjahren einfach ausgelöscht wurden. Sieht so aus, als würde sich die Geschichte wiederholen. Arme Schweine.«
Geistesabwesend trank India ihren Kaffee. Die Grippeepidemie in fünftausend Kilometern Entfernung kümmerte sie nicht so sehr wie die Frage, ob Knox' Männer in Cooinda auf sie warten würden. Über einen knisternden Lautsprecher rief ein Mann mit nasaler Stimme die Abfahrt eines Zugs der Indian Pacific Company nach Broken Hill auf. Sie ging durch die hangarähnliche Bahnhofshalle und blieb am Zeitungskiosk stehen, um sich ein Exemplar von *The Fatal Shore* zu kaufen. Dieses Buch würde ihr vielleicht helfen, Australien zu verstehen. Ganz sicher würde sie es auf dieser Bahnreise, die fast achtzehn Stunden dauern würde, nicht auslesen können.

Sie wollte kein Auto mieten, da sie keine Spuren für Knox hinterlassen wollte. Also verließ sie Broken Hill per Anhalter über den Silver City Highway. Ein Toyota Amazon nahm sie mit, ein Riesenwagen mit Allradantrieb, Ledersitzen, überaus effektiver Klimaanlage und getönten Scheiben. Der Fahrer, ein massiger Mann namens Larry Thomas, besaß bei Tibooburra zwei Schafszuchten. Gut gelaunt sang er bei einer Neil-Diamond-CD mit, während sie Richtung Norden dahinrasten. In der gleißenden Sonne war nicht zu sagen, wo die Wüste und wo die Sonne begann. Die flimmernde Hitze ließ am Übergang einen schimmernden See entstehen. Sie überholten Lastwagen, mehrere Pick-ups und ein paar Road-Trains. Allmählich ging die wüstenähnliche Gegend in eine felsübersäte Ebene über.

Bald tauchten ein paar Farmen auf, eine Hand voll bescheidener Holzhäuser, und fünfzehn Minuten später hatten sie das Zentrum von Tibooburra erreicht. Larry hielt vor einer Tankstelle und ging hinein. Er gab ihr ein Zeichen, im Wagen sitzen zu bleiben, da es dort kühler war als draußen. Er hatte darauf bestanden, für sie eine Mitfahrgelegenheit von seiner Heimatstadt nach Cooinda aufzutreiben.
»Jerry fährt regelmäßig nach Cooinda«, meinte er, »um seine Freundinnen zu besuchen. Er ist sicher froh, wenn er einen Vorwand hat.«
Jerry war in der Tat froh, dass er wieder einmal einen Anlass hatte. Nachdem er den Tank seines Pick-ups und außerdem noch zwei Blechkanister mit Superbenzin gefüllt hatte, überprüfte er Reifendruck und Ölstand, öffnete dann fröhlich für India die Beifahrertür und fuhr aus der Stadt. Dabei sang er Robert Palmers »Addicted to Love«. Die Sonne brannte immer noch gnadenlos. Gelegentlich tauchten in der felsübersäten Ebene rote Dünen auf. Die Gegend war vollkommen unbesiedelt. Außer Krähen, die sich gelegentlich in großen Sprüngen über die Straße wagten, gab es kein Leben.
Zwei Stunden später kamen sie zu der niedrigen Hügelkette, von der aus man Cooinda sehen konnte. India hatte das Gefühl, mindestens ein Jahr wäre vergangen, seit sie mit Tiger hier entlanggekommen war.
Jerry erkundigte sich, wo er sie absetzen solle, und sie antwortete, Biloella Road wäre prima. Kein Problem, entgegnete Jerry und setzte sie grinsend vor Whitelaws Haus ab.
Die Straße war ausgestorben, kein schwarzer BMW, kein silberner Lexus oder weißer Ford Transit mit eingedrücktem Kotflügel.
Sie drückte die Fliegengittertür auf und trat ein.
»India?«, sagte Mikey erstaunt.
Sie blieb wie angewurzelt stehen. Ihre Blicke begegneten sich. Er betrachtete sie, während sie sich noch überlegte, ob er sie

verabscheute, weil sie ihn vor dem Lagerhaus im Stich gelassen hatte. In gespanntem Schweigen standen sie da.

»Hübscher Haarschnitt«, meinte Mikey schließlich.

Sie starrte ihn weiterhin an. Etwas an ihm war verändert. Sein Kinn schien breiter und seine Nase länger zu sein, und seine Augen leuchteten stärker.

»Du auch«, erwiderte sie endlich.

Er lächelte und strich sich mit der Hand über sein sehr kurz geschnittenes Haar. Dann fragte er: »Was machst du hier?«

»Ich will Knox endlich drankriegen.«

Er schüttelte den Kopf. »Das letzte Mal, als ich dich gesehen habe, bist du noch mit einem Affenzahn weggerannt.«

Sie sah weg. »Tut mir Leid.«

Er kam auf sie zu, legte seine Arme um sie und umarmte sie fest, ganz fest. Sie fühlte, wie sie den Boden unter den Füßen verlor, als er sie in seiner engen Umarmung hochhob. »Ich bin heilfroh, dass du das getan hast, dass dir nichts zugestoßen ist.« Er wich etwas von ihr zurück und sah ihr ins Gesicht. »Ich habe mir fürchterliche Sorgen gemacht.«

Sie entspannte sich. Gott sei Dank. Gott sei Dank hasste er sie nicht. Er zog sie wieder an sich, küsste sie aufs Haar. Erstaunlich heftig erwiderte sie seine Umarmung. So standen sie eine Weile in der Diele, ehe ihr Mikey von Scotto erzählte.

»Er ist okay. Ich habe heute Morgen das Krankenhaus angerufen, aber obwohl sie mich nicht mit ihm reden lassen wollten, hatte ich den Eindruck, dass er bald herumhumpeln wird.«

»Bist du bei der Schießerei getroffen worden?«, fragte sie. »Ich meine, du bist gestürzt …«

»Wie immer bin ich über meine großen Füße gestolpert.«

»Gott sei Dank bist du rechtzeitig aufgetaucht. Du hast mir das Leben gerettet.«

»Nein, das war ich nicht. Als ich kam, hatte die Schießerei bereits angefangen.«

Sie runzelte die Stirn. »Wer hat dann ›Polizei‹ gerufen?«

»Jedenfalls nicht ich.«
India schüttelte den Kopf. »Das versteh ich nicht.«
»Ich auch nicht.« Er grinste. »Vielleicht hast du ja einen Schutzengel.«
»Der ruft: ›*Lasst die Waffen fallen oder ich schieße*‹? Eher unwahrscheinlich.«
»Wenn diese Unbekannten nicht gewesen wären, wäre ich tot. Sie haben mich gedeckt, bis ich aus der Halle raus war, und dann habe ich gesehen, wie Knox und seine Kumpanen weg sind. Als Letzter kam der schwarze BMW. Als ich Scotto holen ging, war niemand mehr da.« Er kratzte sich mit einem Finger am Kinn. »Vielleicht sind ja noch andere in diese Sache verwickelt, Geheimdienst oder so.«
India erinnerte sich an Arthur Knight, den Mann, der ihre Kaution gezahlt hatte. Whitelaw hatte damals gesagt, er sei von der Bundespolizei. Hatte Arthur sie beschützt? Und wenn ja, *weshalb?* Jetzt wünschte sie sich, sie hätte ihm damals, bevor Stan aufgetaucht war, um sie erneut festzunehmen, diesen Brief geschrieben. Seither hatte sie zu viel um die Ohren gehabt, um überhaupt daran zu denken.
Sie gingen ins Wohnzimmer. India zog eine zerfledderte Karte von Australien aus dem Bücherregal und betrachtete sie eingehend. Biloella lag nordwestlich von Cooinda, ein winziger Punkt umgeben von den Symbolen für Wüste. Nicht weit, nur etwa fünfzig Kilometer entfernt, aber sie wusste, dass Entfernungen täuschen konnten. Die Fahrtzeit hing davon ab, wie gut die Straßen waren.
»Wie lange brauche ich nach Biloella?«, fragte sie Mikey.
»Eine Stunde. Mit Whitelaws Rostlaube vier.«
Sie starrte auf den VW vor der Tür und versuchte die innere Stimme zu ignorieren, die sie eifrig dazu aufforderte, die Sache zu vergessen, die Stadt zu verlassen und mit dem Flugzeug nach England zu türmen.
»Könnte ich eventuell dein Auto für einen Tag leihen?«

India war sich nicht sicher, ob sie erleichtert oder enttäuscht sein sollte, wenn er Nein sagte.
»Bitte schön.« Er zog die Autoschlüssel aus seiner Jeans und warf sie ihr zu. »Was willst du da?«
»Versuchen, die Mulletts ausfindig zu machen. Sehen, was man ihnen bezahlt hat, falls sie überhaupt Geld bekommen haben. Informationen sammeln.«
»Ein Familientreffen!« Mikey grinste sie an, und India verdrehte die Augen. »Okay. Während du das tust, besorge ich ein paar Kleinigkeiten. Ich will wissen, was sich im Keller von Karamyde Cosmetics verbirgt.«
»Was? Willst du noch mal einbrechen?«
»Genau. Dieses Mal bin ich aber besser vorbereitet.«
»Du brauchst jemanden zum Schmierestehen.«
»Das stimmt.«
Sie sah auf die Uhr. »Wann?«
»Wir können uns heute Abend vorbereiten und heute Nacht zuschlagen.« Seine Augen leuchteten. »Dann ist es dunkel. Heißt das, dass du dich dann wieder ausziehst?«
Sie versuchte ihm einen Klaps zu versetzen, aber er wich ihr aus. Er lachte immer noch, als sie in seinen Pick-up stieg.
India fuhr in die brennend heiße Wildnis und sah immer wieder ängstlich in den Rückspiegel. Ihre Fingerknöchel waren ganz weiß, weil sie die Hände am Lenkrad festklammerte.
Auf dem ganzen Weg nach Biloella hielt sie sich an die Geschwindigkeitsbegrenzung. Später konnte sie sich nicht mehr an die Fahrt erinnern; sie wollte nicht darüber nachdenken, was sie eigentlich tat.

Die Hauptstraße von Biloella war ausgestorben, staubig und nur etwa vierhundert Meter lang. India parkte neben einem uralten, grauen Landrover mit abblätternder Farbe und zerkratzten Scheiben. Sie stieg aus Mikeys Pick-up und ging die Straße entlang. Die Häuser waren aus Aluminium oder Verschalungs-

brettern. Sie waren baufällig, und viele hatten primitive Anbauten. Das Camp umgab eine Aura schmutziger Armut, und die Luft war heiß und nur schwer zu atmen. Das Summen von Insekten war überall zu hören.
Sie kam an einem Hotel und an einem Gemischtwarenladen vorbei und schließlich an einer Milchbar. Sie betrat die Milchbar. Eine kantige Frau in abgeschnittenen Jeans stellte gerade einem alten Paar in der Ecke zwei Bananensplits hin. Dann ging sie hinter die Theke und fragte India nach ihren Wünschen. India bestellte ein Glas Wasser und einen Milchshake mit Banane.
Sie bekam ein Glas Leitungswasser, der Milchshake aus Vanilleeis und reifen Bananen war frisch gemacht.
»Und, ist Ihnen heiß genug?«, wollte die Frau wissen.
»Aber sicher.«
»Sie sind doch aus der Stadt, oder?«
India zögerte. »Das kann man so sagen.«
»Sydney, oder?«
»Hm …«
»Ich würde Sie nicht für jemanden aus Melbourne halten. Ich bin selbst aus Melbourne.«
»Ich komme aus London.«
Ungläubig riss die Frau die Augen auf. »Was Sie nicht sagen. Kaum zu glauben. Wir haben eine Touristin in der Stadt.«
India lächelte.
»Sind Sie auf der Durchreise, oder wollen Sie ein Weilchen bleiben?«
»Das hängt davon ab, ob ich finde, was ich suche.«
Die Frau wurde sofort ganz neugierig. Das alte Paar sah ebenfalls auf.
»Und was könnte das sein, meine Liebe?«
India zündete sich eine Zigarette an und inhalierte tief. Dann blies sie den Rauch in die Luft. »Drei Familien.«
Die Frau lehnte ihre mageren Arme auf die Theke und schüttelte den Kopf in gespieltem Erstaunen. »Spannen Sie uns nicht auf

die Folter. An welchen Familien könnte jemand wie Sie im Outback von Bourke schon interessiert sein?«

India trank einen großen Schluck Wasser, stellte das Glas hin und nahm dann ihren Milchshake. »An den Mulletts. Kennen Sie die?«

Die Frau schüttelte den Kopf. »Mir fällt im Moment nichts ein.«

Der Milchshake war dick und süß, und während India angestrengt am Strohhalm saugte, beschloss sie, es erst im Gemischtwarenladen und im Hotel zu versuchen. Dann würde sie anfangen, nacheinander überall anzuklopfen. Auf der anderen Straßenseite bemerkte sie einen sandfarbenen Hund, der sein Bein gegen einen Pappkarton hob und dann weitertrottete. Er schwenkte seine weiße Schwanzspitze wie ein frisch gewaschenes Taschentuch.

India zuckte zusammen, als jemand ihren Ellbogen nahm. Der alte Mann zog seine knotige und altersfleckige Hand zurück. Seine Miene war besorgt. »Tut mir Leid«, meinte er mit bebender Stimme, »ich wollte Ihnen keinen Schreck einjagen.«

»Schon in Ordnung«, erwiderte sie. »Es dauert eine Weile, bis wir Städter zur Ruhe kommen.«

Die Lippen des alten Mannes verzogen sich zitternd zu einem Lächeln. India lächelte ihn ermutigend an.

»Uns blieb nichts anderes übrig, als Ihre Frage zu hören.« Er drehte sich um und schaute auf die alte Frau in der Ecke, und diese nickte ihm aufmunternd zu. »Wir fragen uns, ob Sie wohl über Victor und Lizzie Mullett sprechen?«

Ihre Stimme war eine Oktave höher als normal, als sie sagte: »Ich suche auch nach Greg und Clive und nach Gregs Frau.«

»Und den sieben Kindern.«

»Sind sie hier?«

Der alte Mann trat von einem Fuß auf den anderen und schaute zur Seite. »Nun, im Augenblick nicht. Ich bin nur der Anwalt, aber Dorry – das ist der Landbesitzer, der an sie verkaufen wollte – hörte von Victor, als er noch in Sydney war. Victor sagte Dorry, er würde hierher ziehen, nachdem er irgendwo im Busch einen Auftrag erledigt hätte. Seitdem haben wir nichts mehr gehört. Sie sind einfach nie aufgetaucht.«

India runzelte die Stirn. Sie versuchte sich einen Reim darauf zu machen. »Wo sind sie denn hin?«, überlegte sie laut.

»Weiß ich auch nicht«, meinte er und klang ebenso ratlos wie sie. »Alles war perfekt. Am sechsten September wollten sie Ringers Soak übernehmen ... Ein Schmuckstück von einer Farm. Nicht ganz einfach, aber wir hatten uns zusammengesetzt und waren zu dem Schluss gekommen, dass sie das schon auf die Reihe kriegen würden. Sie stammen schließlich alle aus dem Outback. Das hier ist ihr Land. Sie hätten die Farm sicher wieder in Schwung gebracht. Sie hatten ein Wasserloch für ihr Vieh, und die Natur hätte fürs Futter gesorgt.« Er sah sie ratlos an. »Warum haben sie die Farm dann nicht übernommen?«

India zuckte ratlos mit den Achseln.

»Ich weiß, dass sie noch mehr Wasser gebraucht hätten und auch noch an anderen Stellen, daraus hat Dorry nie ein Hehl gemacht. Und sie hatten wirklich eingehend über die unterirdischen Wasserreservoirs nachgedacht. Clive hat schließlich Öl gebohrt. Er war sich sicher, dass es unter dem Land Wasser gibt. Er wollte bohren. Er hätte das mit dem Wasser innerhalb kürzester Zeit in den Griff gekriegt.«

Drei Familien vermisst, dachte sie. Wenn das, was sie bisher erfahren hatte, stimmte, dann waren sie vor der Central Station in Sydney in einen weißen Ford Transit gestiegen und seither verschwunden.

»Eine Schande«, sagte der alte Mann und schüttelte den Kopf. »Ich habe immer noch ihre Anzahlung. Ich habe das Geld für sie angelegt, falls sie doch noch auftauchen. Ringers Soak mussten wir jedoch verkaufen, wir konnten schließlich nicht ewig auf die Mulletts warten.«

»Wieviel haben Sie von ihnen bekommen?«

»Dreitausend. Inzwischen hat sich das Geld um zweihundert vermehrt.«

India fragte sich, ob Polly diese Anzahlung wohl erben würde, sollten ihre Verwandten wirklich umgekommen sein, oder ob Bertie der Erbe war. Da kam ihr ein Gedanke. »Haben Sie vielleicht von Bertie Mullett gehört«, fragte sie, »dem Großvater?«

Der alte Mann sah überrascht aus. »Klar. Er wohnt bei den Dungarins, ein Stück die Straße entlang. Er ist erst letzte Woche nach drei Monaten im Busch wieder aufgetaucht.« Er schüttelte den Kopf. »Er weiß aber auch nicht, wo die Kinder sind, und ist vollkommen außer sich.«

»Wie finde ich ihn?«

Dreiundzwanzig

India stand vor einer winzigen Blechhütte, die auf der einen Seite von einer identischen Hütte flankiert wurde und auf der anderen von einem unbebauten Grundstück, das von Spinifexgras und Unkraut überwuchert war. Die Blechhütte war stark verrostet. Eine alte Frau saß reglos auf einem durchgesessenen, beigen Lehnstuhl unter einem auf einer Seite angebauten Dach, das Schatten bot. Sie war hager und vom Alter gekrümmt und starrte India mit tränenden, rot geränderten Augen an.

India hatte ihr Haar gebürstet und Wimperntusche und Lippenstift aufgelegt, aber hier wirkte Make-up vollkommen deplatziert.

Die alte Frau rief ihr etwas zu, was ein Gruß hätte sein können, aber in einem keuchenden Husten unterging. India ging durch den Vorgarten – Sand mit einigen Grashalmen –, um die alte Aboriginefrau zu begrüßen.

»Ist Bertie vielleicht noch hier?«

Die alte Frau machte ein Geräusch, als bekäme sie keine Luft mehr, und wurde dann von einer Hustenattacke geschüttelt.

India betrachtete sie besorgt. »Soll ich Ihnen ein Glas Wasser bringen?«

»Dafür ist es zu spät«, sagte die Frau mit rauer Stimme und drehte sich dann langsam zur Seite, um in eine Schale auf dem Stuhl neben ihr zu spucken. Dann lehnte sie sich zurück und schloss erschöpft die Augen.

»Waren Sie schon beim Arzt?«

Die Frau nickte. »Grippe. Die ganze Stadt hat sie. Nächste Woche sind wir alle wieder kerngesund.«

India dachte an die dreiundzwanzig Aborigines, die in Darwin gestorben waren, und es lief ihr eiskalt den Rücken herunter.

»Johnnie ist nicht zu Hause«, sagte die alte Frau, »Elsa auch nicht.«
»Ich habe gehofft, dass ich Bertie Mullett hier treffen würde«, meinte India. »Man hat mir gesagt, er sei hier.«
»Sie haben ihn verpasst. Er ist zurück nach Cooinda.«
India fluchte, und die Frau kicherte.
»Bleibt er immer überall nur einen Tag?«, wollte India wissen. »Ich bin ihm jetzt schon seit über zwei Wochen auf den Fersen.«
»Dieses Mal werden Sie ihn zu Hause erwischen«, sagte die Frau. Sie lächelte und zeigte dabei ihr dunkelrotes Zahnfleisch. »Liz Jollie hat ihn mit dem Auto mitgenommen. Er hat versprochen, eine Weile an Ort und Stelle zu bleiben, bis sich seine Familie wieder gemeldet hat.«
»Ich habe gehört, dass sie seit Monaten von niemandem mehr gesehen worden sind.«
Die alte Frau nickte und sagte: »Seit letztem Juli nicht mehr«, ehe sie von neuem zu husten begann. Schließlich hörte sie schwer keuchend auf.
»Kann ich Ihnen irgendwie helfen?«
Sie schüttelte ihren Kopf mit dem grauen Haar, das an Wolle erinnerte, und dann erlebte India einen weiteren schweren Hustenanfall mit.
India ließ die alte Frau zurück, die auf die heiße Straße starrte, auf der der Sand in Kegeln aufgewirbelt wurde. Tief im Schatten sah sie aus wie der zerbrechliche Ast eines fleckigen, widerstandsfähigen Baums.

Mikey stand in der Eisenwarenhandlung, als Jerome, der Rechtsanwalt, eintrat. Jerome kaufte Schnur, einen Hammer und zwei kleine Eimer Spachtelmasse.
Mikey beobachtete ihn. Er versuchte sich zu erinnern. Irgendwas war mit Jerome. Irgendetwas, das Rodney Stirling gesagt hatte.

Mikey folgte dem Anwalt nach draußen. Dann ging er neben ihm her. »Wie geht's?«, fragte er.
Jerome kaute auf seinen langen Lippen. »Meine Frau will, dass ich mich als Heimwerker betätige. Ich bin darin nicht so schrecklich gut.«
»Ich bin mir sicher, dass sie es trotzdem zu schätzen wissen wird.« Sie gingen weiter. »Peter und Elizabeth Ross haben wohl kein Testament hinterlassen, oder?«
Jerome hielt inne und sah Mikey ins Gesicht. »Keine Ahnung. Coscarelli vertritt die Eheleute Ross.«
Mikey wartete, bis Jerome in seinen Mitsubishi Shogun gestiegen war, dann ging er die High Street entlang, am Postamt, dem Royal Hotel und dem kleinen Gerichtsgebäude vorbei zu einem niedrigen, blau gestrichenen Haus mit weißen Fensterläden, von denen die Farbe abblätterte. Das Fenster war vor Schmutz fast blind, aber Mikey gelang es trotzdem, Giancarlo Coscarelli an seinem Schreibtisch auszumachen, Aschenbecher und Whiskyglas vor sich. Er las den Sportteil des *Australian*.
»Hallo, Mikey«, sagte er, als dieser eintrat, schob die Zeitung beiseite und grinste breit. Sein Gesicht war breit und rot, und Nase und Wangen waren von feinen Äderchen durchzogen. »Was gibt's?« Er leerte das Glas mit einem einzigen Schluck, dann atmete er lautstark aus.
»Anstrengender Tag?«, fragte Mikey.
»Nicht schlimmer als sonst.« Coscarelli wischte sich mit dem Hemdsärmel den Schweiß von der Stirn.
»Du musst mir einen kleinen Gefallen tun.«
Coscarelli legte den Kopf zur Seite. »Und zwar?«
»Hat das Ehepaar Ross ein Testament gemacht?«
Coscarelli betrachtete Mikey mit wässrigen, blutunterlaufenen Augen. »Ja. Das stimmt. Sie haben den Nationalparks ihre verdammten Kängurus hinterlassen. Wirklich keine Freude das Ganze, da sich die verdammten Kängurus verpisst haben.«

»Hat dir Peter Ross etwas in Verwahrung gegeben? Irgendwas, das nur im Falle seines Todes geöffnet werden sollte?«
»Zum Beispiel?«
»Ein Paket so groß wie ein Buch oder etwas kleiner – so groß wie eine CD.«
Coscarelli runzelte die Stirn. »Nein, nicht dass ich mich erinnern könnte. Bert Roach hat das gemacht, daran erinnere ich mich. Hat mir irgendeinen Unsinn über einen Viehdieb geschickt. Er war überzeugt, dass der ihn abknallen würde.«
»Es könnte schon eine Weile her sein. Vielleicht Anfang oder Mitte Dezember.«
Coscarelli runzelte immer noch die Stirn. »Mein Gedächtnis ist nicht mehr so gut.«
»Könntest du für mich nachsehen? Es ist ziemlich wichtig.«
»Ist das offiziell oder was?«
»Was wäre dir lieber?«
»Vollkommen egal.« Laut schnaufend stand Coscarelli auf und schlurfte ins nächste Zimmer. Kisten mit beigen Aktenmappen standen überall herum. Außerdem gab es Einkaufstüten aus Papier voll mit Akten. Wattierte Umschläge standen gegen die Wand gelehnt, und auf zwei Stühlen lagen die Aktenstapel meterhoch.
»Super Ordnungssystem«, sagte Mikey.
Coscarelli machte eine ausladende Geste. »Such du, ich habe Wichtigeres zu tun.«
Mikey entschloss sich, an einem Ende des Zimmers anzufangen. Er sah in jeden Umschlag und jede Papiertüte. Er durchsuchte sämtliche Regale und Schränke. Leerte Kartons aus, stopfte den Inhalt wieder zurück. Er hatte das Zimmer zu einem Drittel durchsucht, als er, tief begraben in einem der Pappkartons, fand, was er suchte. Einen kleinen gelben gefütterten Umschlag. *Zu öffnen im Fall meines Todes. Peter Ross.*
Hastig riss Mikey mit einem Finger den Umschlag auf und blickte hinein. Sein Herz schlug schneller. Eine CD-ROM. Er machte

den Umschlag wieder zu, zog sein Hemd aus der Hose und steckte ihn hinten in den Bund. Dann steckte er den Kopf in Coscarellis Büro. »Kein Erfolg«, meinte er.
»Hab ich dir doch gesagt.«
»Trotzdem danke.« Mikey ging.

Wieder in Cooinda ging India in die Apotheke und kaufte eine Schachtel Aspirin. Sie war fiebrig und hatte Kopfschmerzen, etwas drückte von hinten gegen ihre Augen.
Hoffentlich keine Grippe.
Sie kaufte einen Viertelliter Schokomilch bei Albert's, um damit die Tabletten herunterzuspülen, dann ging sie über die Straße. Eine Hupe dröhnte hinter ihr, und sie sprang zur Seite. Mikey. Er strahlte. Dann hielt er neben ihr.
»Steig ein!«
Sie riss die Tür auf und sprang in den Wagen.
»Ich hab es«, sagte er. »Ich hab das verdammte Ding.«
»Was?«
Er sah in den Rückspiegel. »Eine CD-ROM! Peter Ross hatte sie Coscarelli zur Aufbewahrung gegeben.«
»Wo?« Sie drehte sich ebenfalls panisch um. »Wo ist sie?«
Mikey beugte sich zu ihr herüber und ließ das Handschuhfach aufschnappen.
Vorsichtig hob India den gefütterten Umschlag hoch und las die schräge Schrift. »Du bist der erstaunlichste, wunderbarste und fantastischste Mensch, den ich kenne«, sagte sie.
»Nicht wahr?« Er grinste breit.
»Darf ich ihn aufmachen?«
»Aber sicher.«
Vorsichtig öffnete sie den Umschlag. Eine CD-ROM lag in ihrer Hand, darauf klebte eine hellblaue Haftnotiz. Auf dem Zettel standen einige chinesische Schriftzeichen sowie die Buchstaben CTW.
Mikey lehnte den Kopf zu ihr herüber, um den Zettel ebenfalls

lesen zu können. »Wofür steht CTW?«, fragte er. Plötzlich bremste er scharf und konnte gerade noch einem abbiegenden Pick-up ausweichen.
Er fuhr sehr schnell den Biloella Place entlang und bog dann links in die Einfahrt von Whitelaws Haus ein. Sie rannten beide ins Wohnzimmer. Mikey machte seinen Laptop an, und India schob die CD-ROM ins Laufwerk. Mikey begann die Tastatur zu bearbeiten.
Der Bildschirm wurde blau. Es wurde ein Passwort verlangt.
Mikey tippte CTW und der Bildschirm reagierte mit der Aufforderung: KEIN ZUGANG, BITTE VERSUCHEN SIE ES WIEDER.
Mikey versuchte es mit Knox' Namen, mit seinen Initialen und dann mit denen von Gordon Willis und Carl Roycroft, alles ohne Erfolg.
»Zum Teufel«, meinte Mikey. »Das kann Stunden dauern, wenn nicht Wochen.«
India sagte grimmig: »Ich kann nicht glauben, dass Peter Ross keinen Anhaltspunkt gegeben hat. Warum die CD-ROM bei einem Anwalt hinterlegen, wenn sie unbrauchbar ist?«
Mikey zog die CD-ROM aus dem Laufwerk und deutete auf die chinesischen Schriftzeichen.
»Super«, meinte sie, »wer von uns kann Chinesisch?«
Mikey schob die CD-ROM wieder ins Laufwerk und hackte weiter. India nahm den Umschlag in die Hand und drehte ihn immer wieder um.
»Ich brauche nur sechs Zeichen«, meinte Mikey nach einer Weile, »aber da es sich dabei um Zahlen oder Buchstaben oder um eine Kombination aus beidem handeln könnte, kann es eine Weile dauern.«
Etwas regte sich in ihrem Hinterkopf. Sechs Zeichen.
In der Küche goss sie Kaffee auf. Sechs Zeichen. Ohne sie recht zu sehen, starrte sie Whitelaws Tarantel an und versuchte, sich an Telefonnummern, Hausnummern und die Anfangsbuchstaben

von Leuten zu erinnern. Sie goss für sich und für Mikey Kaffee ein und ging mit den Bechern ins Wohnzimmer.

»Danke«, sagte Mikey.

Sie ließ sich aufs Sofa sinken und hielt den Becher in beiden Händen. Sechs Zeichen. Die Zeit verging, Mikey hämmerte weiter auf die Tastatur.

KEIN ZUGANG … KEIN ZUGANG …

»Wir brauchen einen Spezialisten, um das Passwort zu knacken«, sagte er nach einer Weile. »Dafür braucht man ein Computergenie.« Er öffnete den Umschlag ganz weit und spähte hinein.

»Das habe ich schon gemacht«, fauchte sie.

»Okay, okay. Ich wollte nur sichergehen, dass wir nicht irgendein hochwichtiges Blatt Papier oder so übersehen haben.«

Ein Blatt Papier kannst du verlieren, Liebes, deinen Arm aber nicht.

»CTWGN1«, sagte India atemlos.

»Was zum …«, sagte Mikey, gab aber die Kombination trotzdem ein.

Der Bildschirm wurde hell. Es tauchte ein Logo auf. Eine Erdkugel drehte sich langsam in einem sie umgebenden roten Schriftzug: *Changing the World. Die Welt verändern.*

Mikey jubelte. »Du bist wirklich ein schlaues Mädchen!« Er drehte sich mit leuchtenden Augen zu ihr um. »Wie hast du das gemacht?«

Sie grinste ihn an. »Lauren hat das auf ihr Handgelenk geschrieben. Ich vermute, Peter Ross hat ihr den Code gegeben.« Sie stellte sich neben Mikey, legte ihm eine Hand auf die Schulter und beugte sich zu dem kleinen Monitor vor.

Die Erdkugel verschwand und wurde von dem Logo eines Multimediaprogramms ersetzt.

»Aber hallo«, meinte Mikey. »Mit Video.«

Er klickte auf *Maximieren*, und das Bild der sich langsam drehenden Erdkugel kehrte zurück. Es verschwand jedoch gleich wieder und wurde von einer gewaltsamen Szene abgelöst. Männer und Frauen standen auf einem Platz und warfen Steine auf ein Gebäude. Die Frauen trugen gestreifte Kittel, die Männer dunkle Hosen und dicke Jacken. Das Gebäude stand in Flammen.

»Schnell, der Ton, der Ton«, rief India, und Mikey stellte die Lautsprecher an.

Die Menschen schrien. Die Kamera schwenkte zurück. Der Platz wurde von einem Kloster beherrscht. Auf seinem Dach prunkte ein goldenes Rad, flankiert von zwei goldenen Hirschen.

»Was zum Teufel …« Mikey runzelte die Stirn.

»Das ist Jokhang«, sagte India erstaunt. »Das Kloster Jokhang. Sie greifen die Polizei in Lhasa an.«

»Du meinst Lhasa in Tibet? Was hat Tibet mit …«

Das Bild verblasste, der Platz war erneut zu sehen, aber jetzt gab es keine Gewalt, keine Steine wurden geworfen. Einheitlich blau gekleidete chinesische Männer, Frauen und Kinder gingen unbeschwert über den Platz, betraten und verließen das Kloster. Kein einziger Tibetaner war zu sehen.

Das Bild verblasste erneut. Jetzt saß ein chinesischer Mann in weißem Kittel vor der Kamera. Er hatte dicke Lippen, trug eine Brille und wirkte entspannt. Er begann etwas auf Chinesisch zu sagen.

»Was zum Teufel …«, sagte India, Mikey zischte nur: »Verdammt.« Dann verstummten sie beide.

Nach nicht einmal einer Minute ging der Chinese zu einem breiten Fenster und sah hinaus. Die Kamera zoomte auf zwei Aborigines, die Unkraut jäteten. Einer trug ein blaues Hemd, der andere ein rotes. Ein Mann in einem weißen Kittel näherte sich ihnen und gab jedem ein Glas Wasser. Beide leerten es in einem Zug.

»Oh mein Gott«, sagte India und starrte auf den Aborigine in dem roten Hemd. »Stopp, stopp!«

Mikey hielt den Film an.
»Geh zurück, zu dem Mann in dem roten Hemd.«
»Ich bin mir nicht sicher, ob ich das kann … Wir müssen wieder von vorne beginnen.«
»Okay.«
Er startete das Programm von neuem und hielt es dort an, wo der Aborigine in dem roten Hemd seinen Kopf hob, um das Glas Wasser zu trinken. Er hatte einen dünnen Schnurrbart und eine halbmondförmige Narbe in einem Mundwinkel.
»Das ist Louis«, sagte India mit schwacher Stimme. »Louis Mullett. Bertie Mulletts ältester Enkel. Mein Cousin.«
Mikey nahm ihre Hand und hielt sie fest. Der Kommentar auf Chinesisch ging weiter. Das Bild wurde erneut ausgeblendet. In der nächsten Szene lagen die beiden Aborigines jeder auf einem Bett in einer Art Zelle. Sie trugen immer noch dieselben Hemden. Beide husteten. Ein Husten, der sie schüttelte. Gelbes Sputum bedeckte ihre Lippen, und ihre Augen waren eingesunken und glasig.
Der Chinese stellte sich zwischen sie und sagte lächelnd etwas.
Die Szene wurde ausgeblendet. Dann waren wieder die beiden Betten und die beiden Aborigines zu sehen. Ihre Haut war inzwischen grau, ihre Augen waren halb verklebt und ihr Atem rasselte.
Der Chinese stand zwischen ihnen und wirkte beim Sprechen ganz gelassen.
Die Kamera ging ganz nah heran und zeigte gesprungene Lippen und hohle Augen, in denen Ratlosigkeit und Furcht zu lesen waren. Ihre Hände verkrampften sich beim Husten zu Klauen.
Neue Szene.
Zwei Pritschen. Zwei Leichen. Die Augen geöffnet, der Blick gebrochen. Die Hände immer noch verkrampft.
Derselbe Chinese zwischen ihnen. Gelassen, heiter.
Dann wurden wieder die beiden Aborigines gezeigt, die Un-

kraut jäteten. Einer in einem blauen Hemd, der andere in einem roten.

Der chinesische Mann lächelte und hob ein Glas Wasser.

Auf einmal hatte India Scottos Stimme im Kopf.

Indi, auch wenn du dich sonst an nichts erinnern solltest, denk dran, es ist das Wasser, das WASSER …

Vierundzwanzig

M*ein Gott, meine Verwandten sind als Versuchskaninchen für eine genetische Waffe missbraucht worden,* dachte India.
Der nächste Gedanke traf sie wie ein Keulenschlag. Sie hatte in Biloella ebenfalls ein Glas Wasser getrunken.
»India?«
Dieser fürchterliche Gedanke ließ India aufschluchzen.
»Hast du das kapiert?«
Sie starrte auf die kreisende Erde auf dem Bildschirm. CTW. Changing the World.
»Sie haben das Wasser vergiftet«, sagte sie endlich, »mit einem Virus. Etwas ist genetisch so verändert worden, dass nur Aborigines davon betroffen sind. Sie bekommen alle die Grippe. Nach der letzten Zählung sind in Darwin schon dreiundzwanzig Aborigines an der Grippe gestorben.«
Mikey war entsetzt. »Gott!«
Sie starrten sich an.
»Deswegen ist Knox nach China gefahren«, sagte Mikey. »Er verkaufte die Technik an die Chinesen, damit sie Tibet ohne die Tibetaner bekommen können.« Er sprang auf. »Wir müssen das publik machen«, meinte er dringlich. »Sofort.«
Schwach lehnte sich India gegen die Wand und schloss die Augen. Sie zitterte.
»Wen kennst du?«, wollte er wissen. »Wem kann man vertrauen? Jemand mit Einfluss. Kennst du jemanden von der Regierung? Bundesregierung, Provinzialregierung, ganz egal. Die Zeitungen. Hast du jemanden beim *Sydney Morning Herald*, beim *Australian …*«
Eine kurze Stille trat ein.
India schluckte. Sie versuchte, nicht an das Glas Wasser zu denken. Sie versuchte, sich auf Peter Ross zu konzentrieren, den

mutigen Peter Ross, der die CD-ROM aus dem Karamyde Cosmetics Research Institute geschmuggelt hatte, den mutigen Peter Ross, der sich mit Tiger und Lauren getroffen hatte, und an seine treue Frau Elizabeth, die ihr ein altes Foto gegeben hatte, mit dem sie den drei Jungen auf die Spur gekommen war, die Robbie ermordet hatten und die jetzt erwachsen und mächtig waren.

»India?«, fragte Mikey besorgt. »Alles in Ordnung?«

»Ja«, antwortete India. Sie wirkte so abwesend, als wäre zwischen ihnen eine Glasscheibe.

»Das ist wirklich sehr ernst«, sagte Mikey.

»Damit kann man einen Pulitzer-Preis gewinnen. Hast du ein Faxmodem?«

Er schüttelte den Kopf.

»E-Mail?«

Er sah weg.

»Aber mit all deinen Spielen, musst du doch ...«

»Wem sollte ich schon ein E-Mail schicken? Den tausenden von Freunden, die ich überall auf der Welt habe?«

»Gott, Mikey ...«

»Jetzt ist der falsche Zeitpunkt, India. Ich habe kein E-Mail. Wir müssen also auf die altmodische Art kommunizieren, okay?«

»Okay.«

Plötzlich hatte sie es sehr eilig. »Ich schreibe dir alles auf. Aber vorher muss ich noch etwas erledigen«, sagte sie hastig, »ehe es zu spät ist.«

Mikey stellte keine Fragen. Er nickte nur. »Ich werde die CD-ROM kopieren«, sagte er. »Und dann werden wir sie streuen. Polizei. Regierung. Zeitungen.« Er sah auf die Uhr. »Wir sollten uns in der Stadt treffen, damit sparen wir Zeit. Sagen wir um fünf, vor dem Gericht.«

Während der Fahrt tauchten in ihrem Kopf Bilder auf, wie die Standfotos eines Films. *Milangga grinste und hielt ein Kaninchen hoch. Fünf Männer spielten Karten und rauchten unter einem Eukalyptusbaum, von dem sich die silbrige Rinde löste. Polly stürzte staubig auf sie zu, und ihre dünnen Beine trommelten auf die Erde.*

Feiner Sand wehte um die Reifen, als sie in das Camp fuhr. Sie verfehlte nur knapp eine Sau, der es in diesem Augenblick einfiel, ihren Weg zu kreuzen. Der Wagen schaukelte immer noch von ihrer Notbremsung, als sie die Tür öffnete und in Pollys grinsendes Gesicht blickte.

»Wie geht's, Fratz?«

Polly legte India einen Arm ums Bein und lächelte. »Alles in Ordnung, danke.«

India ließ sich auf die Knie sinken und umarmte das Mädchen. Sie atmete ihren Geruch ein. Staub, Butter und Muskat. Ohne zu zögern erwiderte Polly die Umarmung. Sie kicherte und zappelte vor Freude mit den Beinen. Mit geschlossenen Augen atmete India tief ein und wieder aus.

Polly wurde neugierig. »Ist mit dir irgendwas nicht in Ordnung, Indi?«

»Nein. Es ist nichts.«

»Warum hast du es dann so eilig?«

»Hör zu, ich muss sofort wieder nach Cooinda zurück. Ich will, dass du mitkommst und bei Mikey und mir wohnst, bis wir uns um eine Sache gekümmert haben.«

»Was ist los? Hast du wieder Ärger?«

»Wahrscheinlich, aber es hält sich in Grenzen. Und ich will, dass du mir was versprichst, okay?«

Polly nickte feierlich. Mit weit aufgerissenen Augen sah sie India an.

»Ich will nicht, dass du Wasser trinkst. Nicht heute und auch nicht morgen oder übermorgen. Erst wieder, wenn ich dir sage, dass es okay ist. Wir kaufen ein paar Kartons Limonade, und

wenn du Durst bekommst, dann gehst du nicht zum Wasserhahn, sondern trinkst Mineralwasser.«
»Ist ein Tier in unserer Zisterne krepiert?«
»Ich weiß es nicht sicher, aber etwas in der Art könnte es sein. Was immer es ist, das Wasser ist vergiftet, und zwar überall.«
»Kann ich Cola trinken?«
»Alles«, versprach India, »solange es kein Wasser ist.«
Polly lehnte sich in Indias Arme zurück und strahlte. »Ich mag Cola.«
»Ich weiß«, sagte India und fuhr fort: »Jetzt wollen wir die anderen warnen.«

Das Aspirin, das sie geschluckt hatte, wirkte noch nicht. Der Schmerz hinter ihren Augen nahm zu, und auf einmal wurde ihr fürchterlich übel. Sie hustete, dann noch einmal. Ein trockener Husten.
Staub, sagte sie sich. Sonst nichts. Es ist der Staub.
Sie goss Polly ein Glas Apfelsaft aus Whitelaws Kühlschrank ein. Dann machte sie für sie den Fernseher an. Schließlich setzte sie sich mit einer Kanne Kaffee und einem Stoß Papier an den Küchentisch und versuchte die Ereignisse in eine chronologische Reihenfolge zu bringen.
Sobald sie sich alles im Kopf zurechtgelegt hatte, fing sie an zu schreiben. Sie schrieb eine ganze Stunde, und als sie fertig war, war sie vollkommen mit den Nerven fertig, und ihre Kopfschmerzen hatten zugenommen. Das bekümmerte sie jedoch nicht weiter. Sie hatte den ganzen Kaffee getrunken und dazu starke Marlboro geraucht. Davon bekam sie immer Kopfschmerzen. India schluckte zwei weitere Aspirin und machte für Polly und sich zwei Hawaii-Pizzas in der Mikrowelle warm. Um vier Uhr rief sie beim *Sydney Morning Herald* an.
»Tom? Hier ist India. Ich habe eine brisante Geschichte für dich.« Eilig erzählte sie ihm, was sie herausgefunden hatte.

»Es läuft darauf hinaus«, sagte sie, »dass diese Burschen sämtliche Aborigines auslöschen wollen. Im Augenblick geben alle einer Grippeepidemie die Schuld. Wenn wir nicht sehr schnell etwas unternehmen, werden sie damit Erfolg haben.«

»Grippe?«, meinte Tom ungläubig.

»Ja. Das Karamyde Cosmetics Research Institute hat eine selektive, genetische Waffe entwickelt, die auf Aborigines abzielt. Sie haben das Wasser damit verseucht.«

»Warum um Himmels willen ...«

»Die drei Männer, die dahinter stecken, sind unverbesserliche Rassisten.«

»Ich glaube nicht, dass Viren im Wasser überleben können«, sagte er zweifelnd.

»Vielleicht haben sie ja was im Wasser gefunden, womit sich die Viren binden lassen. Damit kenne ich mich nicht aus, aber es läuft darauf hinaus, dass sie das Wasser vergiftet haben und dass hunderte Aborigines sterben, während wir uns hier unterhalten.«

»Gibt es Beweise?«

»Bitte einen Wissenschaftler, jemanden, der weiß, wonach er suchen muss, das Wasser in Darwin zu testen. Alex Thread von der Australian Medical Association hatte sich, als er ermordet wurde, Karamyde Cosmetics vorgenommen und die Frage, ob sie selektive genetische Waffen produzieren. Sein Chef, Dr. Nathaniel Jameson, der auch Vorsitzender der Ethikkommission war, wurde dadurch mundtot gemacht, dass man ihn nach Großbritannien versetzte. Dort wurde er nur eine Woche später bei einem Straßenraub getötet.«

»Wie hat die Australian Medical Association Wind von der Sache bekommen?«

»Einer der Forscher dort hatte ein Gewissen.«

»Name?«

»Peter Ross. Nach Threads Tod machte er einen weiteren Versuch, seine Informationen an die Presse und die Behörden wei-

terzugeben, und zwar via Scottos Frau Lauren und einen Polizisten namens Terence Dunn, aber beide wurden ermordet.«
»Wir können nur hoffen, dass dein Telefon nicht abgehört wird.«
Auf einmal wurde ihr eiskalt.
»Was hast du gesagt?«
»Wenn es stimmt, was du sagst, und dein Telefon abgehört wird, bin ich jetzt tot – und du bist es auch.«
Sie saß mit dem Telefonhörer in der Hand und starrte auf die Schachtel Special K auf der Anrichte. Sie war zu keinem Gedanken mehr fähig.
»Kannst du mir den Artikel heute noch schicken?«, wollte er wissen. Er fuhr damit fort, dass er ihre Story drucken würde, wenn sich das Wasser wirklich als verseucht erwies. Wenn die Story wirklich so gut war, wie er glaubte, solle sie auch gleich ein Buch daraus machen, das er in Fortsetzungen drucken konnte, und vielleicht auch was fürs Fernsehen.
»Tom.« India hörte kaum noch zu. »Ich muss auflegen. Ich faxe dir alles … Bald. Sobald es geht.«
Nachdem sie aufgelegt hatte, faltete sie die Blätter in der Mitte, nahm die Autoschlüssel und zerrte Polly in den Pick-up. Ihr war schwindlig. Sie führte das auf die vielen Aspirintabletten zurück. Nachdem sie eine Weile gefahren waren, dachte sie über das nach, was Tom gesagt hatte. Sie überlegte sich, ob Whitelaws Telefon wirklich abgehört wurde.
Wenn es nicht abgehört wurde, wie hätte Knox dann wissen sollen, dass sie sich mit Scotto in Sydney traf und dass Scotto Laurens Aufzeichnungen hatte?
Lähmendes Entsetzen befiel sie. Sie dachte an ihre verschollene Familie, die in einen weißen Ford Transit gestiegen war, und trat herzklopfend das Gaspedal durch.
Ich bin so gut wie tot.
»Indi?«
Sie bemerkte, dass Polly sie von der Seite anstarrte. Sie schien angestrengt nachzudenken.

»Was ist los?«
»Du fährst wahnsinnsschnell.«
»Wahnsinnig schnell.« India stieg auf die Bremse, als sie zu einer T-Kreuzung kamen. Kies spritzte unter den Reifen auf. Dann riss sie das Lenkrad des Pick-up herum und fuhr Richtung Stadtmitte. »Ja, ich weiß. Ich habe es eilig.«
»Wohin fahren wir?«
»Wir müssen ein Fax verschicken.«

Im Postamt war eine Schlange. Sie bestand aus einer Person, einem sehr alten, sehr langsamen Mann, dessen Wünschen man mit großer Wichtigkeit und Umständlichkeit nachkam.
»Ein Paket nach England.« Er schob ein kleines, braunes Paket unter der Glasscheibe durch und auf die große, schmallippige Schalterbeamtin zu.
»Als Päckchen? Oder als Brief?«
»Keine Ahnung«, erwiderte der alte Mann. »Das müssen Sie mir erklären.«
»Entschuldigen Sie«, unterbrach sie India, »aber ich muss nur ein Fax schicken. Es ist fürchterlich dringend …«
»Sie können warten, bis Sie an der Reihe sind«, fuhr sie die Schalterbeamtin an. »Gedulden Sie sich halt ein wenig.«
Polly kicherte nervös, und India trat wütend einen Schritt beiseite. Sie klopfte ungeduldig mit dem Fuß auf den Boden, bis der alte Mann seine Transaktion beendet hatte. India reichte der Frau die sieben eng beschriebenen Seiten und bat sie, diese nach Sydney zu faxen.
»Tut mir Leid«, meinte die Schalterbeamtin, und ihre Stimme klang so, als würde ihr das alles andere als Leid tun, »aber wir haben kein Faxgerät. Es gibt nur einen Kopierer.«
»Telex?«
»Nein, tut mir Leid.« Dabei sah sie ganz zufrieden aus.
»Computer? Mit einem Faxmodem?« India spürte, wie ihre Verzweiflung zunahm.

Die Frau schüttelte den Kopf.
»Welche Kurierdienste gibt es hier?«
»Haben Sie schon mal daran gedacht, die Post zu benutzen?«, fragte die Schalterbeamtin eisig. »Die Kurierdienste haben ihre Büros in Broken Hill, und mit ihnen dauert es genauso lange.«
India verkniff sich eine gehässige Antwort und fragte nur freundlich, ob der Kopierer funktioniere. Natürlich, entgegnete die Schalterbeamtin ebenso freundlich, mit wie vielen Kopien sie denn zu Diensten stehen könne. Fünf, bitte, antwortete India. Die Frau streckte ihre lange Nase in die Luft und fragte, ob an 22 Cents pro Kopie etwas auszusetzen sei.
Kein Problem, erwiderte India und nahm fünf stabile Umschläge aus einem Ständer und adressierte sie. Polly saß auf den Stufen des Postamts und sah sich so neugierig um, als hätte sie die Stadt noch nie gesehen. Sie sah India über die Schulter hinweg an und lächelte glücklich. Hinter ihr rumpelte ein Lastwagen vorbei. Er glänzte silbern, und India kniff geblendet die Augen zu.
»Macht genau zwölf Dollar«, sagte die Frau. »8.75 für die Kopien und 3.25 für die Umschläge.«
»Haben Sie möglicherweise einen Hefter, den Sie mir leihen könnten?«
Die Postbeamtin sah India unfreundlich an. »Nein, tut mir Leid.«
Ist ja großartig, dachte India, steckte die losen Seiten in die Umschläge, bat für vier davon um Briefmarken und ging nach draußen, um sie dort einzuwerfen. Obwohl die Temperatur über vierzig Grad betrug, überkam sie ein kalter Schauer, als sie die ersten beiden Umschläge in den Kasten warf.
Ich kann Ihren Magen, Ihre Blase und Ihre Därme zu Brei schießen.
India dachte an die Postbeamtin und ihre schmalen Lippen und warf die anderen beiden Umschläge instinktiv ein paar Blocks weiter weg ein. Mit dem letzten Umschlag in der einen Hand

und Pollys klebriger Linken in der anderen ging India die Main Street entlang. Sie und Polly wollten den Umschlag bei Jerome abgeben, dann wollte sie sich mit Mikey treffen und mit ihm zusammen nach Sydney und zur Redaktion des *Sydney Morning Herald* fahren. Anschließend würden sie in der Stadt untertauchen, bis man ihnen Schutz garantieren konnte.
Auf dem Weg zu Jeromes Kanzlei überkam sie eine Mischung aus Furcht und Freude. Sie hatte die brisanteste Story ihres Lebens auf den Weg gebracht und schwebte gleichzeitig in größter Lebensgefahr. Sie hatte nie gewusst, wie lebendig man sich fühlen kann, wenn der Tod nur Stunden oder gar Minuten entfernt zu sein scheint.
India war gerade ein paar Schritte am Royal Hotel vorbei, als dort die Tür zugeknallt wurde und jemand hinter ihr und Polly herkam. Aufgeregt zog India Polly gegen einen der Verandapfosten und wartete, bis die Person an ihnen vorbei war. Mit klopfendem Herzen stand sie da und sah die Straße entlang. Ein Stück weiter betrat Jerome gerade die Polizeistation. Drei Frauen in bunt gemusterten Kleidern standen an der gegenüberliegenden Ecke und unterhielten sich angeregt. Zwischen einem Falcon Pick-up und einem Toyota Hiace hielt auf einmal ein Ford Transit.
Ihr Herz setzte einen Schlag aus.
Auf der Fahrerseite war der Kotflügel eingedrückt.
Sie versuchte ruhig zu bleiben und kniete sich hin. Dann sah sie Polly ernst in die Augen.
»Du sollst etwas sehr Wichtiges für mich tun.«
Polly strahlte.
»Ich will, dass du mit diesem Umschlag zu Jerome gehst. Er ist gerade in der Polizeistation verschwunden.«
Polly sah sie mit großen Augen an. »Warum kannst du das nicht selbst machen?«
»Ich will, dass du ihn für mich abgibst. Aber nur Jerome. Nicht Stan, okay? Oder Donna oder Constable Crawshaw. Nur

Jerome. Er muss ihn unbedingt bekommen, Polly. Das ist wirklich sehr, sehr wichtig. Ich verlasse mich auf dich, okay?«

Zweimal nickte Polly unsicher.

»Kann ich ihn unter dein Kleid stecken? Er ist so wichtig, dass ich nicht will, dass ihn jemand sieht. Nur Jerome darf ihn sehen.«

Polly ließ sich von ihr das Kleid hochheben. India steckte den Umschlag hinten in Pollys Slip. Dann zog sie das Kleid wieder nach unten und lächelte. Sie wusste, dass das Lächeln weniger ermutigend als angestrengt wirkte. »Okay, Polly. Wem sollst du den Umschlag geben?«

»Jerome«, entgegnete sie zaghaft. »Nicht Stan und auch sonst niemandem.«

»Richtig.«

India zog sie an sich und küsste sie auf den Kopf. Sie roch den sonnenwarmen Muskatduft des Haares.

»Du machst das schon, das weiß ich«, murmelte sie, als sie aufstand. Ihr wurden die Knie weich, sie waren wie Gummi, aber sie versuchte trotzdem Selbstvertrauen auszustrahlen. »Geh jetzt, Polly. Bring den Umschlag für mich zu Jerome.«

Unsicher ging Polly weg. Sie blickte sich über die Schulter noch einmal um.

India wandte dem Mädchen den Rücken zu und ging in die entgegengesetzte Richtung. Der weiße Ford Transit hatte eingeparkt, aber niemand stand in seiner Nähe. Vielleicht war jemand ausgestiegen, als sie sich Polly zugewandt hatte. Sie konnten überall sein. Nervös ging sie die Straße entlang. Sie wagte kaum zu atmen.

Wo sollte sie hin? Wer würde sie beschützen? In Cooinda gab es keinen Bahnhof. Nirgendwo konnte man Flugzeuge, Hubschrauber oder Heißluftballons mieten. Sie spürte Knox' Atem förmlich im Nacken. Er war ihr auf den Fersen, und er würde sie einholen.

Ungewollt zog sich Indias Kehle zusammen. Ihr entrang sich ein

Schluchzer, an den sie sich immer erinnern würde. Denn in diesem Augenblick, als sie gerade die Straße überqueren und in Jeromes Kanzlei gehen wollte, sah sie sich zwei Männern mit Pistolen gegenüber. Der eine hatte einen Bürstenschnitt, der andere kurzes, braunes Haar. Zwei Pistolen, schwarz und mit langem Lauf: Schalldämpfer.

Fünfundzwanzig

Keine Bewegung«, sagte Bürstenschnitt.

India versuchte an ihnen vorbeizusehen. Sie befand sich in einer Stadt im Outback, auf einer fast menschenleeren Straße, auf der sich außer ihr nur noch drei ältere Frauen und eine magere Katze aufhielten, die gerade unter einem Falcon Pick-up verschwand. Staub und Sonne und der Geruch von Hitze in der Nase.

»Nicht die geringste«, fügte er noch hinzu.

»Sonst was? Wollen Sie mich erschießen?«

»Glauben Sie, dass Ihnen noch eine Wahl bleibt?«

»Ich werde schreien«, sagte sie. »Ich werde so laut schreien, dass euch die Trommelfelle platzen. Das wird so wehtun, dass ihr eine Woche lang nichts sehen könnt.«

»Autsch«, sagte der Braunhaarige lang gezogen und im Falsett. »Sie machen mir Angst.« Verächtlich wandte er sich ab und machte eine Bewegung mit der linken Hand. Der weiße Ford Transit fuhr heran.

India beobachtete ihn aus den Augenwinkeln. Der Fahrer sprang heraus und öffnete erwartungsvoll die Heckklappe.

Schweigend standen die drei Männer da. Zwei hielten Pistolen auf Indias Bauch gerichtet. India hatte das Gefühl, dass sie eine Ewigkeit so dastanden, wusste jedoch, dass es sich nur um wenige Sekunden gehandelt haben konnte.

Wie in Zeitlupe streckte der Braunhaarige seine Hand nach Indias Hals aus und packte sie am Kragen. Mit einer Drehung seiner Hand zog er ihn zusammen und schleifte sie zu dem Lieferwagen. Sie wehrte sich, versuchte mit den Füßen Halt im Sand zu finden, aber der andere Mann packte erst ihr Haar und dann ihren rechten Arm.

Ihr Kopf verschwand unter einer muskulösen Achselhöhle. Sie

hatte den durchdringenden Schweißgeruch des Fremden in der Nase. Mit Mühe drehte sie den Kopf. Sie öffnete den Mund, bekam die weiche Haut der Innenseite des Arms zwischen die Lippen und biss zu.

Hart. Hart. *Hart.*

Sie strengte sich so sehr an, dass ihr die Tränen in die Augen schossen.

Der Mann schrie so laut, dass ein Schwarm rosa und grauer Kakadus aus dem Gummibaum gegenüber aufflog.

Im Gemischtwarenladen hörte Mikey den Schrei. Er hatte gerade sechs gefütterte Umschläge für die CD-ROMs in seinen Hosentaschen aus dem Ständer genommen und stand in der Schlange, um zu zahlen.

Er ließ die Umschläge fallen, rannte den Mittelgang entlang und stürzte auf die Straße.

Er sah Polly auf die Tür der Polizeistation zurasen, den Brustkorb herausgedrückt und die streichholzdünnen Beine fast verschwimmend. Zwei unförmige Frauen starrten schockiert Richtung Royal Hotel, und drei Männer prügelten sich … nein, zwei Männer kämpften mit jemandem vor der Heckklappe eines Ford Transit.

Mikey sah wieder zu Polly herüber, aber die verschwand gerade in der Polizeistation.

Er sprintete auf den Lieferwagen zu.

India warf sich hin und her und trat nach den beiden Männern. Sie riss ein Knie hoch und erwischte den einen Mann damit zwischen den Beinen. Sie zog es zurück, warf sich herum und versuchte auch den zweiten Mann zu treten, aber dieser hechtete zur Seite.

Der erste Mann krümmte sich vor Schmerz zusammen und griff stöhnend zwischen seine Beine. Mit Händen und Füßen drosch India in die Luft.

Mikey brüllte vor Wut und warf sich in das Getümmel. Er packte den zweiten Mann am Arm, warf ihn herum und knallte ihm die Faust ins Gesicht. Der andere schwankte, sank auf die Knie, und Mikey trat ihm ins Gesicht. Er flog in hohem Bogen rückwärts und krachte zu Boden. Blut rann aus seiner gebrochenen Nase. Mikey warf sich auf den anderen Mann und hörte dann India wie aus der Ferne seinen Namen rufen.

Gerade wollte er dem zweiten Mann seine Faust ins Gesicht rammen, als ihn etwas im rechten Schulterblatt erwischte. Er wurde zur Seite gerissen, taumelte, verlor das Gleichgewicht. Eine Sekunde lang dachte er, jemand hätte ihm einen Stoß versetzt, und versuchte sich zu diesem Angreifer umzudrehen, aber seine Knie begannen zu zittern.

Lieber Gott, nein, dachte er.

Der Fahrer des Lieferwagens tauchte auf und nickte hochzufrieden. Er steckte seine Pistole weg, die einen sehr langen Lauf hatte, und half dem zweiten Mann auf die Füße. Seine Nase und sein Mund waren blutverklebt, und wenn er etwas sagte, bewegten sich seine Schneidezähne wie lose Latten in einem Zaun.

Plötzlich stand India vor ihm und hielt seinen Kopf. Sie rief etwas, aber er hörte sie nicht. Er schien vollkommen taub zu sein.

Er merkte, wie er langsam zur Seite kippte. Ein Teil seiner Lunge wurde gefühllos, dann der ganze Brustkorb. Er versuchte den Kopf von der Straße zu heben, aber der rührte sich nicht. Dann probierte er, ob er sich hochstemmen konnte, aber seine Arme lagen neben ihm und waren zu nichts mehr zu gebrauchen.

»India«, flüsterte er.

»Mikey«, sagte sie.

»Renn.«

»Niemals.«

Mikey kam wieder zu sich, als sie über Broken Hill hinwegflogen. Schweiß lief ihm das Gesicht und den Hals runter. Ein Schmerz, der ihm Übelkeit verursachte, erfüllte ihn ganz.
Er lag über dem Rücksitz, die Beine hinter dem Piloten eingeklemmt. Er hatte kein Gefühl in den Beinen. Er fragte sich, ob sie wohl so gefühllos waren, weil er so dalag, oder ob seine Verletzungen vielleicht schlimmer waren, als er dachte. Wider jede Vernunft dachte er: Spielt alles keine Rolle, denn mein Kopf liegt in Indias Schoß. Er spürte ihre eine Hand auf seiner Wange, mit der anderen strich sie ihm immer wieder übers Haar. Das war so angenehm, so angenehm …
Wenig später, als er die Augen erneut öffnete, sah er Indias kreidebleiches Gesicht besorgt direkt über seinem. Er las auf ihren Lippen seinen Namen. Er drehte den Kopf, um ihr zu bedeuten, dass er beim Lärm des Flugzeugs nichts hören könne. Sie kam noch näher an ihn heran. »Mein Gott, Mikey.« Ihre Tränen flossen. Wütend wischte sie sie weg.
Es strengte ihn furchtbar an, etwas zu sagen. »Tut mir Leid.«
»Du Idiot.« Ihre Stimme versagte. »Du verdammter Idiot.«
»Den Dritten habe ich nicht gesehen.«
Sie weinte.
»Tut mir Leid«, sagte er wieder.
»Entschuldige dich doch nicht immer«, erwiderte sie mit tränenerstickter Stimme.
»Wollte nur helfen.«
Sie versuchte zu lächeln. »Und hast dir damit wie immer nur Ärger eingehandelt.«
»Wie immer.« Ein schwarzer Schatten senkte sich über sein Bewusstsein, und er schloss die Augen und gab sich der Schwärze hin. Als er aufwachte, wehte ihm eine kühle Brise ins Gesicht, und er meinte, taunasses Gras zu riechen. Es war Nacht. Der Pilot stellte gerade die Motoren ab. Er lag auf einer Wiese, India kniete neben ihm.
»Wo … die CD-ROMs?«, fragte er sie.

»Ich fürchte, sie haben sie erwischt. Aber ich habe vier Artikel an verschiedene Zeitungen geschickt. Eine Kopie ist bei Jerome ...«
Es fiel ihm schwer, ihr konzentriert zuzuhören. Er schloss die Augen. Ließ sich wieder treiben. Als er wieder zu Bewusstsein kam, lag er hinten auf einem Pick-up mit Verdeck. Im Halbdunkel sah er zwei Bänke, zwei Radkästen und ein kleines Spinnennetz unter der Bank direkt neben ihm. Rechts und links neben ihm waren lange Beine ausgestreckt, lang, rasiert und braun. Wieder lag sein Kopf in Indias Schoß. Er lauschte auf das gleichmäßige Dröhnen des Motors. Konzentrierte sich auf die Erschütterungen des Fahrzeugs. Kleine Steine und Felsbrocken schleuderten ständig gegen den Boden. Sie fuhren auf einer gut unterhaltenen Schotterstraße.
»Wie geht's, Krieger?«
Sie stützte seinen Kopf mit den Händen ab und kniete sich neben ihn. Der Pick-up ließ sie hin und her schwanken. Sie streifte ihr T-Shirt ab. Ihr voller Busen und ihr BH gefielen ihm, Der BH war aus Baumwolle und mit Spitze besetzt. Apricot. Sehr weiblich.
Langsam ging ihm auf, dass sein Kopf offenbar auf ihren zusammengeknüllten Shorts lag, da sie nur einen zum BH passenden Slip trug. Hoch geschnitten mit einer Spitzenborte bedeckte er kaum ihr Geschlecht. Fast ein String, dachte er, aber nicht ganz. Ihre Haut hatte die Farbe von Karamell und fühlte sich an wie Seide.
»Hübsch«, sagte er mit Mühe, aber sie schien ihn nicht zu hören. Sie tupfte ihm Gesicht und Hals mit dem T-Shirt ab. Seine Augen fielen zu. Er spürte, dass sie ihn auf die Stirn küsste. Dann ruhte ihre Hand auf seiner Wange. Ein Duft drang durch seinen Schmerz, Zimt und Piment. Er wollte etwas Banales über den Geruch der Aborigines sagen, wurde jedoch von einem Zittern erfasst, als seine Schmerzen zunahmen. Er begann zu keuchen. Seine Kleider waren schweißnass.

»Du gibst jetzt nicht auf, okay?«, ermahnte ihn India.
Er stellte fest, dass er nicht einmal mehr nicken konnte. Er lag einfach nur da und starrte sie an.
»Jerome wird das schon regeln. Noch ehe du weißt, wie dir geschieht, bist du im Krankenhaus.«
Mikey sah India an, die in ihrer Unterwäsche neben ihm hockte und ihn anstarrte. Sie wollte, dass er nicht aufgeben, dass er weiterleben würde. Noch nie hatte er jemand so sehr begehrt. Er liebte sie für ihren Mut. Vermutlich hatte er das immer getan und würde das auch immer tun.
Als hätte sie seine Gedanken gelesen, beugte sie den Kopf vor und küsste ihn zärtlich auf die Lippen. Dann lehnte sie sich wieder etwas zurück. Sie sah ihn feierlich und durchdringend an.
Der Pick-up wurde langsamer. In einer weiten Rechtskurve ging es eine Anhöhe hinauf, als würde gerade ein Bergrücken bezwungen.
»Ich will …«, sagte er mit großer Mühe.
Sie strich über die Narbe oberhalb seiner Braue, dann über sein Haar, während gleichzeitig ihr Daumen auf seiner Wange ruhte.
»Dich«, sagte er mit schwacher Stimme.
Tränen schossen ihr in die Augen.
»Ich auch.«
Der Pick-up rumpelte durch ein Schlagloch, und er stöhnte.
»Nicht anstrengen, Liebster«, flüsterte sie und beugte sich über ihn. »Ich bin ja bei dir, okay? Ich schwöre, dass dir niemand was tut, während ich da bin, hast du verstanden?«
»Ver… standen.«
Sie wurden beide still. Das Geräusch des Motors wurde leiser, als der Pick-up bergab fuhr. Der Fahrer trat auf die Bremse, und als der Wagen um die erste Kurve schleuderte, schob India sich hinter Mikeys Kopf und Schultern, um ihn festzuhalten.
Im zweiten Gang und mit röhrendem Motor fuhr der Pick-up weiter bergab.
Unten angekommen war eine Bodenwelle. Auf dem Kies ver-

loren die Reifen einen Augenblick die Haftung, als der Pick-up nach rechts schleuderte.
»India.«
Sie beugte sich über ihn. Ihr Gesichtsausdruck war angespannt und ängstlich.
»Küss …«
Sie blickte wie in weite Ferne.
»Mich«, sagte er noch mit schwacher Stimme.
Er lag da, ihre weichen Lippen auf seinen, und es wurde ihm plötzlich bewusst, dass er sich bei ihr immer so gefühlt hatte.

Die Schotterstraße schien kein Ende zu nehmen. India versuchte einen etwa fünf Zentimeter langen Nagel aus der Bank zu ziehen. Sie wusste, dass das keine sonderlich gute Waffe war, aber wenn es David gelungen war, Goliath zu bezwingen … Mit Daumen und Zeigefinger bewegte sie den Nagel hin und her und lockerte ihn mehr und mehr. Sie hatte Kopfschmerzen, und ihr war übel, aber sie war so vertieft, den Nagel herauszuziehen, sich damit zu bewaffnen, dass sie nicht weiter an die Grippe dachte.
Mit einem Satz verließ der Pick-up die Schotterstraße, verlangsamte zum Schritttempo und rumpelte durch ein paar große Schlaglöcher. Dann wurde er wieder schneller, aber nicht so schnell wie vorher. Die Reifen knirschten, als würden sie über eine Auffahrt mit feinem Kies fahren. Ihr Ziel, vermutete India. Hastig zog sie ihr T-Shirt und ihre Shorts wieder an, entschuldigte sich bei dem bewusstlosen Mikey und machte sich dann mit noch größerem Eifer daran, an dem Nagel zu rütteln. Der Pick-up kam zum Stehen. Der Motor heulte noch einmal kurz auf und verstummte. Stille.
Die Fahrer- und Beifahrertüren wurden geöffnet. Die Männer unterhielten sich, als sie an beiden Seiten des Pick-ups entlang kamen. India gab jedoch nicht auf, der Nagel ließ sich bereits bewegen.

India holte tief Luft und packte den Nagel noch fester. Daumen und Zeigefinger hielt sie zusätzlich noch mit der linken Hand umklammert. Dann zog sie mit aller Kraft und spürte, wie die Haut ihres Zeigefingers einriss. Mit der Handkante schlug sie den Nagel erst in die eine, dann in die andere Richtung.

Ein letzter Ruck, und der Nagel lag endlich in ihrer Hand.

»Auf die Beine, Schlampe«, sagte der Fahrer.

Sie ließ den Nagel in einer Tasche ihrer Shorts verschwinden und beugte sich dann vor, um Mikeys Schulter zu drücken. Sie war überrascht, dass seine Augen offen waren. »Lauf weg«, flüsterte er eindringlich.

Ihr Herz schlug rasend schnell, und das Adrenalin flutete durch ihren Körper bei dem Gedanken daran, was auf sie zukam. Trotzdem gelang ihr ein Lächeln.

»Nein.«

Er versuchte aufzustehen, aber sanft drückte sie ihn wieder zurück.

»Raus da!«, brüllte der Mann.

Vorsichtig berührte sie Mikeys Lippen mit ihren, kletterte dann über seine reglosen Glieder und aus dem Pick-up.

Sie standen vor einem großen Strandhaus. India hatte den Salzgeruch des Meeres in der Nase und den Gestank von Tang. Rechts von ihr lag ein Bootshaus, und eine Landungsbrücke führte geradeaus auf das grünblaue Wasser. Der Himmel hatte sich im Osten rotschwarz verfärbt. Immer bedrohlichere Regenwolken zogen sich über dem Meer zusammen. Ein großes Bertram-Motorboot, sicher vierunddreißig Fuß lang, zerrte am Ende der Landungsbrücke an den Tauen. Planken bebten und quietschten.

Sie sah den Mann, dem Mikey das Gesicht zerschlagen hatte, auf unsicheren Beinen eine geschwungene Treppe hinauf und ins Haus gehen. Der Fahrer stand hinter ihr und zielte mit einer Pistole auf ihren Rücken. Der andere Mann wartete rauchend bei den offenen Türen des Pick-ups. Da hörte sie in der Ferne ein

schwaches, schlagendes Geräusch. Ein Hubschrauber. Schweiß lief ihr durchs Haar, den Hals herunter, und sie sah sich suchend nach Waffen und Fluchtwegen um. Landungsbrücke. Boot. Pick-up. Auto. Meer. Und sonst nur Busch. Überall.
Ihre Augen schwenkten zurück zu dem Auto, das neben einer gemähten Wiese stand. Ein schwarzer BMW mit getönten Scheiben. Kennzeichen: OED 128. Sie blinzelte.
Sie atmete den Geruch der Gischt ein, versuchte den pochenden Schmerz in ihrem Zeigefinger zu vergessen und überlegte, was es mit dem schwarzen BMW auf sich haben könnte.
Allmählich wurde das Schlagen der Rotorblätter lauter. Der Hubschrauber schwebte niedrig von hinten ein, donnerte an ihnen vorbei, machte über dem Wasser eine scharfe Kurve und landete schließlich wie ein riesiges Insekt aus Metall auf dem gemähten Rasen. Mit zusammengekniffenen Augen versuchte sie durch den aufgewirbelten Sand etwas zu erkennen. Der Pilot stellte den Motor ab und öffnete seine Gurte.
Eine Seitentür wurde geöffnet. Noch ehe die kurzen und dicken Beine in Sicht kamen, wusste sie, wer es war.
Roland Knox.
Auch der Pilot stieg aus dem Hubschrauber und reckte sich. Er streckte seine Arme in den Himmel. Er ließ sie wieder fallen und drehte sich um. Er war gerade dabei, seine Finger zu lockern, als er sie direkt ansah. Sie konnte seine Gesichtszüge nicht genau erkennen, dafür war er zu weit weg, aber sein Blick war so durchdringend, dass es ihr eiskalt den Rücken herunterlief.
Mit unversöhnlicher Miene kam Knox die Auffahrt entlang.
Der Pilot drehte sich um und lief leichtfüßig auf die Landungsbrücke. Sie schluckte. Sie hatte ein seltsames Gefühl der Schwerelosigkeit, als sie ihm zusah, wie er sich mühelos in das Bertram-Motorboot schwang. Seine Bewegungen kamen ihr bekannt vor, und das machte ihr nur noch mehr Angst. Sie fühlte sich noch verwundbarer.
»Miss Kane«, sagte Knox. »Sie haben sich selbst übertroffen.«

India antwortete nicht.
Er hielt ihr vier stabile braune Umschläge unter die Nase. Alle waren geöffnet. »Sie haben versagt«, meinte er abrupt.
Auf einmal wollte sie nur noch in Tränen ausbrechen. Nicht weil er sie jetzt töten würde, sondern weil er Recht hatte. Es war ihr nicht gelungen, mit der wichtigsten Enthüllung ihres Lebens auf der ganzen Welt Schlagzeilen zu machen.
»Sir«, sagte der Fahrer zögernd, und Knox ging an ihr vorbei und spähte in den Pick-up.
»Was soll der denn hier?«
»Er hat uns angegriffen, Forbes das Gesicht zerschlagen und ist dann auf Curran losgegangen. Ich musste auf ihn schießen.«
Der Braunhaarige hieß also Curran, der mit dem Bürstenschnitt Forbes. Bürstenschnitt war ein viel passenderer Name für Forbes, ging es India durch den Kopf.
Knox stieß ein ersticktes, wütendes Knurren aus.
»Er wollte uns umbringen«, protestierte der Fahrer.
»Ich wünschte, das wäre ihm gelungen«, fauchte Knox.
»Wir haben Schalldämpfer benutzt.« Die Stimme des Fahrers verriet seine Angst. »Niemand hat was gehört.«
»Carl hat behauptet, du seist der Beste«, meinte Knox, »aber der hat keine Ahnung. Du bist eine Null.«
Der Fahrer schwieg.
Sekunden verstrichen. Knox murrte. »Dich will ich auch auf dem Boot. Sie auch. Und ihn.«
Die Spannung ließ nach, als Knox weitere Befehle gab.
»Shepard, wenn du fertig bist, dann kannst du den Pick-up hinters Haus unter die Bäume fahren, damit er aus der Luft nicht zu sehen ist. Schließ ihn ab. Bleib mit Forbes im Haus, bis wir zurück sind. Curran, bring die Frau. In zehn Minuten will ich los.«
Er drehte sich auf dem Absatz um und ging auf das Boot zu.
Der Fahrer Shepard übernahm Currans Position, und dieser drückte jetzt India seine Pistole ins Kreuz.
»Mach schon.«

Langsam ging sie auf die Landungsbrücke zu. Sie hörte, wie der Motor des Pick-ups angelassen wurde, dann wurde ein Gang eingelegt, und der Motor heulte auf, als der Wagen zurücksetzte. Schließlich verlor sich das Geräusch des Motors. Sie zitterte innerlich, aber stand trotzdem aufrecht und mit hoch erhobenem Kopf da. Wogen schlugen gegen die Brücke, und diese schwankte leicht. Gewitterwolken schoben sich vor die Sonne, und ein einzelner Regentropfen klatschte auf ihre Wange.
Der Hubschrauberpilot stand auf der Brücke des Motorboots und sah Richtung Horizont, als würde er den aufziehenden Sturm begutachten. Knox stieg eine schmale, verchromte Leiter hinauf und deutete dann herrisch aufs Ruder. Der Pilot wies erst in den Himmel und zeigte dann direkt auf India. Er sagte etwas zu Knox, was diesem offenbar nicht gefiel, da er wild zu gestikulieren begann.
Da hörte sie einen weiteren Hubschrauber. Das leise, aber eindeutige Dröhnen übertönte das zunehmende Pfeifen des Windes. Sie merkte, dass der Druck der Pistole in ihrem Kreuz schwächer wurde, als Curran sich umdrehte.
Alle waren abgelenkt, und sie tat so, als würde sie stolpern und ließ sich auf ein Knie fallen.
»Steh auf«, sagte Curran.
»Ich kann nicht«, erwiderte sie. »Ich hab mir den Knöchel verstaucht.«
Das Dröhnen wurde lauter. Es war ein kleiner Hubschrauber der Küstenwache, nicht die Polizei. Sehr schnell flog er die Küste in westlicher Richtung entlang. India hatte keine Vorstellung, wohin er unterwegs war, und das war ihr auch gleichgültig, weil jetzt ihr Augenblick gekommen war.
India wartete, bis sie Currans Hand auf der Schulter spürte und die Luft vom Lärm der Rotorblätter erfüllt war. Sie warf sich herum und riss das Knie hoch und hart zwischen seine Beine. Dann warf sie sich seitlich auf ihn, um ihn ins Meer zu werfen.
Er schrie und rollte bis zur Kaimauer. Mit aller Kraft drückte sie

ihn Richtung Wasser, schlug ihm ins Gesicht, versuchte ihm die Finger in die Augen zu drücken, alles um ihn außer Gefecht zu setzen und um eine Chance zu bekommen. Er hob die Arme vors Gesicht, und sie biss ihm ins Handgelenk. Sie war vollkommen hemmungslos. Das hätte sie nie von sich erwartet. Er kroch über die Pontonbrücke und versuchte von ihr wegzukommen.

Beim ersten Schlag auf ihren Kopf wurde alles dunkel. Ein Stiefel traf sie in die Rippen, dann in die Nieren. Ungewollt stöhnte India auf. Sie lag auf der Seite, und der Speichel lief ihr übers Kinn. Shepard trat zurück und trat sie wieder und wieder.

Sie hörte, wie Curran sagte: »Mach mal halblang.«

India beachtete ihre Schmerzen nicht weiter, sondern konzentrierte sich nur auf ihre Wut. Wenn ihr denkt, dass ich mich so leicht geschlagen gebe, habt ihr euch wirklich geirrt, ging es ihr durch den Kopf. Mit einer gewaltigen Anstrengung warf sie sich auf Shepard, packte sein linkes Bein, richtete sich auf den Knien auf und klammerte sich fest.

Sie griff in die Tasche ihrer Shorts, zog den Nagel hervor und rammte ihn Shepard in den Oberschenkel.

Eine Sekunde lang war alles still.

Dann schrie er.

Der zweite Schlag traf sie auf den Kopf. Sie sackte nach vorne zusammen, zuckte noch einmal und lag dann reglos auf der harten, hölzernen Landungsbrücke. Ich habe alles versucht, ging es ihr trübe durch den Kopf. Eine Schande, dass das nicht gut genug war.

Sechsundzwanzig

Auf weißen Decksplanken kam India wieder zu sich. Sie hörte Knox einen Befehl brüllen.

»Lass die Motoren an. Halt auf das Sinker Reef zu. Sofort!«

»Ich würde davon abraten«, rief ein Mann.

India blinzelte mehrere Male.

»Ist mir egal, was du mir rätst, Bishop«, schrie Knox zurück. »Tu's einfach.«

»Sir, der Südwind bläst mit einer extremen Geschwindigkeit. Es könnte ziemlich ungemütlich werden. Nicht nur, dass uns der Seegang zu schaffen macht, in einer halben Stunde können wir kaum noch die Hand vor Augen sehen. Ich weiß nicht, ob ich dann überhaupt noch zum Steg zurückfinde.«

»Wir haben Satellitennavigation«, widersprach Knox, »Radar, Funk. Das ganze Armaturenbrett ist voll. Wir laufen aus. Wir können nicht riskieren, hier zu bleiben. Nicht mehr, seit der Hubschrauber hier aufgetaucht ist. Lass die Motoren an.«

India merkte, wie sehr das Boot bereits an der Landungsbrücke schaukelte. Gelegentlich bekam sie einen Regentropfen von der Größe einer Dollarmünze ab. Der Wind pfiff um den Rumpf. Sie stimmte Bishop voll und ganz zu. Sie wusste, dass der Pilot Recht hatte: Der Südwind würde sich zu einem fürchterlichen Sturm auswachsen.

»Vielleicht könnte ich an Land bleiben, Sir?«

»Nein«, erwiderte Knox. Sie hörte ein sattes Klicken: Der Hahn einer Pistole wurde gespannt. »Lass die Motoren an, oder ich puste dir den Kopf weg.«

»Wenn Sie darauf bestehen, Sir.« India fand es seltsam, dass Bishops Stimme auf einmal amüsiert zu klingen schien, als könne er Knox nicht ernst nehmen.

Sie drehte den Kopf, konnte aber den Landungssteg, auf dem

Bishop sich befand, nicht ausmachen. Einen halben Meter von ihrer Nase entfernt entdeckte sie jedoch ein ausgestrecktes Bein. Jeans. Ausgelatschte Lederstiefel.
»Mikey«, sagte sie, aber sie bekam nur ein Husten und Röcheln zur Antwort, das in dem lauten Brummen unterging, als die beiden Dieselmotoren angelassen wurden.
Ihre Wange vibrierte gegen das Deck. Sie schloss die Augen und hörte, wie Knox seine Befehle gab, die das Losmachen, Einholen der Fender und – überraschend – die Frage betrafen, wer sich eine Schwimmweste anziehen wollte. Sie sagte sich, dass sie erst etwas ausruhen wolle. Dann wollte sie die Hand heben und um zwei Schwimmwesten bitten. Sie wusste jedoch jetzt schon, dass sie nicht mal den kleinen Finger würde bewegen können.
Es ging ihr schlecht. Ihr war übel. Ein pulsierender Schmerz. Sie konnte nicht mehr klar denken und wollte nur noch das Bewusstsein verlieren, um sich dem Schrecken zu entziehen.
Sie wollte eine Hand ausstrecken und Mikeys Fußknöchel berühren, die tröstliche Wärme seiner Haut spüren, aber sie konnte sich nicht bewegen.
Alles tat ihr weh. Und Mikey, das sah sie, bewegte sich ebenfalls keinen Zentimeter.
Das Dröhnen der starken Motoren nahm zu, es verwandelte sich von einem sanften Tuckern zu einem gezähmten Brüllen, als Bishop das Steuer herumriss und Richtung Südost steuerte, um dem Sturm zu begegnen. Fast sofort hörte India, wie das Säuseln des Windes in ein lautes Pfeifen überging. Einen Moment lang war sie wie schwerelos, ehe der Bug des großen Motorboots auf die erste Welle traf.
India erbebte am ganzen Körper, als das Boot die Wasserwand rammte. Sie war ganz in Gischt gehüllt. Ihr Gesicht wurde gegen Mikeys Jeans gedrückt. Das Boot stockte eine Sekunde, pflügte dann aber zügig durch die von vorne kommenden Wellen.
Ich muss mich bewegen, dachte sie. Ich muss.
Jetzt begann es ernsthaft zu regnen. Anfänglich war es noch

erträglich, aber als ihre Kleider erst einmal durchnässt waren, begann sie zu zittern. Mit größter Mühe drehte sie sich zur Seite. Regenwasser floss ihr aus den Haaren und übers Gesicht. Sie sah Knox unter dem Verdeck stehen. Er hielt die Seite des Bootes mit beiden Händen umklammert und hatte seine kräftigen Beine gespreizt, um das Gleichgewicht nicht zu verlieren. Das Boot begann zwischen den riesigen Wogen zu schlingern. Indias Zunge war pelzig, sie hatte die Gischt und die salzige Luft auf den Lippen. Sie klammerte sich an der Seite des Bootes fest und zog sich hinterher.

Knox schaute grimmig in den schweren Seegang und schien nichts zu merken.

Zentimeter um Zentimeter stemmte India sich hoch. Das ganze Deck vibrierte unter den Stößen. Sie knickte etwas in den Knien ein, um die Wucht der Wellen aufzufangen, und sah sich um.

Die Wogen waren unter dem immer dunkler werdenden Himmel tiefschwarz. Leise und wie gekrümmte Sicheln kamen sie aus dem Nichts. Sie legten sich um das Boot, hoben es in die Luft und ließen es fallen. Schwere Gischt prasselte aufs Deck und flutete zurück ins Meer.

Mikey sah etwas benommen zu ihr auf, und sie nickte ihm zu. Er erwiderte ihr Nicken mit einem langsamen Blinzeln.

Das Brummen der Motoren wurde leiser, und das Boot machte einen weiten Bogen. Durch die Gischt sah India nach rechts, wo sich das Wasser brach. Ein Felsen oder ein Riff. Fünf Minuten später wurden die Dieselmotoren langsamer, als das Boot auf diese Schaumkante zuhielt.

Knox lehnte sich aus dem Boot und blickte angestrengt über das Wasser.

Das Boot war jetzt ganz langsam und hielt auf den kochenden, blaugrünen Schaum an der Leeseite des Riffs zu. Hier war das Meer ruhiger, und das Boot wurde auch nicht mehr so gewaltsam hin und her geworfen.

Plötzlich schnellte Knox' Kopf nach oben. Dann lehnte er sich noch weiter über Bord. »Da ist einer! Was für ein Prachtkerl!«
India reckte ihren Hals und sah etwas Braunfleckiges wie ein Torpedo in Zeitlupe durch die Wogen kreuzen. Etwa zwei Meter lang und mit einem breiten runden Kopf schien der Tigerhai das Unwetter nicht zu bemerken. Gelassen folgte er dem Boot. Seine Rückenflosse schaute kaum über die Wasseroberfläche.
Sie waren etwa zwanzig Meter vom Riff entfernt, als Bishop das Boot wieder in den Wind drehte, er hielt gegen die Brandung an. Beide Motoren liefen, um zu verhindern, dass das Boot gegen das Riff gedrückt wurde.
»Sind sie nicht wunderschön?«, meinte Knox.
Gebannt starrte India aufs Meer, fasziniert und voller Angst. Ein mächtiger Haifisch mit gelbbrauner Haut und Flossen mit schimmernden, weißen Spitzen zog seine enger werdenden Kreise um das Boot. Drei weitere Haie – dünner, mit spitzen Mäulern und kleinen schwarzen Augen – schwammen hinten an das Boot heran, ehe sie davonschossen. In der wogenden See wurden die großen Tiere auf einmal so zahlreich, dass sie sie nicht mehr zählen konnte. Mühelos glitten und kreuzten sie so weit in die Tiefe, wie sie nur sehen konnte, ein Treiben, das an die gut geölten Teile einer Maschine erinnerte.
Vorsichtig wich India über das Deck zurück und auf die Luke zu, aber Knox drehte sich fast sofort mit einer Pistole in der Hand um. »Sofort stehen bleiben«, fuhr er sie an.
Ihr wurde klar, dass er sie die ganze Zeit nicht aus den Augen gelassen hatte.
»Curran!«, rief Knox.
Currans Kopf tauchte abwartend in der Luke auf.
»Hilf Miss Kane bitte über Bord.«
»Bitte?«
»Wirf sie über Bord!«
Curran sah aufs Meer. Dort kreisten langsam mehrere Rückenflossen. Dann blickte er wieder auf India.

Himmel, dachte sie. Nein, nein, NEIN. Sie sah wieder auf das aufgewühlte Meer.

Himmel, nein. NEIN.

»Aber sie ist doch keine Aborigine«, sagte Curran.

»Wir müssen sie und ihren Polizistenfreund beseitigen. Fällt dir was Besseres ein?«

Curran strich sich mit der Hand über den Kopf und blickte dann auf seine polierten Schuhe. India schluckte und schluckte, obwohl ihr Mund ganz trocken war. Sie konnte es nicht ertragen, Mikey anzusehen. Sie hatte das verzweifelte Verlangen, Wasser zu lassen.

Jetzt konnte sie nicht mehr weglaufen. Ohne Waffe, zahlenmäßig unterlegen und mit einem ernsthaft verletzten Partner wollten ihre Beine unter ihr nachgeben. Sie wartete auf ein Wunder, das sie beide retten würde. Noch nie war sie sich so ohnmächtig vorgekommen. Tricks oder Scharfsinn würden gegen einen dieser gleichgültigen Haifische nichts ausrichten.

»Und wenn ich jetzt sage, dass ich auch eine Aborigine bin«, sagte India mit erstaunlich fester Stimme, »würde es Ihnen die Sache dann leichter machen, Mr. Curran?«

Er antwortete nicht.

»Ich nehme das für ein Ja«, fuhr sie fort. »Ich verstehe Sie wohl richtig, dass Sie in letzter Zeit einige Aborigines den Haifischen zum Fraß vorgeworfen haben.«

»Aber erst, als sie schon tot waren«, protestierte Curran.

Zwei Herzschläge, und sie wusste, welches Schicksal ihre Familie ereilt hatte.

»Mein Gott«, sagte sie und schloss kurz die Augen.

»Das ist genug«, fauchte Knox. »Mach schon.«

Curran zögerte.

»Zum Teufel«, sagte Knox. »Willst du, dass ich sie zuerst erschieße?«

Mit seiner Pistole zielte er auf Indias Bauch.

Mein Gott, dachte sie. Nein. Noch nicht. Dafür ist es zu früh.

Sie wandte den Kopf ab. Sie wollte Mikey sehen, ihm in die Augen blicken, aber er war weg. Er bewegte sich. Er kroch mit langsamen, qualvollen Bewegungen auf Knox zu. Mit einem schmerzverzerrten Gesichtsausdruck pirschte er sich an Knox heran. Hinter ihm auf dem Deck war eine breite Blutspur, die vom Regen allmählich fortgewaschen wurde.

Knox lächelte sie mit halb geschlossenen Augen an. Sie sah, wie er den Finger fester um den Abzug legte.

Wider jede Vernunft versuchte sie sich dem Schuss entgegenzustemmen, als könne sie die Kugel abschmettern, indem sie ihre Muskeln anspannte.

Plötzlich waren sie in eine Gischtwolke gehüllt.

»NEIN!«

Das Wort kam einem Ruf gleich, aber nur, weil es gehört werden wollte. Die Stimme war nicht panisch oder wütend. Sie war ruhig und hart.

Knox sah auf. Curran ebenfalls. India konnte keinen klaren Gedanken fassen, als sie den Blick auf Bishop richtete, der auf sie heruntersah. Er hielt eine Maschinenpistole in der Hand. Sein Gesicht war ausdruckslos und ließ keine Gefühle erkennen.

India starrte ihn weiter an.

Es war der Lebensretter, der in Manly Beach auf seinem Brett hinter ihr hergepaddelt war.

»India«, sagte er. »Ich will, dass Sie von Mister Knox weg und unter Deck gehen.«

Knox hatte seine Pistole jetzt auf Bishop gerichtet. Dieser zielte mit seiner Maschinenpistole auf Knox.

»Was soll das?«, wollte Knox wissen.

»Gehen Sie schon, India«, drängte Bishop. »Unten sind Sie sicher. Ich mache ihn fertig, wenn er auch nur in Ihre Richtung schaut, versprochen.«

Rückwärts ging India langsam hinter Knox herum, machte dann aber einen Bogen um die Luke, trat auf Mikey zu und kniete sich

neben ihn. Sie nahm seine Hand und drückte sie. Ganz schwach erwiderte er ihren Händedruck.
»Okay«, sagte Bishop. »Dann machen wir es so. Aber Mr. Knox muss erst seine Pistole fallen lassen.«
»Was zum Teufel ist in dich gefahren?«, sagte Knox. »Streik oder was? Willst du mehr Geld?«
»Die Sache ist viel einfacher.« Bishop lachte. »Ich habe gerade die Seiten gewechselt.«
Curran wirkte vollkommen verwirrt. Er schwankte mit dem Boot hin und her.
»Steve«, sagte Bishop. »Ich will, dass du hier raufkommst und das Ruder hältst.«
Die beiden Männer starrten sich an.
Bishop bewegte die Maschinenpistole etwas in seine Richtung. »Du kannst es dir aussuchen«, sagte er.
Steve Curran kam langsam die Leiter hoch.
Bishop sah auf Knox herunter.
»Fallen lassen.«
»Nein«, sagte Knox.
»Sie haben fünf Sekunden«, fuhr Bishop fort.
»Und du …«, erwiderte Knox.
»Fünf«, sagte Bishop noch einmal und drückte ab. India verbarg vor dem rotweiß aufflammenden Mündungsfeuer ihren Kopf hinter Mikeys Brust und spürte seine Hand in ihrem Nacken. Sie hatte den Geschmack von Salz und von dem Blut seines Hemdes auf der Zunge.
Der Wind peitschte Wasser übers Deck. Mikey ließ ihren Nacken los und nahm ganz fest ihre Hand. Er sagte: »Steh auf, India. Steh auf.«
Sie hob den Kopf und sah Knox auf dem Rücken auf dem Deck liegen. In seinem blauen Sporthemd klafften Löcher von der Größe von Zehncentmünzen.
Wasser lief ihr über Gesicht und Hals, und sie sah auf Knox' Leiche. Sie schaukelte im Takt der Dünung hin und her. Knox,

der Mann, der sie in Angst und Schrecken versetzt hatte, war tot. Sie empfand keine Freude und keine Euphorie, sie war nur erleichtert.

»India.« Mikeys Stimme klang dringlich.

Sie drehte sich um und sah ihn an.

»Trau ihm nicht.« Mikey sah auf Bishop, der die Chromleiter herunterkletterte. »Er war bei Whitelaw und hat deine Sachen durchwühlt. Hat behauptet, er sei von der Bundespolizei, aber irgendwas ist da nicht ganz koscher.« Sie sah, wie er das Bein ausstreckte, um an Knox' Pistole zu kommen.

»India, um Himmels willen, steh auf!«

»Aber er hat uns gerettet.«

»Warum?«

»Er ist auf unserer Seite …«

»Warum?«, fragte Mikey noch einmal.

»Das weiß ich nicht. Aber er ist in Ordnung. Ich schwöre, dass er …«

»Nimm schon«, sagte Mikey und sah auf die Pistole, die nur noch eine Handbreit von seinem Fuß entfernt war.

Gehorsam nahm India sie und reichte sie ihm. Sie war überrascht, wie schwer die Waffe war.

Bishop nickte ihnen im Vorbeigehen zu, als sei er einer ihrer Kampfgefährten, ein Freund, ehe er unter Deck verschwand.

»Ist sie geladen?«

India war verärgert, sie wusste nicht, wie sie mit der Situation umgehen sollte. »Wie soll ich das wissen«, fauchte sie und drückte Mikey die Pistole in die Hand.

Er zog das Magazin heraus und ließ es wieder einrasten. »Geladen«, bestätigte er.

India lehnte sich an ihn. »Er ist in Ordnung«, sagte sie wieder, dieses Mal eindringlich. »Glaub mir. Ich schwöre, dass er in Ordnung ist.«

»Meinetwegen«, erwiderte Mikey, aber sie hörte den Zweifel in seiner Stimme.

Wie auf ein Stichwort kam jetzt Bishop wieder aus der Luke und auf Mikey zu. Er hatte einen Erste-Hilfe-Kasten unterm Arm. »Ich werde Sie unters Verdeck legen«, sagte er. »Damit Sie etwas geschützt sind. Dann bleiben Sie trocken, solange ich mich als Chirurg versuche. Aber erst muss ich Sie bewusstlos machen.«
Mikey sah beunruhigt aus. »Nein«, erwiderte er. »Ich will wach bleiben.«
Bishop brach die Spitze einer Ampulle ab und füllte eine Spritze mit einer durchsichtigen Flüssigkeit.
»India, hindere ihn daran.«
»Er traut mir nicht«, sagte Bishop gleichmütig zu India. »Vernünftig eigentlich, außer dass ich auf seiner Seite bin.«
»Vielleicht …«, fing India an, aber ehe sie oder Mikey noch weiter protestieren konnten, stieß Bishop Mikey die Kanüle in den Oberschenkel und drückte den Kolben nach unten.
»Himmel«, sagte Mikey, und dann verzweifelt an India gewandt: »Sei um Gottes willen vorsichtig, Liebste …« Die Worte wurden schwächer, als das Betäubungsmittel zu wirken begann. Seine Muskeln entspannten sich.
India zitterte.
Eine Bö erfasste das Boot, und eine Welle setzte alles unter Wasser.
Bishop sah sie nicht an, als er Mikey auf die Seite rollte und die Wunde betrachtete. »Er hätte sich von mir nicht behandeln lassen, das ist Ihnen doch klar?«, sagte er. »Die Betäubung kann ihm das Leben retten. Ich nehme seine Schultern, wenn Sie an den Füßen anfassen.«
Mit Mühe manövrierten sie Mikey unters Verdeck.
»Würden Sie die bitte auswickeln.« Bishop reichte ihr die Mullkompressen, die Verbände und das Pflaster sowie ein Paket Nadel und Faden.
Eine weitere Bö erfasste sie und brachte das Boot zum Schlingern. Bishop sah auf und rief Curran zu: »Nimm das Gas zurück!« Dann machte er sich wieder an die Arbeit.

Schnell und geschickt schnitt er Mikey sein durchnässtes und blutdurchtränktes Hemd sowie seine Hosen herunter und holte von unten ein paar Decken, in die er ihn einwickelte. Dann begann er die Wunde zu reinigen.

»Nicht allzu schlimm«, meinte er. »Ich glaube nicht, dass die Kugel zu viel Unheil angerichtet hat, aber er hat eine Menge Blut verloren. Wir müssen sehen, dass er bald eine Bluttransfusion bekommt.«

India betrachtete Bishop und seine langen, sehnigen Finger, die schnell und geschickt bei der komplizierten Arbeit waren.

»Sind Sie Arzt?«

»Heute scheine ich einer zu sein.«

Wieder hatte er diesen ironischen Unterton.

Wenig später sagte er: »Jetzt dürfte er eigentlich kein Blut mehr verlieren.« Er sah auf und grinste India augenzwinkernd an. »Buschmedizin«, sagte er, immer noch grinsend. »Eine bessere gibt es nicht.« Er klappte den Erste-Hilfe-Kasten zu und stand auf.

India strich Mikey eine nasse Haarsträhne aus der Stirn und beugte sich vor, um ihn auf die Lippen zu küssen. »Siehst du«, sagte sie ihm. »Man muss sich einfach nur auf das Unerwartete verlassen, das ist alles.«

Sie meinte ihn sagen zu hören: »Behalt ihn im Auge ...« Und genau das tat sie.

Bishop stand über Knox' Leiche gebeugt. »Ich habe großen Respekt vor Haifischen«, sagte er. Sie war sich nicht sicher, ob er mit ihr sprach oder mit der Leiche. »Ich habe Haifische immer respektiert und werde das auch weiterhin tun.«

Er beugte sich vor, packte Knox an den Händen und schleifte ihn zum Heck des Bootes. »Sie stehen ganz oben in der Nahrungskette des Ozeans, und das muss man respektieren.«

Bishop fasste Knox unter den Achselhöhlen, richtete ihn auf und kippte ihn auf die Reling.

India blieb die Luft weg. Wie stark er ist, dachte sie beeindruckt.

Sie war merkwürdig stolz auf ihren Rettungsschwimmer, wie er mit diesen leblosen siebzig Kilogramm fertig wurde. Einen Augenblick balancierte die Leiche auf der Bordkante. Dann gab ihr Bishop einen letzten Stoß, und sie verschwand lautlos im Wasser.

»Leben Sie wohl, Mr. Knox.«

India richtete sich auf und sah über die Bootsreling. Knox schlingerte in der öligen See, ein graues Etwas wie ein schwimmender Felsbrocken.

Der erste Haifisch war sechs Sekunden später zur Stelle. Nach fünfzehn Sekunden zählte sie bereits acht, dann elf. Ihr erster Angriff war vorsichtig, bis ein Tigerhai richtig zubiss und sich wie ein Korkenzieher um sich selbst drehte, um einen Fleischbrocken loszureißen.

Das Blut verteilte sich sehr schnell, bis das ganze Meer um das Boot herum rot verfärbt war.

Als hätte jemand mit dem Gong zum Essen gerufen, dachte India fassungslos und starrte ins Wasser. Was für ein grauenvolles Begräbnis meine Familie hatte.

Ein langer Blauhai bahnte sich zwischen schwereren Weißflossenhaien einen Weg, packte den Torso mit seinem Riesenrachen und rollte sich dann auf den Rücken, um ein Stück aus ihm herauszureißen. Dann biss der nächste zu und rollte herum und dann ein weiterer.

»Sie höhlen ihn aus«, sagte Bishop still. »So wie man einen Apfel aushöhlt.«

India war überrascht, dass ihr nicht übel wurde. Wenn sie überhaupt etwas empfand, dann nur, dass der Gerechtigkeit Genüge getan wurde. Roland Knox hatte die Haifische angebetet, deswegen war es angebracht, dass er in ihren schrecklichen Rachen verschwinden würde.

India schätzte später, dass die Haifische höchstens zwei Minuten gebraucht haben konnten, um Knox' Leiche zu verschlingen, aber währenddessen war es ihr wie eine Stunde erschienen.

Bishop stellte sich neben sie und betrachtete ihr Gesicht. »Sie haben sich nicht kleinkriegen lassen.«
Sie lächelte angestrengt. »Das stimmt.«
Er nickte und blickte übers Meer. »Das dachte ich mir. Schon als ich Sie das erste Mal gesehen habe, habe ich nicht geglaubt, dass Sie so schnell kleinzukriegen sind.«
Sie fuhr sich mit der Zunge über die Lippen. »Wann war das?«
»An der Landstraße nach Cooinda. Als Ihr Wagen liegen geblieben ist.« Er sah auf Mikey herunter und dann auf die Brücke. »Wir sollten los. Ihr Freund braucht ein Krankenhaus, und zwar sofort.«

Siebenundzwanzig

Sie sahen erst am Spätnachmittag wieder Land, da das Wetter immer schlechter wurde. Regen und Wind überzog sie. Das Deck bäumte sich auf, und Gischt hüllte alles ein, Deck und Brücke.

Sowohl vom Schock als auch von der Kälte fing India wieder an zu zittern. Als Bishop mit dem Motorboot die Landungsbrücke erreicht hatte, klapperten ihre Zähne so laut wie ein Pressluft-hammer. Ihre Finger waren vollkommen gefühllos. Sie mussten schreien, um sich über den Lärm des Sturms hinweg miteinander zu verständigen, aber mit Currans Hilfe gelang es ihnen, das Boot zu vertäuen.

Bishop schob seinen Kopf ganz nah an India heran, damit sie ihn überhaupt hören konnte. »Lassen Sie uns Shepard holen«, rief er. »Er kann uns helfen, Johnson aus dem Haus zu locken.«

Zusammen kletterten sie vom Boot. Bishop hielt ihren Oberarm so lange fest, bis er sich sicher war, dass sie nicht das Gleichgewicht verlieren würde. Dann packte er ihr Handgelenk, und sie rannten gebückt auf das Haus zu und an sturmgepeitschten Palmen vorbei, die sich gegen einen fast nachtschwarzen Himmel abzeichneten.

Die Stille im Haus kam India unwirklich vor.

Bishop stürzte von einem Zimmer ins nächste, dann hörte sie seine Schritte auf der Treppe, anschließend im Obergeschoss. Schnell war er wieder zurück. »Forbes hat Shepard ins Royal Adelaide Hospital gebracht. Sie haben die Schlagader im Oberschenkel erwischt.«

»Himmel«, meinte India, »vielleicht stirbt er.«

»Ich mache mir mehr Sorgen, dass hier die Hölle los sein wird, wenn sie im Krankenhaus angekommen sind. Bullen überall.«

India drehte sich um und ging Richtung Haustür, um sich um Mikey zu kümmern.
»Warten Sie.«
Sie hielt inne und blickte über die Schulter.
»Sie müssen sich umziehen. Sie sind tropfnass und haben außerdem einen Schock. Das große Schlafzimmer ist oben, da finden Sie alles. Ziehen Sie alles aus, auch die Unterwäsche, und suchen Sie sich was Warmes. Das hilft. Und bringen Sie noch eine Decke für Johnson mit.«
India zögerte, aber dann gab sie ihm Recht und ging die Treppe hinauf.
Das Schlafzimmer war riesig, Panoramafenster öffneten den Blick auf die aufgewühlte See. Sie nahm eine Hand voll Kleider aus dem Einbauschrank, zog ihr durchnässtes T-Shirt und ihre Shorts aus, dann ihre Unterwäsche, und ließ sie einfach auf den dicken silbergrauen Teppich fallen. Sie knöpfte sich gerade ein kariertes Oberhemd zu, das ihr nur knapp bis zur Leiste reichte, als sie aus den Augenwinkeln eine Bewegung wahrnahm.
Bishop stand mit verschränkten Armen lässig an den Türrahmen gelehnt und betrachtete sie.
»Sie sind eine schöne Frau«, sagte er.
India bebte beim Ton seiner Stimme. Sie war sanft, voll Staunen und überrascht. India zwang sich, einen weiteren Knopf zu schließen. Das Hemd hatte sieben, und sie hatte bisher erst zwei zugeknöpft. Sie hatte unten angefangen, und die fünf oberen waren noch übrig. Ihre Hand tastete sich zum nächsten Knopf vor.
Bishop kam auf sie zu und baute sich vor ihr auf. Sie trat einen Schritt zurück. Er sagte: »Nicht.« Und das so eindringlich, dass sie innehielt.
Er hob die rechte Hand und fuhr ihr mit dem Zeigefinger das Kinn entlang. Seine Berührung war zugleich sinnlich und Furcht erregend. Sie merkte, dass sie kaum noch Luft bekam.
Ihre Hand wanderte zu dem dritten Knopf und schloss ihn. Bishop strich ihr vollkommen versunken über die hochgezogenen

Brauen und dann über die Lippen. Mit Mühe gelang es ihr, den vierten Knopf zu schließen.

Mikey hatte Recht. O Gott, er hatte Recht.

Bishop ließ seine Hand sinken und ergriff ihre, ehe sie noch den fünften Knopf schließen konnte. Langsam hob er ihre Hand und drehte sie um, so dass er die Innenseite ihres Handgelenks sehen konnte. Mehrere Sekunden lang schaute er auf ihren Puls, der unter ihrer Haut schlug, dann sah er auf seinen eigenen.

India wagte nicht, sich zu bewegen.

Vorsichtig drückte er ihr zwei Finger an den Hals, um ihren Puls dort zu fühlen, dann tat er das mit der anderen Hand auch bei sich. Sie stand ganz still und fühlte, wie das Blut durch ihre Adern floss. Auch durch seine.

Er seufzte. Ein langer, langsamer Seufzer, der Bedauern ausdrücken konnte, aber auch tiefste Zufriedenheit. Sie würde es nie erfahren.

Bishop zog die Hände zurück, ließ sie sinken und sah sie weiterhin an. Dann schüttelte er sich, beugte sich vor und zog ein Paar Jeans aus dem Kleiderstapel. »Die müssten passen. Größe zehn, oder?« Er gab sie ihr.

Schwankend nahm India die Jeans und zog sie über, während Bishop unten im Schrank wühlte. Er schob ein Paar Timberlands in ihre Richtung. »Größe achtunddreißig, stimmt doch?«

»Stimmt«, wiederholte India.

Er reichte ihr einen großen Norwegerpullover und wartete, bis sie ihn übergezogen hatte. »Hübsch«, sagte er mit dem breiten Grinsen eines Zehnjährigen und strich ihr mit der Hand durchs Haar.

India sah ihn an.

»Worauf warten Sie?«, fragte er. »Lassen Sie uns gehen.«

Mikey lag auf dem Boden, Curran saß auf dem Rücksitz, und India übernahm den Platz des Kopiloten. Bishop brachte den Motor des Hubschraubers auf Touren. Der Lärm nahm zu, die

Kabine bebte, und India drückte sich den Kopfhörer fester an die Ohren, um den Lärm etwas zu dämpfen.
»Alles in Ordnung?«, hörte sie Bishop fragen. Die Stimme im Kopfhörer war überraschend deutlich. Sie nickte und spürte sofort, wie der Hubschrauber von der Rasenfläche abhob.
Der Helikopter stieg senkrecht nach oben und deutlich über die Baumwipfel. Dann entfernte er sich vom Haus und drehte Richtung Norden. Plötzlich kippte er nach vorne und beschleunigte. Das Geräusch des Motors war jetzt ein gleichmäßiges Dröhnen. Obwohl das Unwetter nachgelassen hatte, regnete es noch immer, und Wasser lief das Plexiglas der Kuppel herab. Nur mit Mühe war unten die vorbeifliegende Küste auszumachen.
India bog das Mikrofon vor ihren Mund und sprach hinein. »Wo fliegen wir hin?«
»Zum Royal Adelaide Hospital.«
»Wie lange wird das dauern?«, wollte sie wissen.
»Etwa vierzig Minuten. Wenn nichts dazwischenkommt. Es ist nicht gerade das beste Wetter zum Fliegen.«
Sie sah auf die schwarzen Wolken und den Regen. »Nein. Da haben Sie wohl Recht.«
Bishop rief den Tower von Adelaide an und erklärte die Situation. Wohin sie auf dem Weg seien, dass sie einen Schwerverletzten an Bord hätten und dass man ihnen bitte alle erdenkliche Hilfe gewähren möge.
Natürlich, meinte der Mann im Tower. Man habe sie bereits auf dem Radar.
Nach etwa fünf Minuten kam eine kleine Siedlung in Sicht, dann eine Kleinstadt. Bishop flog eine Kurve und folgte von dort einer Straße, die durch den Busch führte. India lehnte sich vor und sah nach unten.
»Der nächste Orientierungspunkt ist Meningie«, sagte Bishop.
Der Hubschrauber flog nach vorne gekippt rasend schnell und in geringer Höhe über der Straße. Es war nur wenig Verkehr. Alle

waren vor dem Unwetter geflüchtet. Dann waren sie über dem Princes Highway und folgten erneut der Küste.

India starrte auf den Ozean. »Warum tun Sie das?«

»Weiß nicht.« Bishop zuckte mit den Achseln.

»Warum haben Sie die Seiten gewechselt?«

»Das habe ich nicht«, erwiderte er. »Ich war immer auf derselben Seite.«

Sie sah zu ihm herüber.

»Deiner Seite«, fuhr er fort.

Sie sah ihn verwundert an.

»Warum?«

Er schwieg lange, dann sah er ihr in die Augen.

»Familien sollten zusammenhalten.«

Auf einmal fühlte sie sich wie schwerelos. »Bitte?«

»Familien«, sagte er noch einmal, »sollten zusammenhalten. Findest du nicht auch?«

Sie starrte ihn fassungslos an.

»Ich weiß, dass wir eigentlich auf ganz verschiedenen Seiten stehen: Ich habe mich kaufen lassen, und du hast versucht, unsere kleine Aktion auffliegen zu lassen, aber deswegen konnte ich dich doch nicht den Wölfen zum Fraß vorwerfen.« Er legte den Kopf zur Seite und sah sie nachdenklich an. »Ich weiß nicht, warum das so ist. Es ist nicht so, dass ich dich kennen würde oder dass wir uns ähnlich wären. Beispielsweise bin ich in Manly noch nie so weit rausgeschwommen. Ich hätte auch nie diesem Aboriginebullen getraut.«

India hatte das Gefühl, keine Luft mehr zu bekommen.

»Für eine Frau bist du wirklich ziemlich zäh. Du hast Ausdauer. Ich war stolz auf dich, dass du im Busch so lang überlebt hast. Dass es dir gelungen ist, die Hunde und Verfolger abzuschütteln.«

Sie fragte sich, ob sie das alles nicht nur träumte. In einer Minute würde sie aufwachen und sich fragen, ob sie sich die ruhige und klare Stimme im Kopfhörer nur eingebildet hatte.

»Toby?«
»David Bishop ist doch ein sehr viel besserer Name, findest du nicht auch? Der Name Toby erinnert an ein rundes Aufziehfigürchen oder einen untersetzten Bankangestellten. Man wächst in seinen Namen hinein, denke ich. Und ich wollte nicht in Toby hineinwachsen, deshalb habe ich mir mit siebzehn einen anderen ausgesucht, und an dem habe ich festgehalten.«
Kein Wunder, dass sie seine Spur nicht gefunden hatten, dachte sie.
»Aber sie haben doch gesagt, du seist *schwarz*.«
Er kicherte. »Das war ich auch. Pechschwarz. Jedenfalls als ich geboren wurde, aber schon mit vier war ich hellbraun.« Er bewegte den Arm, so dass sein Ellbogen gegen ihr Handgelenk zu liegen kam. »Fast dieselbe Hautfarbe.«
Nebelschwaden trieben vorbei, und plötzlich befanden sie sich in den Wolken und konnten den Boden nicht mehr sehen. Bishop ließ sofort den Hubschrauber sinken und versuchte den Wolken zu entkommen. Seitenwinde schüttelten die Maschine durch. Bishop ging in eine Kurve.
Mit feuchten Händen klammerte sich India am Sitz fest.
Dann lagen die Wolken auf einmal hinter ihnen, und sie flogen in einigen hundert Metern Höhe über den Coorong-Nationalpark. Regen trommelte gegen die Scheiben.
»Du behauptest, dass du mein Bruder bist«, sagte India mit schwacher Stimme.
Er lächelte sie an. »Zu hundert Prozent.«
»Bist du sicher?«
»Ganz sicher.«
»Aber wie kannst du das sein?«
»Gut. Wer hat deine Kaution gezahlt?«, fragte er. »Wer hat dem Aboriginebullen die Morde in die Schuhe geschoben?«
Stille. Herzklopfen. »Du hast meine Kaution gezahlt?«
»Aber sicher. Doch du schuldest mir nichts. Dafür hat man schließlich einen Bruder.«

»Und wer ist Arthur Knight?«
Er kicherte. »König Arthur habe ich immer bewundert. Den Nachnamen Knight habe ich gewählt, weil ich immer gern eine glänzende Rüstung gehabt hätte.« Er sah auf eines der Instrumente vor ihm und brachte den Hubschrauber auf einen etwas östlicheren Kurs. »Bullen. Sie verkünden immer, dass sie mit Schwarzgeld nichts zu tun haben wollen, aber wenn sie 250 000 Dollar in bar vor sich liegen haben … Wenn sie anfangen, Fragen zu stellen, braucht man ihnen einfach nur irgendeinen Ausweis zu zeigen …«
»Bist du von der Bundespolizei?«
»Eigentlich nicht.«
Als sie schwieg, fuhr er fort. »Ich habe auf dich aufgepasst, weißt du. Das war nicht immer ganz einfach, ohne mich selbst in Gefahr zu bringen, aber ich habe mir wirklich Mühe gegeben. Ich habe versucht, dich mit diesem Känguru zu warnen. Und ich kam gerade noch rechtzeitig, um Knox daran zu hindern, dich in dieser Lagerhalle zu erschießen.«
»Wie konntest du wissen«, sie unterbrach sich und nahm all ihre Kraft zusammen, »dass wir verwandt sind?«
»Deine Freundin Lauren hat mir geschrieben.« Er richtete sich im Sitz auf, zog einen zerknüllten Umschlag aus der Hosentasche und gab ihn ihr.
India zog ein einzelnes Blatt Papier heraus. Ihre Kehle zog sich zusammen, als sie die vertraute Handschrift sah.

Sehr geehrter Mr. Bishop,

ich habe diesen Brief viele Male neu formuliert, finde aber trotzdem keinen Weg, das, was ich zu sagen habe, abzumildern. Also will ich direkt sein.
Ich habe eine enge Freundin, sie ist übrigens meine beste Freundin: India Kane. Sie hat, soweit sie weiß, keine Familie, aber in den letzten Monaten ist es mir gelungen, über

sechzig ihrer Verwandten ausfindig zu machen, Sie eingeschlossen.
India Kane ist Ihre Schwester. Sie weiß nicht, dass Sie am Leben sind. Ich finde, es wäre wunderbar, wenn Sie sich endlich kennen lernen würden …

Sie ließ den Brief in den Schoß sinken. »Wie hat sie dich nur gefunden?«
»Es ist ihr gelungen, die Anzeige im *Sydney Morning Herald* auszugraben, in der ich die Änderung meines Namens bekannt gegeben habe. Sie hat sie in ihrem Archiv gefunden. Gute Arbeit.« Er sah durch die Windschutzscheibe. »Das mit Lauren tut mir Leid. Das meine ich ernst.«
»Was weißt du über den Mord?«
Das Geräusch, das er ausstieß, war eine Mischung aus einem Stöhnen und einem Knurren.
»Was ist los?«
»Es war ein Fehler.«
»Inwiefern war es ein Fehler?«
»Mein Fehler.«
Die Angst krampfte Indias Herz zusammen. Sie holte tief Luft.
»Du hast Lauren ermordet?«
Er nickte langsam. »Ja.«
Zweifel und Entsetzen erfüllten sie. Die Minuten vergingen. Fünf Minuten. Zehn. Die Farmen unter ihnen wurden zahlreicher. Straßen liefen zusammen. Sie hatten die Ausläufer von Adelaide erreicht.
»Wie … warum …« Sie wusste nicht, was sie noch sagen sollte.
»Sie hatte sich mit Peter Ross und diesem jungen Polizisten getroffen, mit Terence Dunn. Sie wussten alle über Karamyde Cosmetics Bescheid. Lauren musste weg. Als mögliche Bedrohung, meine ich, nicht als deine Freundin.«
»Gott«, flüsterte sie.
»Ich weiß. Das ist saublöd gelaufen. Ich wünschte mir, ich hätte

Ross als Ersten erwischt, dann würde Lauren immer noch leben. Aber so …«

Sie starrte ihn an. Ihr war schwindlig und etwas übel.

»Bereust du denn gar nichts?«

»Reue?« Er klang überrascht. »Doch, vermutlich. Ich meine, ich habe, so gut es ging, auf dich Acht gegeben. Man könnte sogar sagen, dass ich meine Bemühungen verdoppelt habe, weil ich es einmal versiebt hatte. Nicht dass es meine Schuld gewesen wäre. Ich wusste nicht mal, dass es dich oder Lauren gab, als ich an jenem Abend losgefahren bin. Ich hatte den Brief noch nicht bekommen. Ich erledigte einfach nur einen Job: Ich sollte die Person oder die Personen aus dem Weg räumen, die Dunn treffen wollte, und das waren zufälligerweise Peter Ross und Lauren Kennedy.«

»Gott«, sagte India noch einmal.

»Aber das Leben geht trotzdem weiter«, fuhr er fort.

Er ist geisteskrank. Das muss er sein, wenn er nicht einmal Reue empfindet.

»Gleich sind wir da.« Er begann den Landeanflug.

India lehnte sich zurück. Vor Entsetzen war ihr eiskalt. Sie starrte durch die Windschutzscheibe und brachte kein Wort hervor. Tränen liefen ihr die Wangen herunter, aber sie bemerkte es kaum und machte auch keine Anstalten, sie wegzuwischen.

Bishop schwebte mit dem Hubschrauber einen Augenblick über dem Hubschrauberlandeplatz und setzte dann vorsichtig auf dem Asphalt auf. Eine der Türen des Krankenhauses flog auf, und eine Menge Leute stürzten ins Freie und auf den Hubschrauber zu. Vier trugen weiße Kleider, Ärzte und Schwestern. Mehrere Polizisten waren auch dabei. Und Stan.

»Oh nein«, sagte sie.

»Was nicht in Ordnung?«

»Stanley Bacon … habt ihr den nicht gekauft?«

Er warf den Kopf zurück und lachte. »Um Gottes willen, nein! Der alte Stan lässt sich nicht kaufen. Er war uns ein ständiger

Dorn im Auge.« Er streifte sich den Kopfhörer vom Kopf, aber sie unterbrach ihn, indem sie ihm die Hand auf den Arm legte.
»Wer dann?«
Er blickte zu Stan herüber und sagte dann: »Donna. Ich vermute, sie hat gesungen, sonst wären die nicht alle hier, obwohl der Hubschrauber der Küstenwache da draußen vorbeigekommen ist.«
»Danke«, sagte sie. Sie öffnete ihren Gurt, zog den Kopfhörer vom Kopf und öffnete die Tür.
Stan war als Erster bei ihnen. Er zog India aus dem Hubschrauber und legte ihr eine Hand auf den Kopf, als wolle er sie vor den Rotorblättern schützen. Der Sog des Rotors zerrte an ihren Kleidern. Curran kam hinter ihnen her und half zwei Ärzten dabei, Mikey auf eine Trage zu legen. India machte sich von Stan los und lehnte sich wieder ins Cockpit. Sie rief Bishop zu: »Kommst du nicht mit?«
»Nein.«
»Wie kann ich dich erreichen?«
»Das kannst du nicht.«
»Aber ich will.«
»Ich bin jetzt weg«, schrie er. »Für immer.«
Er machte seinen Gurt los, lehnte sich zu ihr herüber und fasste sie mit der Hand im Nacken. Dann schüttelte er sie voller Zuneigung, wie er das am Strand auch schon getan hatte. Kurz legte sie ihre Hand auf seine. Dann zog er seine Hand zurück, schnallte sich an und gab ihr ein Zeichen, die Tür zu schließen. Er ließ sie innen zuschnappen. Dann wurde der Motor lauter. Sie sah ihm zu, wie er die Instrumente studierte, genau und konzentriert. Mit einer Handbewegung scheuchte er alle vom Hubschrauber weg. Stan zog India zurück.
»India.« Bishop formte ihren Namen mit den Lippen.
Sie antwortete: »Toby.«
Er schüttelte den Kopf und fuhr sich mit zwei Fingern den Hals entlang.

»David«, sagte sie daraufhin.
Er hob den Daumen. Der Hubschrauber hob ab und schwebte in die Luft. Das Letzte, was India von ihrem Bruder sah, war, wie er den Helikopter in eine scharfe Kurve legte, um zurückzufliegen. Er wirkte konzentriert, als er auf die Instrumente schaute, dann sah er geradeaus. Er konzentrierte sich darauf, was gerade zu tun war.

Achtundzwanzig

Sonntagmorgen, India schlummerte in Mikeys Bett. Sein Arm lag über ihrer Taille, und sie spürte seinen Atem im Nacken.

Was hältst du von meinem Weihnachtsgeschenk,? fragte Lauren.

Du hast dich selbst übertroffen.

Finde ich auch. Hast du schon rausgekriegt, wie du wirklich heißt?

Nein. Aber Polly hat angefangen, mich Damala zu nennen, weil ich so tapfer bin. So heißt in unserer Sprache der Adler.

Klingt gut. Sind die Bösen inzwischen hinter Gittern?

So gut wie. Einen der Forscher, einen Chinesen, haben sie noch nicht geschnappt, aber Willis und Roycroft sind hinter Schloss und Riegel. Keinem wurde Kaution gewährt.

Lass es dir gut gehen, mein Kind.

India hörte ein Telefon klingeln. Sie öffnete die Augen. Das Klingeln hörte auf. Es klopfte an der Tür. »Für dich, India«, rief Whitelaw.

Sie kletterte aus dem Bett und zog Mikeys Bademantel über. Mikey schnaufte im Schlaf und drehte sich auf den Bauch. Sie tapste aus dem Schlafzimmer und in die Küche. Whitelaw gab sie einen Gutenmorgenkuss auf die Wange, ehe sie den Telefonhörer nahm.

»Ich bin draußen, Indi! Sie haben mich gestern entlassen.« Er klang müde und lustlos.

Schweigen.

»Ich sollte deinem Bruder wohl danken. Er hat mir im Lagerhaus das Leben gerettet.« India hielt den Atem an. »Der Mann, der Laurens Leben genommen hat, hat meines gerettet. Jesus. Dass ich damit meine Schwierigkeiten habe, kannst du dir wohl denken.«

»Es tut mir Leid.« Mehr brachte sie nicht heraus.

»Es ist nicht deine Schuld.« Sie hörte ihn seufzen. »Weiß man inzwischen, wo er ist?«
»Verschwunden auf Nimmerwiedersehen, vermute ich. Er ist mit dem Hubschrauber zurück zu Knox' Strandhaus geflogen und hat dort das Boot genommen. Zumindest nehmen wir das an, da sein BMW immer noch dort stand. Ein Trawler hat das Motorboot vor Port MacDonnell treibend aufgefunden. Niemand war an Bord, aber er ist sicher nicht ertrunken. Er hatte das sicher so geplant.«
»Hoffentlich bleibt er verschwunden.«
»Ganz bestimmt. Da bin ich sicher.«
Sie redeten noch etwas über seine Krankengymnastik und darüber, wann er wieder würde Segeln gehen können, und dann sagte er: »Könntest du Laurens Mutter anrufen? Sie ist furchtbar unglücklich darüber, dass sie dich so behandelt hat, aber das verstehst du doch, oder?«
»Ich rufe sie heute an.«
»Noch etwas, Tom sitzt mir im Nacken, dass ich dich anwerben soll. Wir sind wirklich sehr beeindruckt von deinen Artikeln. Was würdest du dazu sagen, mit uns verkommenen Subjekten zusammenzuarbeiten?«
»Das wäre großartig! Mikey fängt nächsten Monat bei der North Sydney Police an, es würde also gut passen.«
Sie verabschiedeten sich innig. Whitelaw goss ihr eine Tasse Kaffee ein und stellte einen Aschenbecher neben einen Stapel Zeitungen. Sie zündete sich eine Zigarette an und las zum hundertsten Mal die Schlagzeilen.

SIEBENHUNDERT VON DREI MÄNNERN
ERMORDET ... HEIMLICHER MORD ...
KEINE GRIPPE, SONDERN MORD ...
MENSCHLICHE VERSUCHSKANINCHEN
GEOPFERT ...

Sie zog den *Sydney Morning Herald* aus dem Stapel und nahm ihn zusammen mit Kaffee und Zigarette zum Sofa.

TÖDLICHER CODE. WISSENSCHAFTLER STEHEN VOR EINEM RÄTSEL
Von India Kane

Wissenschaftler versuchen immer noch herauszufinden, wie der Virus wirkt, der über siebenhundert Aborigines getötet hat. Der Virus, der dem Leitungswasser zugesetzt wird, ist der erste seiner Art. In der Vergangenheit wurden biologische Waffen ausschließlich über die Luft verbreitet.
Man vermutet, dass der Virus ein genetisch manipuliertes Bakterium befällt. Zusammen mit dem Bakterium vermehrt sich dann auch der Code des Virus. Wird das Wasser getrunken, löst die bakterielle Infektion den Viruscode in den Zellen des Opfers aus, was zu einer massiven und tödlichen Infektion führt.
»Bald wissen wir es genau«, meint Paul Barnett, ein Sprecher des Wissenschaftsministeriums. Er beschreibt die Technik als »revolutionär und außerordentlich«.
Dr. Ruth Reid, die Vorsitzende der Wissenschafts- und Ethikkommission der Australian Medical Association, ließ verlautbaren, dass damit eine neue Ära der chemischen Kriegsführung eingeleitet worden sei. »Mit einer solchen Technik können Armeen zerstört werden oder Regierungen zur Zusammenarbeit erpresst werden.« Sie fuhr fort, dass es vorrangig sei, biologische Tests zu entwickeln, um gefährliche Krankheitserreger in scheinbar harmlosen zivilen Forschungseinrichtungen aufspüren zu können.
Die gesamte Wasserversorgung im Northern Territory, in Queensland und in New South Wales war abgestellt

worden, nachdem vom Cooinda Police Department Großalarm ausgelöst worden war. Die Behörden bestätigen, dass Tasmania, Victoria und Western Australia nicht mit dem tödlichen Virus verseucht worden sind. Sämtliches Mineralwasser war innerhalb von vierundzwanzig Stunden ausverkauft. Die Armee hat Städte und Siedlungen im Outback in den genannten Bundesstaaten mit Wassertransporten versorgt.

Whitelaw legte ihr die neueste *Newsweek* auf den Schoß. Ein Bild von Polly, India und Whitelaw, das vor der Polizeistation in Cooinda aufgenommen worden war, schmückte das Cover.
»Du siehst wirklich gut aus«, sagte sie. »Vermutlich kommt das daher, dass du so übernächtigt bist, Ringe unter den Augen und alles.«
»Niemand wird einen Blick auf mich verschwenden. Sie werden alle nur auf deine purpurroten Haare starren.«
»Gefallen sie dir nicht?«
»In Sydney werden sie vermutlich niemandem auffallen.«
»Ich werde versuchen, wieder normal auszusehen, wenn du uns besuchen kommst. Okay?«
Er lächelte. »Okay.«

Um halb zwölf stand India in der Küche und ließ Zwiebeln anbrennen. Mikey verdrehte die Augen und fragte, warum Gott ihm nur jemanden hatte schicken müssen, der nicht kochen konnte. Sie verdrehte ebenfalls die Augen und fragte, wie sie nur mit dem heikelsten Patienten, den man sich vorstellen könne, fertig werden solle. Er erwiderte, selbst da sei sie ihm Längen voraus. Sie habe die ganze Zeit gejammert, sie würde an der Grippe sterben, und hätte dabei nur eine Erkältung gehabt. Whitelaw verließ die Küche und suchte sich einen ruhigeren Ort.

Zwanzig Minuten später geriet India in Panik, als es laut an der Haustür klopfte.

»Wie sehe ich aus?«, fragte sie Mikey schon zum dritten Mal.

»Wie eine Aborigine.«

Sie sah ihn verzweifelt an.

»Wunderbar«, verbesserte er sich.

Eine halbe Minute später trat Bertie Mullett in die Küche. Er trug Jeans und ein kariertes Hemd und hielt sich sehr gerade. In seiner rechten Hand hielt er die von Polly. Sein Haar war grau und wollig, seine Haut dunkel, so dunkel, dass sie kobaltblau zu schimmern schien. Eine halbe Ewigkeit stand er da und starrte India an. Dann lächelte er, ein Lächeln, als breche die Sonne hinter Gewitterwolken hervor.

»Hallo, Enkelin.«

India klammerte sich mit beiden Händen am Küchentisch fest. Mit schwacher Stimme erwiderte sie endlich: »Hallo, Milangga.«

Ihr Großvater kam auf sie zu und zwickte sie in die Wange. »Du bist immer noch zu dünn. Wie wäre es mit ein paar Witchetties, damit du fetter wirst?« Er legte den Kopf zur Seite. »Oder sind dir Croissants immer noch lieber?«

Dank

Ich danke meiner Agentin Elizabeth Wright, dass sie mich fünf Jahre lang ermuntert hat, nicht aufzugeben. Dank gebührt ebenfalls Kerith Biggs, die mich ausgezeichnet im Ausland vertreten hat, und Darley Anderson, die mich an ihrer Weisheit teilhaben ließ. Eure Ratschläge und eure Hilfe waren unersetzbar.

Dankbar bin ich auch Jane Woods, meiner Lektorin, mit der zusammenzuarbeiten eine reine Freude war, und meinem Verlag Orion.

Insbesondere will ich der Romantic Novelists' Association, der Crime Writers' Association und der First Paragraph Writers' Group in Bristol sowie meinem Mentor Terence Strong danken.

Ich habe eine Reihe meiner Freunde als erste Leser missbraucht und mir von ihnen Ratschläge in Detailfragen geben lassen: Dr. Michael Seed, Tania Harper, Iain Cassie, George Kimball und Peter Lamb. Alle Irrtümer in Sachfragen gehen jedoch auf mein Konto.

Zum Schluss möchte ich Sarah Cunich dafür danken, dass sie immer an mich geglaubt hat.

Val McDermid
Das Lied der Sirenen

»Val McDermids Fähigkeit, in die gestörte Psyche eines Kriminellen einzudringen, ist furchterregend!«
The Times

Als die Polizei männliche Leichen findet, die vor ihrer Ermordung grausam gefoltert wurden, wird das Leben des Psychologen Tony Hill gefährlich aufregend – denn bei seinen Bemühungen, dem Mörder auf die Spur zu kommen, wird eines immer deutlicher: Er könnte sehr gut das nächste Opfer sein!

» … der *roaring Ferrari* unter den englischen Krimiautoren.«
Die Welt

Judy Mercer
Die Fremde im Spiegel

»Selbst ein Krimivielfresser kommt hier lange nicht dahinter, wie der Hase läuft … kaum als Einschlafhilfe geeignet.«
taz

Sie wachen auf – in einem fremden, durchwühlten Zimmer, in einem fremden Bett. Neben Ihnen liegen ein Revolver und ein blutverschmiertes Sweatshirt. Sie können sich an nichts erinnern, und als Sie in Panik zum Spiegel taumeln, sehen Sie das Gesicht einer Fremden …

»Wow! Ich kann kaum glauben, dass das ein Erstlingsroman ist.«
Susan Isaacs

Knaur